第十四门徒

审判日

冷水寒 著

江苏凤凰文艺出版社
JIANGSU PHOENIX LITERATURE AND ART PUBLISHING, LTD

图书在版编目（CIP）数据

第十四门徒. 审判日 / 冷水寒著. — 南京：江苏凤凰文艺出版社，2018.10

ISBN 978-7-5594-2957-5

Ⅰ. ①第… Ⅱ. ①冷… Ⅲ. ①长篇小说－中国－当代 Ⅳ. ①I247.5

中国版本图书馆 CIP 数据核字(2018)第 222662 号

书　　名	第十四门徒：审判日
著　　者	冷水寒
责任编辑	胡　泊
出版发行	江苏凤凰文艺出版社
出版社地址	南京市中央路 165 号，邮编：210009
出版社网址	http://www.jswenyi.com
印　　刷	江苏凤凰通达印刷有限公司
开　　本	880×1230 毫米　1/32
印　　张	12
字　　数	350 千字
版　　次	2018 年 10 月第 1 版　2018 年 10 月第 1 次印刷
标准书号	ISBN 978-7-5594-2957-5
定　　价	39.80 元

目录

序

高楼，宽大的落地窗，昏暗的内厅似有灯火。

一张长方形紫檀木茶桌摆在花纹簇拥的地毯上，窗外大雨滂沱，雨水击打着厚重的玻璃。钢琴声从更深处的房间传来，在空阔的内厅中发出微弱的回响。远处街道上的车灯在玻璃的水痕上划过，犹如在水珠中瞬间湮灭的火焰。

男人面朝玻璃窗站在茶桌旁，低身将水壶中的热水倒入一只青白釉茶壶中。

“我曾经去过一家酒店，这家店的镇店名菜是猴脑。酒店老板摸透了顾客的心思，吃猴脑的顾客，对食材质量的要求极高。于是，老板便在酒店的后院里修了一座猴山。猴山用封顶的大笼子罩住，里面的猴子平日里在假山上玩乐、好吃好喝，一个个精神抖擞。当然，这群猴子最终结局只有一个，被人吃掉。”

男人将青白釉茶壶内的茶水缓缓倒入一枚白釉盘中，瞬间，绿茶的清香伴随着热气飞升而起，混入潮湿的空气中。

“若有客人点了猴脑，便由人引到后院的猴山，客人走在猴山外围的小路上，可以将所有的猴子尽收眼底。客人若是看中了某只猴子，只要用手指着那只猴子告诉跟随者即可。”

男人再度向青白釉茶壶中倒入热水。

“起初，猴子们只要见到有客人来到后院，就会惶惶不安，它们嘶叫乱窜，惊恐得抓耳挠腮。日子久了，这群猴子们便掌握了生存之道，它们渐渐明白，即便有客人来挑选食物，也不过是一只猴子而已。”

男人将青白釉茶壶中的绿茶倒入配套的精致茶碗中。

“于是，当有客人来挑选猴子时，所有的猴子便不再惊恐逃窜，它们一动不动地等待着客人走近，或是坐在树杈上，或是蹲坐在地上，直到客人伸出手选出那只即将成为盘中餐的猴子。”

青白釉茶碗中的绿茶升腾着香气，男人并不转身，只是伸手将茶碗递给站在身后侧的人。

“被选中的猴子理所当然会惊恐不安，想躲到众多猴子之中。可是其他猴子见自己没有被选中便会欢呼雀跃，硬是将那只被选中的猴子推出猴群，任其被人带走吃掉，然后继续安心玩乐。”

男人身后的人，接过了茶碗，沉默不语。

“其实，人跟猴子没有什么不同。”

第一章　倒计时

维金广场地处西京市繁华地段，为众多写字楼和商厦所环绕，广场占地广阔，呈正方形，四周有两米宽的绿化带。东、西、北三个角分别修建了小型喷泉，南侧的一角则是地铁 2 号线“维金广场站”的进出站口。

维金广场上唯一的一座建筑物是位于广场中央的蜜萝甜品屋，甜品屋完全由玻璃建造，在甜品屋外的任何角度，都可以清楚地看到甜品的制作流程。

周围宽敞明亮，又有贴心美味的饮品，久而久之，这里成为了众多写字楼里的白领们午后休憩的地方。蜜萝甜品屋也成为了商业区的标志性建筑，通常要打电话提前预定咖啡，否则很难喝上蜜萝的招牌拿铁。

甜品屋老板的肚子里有些生意经，在甜品屋顶安装了四块大屏幕。大多数时段，屏幕上会播放世界各地的美景，当有小孩子聚集在甜品屋周围的时候就会播放温馨的动画片，很受小孩子们喜爱。并且，蜜萝甜品屋的窗口总是站着漂亮、温柔的女孩，她们身穿甜品屋的制服，会对着顾客、特别是小孩子露出甜蜜而温暖的笑容。

这是一个炎夏的星期五早上，8 点 25 分。

天气晴好，微风渐起。虽然尚未到休息日，但依然有不少准备逛街购物的市民乘地铁来到维金广场，很多人并不急于走进周边的商厦，而是来到广场中央蜜萝甜品屋旁的座椅上享受尚未变得酷热的阳光。

不过此时蜜萝甜品屋四周卷帘门紧闭，贴出的告示上写着甜品屋改造升级。几个坐在座椅上的路人也只能望门空叹。一位年轻母亲牵着较真的儿子站在卷帘门前，指着贴出来的告示说："看吧，妈妈没有骗你，蜜萝关着门呢！"

小朋友不过两三岁，低垂着小脑袋奶声奶气地说："妈妈，我想吃双皮奶……"

"妈妈一会儿带你去商场里的甜品店买，好不好啊？现在妈妈先带你去喂小鸽子吧？"

年轻母亲话音刚落，甜品屋里突然传出了欢快的儿歌声，清亮的童声在广场中央扩散回荡，聚集起了周围人好奇的目光。

小朋友兴奋地摇晃着母亲的手，"妈妈！妈妈，你看啊！要开门了！"

"买买买，站好啦。你看叔叔阿姨们都过来排队了。"

很快，甜品屋周围就聚了七八个人。突然，儿歌声戛然而止，继而传来刺耳的长鸣声，年轻母亲赶忙捂住儿子的耳朵并将他搂进怀里，几个路人纷纷皱起眉头。那刺耳的长鸣来得快，去得也快，广场很快就陷入杂音后的寂静之中。

"哗啦哗啦"，卷帘门向上卷起，排队的路人忘却了刚才的不快，露出期待已久的兴奋目光。卷帘门完全升起之后，众人又惊讶地发现里面一览无遗的透明格局发生了巨大的变化——甜品屋四周由玻璃墙完全密封，曾经放在里面用来制作甜品的设备全部不见了。偌大的甜品屋内只放着一个银色的金属箱子，箱子上面齿轮环环相扣。

"轰！轰！轰！轰！"四声巨响，玻璃房内四角之上四盏照灯一一亮起照向金属箱，银光闪耀之下，箱子上环环相扣的齿轮犹如花纹雕刻一般无比精美。金属箱子朝东侧的一面，还有一个长条形的 LED 屏幕。

围观者中有人拿起了手机，打开了摄像功能记录下这不同寻常的一刻。围观的路人越来越多，刚刚走出地铁站的行人也纷纷驻足观望。有人好奇地围着甜品屋转了一圈，可是甜品屋四面都被厚重的玻璃墙封住了，根本就不见出入口。

“营销吧？”女孩端着手机边录像边对身边的闺蜜私语道，“应该是要推广新甜品吧？”

一个把耳机摘下来挂在脖子上的高个男孩，无意中听到了女孩的低语，他仰着脸用很自信的语气说：“无聊，根本就是为了赚人眼球搞出来的创意,我一个广告学专业的高材生倒要看看是不是能让我记住产品……”

两个女孩莫名其妙地对望一眼，没有理会那个自言自语的男孩，继续盯着金属箱子。

突然，金属箱子表面上的齿轮开始快速转动起来，并开始扭曲转动，箱子的上半部分朝后翻转，就在众人以为蜜萝甜品屋的新产品即将登场时——金属箱子在翻转后停止下来，箱子当中出现了一个年轻男人，更确切地说，是一个被囚禁在箱体之中的年轻男人，只有头和双手被固定着露出箱子。

男人剃着寸头，低垂的脑袋缓缓抬起，他的眼神迷离，像是从昏迷之中刚刚苏醒过来一般。男人摇晃着脑袋，迷惘地望着玻璃墙外的众人。他微微活动了一下双手，似乎在确定自己是不是还能动。可是当年轻男人发现自己被囚禁在这金属箱子中，并没有表现出应有的惊讶和恐慌，他有气无力地望着众人，然后垂下了脑袋。

围观的人群中有人认出了年轻男人，“哎，这小子不是于晔么？”

“对啊，他怎么跑到这来了……”

越来越多的围观者拿起手机对着被称作于晔的年轻男人拍照和录像，于此同时，甜品屋顶的四块屏幕同时亮了起来。围观的众人又将目光投向屏幕。

其中朝着东、西方向的两块屏幕上显示着甜品屋内金属箱子的画面，朝着南方的那块漆黑的屏幕上出现了一个血红的字母“Z”，那块朝着北面的屏幕上则显示着一道绿色的线条，格外耀眼。

金属箱子上那原本黑暗无光的长条形 LED 屏幕亮了起来，上面显示出一行红亮的时间——24:00:00。

时间数字不停闪动，几秒钟后闪动停止，并开始进入倒计时。

23:59:59

23:59:58

23:59:57

一个沙哑的男声出现了，那条原本平滑的绿色线条随着男人的说话声波动起来……

女孩的尖叫声穿透整间教室——

一个说话声阴沉而凶狠的男人说："嘿，听我说，宝贝女儿，你知道今天是你的祭日吗？今天你要死了。"

推搡碰撞的声音之后，一个年老的女人拉长了声音说："别——动——"

"妈妈，救救我吧！"

"嗯？小乖乖，你在胡说八道什么呢？"

女孩尖叫着："救命！救命啊！"

"你以后会乖乖听话吗？"年老的女人问。

"会！会的！我会乖乖听话的！求你们了……"

女孩边咳嗽边把话说完。

"死吧！去死！去死吧！"

一阵挣扎后，女孩发出呻吟声。

"可怜的小家伙！我的女儿死喽！死喽！"

常鑫教授在录音播放完毕之后走上讲台，座位上的学生们正低声窃语。

"录音来自警方对贩毒集团电话录音的监听资料，正如录音中的情景，女孩被她的亲生父母杀害了。案件发生在1996年12月3日晚上。女孩的父母都是贩毒集团的首脑人物，女孩对父母的贩毒行径截然不知。读大学后，她接受了与父母不一样的生活方式，被父母认为是否定了原有的、传统的家庭关系。在女孩与一位外国留学生谈恋爱后，她的父母认为这是一种极为严重和不可饶恕的罪恶。结果就是我们刚刚听到的录音……”

教室的窗户挡着黑色的遮光窗帘，灯光幽暗。教室呈阶梯状，放有四排桌椅，所有的座位都被坐满了，有的一个座位上甚至坐着两个身材娇小的女生。教室门正对着讲台，讲台一侧的墙壁上安装着投影设备。投影墙上正映着一张照片，照片是一张女孩的生活照，女孩笑容甜蜜。

“今天的课就到这里了，作业已经发布在公共邮箱内，下周三之前交作业。”常鑫教授低头看了一眼腕表，“按照惯例，作业跟这段录音资料有关，作业资料涉及与嫌疑人有关的成长经历、家庭教养环境。”

学生们一边收拾书本，一边互相讨论刚才的录音内容。有几个坐在前排的女生快速将书本收拾好，来到讲台旁向尚未离开的常鑫教授请教问题。

安佑麟是个留着寸头的男生，他是心理系研究生，师从常鑫教授。明面上他与常鑫教授是师生关系，实际上，身为孤儿的他与老师情同父子，他很小的时候在孤儿院便受到常鑫教授的照顾。

虽然只是上午，可最近忙于帮老师整理资料的安佑麟已经困倦不堪，还好已经是周五了，明天就可以饱饱地睡个懒觉了。

安佑麟趁着老师还在为学生答疑，赶忙去关闭教室的投影设备。讲桌旁站着一位文静漂亮的长发女孩，她正低头仔细地为老师整理上课使用的资料。见安佑麟偷偷打了个瞌睡，女孩冲他微微一笑，安佑麟见状有些不好意思地抓了抓后脑勺。她就是常鑫教授的另外一位得意弟子，周彤雨，安佑麟的师姐。

安佑麟和周彤雨同为常鑫教授门下的研究生，不仅在学术上受到常鑫教授的指导，更是在帮助警方侦破疑难案件的时候担任老师的助手。

与此同时，在通往这间教室的走廊里有两位警察正匆匆而来。走在最前面的女警官四十出头，个子不高，步伐矫健有力，是西京市公安局刑侦大队副队长杨雪梅。跟在她身旁的是刑侦大队的新人罗刚，罗刚是警校的高材生，是刑侦大队亟需的人才——年轻、身手好、枪法准、办事果断。

二人此行就是来找常鑫教授的。常鑫教授在西京大学心理系执教，是心理学界的泰斗级人物，他刚过半百，对一位心理学教授来说正值壮年。常鑫教授曾获得过多项学术荣誉，出版过多部受到界内认可的学术著作，他在变态心理学和犯罪心理学领域造诣深厚。除了平日里的教学和学术研究工作之外，还担任警方的犯罪心理学顾问，并协助警方破获了多起动机令人匪夷所思的案件。

常鑫教授做事严谨，在上课的时候绝对不会开手机，对学生的要求亦是如此。不过他深知担任警方顾问的重要职责，因此将上课的时间和教室地点主动上报给了刑侦大队，确保警方可以了解他在校内的动向。

从教室里走出来的学生们低声交谈。罗刚眼看着两个女生围着一个戴着眼镜、皮肤白嫩的男生迎面而来。

“快跟我们俩说说，刚才常教授播放的录音资料，你再分析一下凶手的作案动机以及动机来源……”

白面男生还在犹豫，女生抱着书本用胳膊肘蹭了蹭男生，“你可是咱们班大拿，未来心理学界冉冉升起的新星……”

男生考虑几秒钟后扶了扶眼镜，开始低声分析。其中一个女生的手机响了起来，她看完手机之后惊呼道：“有人发视频给我……我的天啊，维金广场出事了！”

罗刚不由得心头一颤，发生在维金广场的事件正在通过互联网飞速扩散传播，想到这里他看了眼身旁先他一步的杨雪梅。杨雪梅神色未改，快步来到教室门前，推门便进。

常鑫教授正走下讲台朝着教室外走去，安佑麟替他拎着黑色的手提包，周彤雨捧着书本资料跟在最后。

“常鑫教授！”杨雪梅快步走下过道阶梯，“有案子了。”

以往发生需要常鑫教授协助侦破的案件，都是罗刚或者其他刑侦大队队员前来，刑侦大队副队长亲自过来着实让人颇感意外。

“情况紧急，咱们边走边说。”

安佑麟感受到了与以往发生案件时截然不同的气氛，虽然杨雪梅说情况紧急，可她与罗刚都没有直接说明案情的意思。

安佑麟望向站在杨雪梅身边的罗刚，他与罗刚年纪相仿，在侦办案件当中经常接触，逐渐熟悉并成了好哥们儿。

原本就沉默寡言的罗刚严肃地皱着眉头，双眼毫不避讳地回望安佑麟。安佑麟从他的眼神中读到了某种不易察觉的情绪，那种两人探讨曾让整个刑侦大队陷入困境的复杂案情时也未曾流露出的不安。

杨雪梅和罗刚引着常鑫教授一行三人走出教室，朝着走廊外面匆匆而去。此时的西京大学，所有人的注意力都放在维金广场，到处都有拿着手机急切讨论的学生。见警察出现在学校，更是都投来好奇的目光，并议论纷纷。

教学楼门厅外，一辆警车候在门前。车门一关闭，警车便立刻朝着学校大门驶去。

“常教授，知道于晔吧？”

“著名电影导演于苍海的独生子，两个月前涉嫌强暴未成年少女，不过因为证据不足被释放……”

听到这里，罗刚有些沉不住气了，阴着脸说：“暂时释放，案件还在调查中。”

这起强奸案，安佑麟有所耳闻。著名电影导演于苍海的独生子于晔，电影学院表演系学生。因为父亲是著名导演的缘故，于晔的生活很是奢侈，身边总是围着一群希望借助他父亲人脉上位的小演员和女学生。

两个月前的一个晚上，于晔跟狐朋狗友到某文艺青年们聚集的酒吧喝酒，酒吧的选址故意避开了繁华的街道而选择在了有些文化气息的老巷子当中。当晚，有个从补习班下课回家的女中学生路过了巷子，被一体貌特征与于晔极为相似的男性拖入巷子的偏僻处强暴。事后女学生立刻报警，但是当时现场黑暗，外加暴徒在施暴过程中使用了安全套，并没有留下体液。仅凭女学生在惊恐和黑暗中对于晔的指认，还远远不够，于是在经过调查之后，警方只能将于晔释放。

各家媒体和门户网站纷纷追踪报道此案，案件在社会上引起了巨大反响。当时说法各异，有人说于苍海动用了人脉，甚至要花钱摆平女学生。

还有说法是，强暴女学生的人只是跟于晔体型外观相似的男性，根本就不是于晔。更有甚者说这女学生不是正经人，根本就是为了购买名牌奢侈品而在巷子里做皮肉生意的，想趁此机会讹诈于晔一笔钱财，毕竟于晔的父亲于苍海身价不菲。

可是案子还没有调查完，受害者竟然遭到了人肉搜索，网上赫然出现了女学生的资料和照片。在这个犯罪分子的照片不加马赛克会遭到指责的年代里，作为受害者竟然会遭到人肉搜索？然而事情还不算完，女学生遭到人肉搜索之后跳楼自杀了。

女学生临死前留下了遗言，“这个世界让我觉得无比恶心”。她楼顶一跃而下的那个中午，直到落地，都没有人知道她曾站在楼顶，可见她的内心多么坚定、多么绝望。

女学生自杀身亡，事情就此结束？不不不，依然没有，这个让她无比恶心的世界并没有因为她的死而沉寂下来。当时网上流传的一种说法是，女学生的目的就是想勒索钱财，可是事情闹得太大无法收场便自杀了事。

同时，于晔在被释放后更是消失得无影无踪，没有再出现在公众面前。有传言说于晔担心警方的调查会有进展，所以躲藏了起来。

有记者曾试图采访于苍海，询问于晔的下落，但是于苍海拒绝接受任何采访。而于晔的母亲，著名演员萨利华，多年前便与于苍海离婚，在儿子卷入强奸案之后也是极少在媒体露面。记者见采访于苍海无果便去采访萨利华，但她面对记者只是冷着脸回了一句“不知道”。此时于晔突然以这种令人匪夷所思的形式出现在维金广场，着实让所有关注案件的人大吃一惊。

“常教授，Z 先生表示对维金广场案负责！”

Z 先生？这个名字对于安佑麟而言既熟悉又很遥远，就像在听老人家讲述历史一般，谁都能絮叨上几句，可要是讲述到详尽如实，难上加难。

多年前，发生过几起耸人听闻的诡异案件，根据警方的调查，将嫌疑人锁定为一个被称作 Z 先生的变态连环杀手。不过大约在 5 年前，Z 先生销声匿迹，再也没有做过案。可此时 Z 先生竟然明目张胆地再度犯案，究竟是何目的？

常鑫教授听闻Z先生对案件负责后先是一愣，然后意味深长地与杨雪梅四目相对。警车后排的罗刚，始终眉头紧皱，似乎无意与安佑麟提起维金广场上正在发生的案件。安佑麟只好将目光投向周彤雨，周彤雨正低头在手机上敲敲点点，指甲敲打屏幕的声音哒哒作响。

安佑麟掏出手机，本想效仿师姐搜索一番，可如此东施效颦的举动实在尴尬。周彤雨虽说比安佑麟年长不了几岁，可是她为人恬静温柔，在协助常鑫教授侦破案件的过程中，表现得雷厉风行，对待安佑麟也非常照顾体贴，这让身为孤儿的安佑麟备感亲人的温情。

警车开着警灯在街上呼啸而过，街上的车辆纷纷避让。其他车道上的车都在按部就班继续行驶，一切如旧。几个小时之后，这种平日里再平凡不过的景象将不复存在，整座西京市将陷入狂风暴雨前的死寂。

“常教授，这是维金广场上拍摄到的视频，请你看一下。”

杨雪梅将手机递给了常鑫教授，手机上正在播放的视频画面正是维金广场，起初画面有些颤抖，可见拍摄视频的人对突然发生的事件毫无准备。

安佑麟认出了蜜萝甜品屋，这间店在商厦之间的维金广场上很是有名，春节前，周彤雨带着安佑麟去为他和老师常鑫教授挑选完新外套经过维金广场时，还为他买过热可可。

当时天气寒冷，安佑麟裹着围巾，手提装着新外套和年货的袋子，站在风雪之中。周彤雨戴着一顶针织帽，长发披散在白色的羽绒服上，她笑着让安佑麟停下脚步稍等等她，转身跑去蜜萝甜品屋了。

安佑麟清晰地记得，当时他的鼻尖因为落了雪花的缘故而感到发痒难忍，只是他双手提着购物袋无法挠痒。正当安佑麟痒得挤眉弄眼之际，周彤雨提着两杯热可可回来了。

“姐，快点，我的鼻尖痒的受不了了……”

“好好好！”

周彤雨帮安佑麟解决了燃眉之急后，安佑麟又嚷着要喝一口热可可暖和身子。周彤雨温柔一笑，劝说他别心急，用吸管的话会烫伤食道的。安佑麟只好无奈地低垂着脑袋，顶着雪拖拉着脚步跟着周彤雨走向维金广场地铁站……

此时的蜜萝甜品屋变了模样，四面封闭着厚重的玻璃，屋中央安置着金属箱。视频的镜头拉近，被囚禁在金属箱里面的人正是于晔。拍摄视频的是一个带着些许口音，并极力掩盖那口音的年轻男子。

“大家看，里面……就是那个于晔！他被关在箱子里面儿了！”伴随着金属箱上那黑色长形 LED 屏幕突然出现时间数字，男子惊呼，“哎呀我靠，这还倒计时了……”

安佑麟对拍摄视频男子的胡乱评论很是厌烦，可毕竟他是视频的拍摄者，实在无可奈何。甜品屋上方的四块大屏幕上显示着不同的画面，那原本平滑的绿色线条波动起来，一个沙哑的男人声音出现了。

“大家上午好，被关在箱子里的男人叫于晔，两个月前他涉嫌强奸了一位未成年少女，并间接导致了少女的死亡。在被警方释放之后，他立刻躲藏起来，不愿承担任何罪责……”

男人的声音沙哑、沧桑，仿佛穿越过世间百年巨变，由遥远空旷的远方而来。

“现在我将他放在你们的面前，他到底有没有罪？交由你们来判断；他是生？是死？你们有 24 个小时来进行选择。为显公平，在这 24 个小时之内，我将给出 3 条重要的线索，提供给想要拯救于晔的人。”

视频画面再度拉近拍摄只露出双手和脑袋的于晔，他眼神迷离地扭了扭脑袋，动了动手指，随后脑袋又无力地低垂了下去。

“游戏规则如下，24 个小时内线索会按时放出，任何企图破坏游戏规则、通过暴力手段解救于晔的行为，都将置于晔于死地。任何阻止你们观看此次审判的行为，将导致同样严重的后果！”

视频画面上，越来越多的人围向甜品屋，当有人注意到 LED 屏幕上的倒计时后惊呼道：“是定时炸弹！”

围观的人群不敢再靠近玻璃墙，大家快速后退到十几米开外，在甜品屋周围形成了一个圆圈。

定时炸弹？这就是Z先生的目的？将于晔囚禁在金属箱中，如果不能在24个小时之内将他救出，他就会在众目睽睽之下被金属箱中的炸弹炸死？

常鑫教授看了眼腕表，“杨队长，案件发生时是几点钟？”

“早上8点30分。”

安佑麟随即看了一眼时间，已经是9点45分了。也就是说，视频拍摄的画面发生在一个多小时以前。

“佑麟！”常鑫教授提醒道，“截止到明早8点30分，倒计时开始！”

安佑麟立刻在手机上设定了倒计时时间，距离明天早上8点30分，还有22小时45分钟。

“于晔在这之前的行踪，有没有调查过？他最后一次出现在公众面前，是什么时候？”

“一个多月之前，被释放的时候还有媒体前去采访，从那之后，于晔就再也没有露过面。”杨雪梅接着说，“现在已经在着手调查于晔之前的动向了。”

“现在谁负责这起案件？”

“已经成立了专案组，魏局长担任组长。”

安佑麟敏感地留意到，罗刚的眼神突然有些异常，即便只是短短的一瞬间。当安佑麟企图再度捕捉那异样的目光时，却再无收获。虽然以前也发生过难缠的案件，成立专案组也并不是头一遭。但是西京市公安局局长亲自挂帅担任组长，可见这起刚刚发生一个多小时的案件已经引起了高度重视。

安佑麟感到头脑混沌不清，他有了一种无法跟上老师常鑫教授节奏的不清醒感。安佑麟与师姐周彤雨曾经多次协助常鑫教授侦破案件，算得上是犯罪心理学实践领域的老兵了，他总能迅速察觉到案件的难点和重要性。

维金广场、被绑架的罪人、威胁、线索……这些都算是案件的疑点，但是他总觉得自己与老师之间有一道无法逾越的鸿沟，他完全不清楚问题出在哪里。

焦虑的安佑麟再度望向师姐周彤雨，她在听完常鑫教授和杨雪梅的对话之后，又开始搜索网上关于维金广场上的最新动向。周彤雨感受到了安佑麟的目光，便将眼神投向他。安佑麟只是微微摇了摇头。

“老师，微博上已经有人开始关注维金广场了。”周彤雨将手机递给常鑫教授，“从时间上看，最早到达维金广场的人群中有人已经发布了相关微博，并且建立了‘维金广场’等相关话题。”

这时杨雪梅的手机响了，她只是回答了几个“是”之后便挂掉了电话。

“常教授，专案组办公室已经安排好了。”

“在哪？”

“维金广场。”

警车驶入维金广场附近时，周边的街上鲜有车辆，警方连续封锁了几条街道，除了警车之外其他车辆已经不准进入了。

安佑麟朝着车窗外望去，虽然街上不见行驶的车辆，但越是靠近维金广场，行人就会越多。警车最终停在了维金广场北侧的一座写字楼前，警察在大厦门前进进出出。

上午 10 点 05 分，距离倒计时结束还有 22 小时 25 分钟。

大厦已被清空，楼下三层被警方征用作为维金广场案的专案组办公室，众人乘坐电梯来到三楼的一间会议室。

打开会议室大门的同时，里面原本正在进行的讨论声戛然而止，围坐在会议桌旁的所有人齐齐将目光投向门口。常鑫教授快步走进会议室，一位满头白发、身穿警服的男人快步而来，他正是西京市公安局局长魏志国。

魏志国的脸上有几道年轻时办案留下的伤疤，他目光有神，寡言少语。安佑麟与魏志国曾在办案时碰过几面，在他的印象里魏志国对犯罪分子有着强大的威慑力，他曾见过狡猾阴毒的罪犯在魏志国突然出现之后浑身打战。在安佑麟眼里，魏志国是一头年老却隐藏爆发力的猎豹。

“老常，这次的案子需要你帮忙。”

魏志国与常鑫教授握了下手，常鑫教授点了一下头，并不多言。

安佑麟注意到，这间会议室内除了环形会议桌之外，其他多余陈列全部被搬走了，围坐在会议桌旁的都是市公安局的领导。会议室的墙上挂满了显示屏，但由于安装调试太过匆忙，很多线路还胡乱地游走在地板上。每一块显示屏上都显示着维金广场上的情况，从拍摄的角度看，警方已经在维金广场周围大楼的不同位置安装了摄像头，将维金广场上的动向完全囊括其中。

“魏局长，现在案子的调查进展到什么程度了？”

会议室的环形会议桌上摆放着一只黑色的电子钟，电子钟上是闪着红光的倒计时，22:13:14。

魏志国对板板正正站在会议桌旁边，端着文件夹的年轻警察说：“为常教授介绍一下案情进展。”

年轻的警察开始汇报案情进展。不过到目前为止，案件的调查进展跟杨雪梅在警车上所讲述的差不多。

“赵洪军队长前去调查于晔在被绑架前的行踪了。”

汇报完毕。

安佑麟和周彤雨站在窗户旁边，紧盯着常鑫教授，准备随时按照老师的指示行事。

“老常，跟大伙儿说说，你对目前局面的看法。”

常鑫教授站在落地窗前望着维金广场，他稍作沉思后回答道：“Z先生表示对案件负责，他的目的究竟是什么？如果真是为了惩罚于晔，如此兴师动众意欲何为？”

“迎合某些人的想法，自从两个月前于晔涉嫌强奸案开始，到受害者自杀，很多人都期盼于晔不得好死。”重案组长林志斌说。

“既然觉得于晔不得好死，那应该给出一个不得好死的结果。可现在的情况就不同了，警方完全有可能将于晔从玻璃房中救出，而且，倒计时24个小时，Z先生给出的时间好像又太久了，大大增加了警方救出于晔的概率……”

常鑫教授突然转过身，旁若无人地问安佑麟：“佑麟，说说对案件的看法？”

安佑麟被这突如其来的询问吓了一跳，他吃惊地瞪圆眼睛看着老师，用手指着自己，“我？”

会议室里那些未曾见过安佑麟的警察们都流露出了惊讶的神色，还有一些人毫不掩饰地表现出了不屑和怀疑，对常鑫教授在如此紧急的情况下还要询问自己学生的意见，非常不解。

安佑麟紧张地吞咽口水，在如此多的警察面前发表观点，这还是头一回。

“已经过去快两个小时了，为什么不设法救出于晔呢？而且广场上的围观群众是不是太多了点？怎么说都应该尽快疏散吧？”

安佑麟应付差事般的讲完了，魏志国听完后点点头，似乎安佑麟的话他早就考虑过了。

常鑫教授继而询问周彤雨，“你来讲讲。”

周彤雨从思索状中回过神来，立刻答道：“将于晔绑架在维金广场中央甜品屋的箱子里让所有人来看，会不会另有目的？如果要满足有人想让于晔受到惩罚的欲望，并且以付出生命为代价的话，完全可以将于晔的尸体直接丢出来。还有，Z先生所说的线索又是什么意思？以前蜜萝甜品屋呢？为什么会变成现在的样子？如此大的改造工程，在繁华的商业区怎么会不被察觉呢？”

安佑麟认真听完了师姐周彤雨的疑问，心中不免有些惭愧，周彤雨的疑问跟自己所说的有着本质的差别。

“我也是根据Z先生的威胁做出的决断，他在案件之初就公开表示，如果敢做出解救于晔的行为，就会加速于晔的死亡。”魏志国话锋一转，“但是不能任凭这犯罪分子胡来，维金广场中间有我们的同志把守，不会让围观群众靠前。拆弹小组也已经在路上了，只要拆弹小组准备行动，就会立刻疏散围观群众……”

魏志国停了下来，紧皱眉头，略有为难之意。

“案件特殊，于晔的案子又充满争议，所以不能轻举妄动！”王副局长替他把话说完了。

“嗯……所以还是希望在最短的时间内，用影响范围最小的方式，营救出于晔。”常鑫教授理解地点点头。

这就不对了吧？安佑麟搔了搔脑袋，还有些细节没有想通。如果真的如魏志国所说的，拆弹小组做好准备赶赴维金广场，然后疏散围观群众解救被绑架的于晔，那完全没有必要在此时就请常鑫教授协助侦破案件，换句话说，魏志国对拆弹小组能否顺利救出于晔持怀疑态度。看来不到救出于晔的那一刻，任何准备都不多余。更何况，这次面对的是Z先生，那个消失多年又突然出现的杀人恶魔。

这时候，桌子上的电话响起，魏志国立刻接听了电话。会议室里鸦雀无声，听筒里的说话声甚至可以传到众人耳边。

“上来吧。”

不到两分钟，赵洪军便走进会议室，他那件白色的短袖衬衫已经被汗水浸透了。赵洪军见到常鑫教授并不意外，但时间紧迫他只是向常鑫教授点头示意。

“魏局，于苍海已经交待了于晔被释放之后的行踪……”

同时，会议室墙上的一个屏幕切换到了市公安局审讯室内的监控画面。

就在赵洪军接到命令寻找于苍海了解于晔行踪的时候，于苍海主动到了市公安局。在市公安局刑侦大队的审讯室里，于沧海早已没了大导演的架子，更没了平日接受媒体采访时的艺术气息。得知儿子被Z先生以此种形式绑架的于苍海老泪纵横，头发散乱，额头上尽是往鼻子上滑落的虚汗。说起话来活脱脱一个中年男人版的祥林嫂。

“我真没想到于晔会变成现在这个样子啊，小时候他特别听话，真的是很听话！都说绘画能陶冶情操，他5岁的时候我就请了我的老友、著名书画家望舒先生教他画国画，他还获得过全国少儿书画大赛一等奖……”

赵洪军连忙打断于苍海迷乱心智般的絮叨，询问于晔在被警方释放之后的去向，于苍海这才进入正题。

原来，两个月前于晔深陷强奸未成年少女的案件之后，由于证据不足被暂时释放。但舆论对于晔的审判才刚刚开始，虽说证据不足，可网上的舆论并不吃这套，普遍认为于晔的父亲是大导演，有钱有势，花了大笔钱财动用人脉想让儿子避罪。

“我就那么一个儿子，我也真是怕他出事，网上那些白眼儿狼说的话太可怕了！他们目无法纪，说于晔该死，还有人说有机会下手的话一定要杀了他……”

于苍海喘了口气，继续说道：“我要保护于晔，特别是在那个女孩自杀之后，她就是想用自己的死来煽动别人杀害于晔！我让于晔藏在我在郊区买的一栋别墅里，那房子是我为了避开媒体用的，很少有人知道……”

于苍海告诉赵洪军，这一个多月里于晔就身藏别墅之中，可是一个星期之前，于晔却从别墅消失不见了。

“日常用品都是我亲自送去给他的，每周偷偷去一次。可是一个星期前，我去送东西的时候，发现于晔不在别墅里。我很担心他，就打手机给他，可是手机关机了。我跟萨利华离婚多年，平日里根本不联系，可为了儿子还是问她于晔是不是去了她那里。”

萨利华告诉于苍海，于晔并没有去找她，并在电话里指责于苍海没有管教和照顾好儿子。两人为此还在电话里发生了争吵。

“我以为于晔是独自在别墅里太孤单了，所以去找朋友了。于晔虽然惹上了麻烦，但是还不至于傻到这个时候抛头露面，虽然担心，可我还是……”

所以，于晔一个星期前就失踪了？安佑麟盯着屏幕上的于苍海，心里不免犯嘀咕，既然于苍海担心儿子的安危，为何不在儿子失踪又没有确切下落的情况下报警呢？

当时赵洪军也想到了这个疑点，便询问于苍海发现于晔失踪，为何不报警。

“我没办法报警，我一报警，你们不就知道是我把于晔藏起来的吗？很多事情就说不清楚了。”

“那……于晔到底有没有犯下强奸案？”

赵洪军突如其来的问题，让于苍海愣住了。于苍海稍作停顿，发白的脸上强装出淡定的神色，用强硬的口气回话：“根本就没有！你们警方如果有证据的话，当初也就不会释放于晔了吧？证据，现在可是法制社会，是不是有罪要讲证据的！”

证据……

赵洪军已经听够了于苍海的说辞，他起身朝审讯室外走去，同时他头也不回地对于苍海说：“证据是用来审判罪行的，证据也是可能被人为改变的，但是事实是永远也改变不了的。”

监控画面到此结束。

“魏局，我已经安排人前往于苍海在郊区的别墅了，前去调查是否有于晔被绑架的线索。”赵洪军继续说，“萨利华没能联系上，据她的助理讲，在得知于晔遭到绑架之后，她就带着司机出去了……”

“赶紧想办法找到萨利华。”

“明白。”

会议室的门被再度推开，进门的女警对魏志国说：“局长，隔壁办公室已经布置好了。”

魏志国点点头，并未对其他人做任何交代，直接示意赵洪军、杨雪梅、罗刚以及常鑫教授一行人前往隔壁的一间办公室。这间办公室虽然不大，但是与会议室朝向相同，可以将维金广场上的情况一览无遗。桌子上放置着一只醒目的倒计时钟，上面的红色数字正一秒一秒地跳动着。墙上除了几台显示屏外，还挂着一块白色的写字板。

“老常，这间办公室交给你使用，我知道你的习惯，已经帮你配备好了。希望你能协助警方尽快破案，有什么要求，你尽管开口。”

常鑫教授对魏志国点头，“魏局长，还是跟我说说拆弹小组依旧没有行动的原因吧？”

安佑麟打了个机灵，原来老师早已觉察出了端倪。魏志国局长无奈的叹了口气，瞄了一眼周彤雨：“就像小周所说的一样，蜜萝甜品屋被改造成现在的样子，为什么没有被发觉？还有更重要的一点，那就是封闭甜品屋的玻璃质地，炸弹被放在囚禁被害人的金属箱当中，要想接近金属箱，首先要突破玻璃墙的限制。可是现在维金广场上的状况……这个 Z 先生，太容易掌控和知晓现场的状况了，那简直是完全公开的犯罪现场！”

“老常，”赵洪军低沉道，“魏局已经派人去调查玻璃墙的来源了，也去找蜜萝甜品屋的老板了解情况了。”

常鑫教授陷入沉思。

“有话你就直说，在这办公室里都不是外人，我跟老赵合作多年了，雪梅也是警界老枪了。你这两个徒弟更不用说……”

“现在的情况，的确是闻所未闻、见所未见，不仅仅是我们在明处，凶手在暗处那么简单了。”常鑫教授将脸移向维金广场，“恐怕，凶手不只一个人。”

杨雪梅回忆道：“当年 Z 先生犯下过很多手段凶残的案件，在警界有传闻说 Z 先生还有帮手……”

“门徒。”罗刚突然冒出一句来。

“Z 先生公开表示对维金广场案负责，根据现在的情况分析，这并不是一人可以做到的，说是‘门徒’所为，也未尝不可。”

安佑麟很少听到老师会说如此模棱两可的话，不过还没等他再度揣摩老师的意思，就听常鑫教授继续说道：“从现在开始，我对维金广场案所做的任何分析和推理，仅告知在场的各位，在案件解决之前，也只跟现场的各位单独联络。”

魏志国与常鑫教授对视一眼，颇有深意地点点头，答应了。

“彤雨！”常鑫教授安排道，“你跟着去于晔失踪前藏身的别墅，调查小组有任何调查结果都要通知我。”

“明白。”周彤雨应道。

安佑麟深知老师的用意，师姐周彤雨在不少案件当中都细心地发现了现场的异常情况，再根据异常情况顺藤摸瓜，找到了揭开案件谜团的关键点。

常鑫教授只留下安佑麟在办公室内，并叮嘱其他人若是有情况要立刻通知他。随后常鑫教授来到了窗户旁边望着维金广场，在广场中央甜品屋围观的群众似乎有增无减。

安佑麟感到办公室内目光所及之处都变成黑白的了，一切都犹如石头雕刻一般精致、冰冷且毫无生气。除了桌上那台倒计时钟，闪着红光的时间一秒一秒的跳动，犹如从血管中突然爆裂而出的血液……

“老师，有没有需要我去调查的事情？”安佑麟忍不住问。

常鑫教授没有动身，“你就跟着我吧，如果需要你调查，我会安排的。”

安佑麟走到老师的身边，望着维金广场上的人群。

“佑麟，就目前已知的情况来看，如果你来决断，会怎么做？”

通往郊区的路上，成排的警车闪着警灯呼啸疾驰，道路上的车辆纷纷朝两侧避让。坐在警车后座上的周彤雨望着路旁飞速后移的车辆，不免心中忐忑，她不知前方即将面对的究竟会是何种局面。

上午 10 点 45 分，距离倒计时结束还有 21 小时 45 分钟。

疾驰的警车来到了于苍海位于郊区的豪华别墅。周彤雨下车，跟随警察走进院落，她望了一眼别墅周围的绿篱墙，明白了于苍海选择将于晔藏身此处的原因。

别墅位于庄园别墅区内，每栋别墅自带花园和狭长的小路。并且别墅之间的街道和相隔空间较大，确保了每一位业主隐私和安静生活的需要。园内的草坪依旧整齐，喷泉依然在哗啦啦地喷着水。

打开别墅大门后，调查小组便迅速展开了调查。周彤雨做好准备后随之走进别墅，眼前是富丽堂皇的大厅——古朴沉色的吊顶，精美的雕刻，木质与金属完美结合的吊灯。在巨大落地窗的旁边，摆放着与暗沉色截然不同的乳白色沙发组，传统与现代的搭配恰到好处。

周彤雨打量着整个大厅，这里干净整洁，一双穿过的拖鞋被随意丢在门边，拖鞋立刻被调查小组成员装入了证物袋中。调查小组正在按部就班取证的同时，周彤雨离开客厅来到了隔壁餐厅，她站在餐厅门前驻足观望。周彤雨自打走入别墅起，就有一种难以言喻的感受，怪异、不对劲……

维金广场专案组办公室内，听闻老师常鑫教授问题的安佑麟一时慌神，他始终也没有空闲时间来仔细回忆到目前为止维金广场案的种种细节，老师却又在此时突然询问他该如何决断？

安佑麟的脑子里一团乱麻，他望了一眼窗外的维金广场，犹豫着说：“先搞清楚Z先生的目的吧？然后从目的入手，击破Z先生达到目的的路径……”

常鑫教授微微摇头。

安佑麟见状立刻领会了老师的意思，决断？

“老师，你说的决断是……”

“是否该救于晔！”常鑫教授道。

安佑麟一惊，他没有想到老师会说出这样的话。该不该救人，答案是毋庸置疑的，无论于晔是否真的犯下罪案，他都不应该被人用如此的手段绑架示众。若真的犯罪，于晔应该接受法律的制裁。

“老师，难道现在不应该立刻制定出解救方案么？”

常鑫教授无意回答安佑麟提出的疑问，“实际上，最有效的解决维金广场案的方法就是牺牲于晔。”

安佑麟尽量不表现出惊讶的神情，他渴望知晓老师背后的用意，“牺牲于晔？这样就可以完全不受Z先生的牵制了？”

“从目前的局面看，只要想救于晔，无论是不是立刻行动，都要受制于Z先生。维金广场是个开阔的公共场所，如此明目张胆地作案，警方是无法封锁消息的。也就是说，围观的人越多，对解救于晔就越是不利，解救成本也就会越高。”

第二章　三个提示

解救成本？安佑麟困惑地望着老师，在过去案件的侦破过程中，常鑫教授从来不会用“成本”这个词来衡量与人命相关的任何事情。安佑麟更加摸不清老师的思路了。

常鑫教授来到了记事板前，他拿起写字笔来在上面写下“维金广场案”“倒计时 24 小时”和“于晔”。常鑫教授在“于晔”这两个字上盯了许久，然后又写下了“三条线索”，紧跟着就是一个大大的“？”。

“我们现在掌握的线索少之又少，而且我们还不清楚这三条线索究竟会是什么……”

“无论线索是什么，现在广场中央的蜜萝甜品屋四周被厚重的玻璃墙挡住了，线索对救出于晔真的会有帮助吗？”

常鑫教授面露喜色，对安佑麟提出怀疑颇为满意，“说的没错，Z 先生只是表示会给出三条线索，那么这三条线索如何使用却只字未提，可见 Z 先生对线索的保密非常谨慎。”

“增加了线索的真实性？”安佑麟瞪着眼睛说。

“没错！”常鑫教授答道，“Z 先生不轻易公布线索的原因，正是担心警方会根据线索的成立条件提前寻找。”

说着，常鑫教授在记事板上添上了“游戏”二字。

正当安佑麟揣摩这两个字的时候，罗刚走进办公室，“常教授，萨利华已经找到了！”

常鑫教授转过身来，“噢？”

“她正在接受媒体采访！”

“观众朋友们，大家好。今天早上8点30分，维金广场发生绑架事件。涉嫌强奸未成年少女的于晔被自称‘Z先生’的人囚禁在广场中央的甜品屋内，目前警方正在解救当中。现在我们请来了于晔的母亲，萨女士，来到了我们的现场，就于晔遭到绑架的事件与网友进行沟通和交流。”

镜头从女主持人挪到了旁边萨利华的身上，萨利华脸色蜡黄，说话之前停顿犹豫了很久。

“观众朋友们，”萨利华轻声细语，“最近一段时间，我和我的儿子……备受关注，这也是我第一次直面媒体……”

萨利华停顿了一下，她眼睛里含着泪水。

“最近几个月，我的影迷、亲友对我很是担心。我感到万分愧疚，不曾想到儿子的事情会造成如此大的影响，作为他的母亲，我责任重大。一个多月前发生的案件，并没有确凿的证据表明，是我的儿子做的。这也是警方释放我儿子的原因……”

说到这里，萨利华绷不住泪水，哭泣起来。主持人立刻为她递上了纸巾，萨利华擦了擦眼角的泪水继续往下说。

“现在广大网民对警方释放于晔抱着怀疑的态度，甚至有谣言，说是我和我的前夫出钱让儿子逃避法律的制裁。现今是法制社会，警方的调查也是被广大群众监督的，调查并没有结束，我也希望警方可以还给我的儿子于晔，真正的清白。”萨利华深呼一口气，“所以，我恳求大家，放弃偏见，遵从警方的调查。也希望绑架我儿子的人能够听见我下面要说的话……”

萨利华正了正身体，对着镜头严肃道：“希望你放了我的儿子于晔，如果你对警方的调查持怀疑态度，我在这里可以用我的事业、人格做出保证，于晔绝对不会做出逃避法律制裁的举动，他会在公众的监督之下配合警方接下来的调查……”

短短三分钟的视频已经超过万人转发。

“这个萨利华真是添乱！”魏志国局长皱着眉冲着屏幕摆了一下手，“她现在不赶紧配合警方确认于晔失踪前的动向，跑去跟嫌疑人隔空喊话？”

这时常鑫教授的手机响了起来，他一边接电话一边来到了写字板的前面，“喂！彤雨，别墅方面的调查怎么样了？”

周彤雨在别墅内的各个房间徘徊，寻找值得注意的线索。在卧室当中，虽然床铺上一片凌乱——于晔显然没有起床后收拾被褥的习惯，但是房间中也仅仅是凌乱而已，并没有成堆的垃圾和污渍。卫生间里有几件脏衣服，但没有异味。厨房的冰箱里还有一些过期变质的速食品，水槽里没有水渍，可见许久没有人开过水龙头了。垃圾桶里的垃圾袋中，有一些速食餐盒。

“老师，调查小组发现门前有一些液体干涸的痕迹，怀疑是曾经放置过垃圾袋时留下的。”

“那很可能是于苍海要求的，为了保证于晔在房子里不被人发现，于晔就不可以出去丢垃圾。所以让于晔将垃圾袋放在门前，等于苍海来送东西的时候再收走。”常鑫教授接着问，“你有什么其他发现吗？”

电话那边的周彤雨停顿了许久，“老师，虽然别墅内的摆设看起来没有异样，但是作为一个男人的藏身处，某些地方干净整洁得不自然了。”

“有人打扫过？”

“刻意地清理过，”周彤雨解释说，“如果有专门的清洁工人来为于晔打扫房子，很多我们不曾注意的地方应该会干净一些，比如沙发和茶桌的下面。可是别墅当中，只是一些常来常往的地方被刻意地清理过，那里积攒的灰尘与其他房间的完全不同……”

根据调查小组的初步检查，从客厅到大门之间被集中清理过，连一片指纹的痕迹都没有。

常鑫教授一边听着周彤雨的叙述，一边在写字板上写下了“主动开门”四个字。

挂掉电话之后，常鑫教授将周彤雨汇报的情况告诉了魏志国等人。

赵洪军盯着写字板上的“主动开门”，“看来于晔在别墅内遭人绑架的可能性很大，‘主动开门’？于晔主动为绑架他的人开门？难道是他认识的人？”

魏志国局长始终不言语，他望着之前常鑫教授在写字板上写下的内容若有所思。

“于晔的指纹也被清理掉了？”杨雪梅问，“可见于晔遭到绑架的地点应该就是客厅，而且现场可能发生过激烈的争斗，留下过可能引人怀疑的痕迹。”

“绑架者会不会是于晔的熟人呢？”罗刚有所怀疑，“毕竟于苍海藏匿于晔，是出于保护他的目的。于晔理所当然不会想让人知道自己藏身在别墅，即便有人来敲门，于晔也不可能贸然打开门。”

常鑫教授虽说沉默不语，可对于晔主动为绑架者开门这一点存疑。熟悉的人？又或者发生了于晔不得不开门的情况？

“我建议，对经常接触于晔的人进行调查询问，尤其是经常跟他喝酒玩乐的朋友。在于晔被藏匿之后，这些人当中是否有人知道于晔的藏身处。”

魏志国立刻安排人前去调查。

至于接下来众人对绑架的猜测，安佑麟听得并不仔细，他看着萨利华采访视频下面的网友留言——

1#.戏子无义，表演的太拙劣了，呵呵！

2#.哭得好假啊，当年她是怎么获奖的啊？有内幕吧？

3#.路转黑，既然说于晔没有强奸，那为什么要把他藏起来啊，此地无银三百两。

4#.于晔去死吧！于苍海去死吧！萨利华，也去死吧！

5#.别出来卖同情了，支持Z先生炸死那个畜生！

6#.萨婊无药可救，道德沦丧，溺爱子女只会害了他们，事到如今，还在死鸭子嘴硬。

安佑麟朝下扫了一眼，下面的那些回复除了对萨利华在接受采访的态度表示质疑，其他的就是谩骂和挖苦。

有人敲门报告，说拆弹小组已经到达一楼，魏志国派杨雪梅下楼，听取拆弹小组的营救方案，又让罗刚和赵洪军到维金广场上查看围观群众的情况，并安排便衣警察安插在人群当中。

“魏局长，我有事想跟你谈谈。”

见常鑫教授皱着眉头，态度严肃，安佑麟本想随着罗刚离开办公室，不料常鑫教授却叫住了他。

“佑麟，你留下。”

安佑麟一时尴尬，不知道是该站在老师身边听他与魏局长的谈话，还是站在窗户旁边，假装观察维金广场上的动向。不过常鑫教授和魏志国并没有因为安佑麟在场而有所避讳。

“魏局长，这案子恐怕远比想象的复杂，风险也非常大，我想知道你对这件案子的态度。”

魏志国转身望向窗户，思量了许久，“老常，我明年就要退休了。我跟犯罪分子打了一辈子交道，这恐怕是我离开警界前最后一件大案子了，我希望能够顺利解决维金广场案。”

魏志国转向常鑫教授，他伸出右手与常鑫教授握了握，“老常，咱们俩也打了一辈子交道，你懂我的意思。”

常鑫教授将左手压在了魏志国的手背上，“我明白了，我会尽力的。”

此情此景，安佑麟倒有些看不懂了，两个人仿佛话中有话，在说着只有彼此能够明白的暗语。

蜜萝甜品屋的老板终于被找到了，他叫李元华，是个自主创业的年轻人。当年大学毕业之后，贷款盘下了蜜萝甜品屋，短短几年之内在周边商业办公区打出了品牌。

不过有关蜜萝甜品屋被改装成目前形态的情况，警方无从查起，因为李元华被发现的时候已经死了。发现死者并报警的是李元华的女友高佳丽，高佳丽早上从新闻得知了维金广场案，第一时间联系男友李元华，不料对方手机始终没人接听。随后高佳丽赶到了男友家，发现李元华死在了浴室浴缸当中。经法医初步检验，李元华是中毒身亡。

根据高佳丽的叙述，李元华是在两个月前有了升级店面的想法，并且联系上了一家叫做 GTD 的装修设计公司，其余的她一概不知了。经警方调查，GTD 公司根本就不存在，在李元华手机中发现该公司的联系电话，其机主也无法查询。询问在甜品屋工作的员工，也都表示只有老板李元华与 GTD 公司进行联系，他们从未见过这家公司的人。于是，从蜜萝甜品屋的装修方向寻找幕后黑手相关线索的可能，几乎断绝。

常鑫教授在得到这个消息之后，对着窗外的维金广场沉默许久，他左臂抱胸，右手举在鼻子下面，拇指在食指关节上不断摩擦。安佑麟知道老师的习惯，只有常鑫教授在进行严峻思想斗争的时候，才会有此举动。

“佑麟，”常鑫教授低声问，“如果你来做决定，就目前的情况来看，你会如何继续调查？”

常鑫教授的疑问，安佑麟思考过。虽然李元华的死亡，可以作为线索继续调查，只是时间紧迫，从在时限内解决维金广场案的大局考虑，可有可无。

“不要瞻前顾后。”常鑫教授提醒。

“我会跟 Z 先生先过一招！虽然 Z 先生在暗处，可我们并不知道他是不是虚张声势！过招之后若能救出于晔，那是最好，如果不能的话……”

“如果不能救出于晔，也能探清对方的虚实。”常鑫教授点头赞同。

“还有一点！Z 先生摆出这么大一个局，不可能仅仅因为我们先出手而直接杀死于晔，更不至于毫无回旋的余地。毕竟 Z 先生规定的时限是 24 个小时，我认为他还有其他目的。”

周彤雨已经从于晔藏身的别墅赶了回来，在别墅区的警察已经开始调查一个星期前进出该区域的可疑车辆。同时，在常鑫教授的建议下，营救于晔的首轮行动正式开启。

中午 12 点整，距离倒计时结束还有 20 小时 30 分钟。

经过周密的部署，特警队将配合拆弹小组展开第一轮的营救行动。首先，由特警队进入维金广场，疏散围观群众至安全范围。

“Z 先生的目的不仅是为了绑架和杀死人质，他既然选择维金广场作为犯案地点，一定还有更深层次的原因。”

“常教授，你认为 Z 先生并不会伤及围观群众？”

“见证者！Z 先生需要这些人做见证他变态行为的观众！”常鑫教授答道，“不过为了安全起见，还是需要疏散群众。”

“不可以让潜藏在群众当中的同事暴露身份！”赵洪军叮嘱。

这也是常鑫教授的意思，这是在维金广场案发生后与 Z 先生的首轮较量，在没有百分之百把握取胜的情况下，不可以暴露自己手里的牌。

根据拆弹小组分析，封闭蜜萝甜品屋的玻璃墙是由特殊材料制成，对一般的暴力破坏有抵抗作用，并不排除玻璃具有防弹的功能。所以，采用小规模爆破的方式，在距离屋内金属箱最远的玻璃墙上破裂开一个洞，作为进入甜品屋的通道。

“我们不能被犯罪份子耍得团团转，更不要根据犯罪分子提供的倒计时来判断形势！”

魏志国局长宣布行动开始。

特警队员进入维金广场，此时广场上的围观群众比三个小时之前的人数多了几倍，但其中不乏魏志国安插的便衣警察。围观群众为特警队员让出了一条直逼向甜品屋的路。

拆弹小组就跟随在特警队员之后，当特警队员与站在甜品屋警戒线前与维持秩序的几位警察开始疏散群众时，甜品屋突然发出类似防空警报的声响。

“嗡嗡嗡——”

甜品屋内的灯光突然变成了红色，灯光集中照射在金属箱和于晔的脸上。甜品屋上的两块屏幕上能够看清于晔的脸，他仿佛遭受到了痛苦，表情扭曲，发出无声的呻吟……

另外两块屏幕上出现了绿色的声波线，Z 先生的声音再度出现了：“警方破坏了游戏规则，将要付出惨痛的代价！在这维金广场上，我的目标只有罪人于晔，对见证这一切的围观者我并无杀意。但是我绝对不会容忍破坏游戏规则的行为，现在你们有 30 秒时间解除对围观群众的驱赶，并不再限制任何人来到维金广场……”

说完，屏幕变成了 30 秒倒计时——

00:00:30

00:00:29

00:00:28

00:00:27

Z 先生要提前引爆炸弹？

同时，正在被疏散的人群中，有人开始朝着甜品屋的方向拥挤，并高呼道：“又倒计时了，警察这是要害死于晔啊？”

还有些人对于晔的生死根本毫不关心，只是端着手机不想错过他被炸死的瞬间。

站在落地窗前望着维金广场上发生这一切的魏志国面无表情，赵洪军在对讲机里对他说：“现在情况紧急，请局长下命令！”

还剩下 20 秒！

相比其他人的心惊胆战，常鑫教授与行动之前的神色无异。倒是安佑麟紧张不安地看着身旁的周彤雨，只见她一只手紧抓着衬衫的前襟，另一只手不由自主地拉住了安佑麟的胳膊。

“终止行动。”

常鑫教授说完，便转身离开了会议室。周彤雨回过神来跟了出去，而安佑麟却挪不开脚，依旧盯着维金广场，直到魏志国向赵洪军下达了中止行动的命令。

回到隔壁办公室内，安佑麟看到常鑫教授左臂怀胸，右手做着摩擦手指的动作立于落地窗旁。

维金广场上的特警队与拆弹小组迅速撤离，起先被疏散的围观群众又迅速地围到了甜品屋附近。同时，甜品屋顶屏幕上的倒计时停在了

"00:00:02"的时刻，随即消失不见。

维金广场虽然恢复到之前的秩序了，可不得不承认警方与Z先生的首次交锋已然失利，只是没有发展到最坏的结果罢了。

常鑫教授见事态暂时稳定，挪步来到写字板前，并快速记下了几个词——代价、罪人、杀意！

安佑麟盯着写字板上的内容，企图将这几个词与Z先生之前所说的话联系起来，只是这些内容犹如碎片般在他的脑海中快速飘浮，无论如何也无法拼凑成对侦破案件有利的线索。

周彤雨悄无声息地将手机递给了安佑麟，安佑麟回神一愣，接过了手机。此时，各大媒体纷纷报道"维金广场案"，任何一篇报道标题上只要有"维金广场"四个字，点击量便会暴涨。

在微博上，有网友发起了投票，"Z先生公开审判于晔，你是赞同还是反对？"还有人发了各种揭秘案情的帖子，从各种角度剖析发生在两个多月前的强奸案，对Z先生当年犯下的案件更是众说纷纭。

安佑麟随意点开了一篇揭秘案情的文章，里面的内容是关于于苍海的背景揭密，说他在娱乐圈内某明星创办的影视公司上市过程中获得股份红利，并且结识了位高权重的人物。于晔之所以能够被无罪释放，还是因为于苍海在背后进行了运作。

文章内容大多是秘闻，读起来的确有几分猎奇的快感，但是真实性就不得而知了。紧接着，安佑麟又下滑屏幕，直接拉到文章下面的评论区。

1#.呵呵，早就料到了，资本干预司法公正？

2#.应该炸死于苍海才对吧？教出了混蛋儿子，还有萨姨也该死！

3#.顶1楼，一家人都该死，一家人应该好好死在一起才对！

4#.有没有人跟我一样，觉得Z先生的行为完全正确么？我是个老西京，准备去维金广场声援Z先生伸张正义了！

5#.我也在西京，听说维金广场已经不准进入了，求真相！

6#.如果当初调查强奸案也这样透明公开，至于会发展到这一步吗？

7#.欢迎各位身在西京的正义之士加入群，一起伸张正义，声援Z先生！群号……

8#. 案件还没有调查清楚，现在就贸然给于晔定罪是不是为时过早？想要维护法律的公正，就算于晔有罪，也应该受到法律的审判，而不是用绑架的方式。

9#.1楼惊现水军！

10#. 终于看见活的水军了，扔给你一块钱，不用找了。

11#. 收了昧心钱的水军，不怕那个跳楼自杀的女孩晚上去找你么？

……

中午12点15分，维金广场地铁站关闭。10分钟后，西京地铁运营公司宣布，出于对乘客安全考虑，暂时停止行经维金广场地铁站的地铁2号、3号线的运行。西京市的大量民众开始涌向维金广场。

微弱的灯光只照亮了舞台上的女人，那女人身穿宝蓝与暗银色相间的旗袍，身段婀娜，她忘情地唱着歌，面美含笑。

《万凤诀》，歌如其名，那曼妙的歌声犹如凤凰展翅在整个大厅内飞舞，令坐在各个方位的听众随着节奏时而呼吸加速，时而喘息柔缓。

舞台灯光交错，一只火焰般明亮的凤凰环绕在忘情歌唱的女人身边，紧接着是第二只、第三只……一直到九只精妙的凤凰全部出现，在舞台上随着歌声轻轻飞舞。

灯光被缓缓点亮，女人的背后出现了广阔的山川水景，她仿佛置身仙境，踩踏在奇石之上，在凤凰飞舞与雾气的环绕下放声歌唱。天空中开始撒下花瓣雨，花瓣飘飘洒洒地落下，穿过火焰般明亮的凤凰落在山石之间。

突然一个人影从空中一闪而过，落在地上发出轰隆的声响。歌声戛然而止，几秒钟后，坐在前排的女听众突然发出刺耳的尖叫声。灯光开启，凤凰、仙境和薄雾犹如被揭穿的幻术般顿时烟消云散，将在场的所有人都拉回到现实之中。

舞台上，赫然躺着一个身穿长衣的女人，浸泡着绸带的血液逐渐散开，吞噬着舞台上那白黄相间的花瓣……

上午 12 点 45 分，距离倒计时结束还有 19 小时 45 分钟。

维金广场上已经聚集了三百多人，警方在蜜萝甜品屋 5 米之外拉起一道警戒线，并由特警把守在在警戒线边缘，禁止围观者继续靠近。不过根据警方部署，站在最前排的大多数是便衣警察。

按照负责广场安全的赵洪军指示，挑选了一些年轻、相貌平凡的男女警察混入人群的前排，确保围观者的安全。并且，他还下令，除非特殊情况，任何便衣警察不准暴露身份。所以，很多便衣警察甚至学着周围人群端起手机做出拍摄的动作，不想行为显得与围观者格格不入。

出于安全角度考虑，魏志国局长安排市公安医院迅速在隔壁大厦的两层建立医护中心，以防止意外情况的发生。

就在这时，蜜萝甜品屋突然响起了儿歌声，维金广场顿时沸腾起来，众人的注意力都集中到甜品屋。甜品屋顶其中一块大屏幕上显示出绿色的声波条纹，Z 先生那诡异的声音出现了——

“按照约定，我将给出解救于晔的方法。从现在开始，每隔一段时间，我将给出一条线索，每条线索的最终答案将得出一个数字。”

说到这里，其余三块大屏幕上都显示着同一画面，画面正拍摄着甜品屋内金属箱正面的玻璃，玻璃上出现了亮着暗光的方块，方块旁边是数字 0 至 9 的键盘。

“当我给出的三条线索的数字全部正确之后，我将遵守承诺释放于晔。我提醒企图拯救于晔的人，如果在 0 到 9 这 10 个数字中进行尝试，每输入错误一次，倒计时将减少两个小时。”

在专案组办公室内的常鑫教授正皱眉盯着正在监控蜜萝甜品屋的画面，Z 先生的每一个字他都细细琢磨。安佑麟焦急万分，他时而盯着墙上的显示屏，时而望向落地窗外的维金广场。周彤雨正一边听着 Z 先生的提醒，一边在手机上记下她认为很关键和值得注意的内容。

“第一条线索。想要拯救于晔的人，请仔细看好！”

Z 先生话音刚落，只见甜品屋顶的三块屏幕同时黑暗，只留下那随声音波动的绿色声波线。

有一块屏幕首先亮了起来，黑色的文字出现在亮白的背景上——**“请救救我的女儿”**。

请救救我的女儿？

安佑麟心中默念，难道这句话是在暗示于晔涉嫌的强奸案受害者，那位未成年少女跳楼自杀的事情？暗示女孩的父母与线索有关？

紧接着，第二块屏幕亮了起来，黑色的文字在亮白的衬托下格外显眼——**“为了身为王者的屠夫”**。

王者？屠夫？

这第二块屏幕上给出的线索让安佑麟摸不到头脑了，之前那块屏幕上关于救女儿的线索姑且算得上有些眉目，可是这条线索……常鑫教将这两条线索按照顺序在写字板上快速记下。周彤雨则用手机对准显示器拍照，将线索用照片的形式留存在手机当中。

安佑麟记忆超群，虽说并不一定要做些刻意记忆的无用功，但站在老师旁边却无动于衷的他多少觉得在外人看来自己有些无能。

第三块屏幕亮了，在场围观等待的人全都屏住了呼吸，黑色文字出现——**“悠悠悲伤之人的追逐啊”**。

悲伤的人？追逐？

安佑麟愣住了，他脑子里几乎一片空白，连一丁点的线索都没有。他甚至无暇顾及身旁的老师和师姐在做什么。

阳光下，维金广场像热水般沸腾，所有人都在盯着Z先生给出的三个线索提示议论纷纷。

“救女儿？”

“肯定与强奸案受害者有关！”

“那么‘王者’呢？‘屠夫’又是什么意思？”

“说的是于晔吧？”

“不对！王者应该说的是于苍海！帮助儿子逃避法律的制裁！”

“还有‘悲伤之人’呢？”

安佑麟透过落地窗望着骚动不安的维金广场，他抓了抓头发，望着常鑫教授沉思的背影，“老师，难道Z先生是想要求警方继续调查强奸案？”

常鑫教授缓缓转过身来，微微摇头，可是他并未解释否定这个想法的原因，而是转向周彤雨：“彤雨，你来说说佑麟产生这个想法的原因。”

安佑麟用困惑的眼神望着师姐周彤雨，周彤雨立刻回答说：“我之前也考虑过这一点，于畔遭到绑架身负炸弹，线索提示又提及了‘救女儿’，可以联想到强奸案中的受害者跳楼自杀。继而将这条线索联系到受害者的父母，涉及强奸案的调查……”

周彤雨犹豫地停了停，常鑫教授并未催促。

“可是另外两个线索提示并没有更多相似的指向了，至少就目前的情况来分析，我觉得……很可能在第一条线索的提示背后，恐怕还有其他相关的案件！”

安佑麟恍然大悟，原来自己一直局限在眼前的维金广场和两个月前的强奸案上，“难道还有我们没有发现的案件？”

魏志国带着杨雪梅来到办公室，“老常，你对Z先生给出的线索提示怎么看？”

“现在的三个提示，还不足以得出线索的答案。”常鑫教授解释说，“魏局长，我怀疑在这三个提示的背后还有其他相关的尚未被发现的案件。”

魏志国挪步到落地窗前，“一个维金广场案就已经让咱们焦头烂额了，如果背后还有其他案件，案子就越来越难处理了。”

“魏局长，针对下一步的营救计划，有什么安排？”常鑫教授问。

“拆弹小组和特警队正在研究营救方案，洪军在楼下参与商讨。”

魏志国话音刚落，罗刚气喘吁吁地冲进办公室来。

“魏局，西京大剧院发生命案，现场发现了Z先生留下的线索！”

在魏志国的安排下，由杨雪梅和罗刚带领，常鑫教授携两位学生前往西京大剧院。魏志国和赵洪军继续坐镇维金广场专案组办公室，制定接下来的营救方案。

维金广场中央的甜品屋中，金属箱上的倒计时正一秒一秒地跳动着，于晔在清醒和昏迷之间徘徊，用那双眼迷离地望着面前的玻璃墙，以及墙外那熙熙攘攘的人群。

下午 13 点 30 分，距离倒计时结束还有 19 个小时。常鑫教授一行人来到了西京大剧院。

一路上警车风尘仆仆，用最短的时间赶到了西京大剧院门前。常鑫教授匆匆下车之后，看到不少警车围在剧院门口。

“杨队长，”常鑫教授低声叮嘱，“让门前的警车全部撤到远处，在剧院内部进行封锁。”

杨雪梅立刻领会了常鑫教授的意思，她马上将命令传达给同来的一位高个子男警，男警接到命令后快速行动指挥警车撤离。进入剧院大厅后，由之前赶来的警察带领众人朝着歌剧厅走去。

安佑麟与师姐周彤雨紧跟老师常鑫教授的步伐，他记得上次来西京大剧院也是跟着周彤雨来的。那天是安佑麟的生日，常鑫教授原本要为他庆生的，可不凑巧他要参加一个突然更改日期的研讨会，周彤雨随行。就在安佑麟在学校忙完学业，准备简单吃顿饭过生日的时候，周彤雨突然搭飞机赶了回来，还开着老师的银色轿车载他来到了西京大剧院。

那天周彤雨为安佑麟准备的生日礼物是他最想去看的歌剧《图兰朵》，周彤雨告诉他，是老师常鑫教授托人买来的票，本来是想一同为安佑麟庆祝生日的。安佑麟深知大导演的《图兰朵》一票难求，老师如此费心，师姐特地搭飞机赶回来为他庆祝生日，让他很是感动。

散场之后，安佑麟穿行在光华明亮的水色廊道，依旧沉浸在歌剧当中，兴奋地朝周彤雨絮叨着那一幕幕精彩的故事。

“佑麟，本来想为你准备一桌好菜的，不过我还要赶飞机去帮老师整理资料。今晚不能陪你了。”

周彤雨开车送安佑麟回到校门前，安佑麟对着远去的轿车挥了挥手……

眼前依旧是那条水色廊道，只是心境发生了巨大的变化。安佑麟心中感到无比荒凉，不知前方将要面对的究竟是什么。

来到歌剧厅，金色的大门已经完全敞开，观众席已经空无一人。整座歌剧厅金碧辉煌，圆环状的厅顶层叠而下，金黄与赤红交相辉映，在灯光的照耀下看上去广阔无边。

一位女警从舞台的方向沿着台阶迎面而来，她留着短发，目光有神。

“报告杨队，调查小组已经展开现场调查。”

女警将众人引向了舞台，调查小组的警察已经开始了现场物证的调查和采集。法医正围在舞台中央检验尸体。

“案发时，正是著名歌唱家蔡忆萍的个人演唱会，当时她正在演唱最后一首歌，也是压轴歌曲《万凤诀》。”

安佑麟对蔡忆萍早有耳闻，一位最近几年非常有名的民乐歌唱家。蔡忆萍不仅在歌唱艺术领域技艺高超，更对舞台效果有着严格的把关。所有听过蔡忆萍演唱会的听众都印象深刻，每每到她的压轴曲目，不俗的舞台效果都令人流连忘返。

这也是蔡忆萍饱受争议的原因之一，她时常在媒体上表示要追求纯粹的民族音乐之外，舞台效果的夺目也遭人非议。起初，很多媒体评论此举是舞台噱头，甚至有知名媒体嘲讽说“华丽的舞台效果会让听众毫不在意蔡忆萍女士的歌喉”。

但是几场演唱会下来，蔡忆萍的表现让听众非常满意，“蔡老师的歌声不仅动人，而且蕴藏着饱满的自信。舞台效果近乎完美，不过再完美的效果也只能做蔡老师清润歌声的陪衬。”

于是，关于舞台效果的争议逐渐淡去。不过众所周知，作为蔡忆萍演唱会最亮点的舞台效果完全是保密的，不到演唱完最让人回味无穷的歌曲，无人会知道那近乎完美的舞台效果究竟如何。

案发当时，蔡忆萍在动情地演唱着《万凤诀》，原本保密的现场效果开始展现，所有的在场听众都沉浸在歌声之中。在歌曲的高潮部分，九只火焰般炫亮的凤凰由细密的光线组成，在仙境般的背景下扇动翅膀飞行。花瓣从天而降，现场效果近乎完美。

同时，突然有异物从天而降，砸在了舞台中央，坐在前排的女听众最先发现异物竟然是一个女人，于是演唱会立刻终止。警方接到报警后赶来，并在尸体的衣服上发现了一张卡片，卡片上印着一个血红色的字母 Z。这条线索的出现引起了办案警察的重视，立刻联络了专案组。

安佑麟望着空旷的观众席，想必刚才这里坐满了人。可是此时此刻这成百上千的观众，又如何处置了？

常鑫教授也注意到了这一点，杨雪梅说，在得到案件消息之后，除了前排最先发现尸体的几个观众被留下问话之外，让其他观众都迅速离开了，理由是现场效果发生了意外情况。

让在场的观众离开？安佑麟感到意外，毕竟这可是维金广场案的关联案件。从谨慎的角度考虑，让现场的观众几乎全部离开，是不是有些欠妥呢？

安佑麟困惑地望着学姐周彤雨，周彤雨正跟随在老师身旁，并未留意到他的疑虑。罗刚靠近安佑麟低声问："怎么了？"

"有点看不太明白了。"

罗刚侧脸扫了安佑麟一眼，这是他的习惯，等待安佑麟继续说下去。

"案件与 Z 先生有关，让观众都离开了……会不会放走与案件有关的嫌疑人？毕竟这里就是案发现场。"

听了安佑麟的顾虑，罗刚低头沉思一番，"佑麟，这其实跟刚才常鑫教授要求撤离警车是同一个目的。"

刚说完，罗刚就被杨雪梅叫到了身边，要他安排常鑫教授等人进入现场。

安佑麟望着老师的背影，琢磨着罗刚的话。撤走警车？不想让人看到警车停在西京大剧院门前？安佑麟醍醐灌顶，Z 先生在维金广场公布的线索的三个提示，就是想让所有的围观者都知晓。如果有民众知道线索提示的背后还有其他案件，恐怕又会聚集到西京大剧院来。

如此看来，让大多数现场观众离开是权宜之计，并且以现场效果发生意外情况为理由，可以尽可能地降低在场观众的关注度。

想到这里，安佑麟又摇摇头，这恐怕只能是缓兵之计。毕竟 Z 先生制定的游戏规则是有时间限制的，已经过去5个多小时了，而且这仅仅是第一条线索，另外两条线索尚未出现，他们并没有太多的时间来解密。

常鑫教授等人在杨雪梅的带领下换好衣服来到了舞台，安佑麟紧跟老师的步伐，他不想踩到花瓣，可无奈花瓣遍地，他只好尽量避开调查小组成员拍照的位置。常鑫教授弯下腰，用带着手套的手捡起了一朵黄白相间的花朵，仔细端详了一番。

众人来到了尸体旁边，一位年老的法医正在检查尸体。安佑麟从那身影认出，是市公安局法医组的老组长孙庆林。孙组长已经到了快退休的年龄了，算是西京市公安局的瑰宝级人物，一辈子从事法医工作，经验丰富。

安佑麟望了一眼尸体，尸体从高处坠落，虽然不是血肉模糊，但几乎是全身浸泡在血液之中。也正是看到尸体之后，安佑麟终于明白将观众疏散离去的理由为何是效果事故了。

这是一具女性尸体，从模糊的血腻当中可以看出其衣着。女尸上身单薄的小短褂，短褂由丝绸织成，与尸体腰间那折折叠叠的腰围同样是粉色的。腰围下面是一条绿色的长裙，裙子的长度已经超过了尸体的腿。女尸的手脚上还纠缠着赤红色的绸带，与血液混在一起。尸体的头发虽然有些散乱，可隐约能够看出死者生前有打理过头发，并将头发梳理成发髻。

“孙老，尸体的初步检验情况怎么样？”杨雪梅对孙庆林的言语尊重客气。

孙庆林站起身摘下了口罩，“死者死于高空坠落，从死者的坠落高度和尸体表状看，高空坠落导致了致命的腹腔损伤、椎骨断裂。”

孙庆林与常鑫教授是老相识，自然知晓常鑫教授一干人等来到这里必定是为解决案件而来的。他继而对常鑫教授说，“不过还有一点值得注意，死者生前有营养不良的症状。”这孙庆林倒也不客气，说完就低下身继续工作了。

营养不良？安佑麟看着尸体，他只看出尸体有些干瘦，可在血液掩盖之下，营养不良的症状他一点也没有注意到。

“死者身份调查到了么？”常鑫教授问。

“死者，王萌，女，23 岁，西京市人。”引常鑫教授等人进入歌剧厅的短发女警回答。

“这么快就查到了？”

“在死者身上发现了身份证。”

说着，女警将证物袋递给了常鑫教授。常鑫教授接过证物袋，里面正是死者王萌的身份证，身份证上还沾染着她的血迹。看过之后，常鑫教授将证物袋递给了身旁的安佑麟。

安佑麟看着身份证上的照片，看得出死者王萌生前是一个不苟言笑的女人，虽说身份证上的照片大多都很严肃，可王萌的脸上看不出丝毫存在笑意的可能。而且，王萌的目光看上去有些异样、呆滞。安佑麟将证物带递给了师姐周彤雨。

“带我去看看死者坠落下来的位置。”

按照常鑫教授的要求，在歌剧厅工作人员的带领下，一行人乘上舞台后方的升降梯来到了舞台的最高处。安佑麟早就听说过西京大剧院的歌剧厅的舞台配置极为先进，具有推、拉、升、降、转等多种功能，世界各国著名的歌剧演员和歌唱家都曾在歌剧厅登台表演过。

安佑麟立在逐渐升高的升降梯上，望着整个大厅暗暗感叹，一种身处高空的无助感出现了。周彤雨留意到了安佑麟的神色变化，便低声问道：“我记得你不怕高吧？”

安佑麟勉强一笑，摇摇头，并未接话。他又看了一眼身边的罗刚，罗刚扶着栏杆，表情严肃地仰望着即将到达的最高点。

“后台是有监控的，从头到尾也不见有人爬上这么高……”工作人员解释道，“实在搞不清楚她是怎么上来的，升降梯之前也没有被开启过！”

升降梯停在最高处，工作人员带众人走上顶端的窄道，沿着护栏来到了死者王萌坠落的顶端。常鑫教授低头望着舞台上的尸体，安佑麟小心的扶着护栏目光低垂，但他不敢做过大的动作。周彤雨有些怕高，始终用手抓着安佑麟的胳膊。

就在常鑫教授低身朝下张望时，安佑麟注意到了在脚下的立架之间有几个金属箱子，常鑫教授正在朝着这几个金属箱子观望。

“请问一下，”安佑麟对工作人员说，“这些箱子是干吗的？”

工作人员瞄了一眼，回答：“那些箱子是喷洒装置，不过这不是歌剧厅的设备。”

工作人员解释说，金属箱子一共有五个，是蔡忆萍为压轴曲目《万凤诀》定制的，为撒花瓣而安装的。原本可以利用歌剧厅自备的装置，不过蔡忆萍一贯对自己的压轴歌曲场景保密工作极好，所以根本就不会使用歌剧厅的设备。

“而且蔡老师跟院长的关系很好，所以这都不算什么麻烦事……”

那工作人员觉得自己有些多嘴，便没再说下去。

常鑫教授问起箱子的操作原理，工作人员解释道，与歌剧厅自备装置连接，后台操作开启，花瓣飘洒而下。

监控并未拍到过死者王萌，那么她又是怎么到这上面来？又是如何坠落下去的呢？Z先生能够在死者身上留下相应线索，究竟是如何做到的？安佑麟突然有了一个大胆的设想，只是对这个设想他还没有十足的把握。

这时，常鑫教授起身示意工作人员可以带他们乘升降梯下去了。安佑麟低声对常鑫教授说：“老师，我发现……”

只见常鑫教授正视安佑麟，抬起一只手对着他微微摆动，提醒他不要着急。于是安佑麟将心中怀疑暂时压了下去，想知道老师接下来要做的事情。

很快，警方联系上了死者王萌的家人，据其家人称，王萌已经失踪一个星期了。

“杨队长，我想跟死者王萌的家人了解一下她失踪之前的动向。”常鑫教授说，“线索的提示中，第一个提示，‘救救我的女儿’，很可能跟死者的父母有关联。”

听到常鑫教授提出的要求，杨雪梅虽然点头，但还是有几分犹豫，“常教授，可是这里的调查……”

“彤雨，”常鑫教授对周彤雨说，“你去死者父母那里了解一下死者失踪前的情况。”

接着，常鑫教授叮嘱杨雪梅，去见死者家属的时候一定要低调谨慎，万万不可有太大动作引起怀疑。

“张艾，”杨雪梅叫来那位短发女警，“你带周彤雨去见死者王萌的父母，了解一下死者失踪前的情况。”

离开之前，周彤雨拍了拍安佑麟的肩膀，“你要跟紧老师，明白么？”

安佑麟点点头，“你小心点，看你最近总是休息不好。”

周彤雨微微一笑，跟着张艾离开了歌剧厅。

安佑麟的确有些担心周彤雨的身体，最近周彤雨忙于帮老师整理资料，睡眠又不太好，总会在夜里惊醒。此时又发生了“维金广场案”，让安佑麟有些担心周彤雨的身体是不是能跟上案件侦查的进度。

随后，常鑫教授询问了蔡忆萍的情况，此时受了惊吓的蔡忆萍正在休息室里接受警方的问话。

“常教授，去见见她？”

“我想先看当时的录像。”

紧接着，常鑫教授等人被带到了后台观看案发当时的录像。如仙境般的场景在画面中再现了，九只火光闪闪的凤凰在展现曼妙歌喉的蔡忆萍身旁围绕。花瓣开始飘洒时，一个黑影从天而降，坠落在了舞台上……

“请在播放到死者坠落的时候暂停。”

播放录像的工作人员按照常鑫教授的要求，在死者王萌坠落之前的时刻暂停。

“请慢放，让我们能看清楚死者的坠落过程。”

于是，死者从出现在画面开始，到坠落舞台整个过程，众人都看得清清楚楚。

“请回放……”常鑫教授指示，“停！”

画面停在死者坠落到中途的一瞬间，当时死者身体倾斜绸带飘浮在身体周围，长裙在半空中摆动着……

常鑫教授若有所思地望着停止的画面，陷入沉默。

下午 14 点 15 分，距离倒计时结束还有 18 小时 15 分钟。

维金广场上聚集了越来越多的围观群众，在出现输入框的玻璃墙附近，警方加派了人员，防止发生围观群众闯入擅自输入数字的情况。同时，便衣警察也几乎站满了那块玻璃墙附近可以围观的最前沿。

如此安排并不多余，因为在维金广场乃至全国正在关注此案的人，都在慢慢发酵着一种情绪。记者出现在维金广场采访现场的围观者们，接受采访的围观者很多都直言不讳地表示希望看到于晔被炸死。

“为什么支持 Z 先生炸死于晔？”一位学生模样的女孩说，“因为他做了原本法律应该做的事情！如果法律不能公正地审判一名罪犯，那么自然会有人来做这件事情。”

一位戴着眼镜的中年男人说：“这是报应，老天爷在看着姓于这小子犯下的罪，所以他会得到应得的报应！老天爷可不管他爹有多少钱！”

“虽然这样做未必是正确的，但是我是支持的！因为这样才能让法治社会进步！”

对于 Z 先生给出的线索提示，不少网友都开始了猜测，有的说这些提示都是暗示案件黑幕的，还有的说是警告警方不要轻举妄动的。总之，网上那些署名“大揭秘”“背后黑幕”的文章层出不穷。

魏志国面色苍白地回到了会议室内，赵洪军紧跟其后。魏志国来到落地窗前望着阳光下的维金广场，脑子里一直在被刚才的电话警醒着。

上级下达指示，由于维金广场事件的特殊性，如果不能让案件侦破有突破性进展，将派遣专家调查组来西京市解决该起案件。

“现在就看老常是不是能在给出第二条线索之前破解第一条，否则维金广场案对于我们的侦破非常不利了。”赵洪军判断说。

“不仅是维金广场案本身，我考虑不明白的是案件背后的目的究竟是什么？”魏志国慢声细语，“是为了煽动民众惩罚于晔？不可能，绝对不可能仅仅如此……”

另一方面，周彤雨跟随张艾来到了死者王萌居住的小区。张艾按响门铃不到两秒钟，一位面色蜡黄的中年女人就打开了房门。

“警察同志，警察同志！”女人一把拉住张艾的手，“萌萌有消息了吗？”

张艾拉过女人的手，“阿姨，先别急，咱们进屋再说。”

一个高大的中年男人迎了上来，追问是否找到了王萌。这两位正是死者王萌的母亲陈果和父亲王伟。客厅的沙发上还坐着另外一对中年夫妻，是死者王萌的姑姑和姑父。

周彤雨跟着走进了门，她看了一眼房子的装修格局，觉得这户人家应该很是富裕。所用的装修材料都是实打实的高级货，无论是实木地板，大理石地面，还是家具的精致程度。

死者王萌的母亲陈果衣着讲究，并不是一个畏畏缩缩的家庭妇女，只不过她面容憔悴满是倦意。王伟则高大挺拔，是个气质出众的中年男人。

当张艾将王萌已死的消息告知之后，陈果轰隆一声跪在了地上，双眼发直，几秒钟后才放声痛哭起来。王伟吸了几口气才不让自己倒下，他闭着的眼睛不断淌下泪水。

王萌的姑姑赶紧抱住了嫂子，哭着说：“不是走丢了吗？萌萌怎么就没了呢？”

周彤雨跟随常鑫教授多年，参与侦破过不少案件，早已见惯太多的眼泪，可这种得知亲人离世而出现的悲痛场面依旧让她揪心。

王伟太过硬朗，他的泪水显得过于唐突，仿佛哭泣这种无力而悲伤的情绪根本就不该出现在他的身上。

“是绑架吗？”王伟声音低沉，“为什么没有要赎金呢？我倾家荡产也会……”

“王萌的死因还在调查中，不排除遭到谋杀的可能，所以，我和同事来了解一下王萌失踪前的一些情况。”

张艾没有打算直接说明死者与维金广场案有关的意思，据周彤雨观察，这家人在得知王萌死亡之前根本就没有心思理会什么维金广场案，此时更是沉浸在悲痛之中。

陈果泣不成声，张艾虽然心急，可是又无法明说情况紧急，只好先劝慰陈果。周彤雨主动到厨房为陈果倒了一杯水，借机观察了一下房子的格局。

周彤雨将水杯带回客厅之后，便悄声离开客厅寻找死者王萌生前居住的卧室。在排除了王伟、陈果夫妇的主卧和客房之后，周彤雨找到了一间通体粉色的卧室。

第三章　隐藏的病人

一张宽大的公主床放在房间中央，粉色的床单、绣着心形图案的抱枕，粉色的纱帐系在了床头。三层高的抽屉柜立在墙边，距离公主床大约有两三米远。抽屉柜的边缘摸起来很是光滑，没有直棱的边边角角。

周彤雨站在床边打量着整间卧室，虽说这是一间女生的卧室无疑，可是却少了很多东西。房间里没有台灯、没有镜子，没有衣柜和梳妆台，更没有挂在墙上的相框。

周彤雨来到墙边用手压了一把墙壁，手感有些软，与一般的墙纸和墙漆有些不同。带着疑惑的她又来到窗户旁，窗边挂着两层厚重的窗帘，在这个季节里窗帘未免太厚、太闷了。她略有些吃力地拉了拉窗帘，然后发现窗户里侧还镶着的护栏，护栏的高度几乎达到窗户的最上端，不像是为了防止家中的小孩攀爬窗户而安装的。

周彤雨扶着护栏发愣，接着她转头看了一眼手感异样的墙壁，然后快步来到床边，她翻开床单，发现优雅的公主床上竟然安装着捆绑带。她倒吸了一口气，事情已经按照她所猜测的方向更进一步了。

时间紧迫，周彤雨不想浪费时间，她几步来到抽屉柜前，拉开抽屉搜寻一番，在最上面那层发现了几个维生素瓶子。周彤雨轻轻摇了摇，里面还有药片……

看过案发时现场录像的常鑫教授来到走廊，他这才询问安佑麟究竟有何发现。

“老师，我对死者王萌的坠落方式有怀疑。”安佑麟对自己的推理还有些不自信，“如果这与维金广场案有关，至少可以排除自杀的可能。而且演唱会过程中不见死者有登上后台高处，或者说，没有人带着死者上去……”

“佑麟，你放心大胆地讲。”

听到常鑫教授的话，安佑麟这才把最终的推测说出来：“我怀疑，死者王萌之前被关在装满花瓣的金属箱子中。”

常鑫教授赞许地点点头，“这也是我的推测，凶手深知蔡忆萍演唱会的特征，所以利用了这一点。”

杨雪梅立刻默契地做出反应，马上吩咐罗刚安排人扣住蔡忆萍团队的所有人，尤其是负责安排演唱会那些保密设施的人员。要一个一个排查，尤其是最近一个星期的动向。

“常教授，目前的案件与维金广场案还有一个交集点。于苍海提供的线索是，于晔在一个星期之前失踪。而死者王萌的家人也是在一个星期前报案称其失踪。”杨雪梅分析道，“说明，一个星期前是Z先生及其门徒的活跃期。”

“这盘棋比我想象的还要大。”常鑫教授道。

安佑麟并没有因为自己的推理与老师的相同而感到沾沾自喜，他所触碰的仅仅是整个维金广场案的冰山一角。案件中，他只能跟随老师的步伐破解案件的谜题，可是此时此刻老师常鑫教授也陷入到了某种难以言说的困境当中。

休息室内，蔡忆萍与助理坐在沙发上。杨雪梅敲门后说明来意，将常鑫教授和安佑麟介绍给蔡忆萍。蔡忆萍还穿着演唱会时的旗袍，端庄高雅，毫不慌乱。

“刚刚听我的助理小孙说，警方正在调查我们团队的工作人员，这跟我们的团队有什么关系么？”

常鑫教授说道：“蔡女士，我们怀疑死者之所以会坠落在舞台上，跟贵团队的某些设备有关系。”

蔡忆萍对常鑫教授的回答并不感兴趣，她微微摇着头，面带笑容：“你也说了，只是怀疑，怀疑这种事情已经被媒体新闻炒的够多了。我现在要处理的事情可比‘怀疑’这两个字难多了，演唱会被迫中止，舞台上发生了自杀事件，我的精力恐怕要放在如何善后和应对媒体上了。”

蔡忆萍明显一副不愿合作的态度，这让安佑麟有些沉不住气了。或许演唱会开始的时候，维金广场案还没到广受瞩目的程度，可此时此刻，如果外界并不知情西京大剧院内发生的案件与维金广场案有关，恐怕根本就不会有媒体分散精力前来采访报道。

“而且，我受到了惊吓。”蔡忆萍的脸上丝毫看不到惊恐的神色，更像是在找到更多的理由摆脱警方的询问，“自杀的那个女人差点砸到了我的身上，实在太可怕了。”

安佑麟会时不时地查看时间，可常鑫教授却在倒计时当中平静异常。

“那个自杀的女人是我的狂热粉丝吗？穿成那个样子自杀……”蔡忆萍有一搭没一搭地说，“与其面对疯狂的粉丝，我倒是宁愿面对‘黑’我的那些媒体记者。”

“我特别能够理解蔡女士此时的心情，”常鑫教授终于开口了，“不过你不用后怕，我看过当时的录像，你所站的位置是舞台的黄金分割点，而死者坠落的位置是舞台的正中央。”

蔡忆萍无奈地笑了，“这并不能说明那人自杀的时候百分之百不会落在我的身上吧？可能只是她自杀的时候算错了位置什么的？”

“就像我刚才所说，死者的坠落与贵团队提供的设备有关系，而那些设备没有一样在你所站位置的上方。”

蔡忆萍依然不感兴趣，她耸耸肩，一副“那又如何”的神情。安佑麟站在旁边深深地呼出了一口气，他沉重的呼吸甚至引起了蔡忆萍的注意，不过蔡忆萍微笑的眼神划过安佑麟，仿佛在嘲笑他实在年轻和沉不住气。

“我虽然不是蔡女士的铁杆歌迷，但是也曾经前去听过一场演唱会。”

常鑫教授的话引起了蔡忆萍的注意，不过蔡忆萍更像是出于礼貌而做出反应罢了。

“‘万鸟朝凤’，那场演唱会我终于见识到了蔡女士的艺术造诣，也终于见到了传说中的美景。正如宣传那样，那场景实在太完美了，包含了深厚的工匠精神，一丝不苟。所以我非常理解蔡女士的保密措施，也听说了在选择演唱会场所时的困难。我自然也知道在西京大剧院的演唱会对蔡女士而言是非常重要的。”

蔡忆萍的面容稍显缓和，在安佑麟看来，她没有展现笑容的原因是不想让人知道她对常鑫教授的赞扬很是受用。

“不过蔡女士，我知道压轴歌曲演唱时的场景意义何在。”

面对常鑫教授的自信态度，蔡忆萍来了兴趣，“噢？”

“那每场演唱会都是不同的美妙仙境，并不是什么花式噱头，也不是用来衬托蔡女士歌喉的。那是专门为蔡女士的表演布设的，如此一来，蔡女士才能沉浸在最完美的仙境中展现歌喉。每场演唱会的场景都不同，也正是出于这个原因，每一场演唱会都是截然不同的仙境，以表达不同的歌喉……”

蔡忆萍身体朝前，一改孤傲的神色，用带着些许期盼的目光望着面前的常鑫教授，并微笑着叹了口气。

“好吧，我有什么能够帮助警方的？虽然我觉得自己提供不了什么有用的线索。”

常鑫教授先询问了装载花瓣的箱子的情况，蔡忆萍说，正如新闻报道的那样，箱子属于保密设备，不仅硬件设施需要保密，连同出现画面影像效果同样也属于机密。

箱子里的花瓣是经过特殊处理的，以保持新鲜、艳丽，会提前三天准备好，然后在演出之前的三个小时将箱子安装到舞台上方。在压轴歌曲表演时，利用后台对整个舞台的掌控和操作开启箱子，让花瓣飘洒而下。

“我还想劳烦蔡女士一件事情，可否跟我回到舞台上一趟。”

蔡忆萍比刚才爽快多了，她站起身来问了一句，“我去舞台可以帮上什么忙呢？”

“想让蔡女士看看舞台上有没有什么不太寻常的地方。”

听了常鑫教授的话，蔡忆萍既有些疑惑，又饶有兴趣地望着常鑫教授。

于是在杨雪梅的带领下，常鑫教授与蔡忆萍等人回到了歌剧厅。法医组长孙庆林还带着手下在尸体旁忙碌着检查，这也是杨雪梅的意思，毕竟时间紧迫，能在案发现场得出的结论就尽量不要拖到回解剖室之后。

换了衣服的蔡忆萍尽量不去看尸体的方向，她端庄地走向舞台的方向，助理小孙紧跟其后。蔡忆萍深深地呼吸了一口，然后盯着舞台上的种种细节。不过，毕竟在演唱时舞台的效果完全由后台控制，无论是灯光还是火焰般的凤凰、仙山浓雾……

蔡忆萍缓缓地蹲下了身，在舞台上拾起了一朵花瓣，她仔细打量了许久。安佑麟从侧面望着蔡忆萍，蔡忆萍的脸上露出一副难以置信的神情。不过随后蔡忆萍很快就无奈地摇摇头，似乎不想再追究某件让她不顺心的事情了。

常鑫教授走上前，询问道：“蔡女士，有什么不对劲的地方吗？”

蔡忆萍立刻收敛起刚才的无奈神情，转而笑脸迎人，“无关紧要的小事情，已经过去了。”

安佑麟看着蔡忆萍神情上的变化有些摸不到头脑，蔡忆萍由之前的高傲，变得温柔可亲了。

“或许，这不值得关注的小小异常，会跟案件有着莫大的关联呢？”常鑫教授微笑应对。

蔡忆萍点点头，拿着黄白相间的花朵在鼻子前闻了闻，说：“这并不是原本准备的花瓣，这些都不是！”

安佑麟望着满舞台的花朵，他蹲下身来拾起一朵。

蔡忆萍感到匪夷所思：“这原本应该是玫瑰花瓣，不知为什么变成了……”

“水仙花？”

安佑麟站起身，手掌当中放着一朵黄白相间的水仙花。

“是的，被换成了水仙花。”蔡忆萍突然靠近安佑麟，“不过已经无所谓了，反正这次演唱会已经……”

常鑫教授仰起头望着高处的箱子，又看了看地上的水仙花瓣，陷入沉思。

蔡忆萍趁机低声询问安佑麟，“常教授是你的老师？”

安佑麟点点头。

“请问他……嗯……是不是单身状态？”蔡忆萍完全没了高傲的姿态，“我知道有些冒昧……”

同时，一位男警突然冲进歌剧厅，“杨队长！休息室有紧急情况！”

死者王萌的家中，周彤雨回到客厅与死者的亲人坐在沙发上。周彤雨在等待时机，她需要最恰当的时机得到想要的线索。

死者的母亲陈果在张艾的劝慰下，情绪稍有缓和，不过她依旧泪水不止，断断续续地讲述着死者王萌在一个星期前失踪时的情景。

一个星期前，陈果与王萌逛完街准备回家，发现家里的一些生活用品忘记买了。于是陈果将车停在超市的街边，让王萌在车里等她。大概十几分钟后，陈果拎着购物袋回到了车上，发现女儿王萌不见了。于是陈果连忙打电话给女儿，发现王萌的手机就在座位上。

陈果便开始在周围寻找女儿，而后打电话给丈夫王伟，询问女儿是不是已经回家了。几个小时后，陈果王伟夫妇报警女儿失踪。

“当时你们报警说，王萌可能是走失了？”张艾根据已知的情况向陈果王伟夫妇证实。

若是在检查死者王萌的卧室之前听到张艾的问话，或许她会感到疑惑，毕竟一个二十多岁的女孩在自己生活的城市走失，概率实在太低了。

“我和萌萌爸担心她出了事情，比如被车撞了什么的，还去了各大医院找她，可是没有消息。”

无关紧要。周彤雨并未在陈果之后的叙述中得到有价值的线索，陈果也开始抱怨警方没能及时找到女儿，导致女儿的身亡。

“你们之前有将王萌送去医院治疗吗？”

周彤雨毫无征兆的疑问让陈果的哭泣骤停，她仿佛被雷电瞬间击中，抖动了一下。

周彤雨不急于追问，而是用目光直逼王伟，王伟低垂着头叹了口气。

“你们在报警的时候，没有对警方说明王萌的真实情况吧？”周彤雨轻声细语，尽量让自己的话听上去不像是在责问。

死者王萌的姑姑和姑父尴尬地坐在一旁，几乎蜷缩进了沙发之中，像是在回避可能面对的询问。

陈果停止哭泣，颤抖的手紧握着擦过眼泪的纸巾。

周彤雨对张艾点了下头，“张警官介绍说我是警方的顾问，其实我正在从事心理学研究。刚才有些失礼了，在未经过主人允许的情况下，去了王萌的房间。”

陈果和王伟同时不安地望着周彤雨，就像她已经发现了惊天秘密一样。

“家里除了王萌的卧室窗户有护栏之外，其他房间全都没有安装，而且家里并没有需要防止发生意外的小孩子。我又检查了卧室的墙壁，墙壁上贴着厚厚一层隔音板，就连窗帘的质地也非常厚重。王萌的床很漂亮，不过，我在床铺下面发现了捆绑带。至于抽屉柜里的维生素瓶子……”

还没等周彤雨把话说完，王伟便痛苦地坦诚道：“萌萌的确患有精神分裂症。”

西京大剧院内，安佑麟跟着常鑫教授和杨雪梅奔出歌剧厅，朝着休息室的方向跑去。在一条狭长、明亮的通道内，墙边堆着成排的道具箱，墙上的电子指示牌还亮着灯。

来报告情况的警察说，当时蔡忆萍团队的工作人员都在接受警方的问话。当问到负责运送和准备箱子的几个人时，名叫康广德的中年男子突然劫持了一位女同事，在休息室里他用螺丝刀抵住了同事的脖子。随后，安佑麟跟随杨雪梅和老师常鑫教授走进休息室。

休息室内，罗刚已经拔枪。安佑麟瞥了一眼休息室内的布局，整个休息室呈长方形，门边靠墙是挂满道具服装的衣架，再靠近里侧放着两张铺着软垫子、可以用来休息的储物箱，一把软面椅子倒在储物箱旁边。

穿着工作服的康广德左臂抱拳挽住一个惊恐的女人，他右手拿着螺丝刀抵着女人的脖子。女人满脸惊恐，嘴巴下咧，面颊泪水不断流淌却不敢发出哭泣声。

罗刚的枪口对准了康广德的脑袋，康广德则狡猾地佝偻着身体，将头贴在被劫持的女人头边。

“我想这里有些误会，你不要激动，有话好好说！”

安佑麟看得出，罗刚虽然在劝说康广德放了人质，但枪口却没有丝毫的懈怠。

“有什么要求你可以提！”罗刚继续劝说，“但是不要伤害你的同事。”

“出去！”康广德声音嘶哑，仿佛之前的嚎叫已经撕破了喉咙，“你马上出去！”

此时常鑫教授正沉默地紧盯着康广德的一举一动，安佑麟能够理解老师为何按兵不动，刚刚查到死者王萌的死亡与蔡忆萍团队的设备有关系，这负责运送和装载设备的康广德就突然劫持了人质。可见康广德与维金广场案有着密切的联系，他很可能就是解决维金广场案的关键点。

杨雪梅站到罗刚身边，对康广德说：“这里由我负责，你有什么要求尽管开口，我能做主。”

这间休息室除了通往走廊的门之外，再无其他出入口。

康广德听到杨雪梅的话，把头朝着旁边微微动了动，一双赤红的、布满血丝的眼睛紧盯着她看。

“先让你的人把枪放下！”康广德满脸的汗水，“把枪放下！”

杨雪梅示意罗刚放下枪，罗刚一边收枪，一边说：“你的同事受了惊吓，如果你要离开这里，带上她就是个累赘。不如换个人怎么样？我可以帮助你离开……”

康广德红着眼睛挪了挪脑袋，他那布满血丝的目光望了眼杨雪梅，然后又投向常鑫教授和安佑麟。最终，康广德的目光锁定在了常鑫教授身上。

“你是谁？”康广德问。

常鑫教授见康广德向自己问话，便谨慎地朝着前方挪了几步，“你是在问我吗？”

“说话！你是谁？”

常鑫教授背着手继续朝前走了几步，定在了杨雪梅和康广德之间：“我是西京市公安局的顾问，西京大学心理系老师，我叫常鑫。”

安佑麟见常鑫教授有意把话拖长，深知老师必然另有目的。果不其然，常鑫教授背着的手伸出了一根拇指，然后弯了弯。只见常鑫教授身后的杨雪梅将手伸向后腰，安佑麟看到一把枪赫然别在杨雪梅的腰间。

“你是常鑫？”

“我就是常鑫。”

康广德在得到常鑫教授的确认之后，探出脑袋来大呼一口气。那被康广德挟持的女人张着嘴巴惊恐万分，她双腿发软，几乎是倚靠着康广德左臂的环抱才立得住的。

“我有话要告诉你，常鑫！”康广德瞪圆了眼睛，“现在正在发生的事情，你不要再插手了。”

“噢？”常鑫教授不解道，“你对我说这句话，是什么意思？”

“不！不是我要对你说的！不是我……”康广德不再理会常鑫教授，把脸转向罗刚，“小伙子，你不是要代替她帮我离开这里吗？你过来啊……”

接着，康广德把嘴贴在女同事耳边嘀咕了几句，罗刚小心地挪步上前，康广德毫无征兆地将左臂中的女人推了出去，然后扬起刚才一直握着的左手，只见左手当中抓着一个黑色的遥控器。

罗刚顺势一把抓过被挟持的女人，安佑麟还没来得及反应，就听常鑫教授喊道：“都后退，有炸弹……”

话音未落，康广德张开双臂，袒露胸膛，按动手里的遥控器。安佑麟最后看到的景象是罗刚怀抱女人质卧倒在地上，紧接着在他后退卧倒的一瞬间，一声沉闷的响声后，眼前一片血红。

安佑麟仿佛溺入血河之中，口鼻中一股血腥气。他倒在地上咳嗽了几声，用手抹了一把脸上的血水，睁开眼睛看到的依然血红一片。

安佑麟起身想去寻找老师，眼前的房间已经变了模样，周围一片血腻，休息室仿佛被泼洒了血红的油漆一般。常鑫教授站起身在血水中来到康广德的尸体旁，安佑麟在几次险些滑倒中跟了过去。

罗刚拉起怀中的女人，那受到惊吓的女人在血泊中失声惊叫，门外守候的警察冲了进来。

“怎么样？大家有没有受伤？”杨雪梅在血水中站起身。

常鑫教授沉默地望着康广德的尸体，康广德张着嘴巴、张开双臂躺在自己的血水中。尸体的胸、腹腔完全破裂开了，内脏爆得到处都是。

血腥气在安佑麟的口鼻中徘徊不散，再加上眼前如此血腥的尸体，他感到一阵恶心，终于忍不住冲出了休息室。满身血污的安佑麟跪在通道走廊的墙边干呕不止，立刻有警察上来询问他有没有受伤。

几分钟后，常鑫教授和杨雪梅等人从休息室里走了出来。蔡忆萍在助理的引导下来到了休息室门前的通道，见到满身是血的常鑫教授，她着实吓了一跳。

“常鑫，你不要紧吧？受伤了？”

还没从血腥爆炸中回过神来的安佑麟坐在通道墙边，抬头望着沉思的常鑫教授。

在得知康广德自爆身亡后，蔡忆萍吓得捂住了嘴巴，助理小孙赶紧扶住了她。蔡忆萍说，自从她创建团队开始，康广德就负责演唱会的设备安装及场景布置。

“老康是个很可靠的人，就连演唱会的保密秀都是他全权负责的！”

常鑫教授又询问了康广德的家庭情况，蔡忆萍介绍说，康广德的妻子已经去世很多年了，他有一个正在外地读高中的女儿。

“杨队长，马上联络人找到康广德的女儿！派人严加保护！”

杨雪梅马上派人联络康广德女儿就读的高中。

“常教授，康广德之所以会帮助Z先生将死者王萌关在道具箱中，是因为女儿的安全受到了威胁？所以才不得已而为之？”杨雪梅提出了疑问。

“我怀疑康广德根本就对箱子里有人这件事情毫不知情，他只是一个触碰开关的人。”

安佑麟对老师的回答感到困惑，康广德是最大的嫌疑人，是最可能将死者王萌关进箱子中的人，为什么常鑫教授又说他可能毫不知情呢？

杨雪梅也提出了同样的疑惑，常鑫教授回答说：“Z 先生的布局非常精密，绝对不会留下康广德这样会被调查到的嫌疑人，而且康广德自爆时的炸药量极小，炸弹只是用来炸死他和警告我们的。”

安佑麟仔细回忆着几分钟前发生的一切，从冲进休息室，到康广德自爆身亡，过程实在太短暂了。他想起康广德在见到老师之后的一句话，“现在正在发生的事情，你不要再插手了。”

“老师，难道 Z 先生早已预料到歌剧厅发生案件后，你会指引警方追查道具箱？然后以康广德的女儿作为威胁，要康广德在警方前来调查的时候自爆身亡？”

安佑麟将推测大胆地说了出来，得到了老师常鑫教授的认可：“这也是我的推断，康广德的身上被 Z 先生安装了炸弹，并以他的女儿相威胁。从爆炸现场和尸体外观看，炸弹很可能是被植入体内的。”

“的确是 Z 先生的风格。”

杨雪梅的话引起了安佑麟的注意，虽然他对 Z 先生之前犯下的案子有所耳闻，可对细节便全然不知了。

杨雪梅继续说：“所以康广德自爆前所说的话，也是 Z 先生要求转达的？”

“是对我们调查的警告和讽刺，即便追查，恐怕也未必有结果，而且时间紧迫，我们根本就无从在道具的运送、储藏等一系列环节追查到线索。即便有线索，恐怕对拯救于晔和破解线索也毫无用处！”

虽然常鑫教授并未直言，但在场的人都明白，警方对第一条线索的调查过程完全在 Z 先生的掌握之中。

洗手间内，安佑麟等几个人在水池前洗去脸上和头发上的血水。蔡忆萍为他们几个找来了干净的衣服，安佑麟看得出她对老师常鑫教授生出了好感。

罗刚快速洗漱之后，连衬衫的扣子还没系上就急匆匆地走出了洗手间。常鑫教授正把腕表重新戴回手腕上，抽出纸巾擦手。

“老师，”安佑麟低声询问，“Z 先生当年究竟犯下了怎样的案件？我只是听说 Z 先生当年的案子很难处理。”

“因为 Z 先生犯下的案件很诡异，所以没有公布案件的细节。”

常鑫教授谈起了多年前发生的一起案件，Z 先生曾经将一名男子绑架，然后在他的身体上插入十几根金属管，并将他丢弃在人来人往的公园中。

男子坐在公园长椅上，意识不清醒。行人见到男子身上有血迹，立刻拨打了急救电话并报警。当医护人员赶到的时候发现，男子身上插入的十几根金属管全部避开了主要器官穿透了其身体。在拔除金属管的过程中稍有不慎，可能就会造成男子体内出血。

“当时情况紧急，男子的身体已经开始流血了，如果不能得到医治就会身亡……”

“男子获救了么？”

常鑫教授摇头，“在当时的情形下，他是不可能活下来了。虽然避开的主要器官，但实际上他已经是个活死人了，只是给了人们可以拯救他的假象。”

常鑫教授的手机响了起来，是周彤雨打来的。他一边接听电话，一边示意安佑麟朝卫生间门外走去。

“彤雨，什么情况？”

死者王萌的父亲王伟坦言女儿患有精神分裂症，张艾在旁听闻有些意外。

“如果我没有说错，王萌生前时常发病，你们并不想让她入院治疗，对吗？”

听到周彤雨的话，王伟屏住呼吸闭上眼睛把背靠在沙发上，不愿回答。

“在知道萌萌生病之后，我们俩带她去过精神病医院……”陈果几度哽咽，“我不能让萌萌去那里住院……孩子得了这个病已经太可怜了，我不能让她再去受苦……女儿是我的心头肉啊……”

周彤雨能够理解陈果的痛苦和抉择，她也曾见过不少子女被诊断出精神分裂症的家长，他们当中有很多人都不愿意接受这个事实。更有甚者，认为子女患上这类疾病是非常丢脸的事情，更不想让外人知晓子女在精神病医院住院治疗。

“所以，王萌卧室中的一切物品，都是为王萌发病做准备？”

“是的，我不想让别人知道萌萌得了这个病，我知道现在的人对那些精神有问题的人怎么看待。”

陈果说，她曾经见到过很多精神有问题的人，无论是否会伤害他人，都遭到了他人无情的歧视。陈果不愿爱女受到他人如此对待，所以严格保密女儿患上精神分裂症的事实。

“我们想让女儿过上正常人的生活，”王伟睁开眼睛，双眼微红，“并不是不为女儿治疗，我们尽量在家里给女儿吃药！我们去外地的医院为萌萌检查过，很多得了这种病的人，只要按时吃药，不会发病。”

“我不想让别人说萌萌是精神病……”陈果哭着说，“哪怕她不能去工作……我们不在乎，只要萌萌能幸福地活着……”

张艾抽出纸巾递给陈果，然后又望了一眼周彤雨，等待她询问出对线索有价值的线索。

周彤雨陷入沉思，死者王萌的身上究竟有何特征吸引了Z先生，要以她的死作为第一条线索的提示？仅仅因为王萌患有精神分裂症？这无疑是死者王萌最显著的特征了。

周彤雨无论如何也无法将死者王萌与歌剧厅里的状况联系起来，死者王萌坠落时的打扮，还有能够让警方迅速知晓其身份的……

“请问，每次王萌出门的时候，你们都会为她带上身份证吗？”

“我和我太太照顾萌萌很仔细，事先想了很多可能发生的意外情况，虽然萌萌从来没有在外面发病过，但是还是要防止这种情况的发生……”

王伟告诉周彤雨，在死者王萌情况稳定的时候，夫妻俩都曾经带着女儿到外面去，有时是超市，有时候是商场，在外面的时间都不算久。时间最长的一次，全家人同去郊游踏青，王萌并没有发病，也没有任何的异常举动。

“萌萌大多数时候跟正常人没有两样，她失踪那天我还以为她去了超市的卫生间，以前有过这种情况。”

不对，周彤雨心里嘀咕，这些根本就不是Z先生所需要的特征。

“我曾经考虑过，像有些得了老年痴呆症的老人那样，在身上放一张家人联系方式的卡片。但是如果真的到了用得上这种东西时候，萌萌肯定会被人怀疑有精神病的，还是带上身份证更妥当……”

不不不，这也不是关键所在，周彤雨心想。Z先生在犯案之前一定足够了解王萌的情况，到底哪一点才是让死者王萌称为线索的原因所在?

“都怪我，那天公司太忙了！如果那天我也跟着去了超市，萌萌就不会出事了……”

“请问一下，”周彤雨打断了王伟懊悔的言语，“王萌在什么时候被发现患上了精神分裂症的？”

“萌萌14岁那年。”陈果擦了擦眼泪回答。

在毫无线索的情况下，周彤雨决定继续询问下去。

“能说说王萌哪些举动，让你们怀疑她生病了？”

陈果告诉周彤雨，王萌14岁那年，突然嚷着说要飞到天上去。在家人听来，这只是青春期女孩某些不切实际的幻想而已，但是日子久了，还是被觉察出了某些端倪。这在王伟、陈果夫妇之后看来，就是噩梦的不祥之兆。

“萌萌总是说想要飞到天上去，我告诉她别胡思乱想，要好好花点心思在学习上。可没多久她又说有人在天上召唤她，她要回到天上去。”

当时的王萌已经出现了妄想的症状，或许是症状不明显，并未能引起父母的注意。不过接下来的事情，王伟和陈果就不得不认真考虑了。

“那年我们还没搬到这里，住的小区附近有一座公园，公园里有一座七层高的塔楼。那时候，萌萌经常跟住在附近的孩子在一起玩，有一天她带着一个小孩子去了公园，爬上了塔顶。后来就有人跑来我家告诉我出事了，萌萌牵着小孩爬上了护栏，说要带小孩飞上天。小孩爬上高处吓坏了，哭着挣扎。幸好一对小情侣来到塔顶约会撞见了，立刻上前将两个孩子给拉下来……”

一个女孩拉着比她矮小些的孩子来到了最高处，她温柔地对小孩子说：“听姐姐的话，这是咱们两个人的秘密，不可以告诉别人！”

小孩子与女孩一起站到了最高处，两人依偎在一起，望着火红的夕阳，小孩子低声问：“姐姐，真的可以飞走吗？”

女孩微笑着望向被染成血红的云朵，点点头：“就是这里，可以慢慢飘起来，然后在附近飞来飞去，但是不能被别人看见哦。”

小孩子信任地点点头，试探着伸出一只脚，然后仰起脸看着身旁的女孩。女孩温柔地与那孩子对视，然后轻轻一推……

听到这里，周彤雨有些头痛，最近一直没有休息好，之前在于晔藏身的别墅耗了神，之后又匆忙赶到死者王萌的家，她感到有些力不从心。她的眼前还残留着听陈果叙述当年事件时，那血色的夕阳的残影。

见周彤雨扶着额头，张艾关切道：“你没事吧？怎么流了那么多汗？”

“没事，可能是太累了。”

周彤雨依然没能得到值得怀疑的线索，当年幸亏有人及时发现，死者王萌的妄想才未能酿成可怕的后果。但是，根据现场调查分析，死者王萌极有可能是被装在道具箱子中坠落而亡的，并不是在发病后产生妄想跳跃而下的。难道 Z 先生认定警方无法推理出死者王萌的死亡方式？

“可能这就是命吧！”王伟懊悔道，“如果那天我跟着去超市就好了，如果当年我没有执意要带萌萌去旅游，可能她也不会得这个病了……”

王伟话音未落，陈果就哭着拉住丈夫的胳膊说：“这不是你的错，大夫不是说了吗？这不可能是当年咱们去旅游造成的！”

周彤雨听到夫妻俩的话，愣了一下，“能跟我说说关于旅游的事情么？”

原来，在死者王萌 14 岁那年的暑假，王伟的公司完成了一个大项目，又因为王萌央求了很多次的缘故，王伟便将公司打点好，带上妻子和女儿去了甘肃敦煌，去看王萌向往已久的莫高窟。

“萌萌曾经在一本书上看到过介绍敦煌莫高窟的照片，她最喜欢的就是莫高窟的壁画。本来我们按照行程，只是想在莫高窟待一天的，但是萌萌实在太喜欢了，于是我们又多待了一天。萌萌看着壁画很入迷，可能就是那次看完壁画，回到家后她就开始说自己要飞……”

陈果边说边流泪，王伟则在一旁懊悔，说那是全家最后一次外出旅游，之前应该多陪陪家人。

敦煌？壁画？飞走？精神分裂症？周彤雨在脑海中将这些词汇串联起来，她立刻拿起手机在网上搜索了一番，然后将搜索到的照片给王伟和陈果夫妇看。

“当年王萌感兴趣的壁画，是这些吗？”

陈果擦着面颊上的泪水，无声地点点头。

电话另一边，常鑫教授听着周彤雨讲述发现线索的经过，“老师，如果我的推测没有错的话，死者王萌的装扮、发式，应该指代敦煌莫高窟的壁画，飞天！”

接着，周彤雨将在网上搜索到的壁画照片发给了常鑫教授，照片上仙女婀娜飞舞，长裙蜿蜒飘动，发式端庄，正朝着天上飞去。再对比死者王萌被发现时的衣着，与照片中壁画上的仙女别无二致。

常鑫教授叮嘱周彤雨在返回西京大剧院的路上注意安全之后，便匆匆放下电话，将最新发现与杨雪梅商议。杨雪梅听闻之后面色大喜，“看来 Z 先生给出的第一条线索与壁画飞天有关！所以死者王萌的衣着与出现的方式，也都有所暗示？”

站在一旁的安佑麟陷入沉思，Z 先生的第一条线索最终将会得出一个数字，可是敦煌莫高窟的壁画背后究竟隐藏着什么数字？年代？壁画的数量？最终汇聚、叠加成一个数字？

安佑麟微微吐气，他想起Z先生给出的三条线索提示——**请救救我的女儿、为了身为王者的屠夫、悠悠悲伤的追逐之人啊**。第一条线索提示，周彤雨前往死者王萌家寻找线索，发现死者王萌是一个被家人隐藏起来的精神分裂症患者，并且在病情稳定的时候遭到Z先生的绑架，死者家人希望女儿获救还说得通。那么另外两条线索提示呢？身为王者的屠夫？悠悠悲伤的追逐之人？又如何跟敦煌莫高窟壁画联系起来呢？

"死者王萌的死亡方式，的确暗含了敦煌莫高窟的壁画飞天，并且死者生前已经多年患有精神分裂症，时常有听到天上有呼唤她的幻觉和妄想。今天的演唱会布景非常有仙境的意味，很符合莫高窟壁画的……"

说到这里，常鑫教授犹豫着停了下来，在他看来周彤雨发现的线索很有用，但是又实在太单一了。除了Z先生在维金广场给出的线索提示之外，还有一些疑点实在无法解释得通。

下午15点03分，距离倒计时结束还有17小时27分钟。

走廊里，众人沉默不语，杨雪梅站在常鑫教授身旁，虽然没有多问，可她还是几次查看了时间。

安佑麟表面平静，实际上内心已经是焦急万分，常鑫教授陷入矛盾的沉思。安佑麟总觉得自己不应该在老师沉思的时候无所事事，如果周彤雨在的话，会着手调查相关的资料么？比如跟敦煌莫高窟壁画有关的信息？

与此同时，维金广场案专案组办公室内，魏志国局长正在听取下一轮的营救方案。从第一轮营救失利，得出了两套营救方案，第一套方案，认为在营救于晔的同时，应该切断甜品屋的电力供应。该方案的目的在于尝试切断电源，以降低Z先生对甜品屋内设施的控制的可能性。

参与制定营救方案的王副局长提出了反对意见，"从外观上看，即便金属箱没有储存电力的功能，如果犯罪分子因为我们切断电源而提前引爆了炸弹怎么办？"

第二套营救方案基于维金广场的特殊性考虑，作为公共场所，Z先生在犯案伊始便先声夺人，占据了维金广场案的先机。如果Z先生在明处可以观察到维金广场上的一举一动，并在恰当的时机给出线索，很有可能在维金广场上有Z先生的门徒告知其现场的情况。

“不排除凶手在现场操控的可能性，我建议执行第二套营救方案，以屏蔽维金广场附近的信号作为营救前提。”

两套方案各有利弊，但时间紧迫，魏志国必须尽快做出抉择。距离维金广场案发已经过去6个多小时了，警方的第一次营救行动以失败告终，无疑让民众对警方的营救能力产生怀疑。

魏志国信任常鑫教授，但是在维金广场案的角逐当中，案情究竟会朝着怎样的方向发展尚不明了。没有完全的把握取胜，就要做好充足的准备。至今身在西京大剧院的常鑫教授还没有进展，何况即便第一条线索被破解，对另外两条线索的内容也仍然不知情。

在第一轮营救行动失利之后，网上迅速出现了一篇文章，用词极为犀利，说警方在得到Z先生警告的前提下，仍然强行营救，只是为了消除影响，并不是真的想救人。

两套营救方案的争论声还在耳边回响，魏志国需要在二者之间作出决断。他心里有了从未有过的恐慌，虽然那恐慌还只是微微破土的嫩芽，可这种感觉是他几十年的警察生涯中从未有过的。

有期望，还有绝望。魏志国不知道如果第二轮营救行动失利的话，后果将会如何。根据Z先生的警告，破坏游戏规则将会加速于畔的死亡。如果再度营救失利，不考虑对民众看法和对警方行动能力的影响。还会像第一轮营救失利后，只是被Z先生警告?

争论的声音渐渐消退，魏志国陷入死寂的思索当中，周围陷入墨色般的黑暗，只有远处维金广场中央的甜品屋清晰可见。魏志国陷入迷茫之中，他终于感受到了Z先生给人带来绝望感……

西京大剧院的走廊里，常鑫教授陷入沉默之中，安佑麟不安地望着杨雪梅和罗刚。此时的局势已经是进退维谷，看似在死者王萌身上发现了重要线索，实际上却无法将其与Z先生给出的线索提示关联起来。

“常教授，有没有可能，是Z先生有意放出的烟幕弹？”杨雪梅怀疑，“如果死者王萌的身份与线索毫无关系呢？只是用来拖延时间？”

“我考虑过这个可能，不过Z先生绝对不会将毫无用处的线索放入案件当中。作为第一条线索，Z先生的目的是想将这个放在公众视野中的游戏继续下去，即便难度再大，也有谜题可破解。否则Z先生的目的就无法达成了。”常鑫教授突然转向安佑麟，“你有没有发现什么可疑之处？”

又是突如其来的问话，安佑麟不知所措地愣了一下，赶紧回答：“有。如果死者王萌的装扮暗示着敦煌莫高窟的飞天壁画，无可厚非。不过，那些与‘飞天’无关的……嗯，线索？又有什么用处呢？Z先生既然精心布置这样一个迷局，应该会考虑得很周密。”

常鑫教授微微点头，“没错，我们还只是从第一条提示中找到了死者王萌衣着象征的线索，其他非同寻常的线索，还需要我们继续查下去。例如，孙老刚才说，死者王萌的尸体呈现营养不良的状态。这一点就值得怀疑。”

言罢，常鑫教授便与众人回到了歌剧厅。穿过警察进出忙碌的观众席过道，来到了舞台下面。这时，蔡忆萍在一位年轻警察的跟随下来到了众人周围。

“常教授……”

蔡忆萍刚刚开口，那同来的警察就无奈地对杨雪梅说：“杨队长，我告诉过她，让她在休息室等着就行。”

杨雪梅对年轻警察点点头。

“蔡女士，现在暂时不需要你的协助，我们稍后会向你了解一些情况的。”

蔡忆萍谦和道：“我会积极配合警方的调查，毕竟老康做出这种事情，的确让人意外。”

紧接着，蔡忆萍无视其他人，直接走近常鑫教授，双眼迷离地望着他，“常教授，如果有什么我可以提供帮助的地方，请尽管来找我，我随时恭候。”

说完，蔡忆萍优雅地转过身，潇洒离去。年轻警察看着蔡忆萍穿着旗袍离去的身影，实在搞不清楚她刚才急匆匆赶来，拦也拦不住，却为何只是说了几句话便匆匆离去了。

若是放在平时遇到这种情况，安佑麟绝对会向老师打趣，可此时的状况，容不得常鑫教授分神，他登上舞台直奔死者王萌的尸体。

法医组长孙庆林正在尸体前忙碌，觉察背后有人，便问道："休息室那边的尸检有情况了？"

常鑫教授知道孙组长将他们当做是去检查康广德尸体的法医了，"孙老，我想来询问一下，关于死者王萌的尸检情况。"

"噢，是你们啊。"

孙庆林依旧在认真地工作，并没有因为常鑫教授的到来而分神。

"孙老，你刚才说死者王萌有营养不良的情况？"

"有，死者在死前至少有四五天没有进食了。"

安佑麟听着孙庆林的回答，实在想不清楚Z先生在绑架死者王萌之后，为何不给她食物？这一点异常看上去与Z先生的第一条线索并无绝对的关联。

安佑麟看着沉思的常鑫教授弯下腰拾起了一朵本不该出现的水仙花，没错，按照蔡忆萍的计划，道具箱撒下的花瓣应该是玫瑰花才对。可不知为何变成了水仙花，至于负责此项安排的康广德，之前就受到Z先生的胁迫而自杀身亡。究竟是Z先生要求将玫瑰花瓣换成水仙花，还是在装载死者王萌的过程中出了状况？

安佑麟低身查看水仙花的时候，发现了一颗暗红色的球状物体，那东西上似乎还沾着黏糊糊的血液。戴着手套的安佑麟用食指和拇指夹起了那暗红色的球，在眼前细细的观察着。那红色的球状物虽然细小，但是上面布着一层黏稠、柔软的东西。

"佑麟，有什么发现？"

常鑫教授端着手里的水仙花问。

"老师，这东西像是……"安佑麟看到那暗红色里面透露些许白色，"像是种子？”

种子？杨雪梅靠上前来看着安佑麟手指间的东西，罗刚让调查小组拿来证物袋。

“那是石榴籽？”孙庆林并未起身，“你发现的是不是石榴籽？”

在孙庆林的提醒下，安佑麟这才恍然大悟，他在地上发现的东西的确就是石榴籽。安佑麟将石榴籽放入递来的证物袋中，并困惑地望着孙庆林，不明白他是如何知道的。

孙庆林已经猜透了他人的困惑，说道：“我在死者的口腔里，也发现了石榴籽。”

只见孙庆林用镊子在死者的口腔中取出了一颗石榴籽。

安佑麟朝着自己发现石榴籽的地方看了一眼，有点想不通为何舞台上和死者的嘴里会出现石榴籽。

“孙老，你可否将死者的遗体解剖？”常鑫教授问。

“要想得到其他更准确的数据，解剖检查的确是最好的方式。”

“孙老，我想你在现场解剖！”常鑫教授提醒道。

“噢？”孙庆林以为自己听错了，“现场解剖？”

杨雪梅虽然还不知道常鑫教授的用意，但还是帮忙劝说：“老组长，之前不也有过案发现场解剖的情况么？这案子非常棘手。”

“现场解剖受环境限制和影响，想要得到尸检最准确的信息，这里可不是最佳地点。”

孙庆林虽然言语里带着无奈，可动作毫不懈怠，立刻着手准备。

常鑫教授叮嘱道：“孙老，我想知道死者胃里是否有东西。”

听到这话，孙庆林回头看了常鑫教授一眼，在安佑麟眼里，两人的相视一望似乎有着某种默契，孙庆林和常鑫教授好像已经知晓了他人所不知的细节。

“杨队长，我想跟你单独谈谈。”

常鑫教授与杨雪梅朝着剧院观众席的过道走去。

安佑麟看了眼二人的背影，对罗刚说：“刚子，我知道现在维金广场案很难办，可我怎么总觉得有些地方说不明白？有些不对劲？”

罗刚皱眉道：“这案子从发生到现在，太不敞亮了。”

“不敞亮？”

罗刚点头，“我跟你的感觉一样，总觉得哪里不对劲，可又说不清楚。总有一种参与不到案件侦破核心的无力感……”

无力感，安佑麟在心里琢磨着，没错，这是最接近体会的词汇了。无论是老师常鑫教授、魏志国，还是赵洪军和杨雪梅，都像是已经触及了案件的关键所在。

“刚子，你说有没有可能，老师和魏局、赵队他们，曾经跟Z先生打过交道？”

“有可能吧，咱们只是对Z先生当年犯下的案子有所耳闻，不过魏局他们的态度，就不同了。”

安佑麟沉默了一阵，他偷偷地瞄了眼常鑫教授和杨雪梅。常鑫教授表情严肃，但是从嘴唇张合的频率上看，他说话的语速并不快。杨雪梅微微侧身，面无表情地听着常鑫教授的话，时而点点头。

“我总觉得……怎么说呢……”

“跟我你就直说吧，有什么好避讳的？”

听到罗刚这样讲，安佑麟便压低声音说：“我对大家想要尽快解决维金广场案，这一点并不怀疑。不过，另有目的的恐怕不仅仅是Z先生！”

“你的意思是，在试图解决维金广场案的同时，魏局他们还有别的目的？”罗刚不禁望向常鑫教授和杨雪梅，“Z先生选择维金广场作案的目的，是不是可以理解为对过去案件被隐藏和掩盖的不满？那么魏局他们的呢？”

第四章　破解

“明面上看，维金广场案的关键是将于晔安全救出，可实际上，案件的幕后黑手 Z 先生和门徒呢？”

还没等罗刚接话，周彤雨便风尘仆仆地赶回了歌剧厅。安佑麟见她满脸的倦容，赶紧迎上前去。

“姐，你怎么了？”

“我没事，可能是走的太急了，最近没有休息好……”

脸色苍白的周彤雨坐在观众席的座位上，她转过脸在来去匆匆的警察之间寻找老师常鑫教授的身影。

“佑麟，案子调查进展怎么样了？”

“老师认为你在被害者王萌家调查到的线索很有用，认为王萌的死的确与莫高窟壁画飞天有关。不过，老师怀疑‘飞天’这条线索很可能是 Z 先生用来拖延时间的……”

听到这话，周彤雨并未因为自己的调查很可能对案件没有实际帮助而感到失落，相反，她松了一口气，“还好是我到死者家中调查，如果老师亲自前往，正中了凶手下怀。”

安佑麟说起了周彤雨离开之后发生的情况，当听说调查到负责道具箱的康广德挟持同事后自爆身亡，周彤雨不禁用一只手捂住了嘴巴，另一只手抓住安佑麟的手腕。

“你没事吧？有受伤么？老师呢？有没有受伤？”周彤雨急忙望向常鑫教授。

正当常鑫教授与杨雪梅低声交谈之际，他的手机响了起来，是魏志国局长打来的电话，他在电话里询问了西京大剧院案件的调查情况。

“现在还在等待一个关键点的出现，”常鑫教授望了一眼舞台的方向，“孙组长正在解剖尸体，很快就会有结果了。”

魏志国局长告知常鑫教授，即将开启第二轮营救。

“营救方案呢？是不是已经有了切实可行的营救方案？”

“现在营救方案有两套，一套是切断甜品屋的电力供应，另一套是屏蔽甜品屋周围的信号……”

魏志国的话还未说完，常鑫教授便接言道：“怀疑凶手藏匿在围观者当中？以远程操控的方式来左右维金广场案的进程？”

“没错，如果第二套方案的前提成立，那么屏蔽信号无疑是最佳营救方案。”魏志国回想着刚才会议上的讨论，“屏蔽信号成功之后，拆弹小组将会延续第一轮营救行动，将玻璃墙上裂开一个可进入的洞，拆除金属箱炸弹。”

“魏局长，在我们得到第一条线索并前往西京大剧院之后，维金广场是否发生过新的情况？”

“没有。”

“那我先说说第一套方案，想以断电作为营救方式，倒不如说是想以此了解甜品屋的电源供应。只是如此动作，对甜品屋的影响巨大，如果凶手发觉后展开报复，恐怕不可能仅仅是倒计时那么简单了。”

稍缓后，常鑫教授又分析了第二套营救方案。

“如果以屏蔽信号作为营救方案，看似比第一套方案要更加明智，但是问题也就出在这方案上！”

魏志国不解，“这套方案难道也只能作为营救的尝试？”

“可以这样理解，在不确定凶手是否以远程操作来引导维金广场案时，就以屏蔽信号作为营救前提，实在太过武断。如果甜品屋的运作方式，根本就与信号无关呢？贸然营救的结果，恐怕与第一轮营救行动的结果无异。”

常鑫教授的话说到了魏志国的心坎上，这两套方案都存在致命缺陷。

“我们的确已经没有砝码再进行尝试了。”魏志国不得不面对这个现实。

“也不是完全不能尝试，再周密的营救方案，迈出第一步都算是尝试。”常鑫教授解释道，“凶手以维金广场作为犯案地点，对警方而言还有一个劣势。”

魏志国已经领会了常鑫教授的意思，“警方任何一次失利，都是民众的一次失望。”

“所以，我有理由怀疑，凶手设下了陷阱。”

“陷阱？”

“第一轮营救行动的失利，凶手以倒计时 30 秒作为惩罚，让民众对警方的营救行动丧失信心。可作为第一轮营救行动失利的惩罚，也是对警方的麻痹。”

“老常，你的意思是说，让警方认为即便营救不利，惩罚不过是倒计时 30 秒？如果立刻停止营救，惩罚便会结束？”

“是的，这也是诱导警方立刻展开第二轮营救行动的陷阱，如果贸然尝试的结果，与第一轮营救行动失利的结果不同呢？”常鑫教授坦言。

电话那一边传来叹息声，“老常，对于第二轮营救行动，你有什么建议？”

“等待时机！”常鑫教授说，“我也在怀疑凶手以维金广场作为作案地点的目的，凶手藏匿在围观者中的可能性非常大。而且从给出第一条线索至今，维金广场也没有更多的异常情况。恐怕凶手也是在等待时机，在恰当的时间给出第二条线索！”

“凶手并不急于杀死于晔，否则也不可能选择维金广场作案。三条线索背后必定暗藏玄机。”

“既然作为尝试的第一轮营救行动失利，那么我们就需要扳回一局来增强民众对警方的信心了。”常鑫教授道，“即便需要按照凶手的规则进行下去，但依旧可以为我们所利用！”

下午15点35分，距离倒计时结束还有16小时55分钟。

安佑麟心浮气躁，已经过去7个小时了，第一轮营救行动失败，第一条线索谜题尚未揭开。如果此时维金广场上再发生状况，恐怕将更加难以应对。

周彤雨用手机搜索着有关维金广场案的讨论，她的脸色越发苍白了，看过之后将手机递给了安佑麟。

“现在的舆论情况对侦破案件非常不利，偏激的评论越来越多。之前虽然早有公开支持Z先生审判于晔的言论，但是当时也只是说说而已。现在有人煽动上街游行支持Z先生。”

安佑麟在微博上随意滑动了几下，略略看了几眼，他咬着牙望着正在接听电话的老师，身体里有一股始终被压抑着的力量。

安佑麟从维金广场案发生开始便参与其中，他渴望在案件的侦破中有所作为，哪怕像师姐周彤雨那样去排除凶手的障眼法也好。可是线索的碎片真真假假，他既无力分辨也无法将其拼凑起来。

罗刚匆匆而来，在经过安佑麟和周彤雨的时候并未停步，“尸检有结果了！”他朝着刚刚挂掉电话的常鑫教授和杨雪梅的方向走去，常鑫教授得到消息后快步赶往舞台方向。

“老常，在死者的胃里发现了大量的石榴籽。”

听到孙庆林得出的结果，安佑麟终于见到老师的脸上露出放松、欣慰的神情。

“孙组长，除了石榴籽，还有其他食物吗？”常鑫教授继续问。

“没有了，死者在临死前有大量进食石榴籽的情况。”孙庆林皱眉疑惑，“在这之前，死者已经连续多天不曾进食了。”

石榴籽？胃里？多天不曾进食？安佑麟困惑不已，如果说Z先生有意在死者王萌被绑架之后不给她食物，可为什么又在临死前让她食用大量的石榴？

“就目前的解剖情况看，死者在多天未曾进食之后，突然大量食用了石榴，甚至很多石榴籽未到达胃部。我怀疑死者在食用石榴后不久，便陷入某种无法自控的状态中。不排除石榴中有药物的可能，这还需要对死者体内的药物残留进行检测。”

常鑫教授陷入了沉思，他走向舞台一侧望着高处的道具箱，然后又看着舞台上的那些水仙花。

“佑麟，说说西京大剧院案件的疑点有哪些？”

见老师发问，安佑麟终于可以将憋了许久的疑惑一吐而快，“关于死者王萌的衣着，在周彤雨到死者家调查后发现，死者被打扮成了敦煌莫高窟中飞天壁画上的形象。死者在遭到绑架后连续多天不曾进食，以至于出现了营养不良的情况，可是在死前不久，却大量进食了石榴。”

说到这里，安佑麟忍不住低头看着舞台上的水仙花，“根据蔡忆萍女士所说，道具箱里准备的花瓣本应该是玫瑰花，可是却被换成了水仙花。”

常鑫教授微微点头，“彤雨，再重复一遍三条线索提示。”

面色苍白的周彤雨立刻回答：“三条线索提示分别是——救救我的女儿，为了身为王者的屠夫，悠悠悲伤的追逐之人。”

“常教授，你已经知道第一条线索的答案了？”杨雪梅追问。

“方向已经找到了！”常鑫教授道，“先说第一条线索提示，‘救救我的女儿。’死者王萌在一个星期前遭到绑架，被关押的地点不明，后被关在道具金属箱内。第一条线索提示，很容易让人联想到失踪的女儿与父母相关联。”

常鑫教授望了一眼尸体坠落的位置，然后拿起手机一边输入一边继续说道：“死者身穿莫高窟壁画飞天服饰，恰好又与死者当年患上精神分裂症的经历有关。然而这其实是误导解谜方向的提示，从而也证明，第一条提示在解谜过程中的关键作用，若是误判了第一条线索提示，只能在寻找答案的道路上越走越远。”

常鑫教授的手机震动起来，他紧张的目光略微放松，似乎得到了很有价值的信息。

“所以揭开谜题的第一步，就是破解第一条线索提示。再来说说其他几个疑点，首先是死者在遭到绑架后多天未曾进食，根据孙组长判断，死者的确是坠落致死。所以凶手多天不曾让死者进食的原因，并非想要其遭受到饥饿带来的危险……”

安佑麟灵光一闪，“老师，凶手让死者挨饿的原因是石榴籽？为了让死者主动进食石榴籽？”

“这就是疑点背后的疑问了。凶手让死者挨饿，并精准地掌握着其承受限度，以确保死者可以主动进食石榴籽。”

“所以说，石榴籽才是谜题的关键？”周彤雨依旧困惑不解。

“我认为不仅仅是‘石榴籽’，”安佑麟若有所思，“单纯以石榴籽作为线索的话……还在一个‘吃’字上！吃下石榴籽？”

“说的对，死者并不是一个用来隐藏石榴籽的容器，而是蕴含着特殊意义的，线索不是某样东西，而是一个意义形成的过程……”

常鑫教授的说话声逐渐变成了低吟，所有人的目光都在盯着他，包括原本正在现场搜集证据和线索的警察。

常鑫教授抬高声音，继续说：“另外一个疑点，就是道具箱里的玫瑰花瓣，被换成了水仙花。”

“常教授，康广德已经死了，会不会是他受到胁迫后，将死者关进道具箱时出了差错？”

常鑫教授并不介意有人打断他的叙述，他回答杨雪梅道：“用来喷撒花瓣的道具箱不止一个，如果其中一个道具箱出现变故，里面的玫瑰花被换成了水仙花尚可以理解。可所有箱子里的花瓣全部被调换，那就是有意为之。”

“所以，吃下石榴籽和被调换成的水仙花，都是破解谜题的要素？”罗刚问。

“可以说，这两条关键要素是破解三条线索提示的钥匙。”常鑫教授在舞台上的水仙花中踱步，“如果第一条线索提示是顺应之后两条线索的前提，‘救救我的女儿。’……”

遭到绑架的女人、吃下石榴籽、水仙花，还有救救我的女儿？安佑麟犹如被惊雷击中一般，碎片在他的脑海里逐渐拼凑成一条若有若无的线索。他紧张地吞咽着口水，瞪着眼睛望向老师，既想引起老师的注意，又对自己的推理略不自信。

有一道犀利的光芒刺中了安佑麟，常鑫教授的目光直接投射而来，“佑麟，你有什么发现？”

“噢，我还只是猜测，还不能……”安佑麟有些犹豫。

“有想法就大胆地说。”

“第一条线索提示，其实指的是‘珀耳塞福涅’！”

“冥后？”周彤雨白着脸细细思索着安佑麟的回答。

安佑麟目光低垂，沉思着将碎片重新拼凑，“在希腊神话中，珀耳塞福涅是宙斯和丰收女神德墨忒尔的女儿，在成为冥后之前，与母亲共同生活。传说冥王哈迪斯想找一位美貌的女神作为自己的妻子，可因为冥界阴暗、不见天日，女神们纷纷拒绝了哈迪斯的求爱。于是哈迪斯决定用粗暴的方式达成目的。”

“绑架！”杨雪梅对希腊神话也有所了解。

安佑麟坚定地点点头，然后看了常鑫教授一眼。此时的常鑫教授只是抱着双臂盯着舞台上的一朵水仙花。

“是的，杨队长说的没错，哈迪斯用了绑架的方式达成了目的，他绑架的正是后来成为冥后的珀耳塞福涅。”安佑麟指着地上的水仙花说，“当时珀耳塞福涅正在跟几个仙女在溪水旁采花，并无意中采摘了代表冥界圣花的水仙花，这个举动触动了冥王哈迪斯。哈迪斯便趁机绑架了珀耳塞福涅，将她带到了冥界……”

“所以，这才是凶手留下水仙花的暗示？”罗刚低吟。

安佑麟继续说道：“珀耳塞福涅的母亲德墨忒尔到处寻找女儿，她穿越整个大地，可无论如何也寻不到女儿的踪迹。绝望的德墨忒尔无心继续履行身为丰收女神的职责，于是大地上颗粒无收，陷入严寒的冬季。太阳神不忍心看到大地荒芜，便告知她珀耳塞福涅的下落。于是德墨忒尔去找宙斯，希望他能出面救出他们的女儿……”

“这就是第一条线索提示，‘救救我的女儿’？”

周彤雨虽然在问，但她认同安佑麟的推测。

“是的，但是有关第一条提示的内容还不止这些。”安佑麟继续说，“宙斯为了拯救大地，表示愿意出面将女儿还给德墨忒尔。不过哈迪斯已经爱上了美貌的珀耳塞福涅，并不甘心。被软禁在冥界的珀耳塞福涅也是悲伤至极，不过哈迪斯说服她吃了几颗冥界的石榴，于是宙斯只好让珀耳塞福涅在一年中的一半时间待在冥界，剩下的半年与母亲德墨忒尔回到大地上生活。所以，每当珀耳塞福涅待在冥界，大地上便会万物枯萎进入秋冬季；当珀耳塞福涅回到大地上，便会万物复苏。在冥界里的珀耳塞福涅，是一个阴暗可怕的死亡女神；回到大地的她，享受着阳光的沐浴，就会成为一位美丽勤劳的少女。”

安佑麟把自己的推测讲完了，他将迷离的眼神投向老师常鑫教授。常鑫教授与他对望之后，点头称赞：“说的好。第一条线索提示所暗示的正是冥后珀耳塞福涅，绑架、石榴籽、水仙花、寻找女儿的母亲，都交汇在这一点上。”

“常教授，第一条提示已经揭开了，那其他两条线索提示呢？”杨雪梅问，“身为王者的屠夫？这又跟冥后有什么关联呢？”

“屠夫？杀死多少人才能被称作王？”罗刚不解。

常鑫教授摇头否定道，“小罗，你的理解有偏差，甚至可以说是截然相反的。第二条提示所说的王，并非因为在屠杀方面达到了某个程度，例如杀人数量、凶残手段。其实‘屠夫’是‘王’的附属属性。”

“正确的理解……国王？却杀了很多人？”安佑麟明白了，“所以第二条提示指代的是某位王者？”

“也不能单纯思考第二条提示，如果第一条提示是打开后面两条线索提示的钥匙，那就要关联起来思考这个问题。”话虽如此，但周彤雨依然有不解之处，“看来第二条提示必然与珀耳塞福涅有关，可是屠夫？国王？都是神话人物？”

“杀过人的国王，范围的确宽泛。不过被称为‘屠夫’的国王，又与珀耳塞福涅有关联，那就只有法国国王查理九世了。”

“查理九世？”

“听说过‘圣巴托罗谬之夜’吗？”

安佑麟有些印象：“法国国王下令屠杀新教徒？圣巴托罗谬节前夜开始的屠杀？”

“下命令的国王正是查理九世，用一场血腥婚礼作为屠杀的开端，从巴黎延伸到整个法国，数以万计的新教徒遭到屠杀。尸体漂浮在河流当中，住在河道附近的居民甚至不敢吃河里的鱼。上到高官贵族，下至普通百姓，任何新教徒都不能幸免。也正因如此，查理九世获得了‘屠夫’的蔑称。”

“所以第二条线索是在暗示法国国王查理九世？”

“根据第一条提示，由死者王萌与希腊神话人物相关联。不如大胆地推测一下，查理九世又与什么相关联呢？”常鑫教授将目瞄向安佑麟，“第二条线索提示，‘为了身为王者的屠夫！’”

安佑麟陷入沉思，为了身为王者的屠夫？实际上并不特指这位被称作屠夫的国王查理九世，是某个人为查理九世做了一件事情，而这件事情恰好又与珀耳塞福涅有关联？由希腊神话人物再到现实中的法国国王？

“难道是画作？”周彤雨猜测道。

“对！将希腊神话女神珀耳塞福涅与查理九世相关联的正是一幅画作。意大利画家尼科洛·德尔·阿巴特，在枫丹白露宫为查理九世绘制了一幅叫做《诱拐珀耳塞福涅》的油画。”

常鑫教授言罢，将手机先递给了杨雪梅，杨雪梅仔细查看着手机上的一张图片。安佑麟也急不可耐地用手机搜索到了这幅画作。

画作中，最显眼的就是抱着珀耳塞福涅奔向马车的哈迪斯，珀耳塞福涅惊恐害怕不断挣扎，几位与珀耳塞福涅同游的仙女失措地追逐着。

“难道第三条提示的答案，就是这幅画中的……”

安佑麟说出了在场所有人的推测，第三条线索提示，悠悠悲伤的追逐之人啊，已经赫然出现在了众人眼前。

“凶手给出的三条线索提示，相辅相成、互相佐证，同时也是逐步递近的关系。悠悠悲伤的追逐之人，正是指这幅画上的人物。”

常鑫教授话音刚落，杨雪梅便接着说：“凶手所说的第一条线索答案，是一个数字，而这个数字就是画上符合线索提示的人物数量？”

“是的。”

听到常鑫教授的话，安佑麟连忙仔细查看这幅油画。油画上，哈迪斯抱着珀耳塞福涅奔向马车，他的身后是一位因为追逐而跌倒跪地的仙女，仙女伸出左臂向哈迪斯奔逃的方向。再后面，一位正在溪水边采花的仙女，刚刚发现伙伴珀耳塞福涅被拐走，她急于起身奔向哈迪斯……一、二、三、四、五、六！七！7个？悠悠悲伤追逐之人啊，是7个人？所以Z先生的第一条线索答案是数字“7”？

聚集着围观者的维金广场上，赵洪军在距离围观者和甜品屋之间的最前沿。虽然甜品屋顶有两块屏幕上的画面，正对着被囚禁在金属箱内的于晔。可是站在靠前的围观者们依旧以正对着于晔那侧玻璃墙前方为最佳位置，纷纷端起手机拍摄。毕竟那一侧除了可以观察到于晔的状态，还能拍到玻璃墙上那闪着光亮的键盘。

赵洪军扫了一眼位于前排的便衣同事，他的目光没有在任何人的身上停留，转而望向金属箱内的于晔，于晔大多数时间都处于半睡半醒之间的迷离状态。

时间一分一秒的过去了，赵洪军作为维金广场现场的前沿总指挥，他感到背上的压力随着时间的流逝而倍增。

魏志国站在会议室内透过落地窗望着整个维金广场，此时的维金广场已经聚满了人群。并且围观者的数量在一个小时之内迅速增加，整个维金广场除了中央，甜品屋方圆十几米范围外站满了人群，不仅绿化带，就连小型喷泉里都站着光着脚的人。

为保证围观者的安全，魏志国下令在所有通往维金广场的街道路口设下安全检查站，对进入维金广场的人进行安检。

桌上的电话响了起来，魏志国立刻转身接听，来电话的正是常鑫教授。

“魏局长，准备输入第一个数字！”常鑫教授简练道，“答案是数字‘7’。”

为了确保没有听错成其他数字，魏志国确认道：“是数字‘6’和‘8’之间的‘7’？”

常鑫教授回答：“正确。”

“老常，这个答案有多大把握是正确的？每输入错误一次，倒计时就会减少两个小时。”

“就目前的情形来看，这是唯一的答案了。”常鑫教授听出了魏志国不曾示人的忧虑，“魏局长，这不仅仅关乎解救于晔的进程，还有更重要的意义。从上午8点30分开始，无论是绑架人质、威胁警方，还是胁迫他人自杀，凶手占尽先机。警方在第一轮营救行动失利后，凶手更是创造了一个不可战胜的形象，仿佛任何抵抗在凶手面前都是毫无意义的。但是只要成功一次，就可以彻底打破这种形象！”

维金广场中央的赵洪军终于接到了魏志国直接下达的命令，他信任常鑫教授解开第一条线索的答案。虽然只是平凡无奇的一个数字，此时此刻却关系着一条人命。

赵洪军反复确认线索答案是数字“7”之后，走向那面有输入键盘的玻璃墙壁前，他的举动也引起了围观者的猛烈反应。

“警察要输入第一个数字了！”

“真的假的啊？”

“快点拍！都别乱说话了行么？”

“这么快就知道数字了？该不会是瞎猜的吧？”

“搞不好会缩短两个小时……”

赵洪军倍感压力，他的一举一动将影响着整个维金广场案的走向。赵洪军来到玻璃墙前望着里面的于晔，于晔用迷离的目光跟随他来到闪着光的键盘前。

于晔的嘴巴无力地动了动，他的手指也微微伸缩。他仿佛有话要说出口，不知是因为隔着厚重玻璃的缘故，还是他根本就没有发出声音，没有人知道于晔在嘟囔着什么。

赵洪军僵硬地伸出了食指，对准了闪着光的键盘，小心翼翼地将手指按在了数字“7”上。在他的指尖触碰到数字“7”的那一刻，他希望时间就此停止，答案的正误便不再是烦恼了。周围的一切仿佛静止，所有人的目光都紧紧盯着赵洪军的举动，好像只有他一个人可以自由活动。

玻璃墙壁上的键盘，闪着光的方框中出现了一个数字“7”。两秒钟后，方框变成了绿色。甜品屋顶的大屏幕上同时出现了数字“7”，随后是“正确”的字样。

Z 先生公布的第一条线索已经被破解，不过维金广场上的气氛却很诡异。围观者都在窃窃私语，并用手机记录下这一刻。警方破解 Z 先生的第一条线索，却没有人表示庆幸或是欢呼。一股压抑的浪潮，在围观者之间波动着……

警方记录（摘录）

下午 16 点 05 分，被害人常鑫根据凶手给出的线索及提示，破解第一条线索答案为数字“7”。刑侦大队队长赵洪军在现场输入数字“7”后，证实数字“7”为正确答案。

下午 16 点 05 分，距离倒计时结束还有 16 小时 25 分钟。

安佑麟看着手机上的时间，焦急万分。他对维金广场上的情况一无所知，至于老师常鑫教授推理出的答案“7”究竟是否正确，还无法确定。

众人都站在水色的廊道里焦虑等待着输入结果，安佑麟抓了抓脑袋，侧眼看着常鑫教授。常鑫教授正做着他习惯做的动作，右臂抱胸，左臂肘搭在小臂上，左手食指在鼻子下面擦来擦去。常鑫教授皱眉，双眼发直盯着地上的某块砖石。安佑麟总觉得老师并非在为答案的正确与否担忧，他好像在思考着其他事情。

安佑麟又望向师姐周彤雨，她依旧面色苍白地拿着手机不停搜索着目前维金广场上的状况。安佑麟本想叮嘱周彤雨些什么，可见她的心思全然放在手机上，便把表示关心的话咽回到肚子里了。

罗刚和杨雪梅正在低声交谈，杨雪梅自打常鑫教授把答案告诉魏志国之后便忧心忡忡地等待着。很快杨雪梅的手机响起，她立刻接听，并在几句话之后挂掉了电话。

“常教授，正确！”

安佑麟松了一口气，心里压着的一块儿石头虽然没有完全移走，但分量的确减轻了不少。不过常鑫教授却只是微微点头，脸上象征性地流露出点点笑意。这水色廊道里的气氛也不再压抑而沉闷。

不知为何，安佑麟的思绪却怎么也无法投入到眼前的状况中去。他看看着老师的笑容，却回想起曾经与老师的某段对话。

“佑麟，一位变态连环杀手如何才能不被发现？”

“尽量减少作案？”

“不，很多变态连环杀手是不会控制作案的。不如，我换一个方式来问你，一位变态连环杀手，如何才能尽量多的作案？”

“变态连环杀手？满足变态心理而不断杀人？尽量多的……”

“作为相对于大多数人的少数，想要尽量多的作案，就要隐藏起自己。换言之，不想被大多数人发现，就要将行为与大多数人的保持一致，相似的生活规律、相近的行为举动、相同的反应……”

相同的反应？安佑麟在心中默念，老师常鑫教授那皱眉的微笑，只是为了让自己的反应，看上去与其他人在听到答案正确后的反应相同罢了。

安佑麟有了一种生疏感，老师究竟在焦虑或是担忧什么事？侦破维金广场案是在场所有人的目标，这个目标是统一的，可是常鑫教授似乎还有某个他无法向人诉说的缘由。

“常教授，第一条线索已经被破解了，接下来要不要暂回维金广场？”

杨雪梅问。

“先不急着回维金广场，继续在剧院调查相关线索。还要追查凶手需要完成第一条线索案件的必要条件。”

“已经安排调查康广德在最近一星期的行踪了，包括水仙花的来源。”

杨雪梅话音刚落，有警察前来报告，“康广德的女儿找到了，已经从学校带到安全的地方了。”

安佑麟疑惑地道：“老师，如果康广德遭到了胁迫，他女儿的安危的确可以成为被Z先生利用的把柄。可是我实在想不明白，既然康广德的女儿平安无事，那Z先生究竟是利用了什么来胁迫他做出……自爆身亡的事情来？”

这也是在场其他人的困惑，“如果是常人遭遇了威胁的事件，恐怕第一反应就是要报警，寻求警方的协助。可是康广德的女儿并没有被绑架威胁……”

“除了凶手在案件当中真正需要的人，其他的是不会直接利用的。”

“可是，老师，”周彤雨问道，“那么康广德呢？康广德只是负责道具的，让他自爆身亡？是不是并不符合这一特征？”

“不，康广德之所以自爆身亡，不仅是调换提示物品和隐藏死者王萌而已。他还是个传话者，他替凶手传话给我。”常鑫教授沉思道，“至于为什么康广德会在女儿平安无事的情况下，帮助凶手将死者关在道具箱并更换提示物品，你们都听说过被活熊取胆的母熊杀死幼子的故事么？”

周彤雨回忆道：“我记得那是三十多年前国外的一种取胆汁的方式，用一根胶管插进熊的胆囊，抽取熊的胆汁。不过这种取胆汁的方法很残忍，熊很痛苦，如果感染伤口的话熊就没有活路了。”

罗刚接着说：“我也知道这种取胆汁的方法。为了防止熊在痛苦挣扎的时候用爪子抓到伤口感染，所以被取胆汁的熊穿上了铁马甲。那个故事也是基于此来的，说一只被活取胆汁的母熊，为了不让幼崽遭受同样的痛苦折磨，将刚生下不久即将被手术并穿上铁马甲的小熊活活掐死……”

安佑麟领会道：“老师，难道说，康广德遭受到了心理上的挟持？他在事先毫不知情的情况下，被Z先生绑架并在体内植入了炸弹，之后再被威胁，如果不与Z先生合作，康广德的女儿将遭到同样的下场？”

杨雪梅无奈道：“如此一来，凶手只需要接触必然会自爆身亡的康广德，从而减少警方可以追查到线索的可能。”

“康广德体内被植入炸弹，然后就会顺从？”罗刚依然困惑。

“恐怕，在康广德眼里，Z先生无疑可以随时绑架他的女儿，并在她的体内植入炸弹！绝望的康广德只能答应Z先生提出的要求了。”

讲到这里，安佑麟被自己的话惊住了。刚才的话完全是根据已经发生的事实推理出来的，可经过再度分析判断，他产生了一种始终无法触及的琢磨不透的绝望感。

身体内被植入炸弹的康广德，承受了怎样的绝望？他无法相信警方能够救自己，更无法相信除了自己献身之外还有什么办法可以让女儿免于同样的遭遇……

越是无法参透，便越是感到惊恐。到目前为止，Z先生的每一步都剑走偏锋，仿佛立于钢索上的独行者，稍有差错便会坠下山崖功亏一篑。

不会的，Z先生不会每一步都算到的！安佑麟坚信，Z先生的布局总会有疏漏的，老师常鑫教授绝对可以协助警方找到破绽侦破维金广场案。

“如果要威胁康广德，恐怕不仅只是在他体内植入炸弹，还需要让他清楚地看见Z先生对他女儿的威胁。”罗刚尽量用最少的语言，将要表达的意思说清楚，“在康广德遭受胁迫前后的一段时间，他女儿周围有没有出现过形迹可疑的人？”

杨雪梅表示要立刻派人调查康广德女儿近期动向以及周围的动向，但是被常鑫教授劝止了，“康广德的女儿已经受到保护就可以了，她之所以平安无事，并不仅仅因为她是用来胁迫康广德的砝码。她还是一个铃铛，她响起，就意味着康广德这枚棋子落到了该在的位置上了。”

安佑麟恍然大悟：“原来Z先生早已预料到，警方在触发第一条线索的案件之后，不会将案件的调查进度公布。但是如果警方寻找康广德的女儿，并将她保护起来，恰恰说明康广德的任务完成了，警方也已经觉察到了被更换的线索要素。所以，康广德的女儿的确是有待触碰的铃铛。”

紧接着，杨雪梅请孙庆林亲自检验康广德的尸体，希望得到有关植入炸弹的时间以及其他可能存在的证据、线索。

常鑫教授要与魏志国单独通话，杨雪梅立刻为其安排了一间休息室。随后杨雪梅便带着罗刚回到现场继续调查，说如果维金广场有新的进展，就及时通知她。

“佑麟，你送彤雨去休息一下，随后过来，我有事情要你办。”

安佑麟困惑地带着师姐周彤雨去了另外一间休息室，周彤雨的脸色苍白，似乎被这七个多小时的调查折腾得不轻。

“姐，你好好休息吧。”安佑麟见到周彤雨始终拿着手机在搜索维金广场的情况，有些担忧，“Z 先生随时会公布第二条线索，咱们俩还要帮老师继续调查。”

周彤雨听闻安佑麟的关怀，苍白的脸上露出微微笑意，“佑麟，你快去吧，有情况记得告诉我。不用担心我，前几天太忙了，本想周末好好休息一下的，没想到会遇上这么大的案子。”

安佑麟匆匆赶回休息室，这间休息室与其他房间格局一致。门前两边放着长条形的两用箱子，再往里面就是用来挂道具服装的衣架。最里面有一张空桌子，常鑫教授就站在桌旁。

常鑫教授见安佑麟进门，便拨打了电话。魏志国接听电话之后，常鑫教授打开了免提键。

“老常，上级派来的调查组已经到专案组办公室了。”

“刚到？”

“嗯，动作倒是麻利。先是听取了维金广场案的基本情况，然后做出了批评和指导。”魏志国语气无力，“虽然是老一套，但是可以理解，毕竟咱们已经跟凶手较量了七个多小时。”

“调查组有何高见？”

“切断电源。”

“选择了这套营救方案？”常鑫教授不解，“第一轮营救行动失利带来的影响，勉强可以用破解第一条线索的谜底稍作挽回，但是切断甜品屋电源这套营救方案，实在欠考虑。”

几秒钟的停顿之后，魏志国继续说：“破解凶手的线索谜题并不是他们真正想要的结果，这算是向犯罪分子妥协的意思。”

“这一点倒是跟咱们的计划不冲突，但如果盲目进行营救，于晔的情况恐怕更加危险。”

“在第二条线索出现之前，你还要留在西京大剧院？”

“回到维金广场我也帮不上什么忙，更何况现在调查组到了广场，我没有精力跟他们周旋。”常鑫教授继续说，“维金广场案不是儿戏，我知道调查组来西京的原因，他们并没有足够重视这案子，他们很可能被表象所迷惑了。”

电话那边又是长久的沉默，“老常，咱们几个，还能像几年前一样力挽狂澜吗？虽然短短几年，我可觉得咱们都老了不少。”

安佑麟一言不发地听着老师常鑫教授和魏志国的对话，他不知道魏志国有没有留意到常鑫教授开了免提功能，但是两人的对话听起来只有他们两人才懂。

魏志国呼吸沉重，“现在第一条线索已经被破解了，能讲讲这条线索对于案件进展的作用么？”

“对于彻底解决维金广场案，破解凶手给出的线索只是安慰剂，更是无奈之举。”常鑫教授低声道，“到目前为止，我对以最小的影响方式来侦破维金广场案不抱期望了。案件远比我想象的复杂。”

“我能理解。”

魏志国的语气平静异常。

“侦破维金广场案依靠的不是凶手公布的线索，而是需要警方在维金广场上找到营救于晔的破绽。我能够做的事情，只是寻找凶手背后的目的。于晔，只是平衡凶手和我们之间力量的砝码。至于那些围观者，很可能会左右这种平衡。”

安佑麟屏住了呼吸，他产生了一种莫名的窥私感，他像一个躲在暗处的偷窥者，在悄悄将窥视到的隐私记在心里。

魏志国声音发干，“老常，能跟我说说在破解了第一条线索之后的感受吗？”

“像一个盲人，走在深夜黑暗的森林里。”

“既然已经看不见了，白天的森林与夜晚的森林又何区别呢？”

“光明带来的温暖是可以被感触到的。”

挂掉电话之后，魏志国站在为常鑫教授准备的办公室内，他看着写字板上常鑫教授写下的字，忐忑不安。

夜晚的森林，魏志国又何尝没有如此的迷失感。他头脑中不断回想着这几十年来办的种种案件，没有一件如此棘手和难以抉择。魏志国站在落地窗前任由午后的阳光照耀，可他却感受不到丝毫的燥热甚至温暖，他已置身夜晚的森林之中。

有人直接闯进了办公室，魏志国通过这急匆匆的脚步便已经猜测到来人是谁。

“老赵，维金广场上的部署还妥当么？”

赵洪军一时心急，面对魏志国的问题，不知是该先回答他，还是将心中愤懑一吐而快。

“广场上没事。常教授解开的谜题，暂时稳定了维金广场上围观者的情绪。”赵洪军无奈道，“不过，魏局，我输入正确答案之后，围观者并没有对第一条线索破解有任何感到庆幸的意思。”

魏志国平静道：“我安排了王副局长、老林他们去调查其他相关线索，让你留守维金广场，也是出于你办案果断、能够稳住局面的缘故。”

赵洪军憋不住了，“魏局，上级派来的调查组根本就不了解维金广场的情况，他们怎么……”

“老赵，你的任务就是镇守维金广场，其他状况都由我来处理！”魏志国态度坚决，“调查组的决定和建议，自然有其原因。只有你在维金广场，我才能安心制定营救方案。”

还没等赵洪军回话，只见魏志国又严肃地道：“赵洪军同志，从现在起，没有我的命令，不准擅自离开维金广场！”

赵洪军立刻立正向魏志国敬礼，“是。”

西京大剧院休息室内。

“佑麟，你刚才的表现不错，分析和推理的过程也非常完整。不过，维金广场案具有特殊性，在日后恐怕也会成为典型案例的。在侦破过程中，我需要你把所有的精力全都放在案件的调查上，好好学习，听懂了么？”

安佑麟自打随老师进入这间休息室开始，便充满了困惑和不解，但是他并不知道该如何开口询问。无论是老师常鑫教授与魏志国局长的隐晦交谈，还是对维金广场案的走向，他都无从问起。

另一间休息室内的周彤雨正闭着眼睛均匀地喘息着，虚汗在她的额头上滚动淌落。她的脑海中不断回想着在死者王萌家里的调查发现，死者过去的经历不断在她的眼前浮现——红惨惨的夕阳，无边的天空，还有并排站在高处的女孩和身边矮小的孩子……

咚咚咚！

有人敲响休息室的门走了进来，来者正是蔡忆萍的助理小孙，她为周彤雨带来了矿泉水和面包。

“蔡老师让我送些吃的东西给大家。”

“蔡老师还在协助警方调查？”周彤雨起身礼貌地用双手接过东西。

“还不是因为老康嘛，”小孙叹息，“谁能想到老康竟然会做出这种事情来啊？只是演唱会上发生有人跌落的意外，就足够蔡老师应付媒体的了，现在这老康又……”

周彤雨知晓案件的重要性，并未多言，倒是助理小孙有心打探：“唉，不过现在所有的媒体都把注意力集中在了维金广场上，我这从昨晚就忙着安排蔡老师演唱会的事情，刚才才注意到。不然的话，发生了这么多的事情，记者早就围过来了……”

周彤雨苍白着脸，依旧不搭话。

“你说老康该不会跟维金广场上的事扯上关系吧？”小孙低声问，“今天这事是一桩接着一桩，警察又在这儿反复调查，你跟着常教授查案，没有听说什么？”

周彤雨微笑着摇摇头，闲聊几句之后就把小孙打发走了。

周彤雨坐在椅子上打开矿泉水瓶子喝了些水，然后勉强咽下几口面包。稍微恢复些精气神的她，拿起手机查看维金广场上的情况。此时的维金广场上已经不是早上那稀稀落落围着的百八十人了，围观者之间几乎毫无间隙可言。

周彤雨翻看着微博上的热门话题#维金广场#，不少现场的围观者在不同的时间段上传了照片。熙熙攘攘的人群拥挤在燥热的阳光下，让隔着照片看的周彤雨难以畅快地呼吸。

周彤雨翻看了几条相关微博，上面的留言和回复都是围绕着刚才破解的第一条线索展开的——

1#. 失望，本以为会缩短两个小时的，不能提前看到于狗被炸死了 :-D

2#. 我拍到了！我拍到了！我拍到了！重要的事情说三遍，输入的答案是 7！

3#. 强烈支持审判于晔！支持 Z 先生的正义之举！

4#. 第一条线索这么快就被破解了吗？警察里面有能人啊！呵呵。

5#. 就是答案，我也拍到了，警察输入的数字的确是 7！

6#. 警察办案不是应该接受群众的监督吗？为什么不把破解过程公布给大家？

7#. 没有人怀疑么？也许警察知道更多的线索呢？却没有告诉大家？

8#. 强烈要求公布调查过程！支持 Z 先生的正义之举！

9#. 应该让于晔早些去死才对，有没有敢死队，冲过去胡乱输入数字，直接让于晔炸死？

……

周彤雨看着这些评论和留言，无奈地摇摇头，她又拿起矿泉水瓶喝下一口水，这时，一段刚刚发布的视频吸引了她的注意力……

第五章　暗眼

维金广场案专案组办公室内，专家调查组成员列席听取了魏志国的汇报。上级下派的专家调查组一行五人，由三男两女组成，五个人职务较高，表情严肃，态度极为认真。

听完魏志国的汇报，调查组指出了几点问题。先是关于围观群众的疏散，调查组认为应该在通往维金广场的主要道路上设立关卡，尽量减少人群进入维金广场。

“在第一轮营救行动失败之后，为了保证于晔的安全，虽然没有限制人群到维金广场，但是在到达维金广场的路口，增设了安检。”

调查组成员中，一个面颊干瘦、目光深沉，但嗓音尖锐的中年女警官质问道：“维金广场案案发已经7个多小时了，广场中央甜品屋的调查为什么没有进展？”

魏志国答道：“甜品屋老板遇害，之前与他联系的装修设计公司被证实根本就不存在。目前我已经派副局长亲自调查甜品屋四周玻璃的来源，尤其是在犯罪分子给出第一条线索之后，证明玻璃的材质……”

“现在形势严峻，调查过程就不必多说了！”一位面容时刻保持微笑，语气却反差明显的男警官问，“案发7个多小时，竟然没有线索的调查结果？”

“我们已经破解了犯罪分子给出的第一条线索，并且已经证明了答案是正确的……”

“噢？”另外一位满头白发的女警官道，“刚才听过汇报，还不了解犯罪分子的最终目的，于晔可能仅仅是用来要挟我们的。既然犯罪分子能够绑架于晔，给出的线索又有几分可信？跟犯罪分子做交易，不是我们警方应该做的事情。”

“但是对赢得民众对我们警方的信心是很重要的！”

“现在不光是围观民众的关注，整个网络、新闻媒体都在关注这起案件！”笑面虎般的中年男警官厉声道，“魏志国同志，现在民众关心的并不是能否救出于晔，而是看到警方在迎合犯罪分子……”

魏志国的眼睛始终盯着放在会议桌上倒计时的电子钟，他不等对方说完，便道：“现在对案件的侦破，考虑到了案件的各个方面，不仅要保证于晔的安全，还要顾虑到围观群众的安全！”魏志国尽量平复情绪，让自己的语气听上去不那么生硬，“如果现在的侦破部署有什么风险，我愿意一力承担！”

白发女警官立刻反驳道：“你承担不起这个责任！”

见对方如此针锋相对，魏志国指着落地窗外的维金广场道：“现在时间正在一分一秒的过去，整个西京市公安局都在为这个案子奔波调查，毫不懈怠。案件尚未结束，就来把后账提前算，未免太早了点吧！既然上级派各位专家组成了调查组来西京，想必各位也都是侦破案件方面的专家，那就请各位给出合理的建议吧！”

鼻梁高挺、抬头纹深刻，之前始终沉默不语的中年警官插言道：“我们都是为了解决维金广场案而来的，大家不要火药味那么重嘛。”

中年警官转向魏志国，继续说：“魏局长也别恼，就在刚才，网上又出了些状况……”

原来，就在魏志国与常鑫教授通话之际，网上又传出了一段视频。视频并非与维金广场案有直接关系，而是类似于访谈合集。几个明星在视频中呼吁粉丝理性对待于晔涉及强奸案的事情。不知是萨利华还是于苍海的主意，参与拍摄视频的明星并没有直接提及维金广场案。

视频开场先是每人一句话，全都是“我相信他”为开头。接着，每一个人都会以回忆的形式谈起自己对于晔的印象。

“他是个活泼，善良的大男孩。”

“他喜欢玩，但是绝对不会做出出格的事情！”

“我相信他，相信他是无辜的！”

在这些相似的话说完之后，视频的末尾直说相信于晔并不是两个月前那起强奸案的真凶实犯。

看过视频之后的魏志国，明白了组织这些明星拍摄视频的目的。无论是萨利华还是于苍海，都认为于晔之所以会遭到绑架，是因为于晔是强奸案的嫌疑人，只有让Z先生相信于晔是无辜的，才有可能让于晔平安无事。魏志国能够理解这样做的动机，但是不可否认，这种做法太过理想和幼稚。

“简直是添乱！”魏志国叹气，“强奸案本就在调查中，现在这帮人又跑出来胡乱站队，无疑是火上浇油！”

当周彤雨将几位明星拍摄的视频给常鑫教授看过之后，常鑫教授再度陷入了沉默和思索中。视频在短短几分钟时间里，转发已经过万，而对这段视频的评论，网上更是产生了极大的分歧。

有些明星的粉丝表示相信偶像的呼吁，说偶像能够在这种时候出来担保，一定有其道理；还有些粉丝则大呼“粉转路”，认为于晔有罪，自己的偶像竟然会为一个有罪的人洗白，实在不应该。

“无论是谁给于苍海或者萨利华出的这个主意，都是毫无意义的。他们认为Z先生绑架于晔的目的是想让他承担犯下强奸案的罪责，想当然的认为只要民众认为于晔无罪，就能增加他活下来的几率。”常鑫教授无奈地摇摇头，“审判于晔，并不是表面看上去那样。对方到底有怎样的目的，现在还不知道。”

“视频上这些发言表态的明星，恐怕还是碍于大导演于苍海和著名表演艺术家萨利华的面子吧？”安佑麟猜测，“也有可能是因为私交的关系，看着于晔长大什么的。”

“按照这种形式发展下去，维金广场上的情况可能会更加复杂。”周彤雨言语中满是担忧，“围观民众如果被这些煽动性的言论割裂，也许会在维金广场上发生冲突，民众和民众之间，民众和警方之间……”

维金广场专案组办公室内，调查组建议对网络的极端、煽动言论进行清理和引导，魏志国与专家调查组成员就第二套营救方案的利弊关系展开讨论。

调查组成员赞同切断甜品屋电力供应的方案，由此也可以探清甜品屋内部的运行情况。虽然魏志国对切断电力作为第二套营救方案并不看好，不过就当时的情况来看，警方必须有所作为。

行动部署之后，魏志国与常鑫教授取得了联系。

常鑫教授同样不看好以切断电源为主的第二轮营救方案，“魏局长，调查组对屏蔽维金广场周围信号这套方案怎么看？”

“太过冒进。”魏志国坦言，“不过通过沟通讨论的结果来看，调查组选择切断电源与提出这套方案的想法是一致的。认为 Z 先生既然选择以 24 小时作为时限，并不会轻易打破局面，提前杀死于晔。”

“所以依然是尝试？”

“老赵之前跟我谈过，调查组虽然是上级派来的，但是对他们而言维金广场案还太陌生了。”

“我知道你的压力，不过破解了第一条线索无论对于警方还是围观民众而言，都有着积极的意义。希望第二套营救方案能够不负第一条线索破解带来的影响，不过我也有打算……”

“你是指对第二套方案另有打算？”

“对，实际上第二轮营救无论采取哪套方案，都不可能成功。姑且不说切断电源的方案、屏蔽信号的方案所能达成的目标，其实是很好的机会探知甜品屋，究竟是人为操控？还是定时操作？”常鑫教授沉思道，“如果真的是人为操控，我们也可以麻痹对方，让对方放松警惕，认为警方只是在做一些谨慎的试探……”

魏志国细细品味常鑫教授的话，似乎听出了所指，“老常，你的意思是，明修栈道，暗度陈仓？”

“没错！营救于晔恐怕并不是硬碰硬就能成功的，还需要做更多的谋划。”常鑫教授讲到这里，将目光投向面前的安佑麟，“对围观民众而言，警方毫无作为是极为不利的，但是也不能浪费每一次交锋的机会。不如我们就通过第二轮营救行动，来达成我们的目的！”

下午16点45分，距离倒计时结束还有15小时45分钟。第二轮营救行动开始。

第二轮营救方案是基于切断甜品屋的电力供给制定的，专案组在与电力供应部门联系后，很快就找到了维金广场附近的电力供应开关，以在特定时间将切断对甜品屋的供应。

由于对甜品屋内部的结构还不了解，所以甜品屋是否有储备电力能力的情况尚不明确。魏志国对这一点非常关注，也可以说甜品屋内绑架于晔的设施是否能储备电力，对营救于晔是非常关键的。

魏志国与常鑫教授的想法一致，他们俩都不会低估Z先生的布局，断然不相信仅仅切断电力便可以彻底扳倒目前的困局。围观者眼中的维金广场案是发生在城市中的一起案件，涉及某个人生死存亡的案件。但是对于侦查案件的人来说，他们面对的是人，是设计维金广场案的Z先生。他们知道，按照凶手的要求行事是不会绕出陷阱的。只有抓到幕后黑手，才能侦破案件。

于是，魏志国局长单独向赵洪军安排第二套营救方案。

“第二轮营救方案的结果有三种可能，一种情况，甜品屋完全依靠外部电力的供应，当切断对甜品屋的电力供应，甜品屋内的装置将会瘫痪。不过这种可能性极低，相信我不用向你多解释。

“第二种情况，甜品屋内部有储备电力装置，切断电力供应之后，装置将发挥作用。在外观上看，甜品屋在被切断电力供应前后，并无明显变化。

“第三种情况，也是最有可能发生的情况。不过这种情况造成的结果，也需要我们加以利用……”

便衣警察在通向甜品屋一侧的人群中形成了一条看不见的通道，这条由人群边缘直通甜品屋的通道看似并不存在，但是只要发生紧急情况，通道上的便衣警察就会把它让出来。

维金广场那汹涌的暗流依旧被压抑着，围观者们对第二轮营救毫不知情，依然对第一条线索的答案耿耿于怀。在魏志国的命令下，第二轮营救行动开始了，准备倒计时五秒钟切断电源的时候，他站在落地窗前望着站满密密麻麻人群的维金广场。

赵洪军依旧镇守在维金广场的最前沿，目光在举着手机的便衣同事前扫过，他深知这些同事的压力并不比他小。

“第二轮营救行动开始！”

赵洪军在耳机里听到指示后，打了个不易被人觉察的寒战，行动开始了！不过他知道，隐藏在维金广场暗流之下的行动可不仅仅是切断电源。

五！

四！

三！

二！

一！

切断电源！

整座甜品屋犹如运行中被突然拔除电源的电脑一般，无声地关闭了。甜品屋顶的四块大屏幕同时黑屏，玻璃墙内金属箱上那长条形 LED 屏幕上，那闪着红光的倒计时也在刹那间消失不见。

围观者们早已习惯了刺眼的烈阳，甜品屋的电源关闭之后，玻璃墙内显得格外阴暗。只有靠墙的围观者能够勉强看清被囚禁在金属箱内的于晔——除去灯光的照射，他的脑袋和手活动了几下，在甜品屋外看上去就像是黑色的虫子在微微蠕动，缓慢、扭曲且无力。

围观者们对甜品屋突然断电感到惊慌失措，在甜品屋陷入黑暗后的几秒中，维金广场上一片寂静，所有人都在观望着广场中央的甜品屋。短短几秒钟后，维金广场传出了议论声，声音由细碎、低沉，到吵嚷，大家都不清楚究竟发生了什么事。

“魏局长！成功了，甜品屋的电源已经被切断，甜品屋已经失去了电力供应。拆弹小组候命，请魏局长下命令！”

“在我下命令之前，拆弹小组不准离开候命的防暴车！”

魏志国紧盯着对着甜品屋拍摄的画面，即便此时维金广场上的情况在他的预想之内，可他依旧忧心忡忡。

维金广场中央甜品屋的最前沿，赵洪军望着陷入黑暗和寂静的甜品屋，他直愣愣地盯着金属箱中被囚禁的于晔。在赵洪军眼中，甜品屋俨然已经成为了梦魇中的巨大猛兽那长着利齿的嘴巴，用黑暗空洞的嘴巴将前方的一切吞噬殆尽。

虽说赵洪军之前已经考虑过会出现眼前的状况，可他宁愿在切断甜品屋的电力供应之后，甜品屋内的装置将会继续供电，让围观者看不出任何的异样来。

一分钟后，就在维金广场上的围观者议论纷纷、搞不清楚状况的时候，甜品屋突然恢复了电力。首先是束缚于晔的金属箱，上面的 LED 屏幕上那血红色的倒计时再度闪着光出现了。接着，甜品屋顶的四块大屏幕，一块一块重新亮了起来，其中相背着的两块屏幕上，分别是一道绿色的声波线和血色的字母 Z。甜品屋内照射于晔的灯光变成了红色，那个诡异、沧桑的声音又出现了……

“各位渴望公平正义的人们，对于晔我已经给出了最宽容的惩罚方式。他有罪与否，完全交由大家来判断和决定。这也是我安排这次审判的原因，出于公正的考虑，我制定的规则是对所有人都很公平的。警方需要无条件的解救罪人于晔，我也给出了相应的线索。当然，线索是属于所有人的，每个人都有权利破解线索……”

围观的人群举着手机记录着 Z 先生所说的每一句话。

“我慷慨地给出了公平的规则，可是警方却在不断地挑战着我的底线，不断破坏着公平的规则。警方切断了电力供应，就是为了巧取捷径，让大家失去了判断和决定的机会。现在我宣布，这是最后一次我容忍警方的无理行为，作为维护所谓公平的群体，竟然用此种卑劣手段破坏公平。为了回到公平的规则中，我要求警方在30秒内恢复对这里的电力供应。否则，于晔将受到最致命的惩罚。破坏公平者，也理应受到公平的惩罚！”

倒计时开始了！

金属箱上的条形LED屏幕变成了30秒倒计时，同时甜品屋顶的四块大屏幕上也显示着倒计时。

00:00:30

00:00:29

00:00:28

00:00:27

……

维金广场上一阵哗然，围观人群终于知晓了刚才甜品屋陷入黑暗的原因。

“快点供电啊！”

“要害死于晔吗？”

“还是别供电了，让于晔死了算了！”

“不公平！警方隐藏线索的调查！还要切断电源！”

“要求恢复供电！”

……

维金广场案专案组办公室内，魏志国坚定地立在落地窗前，他侧身望着桌上的显示器，看着甜品屋显示的倒计时。调查组成员围坐在会议桌旁，虽然都未出声，但是却给了魏志国无形的压力。

再等等！魏志国心想，他要争取更多的时间，他只有半分钟时间！

“魏局长，下命令吧。”

魏志国紧盯着倒计时——00:00:15！

再等等！

00:00:09

“魏局长！再不下命令就来不及了！”

00:00:07

“立刻恢复电力供应！”

倒计时停在了剩余 2 秒钟的时刻，电力恢复供应。甜品屋内的红色灯光消失，金属箱上的 LED 屏幕上又出现了 24 小时倒计时的剩余时间——15:32:07……

维金广场上的围观者们在看到甜品屋恢复电力供应之后，继续拿着手机不停地拍摄。但是他们并没能恢复到断电前的状态，喧哗、争论、叫喊声不断，原本隐藏着的暗流已经开始逐渐喷涌而出。

魏志国见维金广场上的状况已经逐渐平稳，稍微缓了一口气。在进行第二轮营救行动之前，他最大的顾虑并非甜品屋在被切断电源后可以自行供应电力，而是 Z 先生给出的惩罚会不会超过预期，如果超出了警方的应对承受范畴，情况就会非常危急。

西京大剧院内，常鑫教授等人通过网络了解到了一些关于第二轮营救行动的情况。当然，这是站在围观者的角度看到的情况，断电、恢复电力，以及 Z 先生的警告……

安佑麟虽然很关注维金广场上正在进行的第二轮营救行动，但是他并不甘于只是作为旁观者去观察和理解，所以他无时无刻不在关注着老师的神情和反应。

由于维金广场上的围观群众事前并不知晓第二轮营救行动，所以网上的很多视频都是在甜品屋被切断电源之后才开始拍摄的。视频中，拍摄者见甜品屋失去电力支持后感到惊讶不已，在一阵嘈杂声之后，甜品屋突然又恢复了电力供应。

紧接着，Z 先生的声音出现，提出了恢复电力的要求，并给出了 30 秒的倒计时。在倒计时剩余两秒钟的时候，电力供应恢复，维金广场上的局面才重新稳定下来。

在观看视频的过程当中，常鑫教授的情绪并没有任何的起伏波动。但是他始终都在做着那个深思时才会做的动作，左臂抱胸，右臂搭在左臂上，右手立在鼻子前，拇指轻轻摩擦食指骨节。

安佑麟听常鑫教授分析过第二轮营救行动可能带来的结果，可老师似乎在这已经预料到的结果中还嗅出了其他味道。

魏志国随后立刻与常鑫教授通话。

“老常，第二轮营救行动依然以失利告终。”

“这是预料之中的结果，毕竟上级在案件发生中派了调查组来。第二轮营救行动虽然并不完善，但也是箭在弦上不得不发。”

“上级在这种时候派来调查组，还是值得玩味的。”

“他们给你压力了？”

“对我下达恢复供电命令的时间有异议，认为已经证实第二轮营救行动行不通，就应该立刻恢复对甜品屋的供电。”

“第二轮营救行动失利对调查组而言，也是一个他们不得不面对的难题，只有让他们共同面对和承担，他们才不会掉以轻心、指手画脚。至少在案子结束之后，调查组不会因为侦破过程中的细节刁难你。”

“老常，我不在乎破案之后的刁难，我只希望能够尽快破案！”魏志国鼻息很重，“不过到目前为止，我们所有明面上的动作全部都在对方的算计之中。无论是你在西京大剧院的调查，还是我在维金广场上的行动，每一步都算到了。”

“按照对方的步数走，总是在他的操控范围内。维金广场案的关键不在这些看似急需应对的事物上，而是在于人！只有抓到关键的幕后黑手，才能找到打开这些锁头的钥匙……”

今天很特别，是将迎来终极幸福的日子。

郑亦舒坐在空无一物的厚重木桌前，将叠在膝盖上的白纸铺在了桌面上。他用手抚摸着纸张的边缘，感受着纸张边缘的刮蹭，麻酥、细痒。只有这种微乎其微，几乎不易觉察的触觉感，才能证明自己还活着。

郑亦舒从衬衫口袋中麻利地掏出了名牌钢笔，他取下笔帽，将笔侧放在那叠白纸的右侧位置。他今天一个字也不会写，对他而言，白纸、钢笔，更像是庄严而神秘的仪式上使用的法器。郑亦舒感谢白纸和钢笔，他从未想到这两样他从未在意过的东西将为他带来幸福。

郑亦舒抬头看了眼挂在墙上的时钟，虽说时间还早得很，可他已经有了一种抓心挠肝的急迫感。他做了太久守望幸福的男人，今天每一分每一秒的等待对他来说，都是煎熬，不过这份煎熬不仅有痛苦，还夹杂着甜蜜。他起身穿过宽敞的客厅走进了卫生间，他站在镜子前面望着自己消瘦的面颊和有些蓬乱的卷发。他正了正圆框眼镜，又拨弄了几下额头上的头发。

郑亦舒觉得自己的长相不算难看，虽然不如正在走红的小鲜肉那般细皮嫩肉，但是跟同龄人相比已经显得很年轻了。郑亦舒已经 35 岁了，他循规蹈矩地生活了 35 年。对着镜子中的自己，他回想着 35 年来的生活。

郑亦舒极不擅长与异性交往，或者说他压根不擅长跟任何人交往。从很小的时候开始，大多数时间他都在独处，人越多他就越是会慌张流汗。读小学时，老师对郑亦舒的评价就是性格内向孤僻，至于其他的优点缺点相比之下都很不明显。中学时期，郑亦舒依旧是独来独往，甚至放学的时候，他都会选择一条少有人经过的小路回家，哪怕要多绕些路也无所谓。

走出卫生间，郑亦舒在这偌大的房子中毫无目的地徘徊，一分一秒的细数着时间的流逝。他是在大学毕业之后，得到这座大房子的。当然，除了这座房子之外，他还有另外三所住宅。郑亦舒的生活来源就是另外三所住宅的房租，那三所住宅都位于西京市相当好的地段，房租足以让他过上舒适的生活。

这几所住宅是郑亦舒继承来的，在他快大学毕业的时候，他的父母因为车祸不幸去世了。大学毕业之后，郑亦舒便没有找工作，过起了收房租的生活。他不喜欢人多，也不愿意与太多的人接触，于是他选择了这所面积足够大，地点稍微偏僻又安静的房子居住。

这所住宅位于西京近郊，面积近两百平米，足够郑亦舒在这里过上不需要出门与他人接触的生活了。所幸电商业发展迅猛，绝大多数生活必需品只要能上网就可以足不出户地买回家。于是，尤其在最近几年，郑亦舒出门的频率就越来越低了。

平日里，郑亦舒会待在家里打打主机游戏，看看漫画书和动漫。他不喜欢看电子书，而是喜欢端着书本翻阅纸张，那种沉稳的阅读感并不是隔着屏幕能够带来的。

孤独与不愿与人交往，在某种程度上来说，并不矛盾。

郑亦舒每每从游戏和书中游离出来，总会有一种不切实际的迷离感。一个月前的那个夜晚，也是如此。郑亦舒关闭了主机电源趴在沙发上，此时的他多么渴望有人坐在他的身边用手温柔地抚过他的背。只要一个人就好，一个理解、明白他的人。

郑亦舒曾经想象过，如果有一个能安慰、陪伴他的女人出现在他的生活中，她究竟会是怎样一个人——衣着、习惯、性格等等这些特征他都考虑过，可唯独无法想象出她的容貌。郑亦舒曾经在游戏和漫画书中的女主角形象中寻觅过，但作为一个长年累月与游戏、漫画书打交道的人，虽然也曾沉迷其中，可是他知道真实和幻想的差距。所以，郑亦舒渴望的女子，在他的脑海中终究无法浮现清晰的面容来。

第二天醒来时，郑亦舒才发现自己在沙发上睡了一夜，他感到肚子很饿，便用手机点了一份外卖。半个小时之后，郑亦舒听到了敲门声，他从来也不会在听到敲门声后立刻去开门，他不愿与送外卖的人接触。所以在订单的备注上早已写明了“饭菜放到门口即可”的留言。

几分钟后，郑亦舒去开门取餐，就在开门的一瞬间，一个红色印着花纹的信封掉在了地上的餐盒旁边。起初郑亦舒还以为是同饭菜一同送来的，他在网购的时候，时常会收到卖家写的一些求好评的卡片。但他转念一想，若是随餐盒送来的，卡片应该放在装餐盒的口袋里。可见信封是之前插在门缝里的。

郑亦舒拎着餐盒拿着信封回了屋里，他下意识地把信封放到鼻子下面闻了闻，一股温暖的花香立刻侵入体内，让他感受到了来自肉体深处的那股强烈的饥饿感。郑亦舒坐在餐桌前，急忙打开了餐盒，一边扒拉了几口饭菜进到嘴里，一边拆开了信封。

信封里面有一张薄薄的信纸，信纸只是对折了一下，上面是钢笔写下的隽秀字迹。郑亦舒急忙用手背擦了擦嘴巴边的油迹，又深深地闻了一下单薄的信纸。那熟悉温暖的香气再度扑鼻而来，郑亦舒感到身体一阵发热，甚至身体上有了些许的反应。

这是一封女孩写来的信，信上说，她是郑亦舒的邻居，是一个倍感孤独的女孩，极不擅长与他人打交道。

“我天生就是个交际白痴，只喜欢待在家里。”

看到这句话时，郑亦舒感到了一丝的熟悉和亲切感，他完全能够理解女孩的感受。

信上还说，备感孤独寂寞的她希望有一位知心朋友，但是自己对陌生人有强烈的恐惧感，所以希望可以与邻居用书信的方式逐渐熟悉起来，希望郑亦舒不要感到奇怪和反感。书信的落款只有一个字，雪。看来这个女孩的名字当中有一个“雪”字。

回想至此，郑亦舒不由得兴奋和燥热起来，今天他早早起床，随手打开电视机之后便开始对着镜子收拾起来。过了八点半，新闻开始播报维金广场上发生的绑架案，而且闹得动静很大。不过郑亦舒只是冷漠地看了眼屏幕，便不再多加理会了——那不是他的世界，发生任何事情都与他无关，他甚至连旁观者都不愿意做。他只期待与雪的相见。

在收到第一封来自雪的信后，郑亦舒想象着雪来送信时的情景，大清早就发现了插在门缝里的信封，应该是昨晚送来的吧。大半夜送信？嗯嗯，很符合他的某些习惯和特征，他也不愿在人多的白天出门，尤其是鼓足勇气给陌生人送信这种事情。

郑亦舒决定回信，可是当他从书架中找出多年未用的钢笔，当他用钢笔吸入墨汁在纸上写了几个字之后，发现自己的字实在太难看了。毕竟多年敲打键盘，写字早已生疏了。

但是这难不倒郑亦舒，他决定先将回信的内容在电脑上写出来，然后修改成字帖的字体，打印出来再临摹一番。回信上，郑亦舒说明了自己的情况，表示对雪的孤独和寂寞感同身受，愿意与雪成为好邻居、好朋友。

信写好了之后，郑亦舒在家里到处寻找拿得出手的信封，一无所获的他只好在网上搜索当地的文具店，挑选好了之后让同城跑腿送了过来。当然，郑亦舒的回信也是在半夜送去的，插进了门缝之间。

从那之后，郑亦舒便与雪开始书信往来。两人的书信往来很频繁，一两天就会往来一次，不过两人并未见过面。雪的每一封信上，都沾染着迷人的香气，郑亦舒经常将书信放在枕头边，只是那香气不仅没有助他入睡，反倒让他燥热难安。

郑亦舒虽然从未见过雪的模样，但是想到那幽长走廊尽头的另一道门里住着同样孤独寂寞、不愿与他人接触的女孩，他就会倍感珍惜。没有人注定是孤独的。

通过书信，郑亦舒逐渐了解到雪是一个温柔美丽的女孩。雪在上学的时候，就经常受到同校女生的排挤和欺负，而想与她接触的男生又总是不怀好意。

"因为你太美了，美丽的女人，总是会引起女人的嫉妒和男人的垂涎。"郑亦舒在回信中如是写道，"就像那蔚蓝大海中诞生的女神维纳斯，总会引起其他女神的嫉妒。"

渐渐地，郑亦舒与雪熟悉起来，与雪见面的渴望逐渐替代了对陌生人的恐惧和焦虑。郑亦舒甚至幻想过，只有他与雪两个人的生活，一起生活在这座大房子里。不用在乎其他人，不用关注外面的世界，看电影、打游戏、看漫画书……这是最理想和完美的生活！

郑亦舒在偌大的房子里踱着步，等待时间一分一秒的过去，电视机上还在播放着有关维金广场案的跟踪报道。郑亦舒站在客厅看了眼电视机屏幕上乱哄哄的场面，那拥挤和熙熙攘攘的画面让他一阵反感和恐慌，他连忙关闭了电视机。

今天是个很重要的日子，是雪与他相约见面的日子！郑亦舒在与雪通信一个月后，雪终于与他约定在今天见面了！

郑亦舒坐立难安，他试着看书消磨时间，可是他全然无法将心思放在书上。

阳光逐渐西垂，郑亦舒看了眼时间，终于到了约定的时间了。他站在家门前扒拉了几下头发，抚了抚眼镜，然后打开了门。他穿过幽长的走廊，来到了走廊尽头的另外一道门前。

郑亦舒走近门边，发现门是虚掩着的。看来，雪省去了敲门、开门的麻烦和尴尬。郑亦舒心想。

“雪，我来了……”

郑亦舒站在门前大喘了一口气，还是没能将这句话说出口来。他拉开虚掩的门，走了进去。

人！

人！

人！

郑亦舒突然心跳加速，慌张和恐惧感呼啸而来……

网络上，掀起了对警方第二轮营救行动的大讨论。有众多网友认为警方做出切断甜品屋电源来营救于晔的方案，实在是欠考虑，所幸并未造成严重的后果。至于期待于晔被炸死的人，依然活跃在微博上不断发表着支持 Z 先生的言论。

维金广场上，除了紧盯甜品屋内于晔的围观者，他们的背后还有注视着他们的目光。便衣警察早在第二轮营救行动之前，便均匀地分散在了维金广场上的围观者当中。

这就是第二轮营救行动背后的核心，经过魏志国和常鑫教授的商讨，既然想跳出 Z 先生设下的圈套，那就必须在表面上迎合 Z 先生的游戏规则，让其认为警方始终没有脱离其控制。

在确定了以切断甜品屋电力作为第二套营救方案的行动之后，魏志国在专案组征用大厦地下室设立了一间秘密办公室，署名“3 号办公室”。正是在这间秘密办公室内，魏志国安排了背后的营救行动，参与行动的全部都是年轻的特警。

“因为这是营救行动背后的行动，所以需要严格保密。”魏志国在这间并不算宽敞的会议室里对着训练有素的年轻人们说道，“你们与在维金广场上进行的营救行动并无关系，记住了，在广场上发生的任何与你们的任务无关的事件，都不要参与！你们只是围观群众当中的一员！你们当中有很多人都参与过营救行动，有足够的经验应对目前的局势，我相信大家可以不负众望完成这次任务。”

这群年轻的特警中，有男有女，他们用坚定的目光紧紧盯着魏志国。

“同志们，你们都是警队里的精英，我需要的是你们对犯罪分子敏锐的观察能力。这次行动的代号叫‘暗眼’，你们就是安插在维金广场之中的眼睛……”

首先，以甜品屋为圆心，在其周围圈定的范围之内划成了6个区域，参与暗眼行动的便衣警察将会分布在每一个区域。在进入维金广场之前，便衣警察们每人都拿到了一个手指大小的信号发射装置，而这些装置就是行动最核心的部分。

“你们的任务不是抓捕嫌疑人，而是提供嫌疑人的区域位置！若是发现有在第二轮营救行动前后，做出异常行为举动，或者在第二轮营救行动时，使用遥控装置的可疑人物，就隐蔽地按动手中的信号发射器，专案组这边会接收到信号，并且在信号集中的位置寻找嫌疑人！”

这就是暗眼行动的主要内容，这是常鑫教授从第二轮营救行动另一套备选方案中想到的。如果只是屏蔽信号来作为营救行动，不如利用信号来寻找幕后黑手。从第一轮营救行动作为试探开始，到常鑫教授破解了第一条线索为止，Z先生都恰到好处的掌握着维金广场案的进度。再结合案件发生在维金广场这样开阔的公共场所，Z先生极有可能为用他的门徒根据现场的情况对甜品屋进行一系列操作——播放录音、视频，以及公布线索提示。

如此一来，正如常鑫教授所言，在旁观者眼里维金广场案不过是一场设计精密、凶残并且难以破解的案件。但是在想要侦破案件的人眼里，这是人为的阴谋诡计，想要破解诡计的根本在于揪出设计这场阴谋诡计的幕后黑手。

在此期间，魏志国查看了从警方介入维金广场案开始的监控视频。这也是常鑫教授的建议，如果凶手想要掌握和控制案件的进度，最好的方式就是待在案发现场。根据视频画面显示，从警方介入维金广场案开始，维金广场上的甜品屋周围就已经聚集了不少的围观者，至少围着三五十人。并且因为靠近地铁站的缘故，人数还在不断增加着。警方的信息技术部门根据网上最早发布的有关维金广场案的视频进行鉴别分析，想找出从早上8点30分起便出现在维金广场上并与警方始介入时相重叠的人。

不过根据常鑫教授分析，Z先生能够准确的在早上8点30分开启案件，很有可能是由定时装置自动完成的，而给出线索则是由人为操控的。

所以在维金广场上抓住操控案件的凶手，对将Z先生及其门徒一网打尽有着巨大的帮助。如果对方掌握控制甜品屋的遥控装置，对营救于晔将非常有利。

在第二轮营救行动的准备阶段，所有参与暗眼行动的便衣警察进入维金广场指定区域。专案组3号办公室内可以在屏幕上看到数十个黄色亮点，每一个亮点都代表了一位带着信号发射装置的便衣警察。当便衣警察发现周围有可疑的人物并按动信号发射装置，屏幕上的黄色亮点就会变成红色。之后警方再调动相对应的监控画面，从中锁定可疑人物。又因为每一个区域都均匀分散了一定数量的便衣警察，某个区域内的红色亮点越多，就表示该区域存在可疑人物的可能性越大。

在第二轮营救行动开始之后，屏幕上的亮点并未出现过多的变化，有三个区域内的黄色亮点变成了红色，但也只是一两个而已。

“把这三个区域的监控画面调出来，开始寻找可疑人物！”魏志国命令道，“同时，将该区域内与我们介入案件时就出现在广场上的人物重点调查！”

西京大剧院，休息室内只有常鑫教授和安佑麟师徒二人。

常鑫教授挂掉了魏志国打来的电话，平静地坐在椅子上，“第二轮营救行动的结果在我们的预料之中，甜品屋有储备电力。但是在警方切断电源之后，甜品屋却有意做出了失去电力的假象……”

“甜品屋在失去外部电源之后，就像停电中的电视机？黑屏？关机？”

常鑫教授点头继续说："随后又立刻重新启动。"

"我懂了，原来Z先生在明明有储备电力支持的情况下，还要搞出假装停电这一手，就是为了引起围观者的注意！让所有人都看得出警方的营救行动再度失利！"

不过安佑麟仍有不解之处，"可是，第二轮营救行动失败，Z先生也有意让人知道警方失利……并且老谋深算的Z先生已经想到了警方会做出切断电力的行动，想必储备电力足够支持24个小时。那么对警方第二轮营救行动失败的惩罚，又只是倒计时30秒而已？"

"这是故意引诱警方做出更大的举动！在Z先生眼里，警方只要行动失败，就算是犯了错误。如果想让警方犯下更大的错误，就必须减轻惩罚，让警方认为还有继续行动的余地。"

"让警方继续行动？难道说，Z先生还有其他目的？"

正在这时，周彤雨推开休息室的门走了进来，她将手机交给常鑫教授说："有人在网上发布了新的视频，是第二轮营救行动开始时的现场视频！"

常鑫教授接过了手机，播放了那段视频。安佑麟好奇地凑上前去，他听到手机里传出嘈杂的说话声。拍摄视频的是站在围观者中较为靠前位置的年轻男人，从拍摄的位置和高度看，拍摄者的身高至少在一米八五以上，身高优势让他在这次维金广场案的围观中颇受瞩目。

画面中，一切发生的都毫无征兆，拍摄者跟周围所有的围观者一样，低声议论，举着手机拍摄甜品屋中的于晔。突然，甜品屋传来犹如主机电脑瞬间断电的声音，甜品屋内的灯光消失，陷入让人无法适应的幽暗之中。甜品屋顶的四块大屏幕也黑屏了，至于金属箱上的长条形LED屏幕更是漆黑一片。

"我靠，停电了？"

"怎么黑了？出什么事了？"

"要炸死于晔了？"

一时间，拍摄者周围沸腾起来。

看到这里，安佑麟忍不住抬头看了一眼老师，发现常鑫教授的嘴唇规律的翕动着，似乎在说些不想让别人听到的话。

视频画面朝着甜品屋左右晃动了几下，应该是想让观看视频的人清楚周遭的情形。紧接着，甜品屋开始恢复电力，Z先生的声音出现了，警告，然后是倒计时30秒，警方恢复电力供应……

“这段视频更加印证了我们的推测，围观者所看到电力切断后的影响，实则就是Z先生有意让人看到的。金属箱上的倒计时，在被切断电力之后虽然黑屏，看似已经停止工作。可实际上重新启动后的时间，并非从切断电源时继续进行的。”

听了常鑫教授的话，安佑麟终于明白老师的嘴唇为何颤抖了，原来那是他在细数着从金属箱上的倒计时黑屏，到重新恢复工作的间隔时间。

“黑屏期间，金属箱依旧在运作，只是制造了停止的假象而已。这只不过是个简单的障眼法。”

“让警方认为即便做出了错误的决定，惩罚也不过是30秒倒计时，但只要满足Z先生的要求，又会恢复到24小时的大局中？”安佑麟微微摇头，“可如果习惯了这种所谓的惩罚，毫无疑问会带来麻痹作用，让警方宁愿再度冒险。”

“虽然警方的每一次营救行动都会经过深思熟虑，但是每经历一次营救失利，无疑就是民众对警方能力的一次质疑。”周彤雨白着脸说道。

“因为两个月前的强奸案，于晔遭到绑架这件事情让很多民众都怀有极端情绪。所以，即便是警方在营救行动上有所失利，也必须要换来能够解决案件的有价值的东西。”

说完，常鑫教授走到周彤雨身边，看着她苍白的脸，“彤雨，我们还有两条线索需要调查，在这之前你要好好休息。我还需要你来协助调查。”

常鑫教授轻轻拍了拍周彤雨的肩膀，叮嘱她去好好休息，有事情会再通知她。周彤雨勉强微笑着点点头，拿着手机离开了休息室。

安佑麟望着师姐离去的身影，有些担心，“老师，如果第二条线索需要外出调查，可不可以让我去？”

常鑫教授毫不犹豫，“不，彤雨和你各有长处，我需要你跟随我在可能出现的案件现场调查。彤雨，我需要她在与线索相关的地点进行调查。”

“可是，老师，第二轮营救行动虽然是配合‘暗眼’行动的，但是目前还没有发挥应有的作用。是不是还需要等待 Z 先生做出动作，才能让维金广场上的门徒有所反应，然后被捕捉到？另外，在第二条线索出现之前，警方还要继续等待吗？老师认为第三套营救方案又该怎样制定……”

常鑫教授挥挥手打断了安佑麟的问话，“维金广场上的情况，并不是你应该关注的事情，你要把精力放在需要破解的案件上。”

“不过，只要没有救出于晔，Z 先生就会继续提供所谓的线索，说明依然会有案件发生？”

“虽然我希望可以尽快的侦破维金广场案，但是不得不向现实妥协。我们很需要第二条线索，这也是可能让维金广场上操控的凶手有所动作的基础。想要尽快救出于晔，就需要我们积极配合警方破解线索，争取时间和民众的信心！”

维金广场上的围观者们始终盯着广场中央的甜品屋，有些人从上午就已经赶到了维金广场，足足站了几个小时，很多人已经熬不住了。但是大多数人不肯离开维金广场，有些志愿者在维金广场的一个角落自发划了一个范围撑了几把遮阳伞，供体力不支的围观者坐在地上休息。

有几家媒体的记者前来采访，来到了供人休息的区域。一位短发女记者对几位坐在地上的年轻人进行了采访，她首先来到一位皮肤黝黑的男生面前。

“请问，你是自己一个人来的吗？”

男生对着镜头摇摇头，指着身边的几个年轻人说：“我跟朋友一起来的！”

“你们还是学生吗？”

男生点头称是。

“你们是几点钟来到维金广场的？”

“我们上午 11 点多就来了。”

男生不多说一言，看上去就像平日里话不多的人。记者便采访了男生旁边的一个戴着棒球帽的长发女生，女生自打刚才就急着在镜头上露脸了。

“你也跟朋友来了几个小时了么？”

女生脸上的妆容并没有被汗水冲花，她笑着面对镜头：“是的，我们已经来这里很久了。”

“今天太阳特别足，是不是感觉很热？”

“是的，还好我们自己带了矿泉水来，不然可能扛不住了。”

“这么热的天，为什么一定要待在广场上？有没有想过回去？”

女生摇摇头，“我们要待到明天早上，在这之前我们是不会回去的。”

女记者用手指了指甜品屋的方向，镜头也随之移动，越是往甜品屋的方向，人群便越是拥挤。有些人为了能够拍摄清楚甜品屋的情况，甚至撑起了自拍杆。

“为什么你不到甜品屋那边去？很多围观群众都站在了甜品屋周围。”

女生晃了晃脑袋，回答说：“我们留在维金广场，算是一种信念上的支持吧。也可以说，是我们对案件的态度！”

“那你能谈谈对正在发生的维金广场案的态度么？”记者追问，“你对案件有什么看法？”

听到记者的问话，女生严肃地纠正：“我是指对两个月前的强奸案。维金广场上现在正在发生的事件，就是那场强奸案的延续！正是因为那场强奸案不能得到公正的对待！”

“所以你对Z先生绑架于晔的行为是支持的？”

“呃，也不能说是支持。是对公正的渴望吧，我想Z先生这样做也是出于无奈，原本可以避免这一切的发生，如果于晔不能得到法律的制裁，总会有人要惩罚他的！”女生看了眼周围的朋友，“这就是我们的态度，是寻求法律公正的态度！”

“如果于晔在维金广场被炸死，你对此……”

还没等记者问话结束，由维金广场中央甜品屋开始的浪潮朝着四周奔腾，嘈杂的吵闹声随之席卷而来。摄像师很敏感地将镜头对准了甜品屋的方向。原本坐在地上休息的人纷纷起身朝着甜品屋的方向望去，全然不知甜品屋究竟发生了什么事情。

下午 17 点 30 分，距离倒计时结束还有 15 个小时。

维金广场中央的甜品屋，再度响起了儿歌声，所有人的目光都被引向甜品屋。

“怎么回事啊？该不会又要出什么事了吧？”

“要有大事发生了！赶紧拍啊！”

“会不会是第二条线索啊？”

“警方上一条线索还没有公布调查细节呢！”

在围观者的杂乱议论之中，儿歌声停了下来。甜品屋顶的四个大屏幕同时发生了变化，分别显示着红色的字母 Z 和绿色的声波线。Z 先生那沧桑的声音再度出现了，维金广场上的围观群众由甜品屋至广场边缘逐渐安静了下来。站在距离甜品屋最近的赵洪军，咬紧牙关，他握紧的拳头微微颤抖。

“警方能够破解第一条线索实在值得倾佩，下面我将给出第二条线索的提示。如果想拯救罪人于晔，就遵照游戏规则继续进行下去。请不要再做出企图影响游戏规则和暴力解救于晔的行为，这将加速于晔的死亡。”

Z 先生的话说完了，可是维金广场上仍旧一片寂静。正在广场上采访的各家媒体，都用摄像机对准了甜品屋的方向，记者也站在一旁沉默不语。没错，此时此刻毋需任何的言语来解释目前的形势。

Z 先生似乎有意让围观者们有时间做好准备，在长久的寂静之后，大屏幕上的画面再度发生变化，其中一块大屏幕就像之前给出第一条线索提示的时候那样出现了一行文字——

女子皆渴望之物

第一条线索提示出现了，围观者们开始低声议论起来，都在讨论着“女子皆渴望之物”究竟是什么意思。

很快，第二块屏幕上出现了第二条线索提示——

两者只能选择一个

又是一阵密密麻麻的低语声，不少围观者开始将第一条提示与新出现的这一条联系起来琢磨。

紧接着，第三条线索提示出现了——

暗藏的珍宝

第三条线索出现之后，维金广场上的议论声一浪高过一浪。甜品屋内的于晔，时而用迷离的眼神望着面前玻璃墙外紧盯着他的人群，时而微微动动露出金属箱的脑袋和手。

在确定不会有新的线索提示出现之后，围观群众的议论声爆发而出，三条线索提示不断在广场的角落里重复、回荡着。

暗眼行动依然在进行中，那些混在围观者中的便衣特警，也都假意关注着甜品屋的方向。同时，他们也都在耐心地观察着周边范围之内的可疑人物，并使用发射装置将信号发回专案组。专案组 3 号办公室内，显示器上的黄色光点正在逐渐变成红色，范围也越来越集中了。

第六章 黑昼

“魏局长，有三个区域当中的信号变化最为集中。”

魏志国看着屏幕，那三个区域上的红色亮点的确要比其他几个区域要集中得多。接着，他又查看了三个区域的现场监控画面，由于区域内人数众多，并不能直接判断出究竟谁才是可疑人物。

“监控画面的对比完成了没有？”

“还在进行中。”

“通知这三个区域里的同事，朝着可疑人物靠拢。”

西京大剧院，休息室内。

常鑫教授反复揣摩着维金广场案现场拍摄的视频，不过在安佑麟看来，常鑫教授的思绪根本就不在这段视频上，视频倒更像是他用来掩饰的道具。

周彤雨一边听着 Z 先生给出的线索提示，一边匆忙记录着。安佑麟每听完一条线索提示，就会在心里重复一遍。女子皆渴望之物？两者只能选择一个？暗藏的珍宝？一股因毫无头绪而产生的烦躁感充斥着他的身体。这三条线索提示听上去简直就是小孩子故弄玄虚的调皮玩笑，虽说可能隐藏着揭开某个谜题的答案，但这之间上看去毫无逻辑可言。

女子皆渴望之物？两者只能选择一个？暗藏的珍宝？这三个线索提示最终将揭开一个数字？想到这里，安佑麟又感到背后一阵冷汗，他嘲弄着自己竟然忽视了最关键的问题所在。每一条线索的背后，将有一个诡异、让人难以参透的案件……

“常教授，有新的案件发生了。”

楼与楼之间的远方已经有夕阳将尽的苗头了，赵洪军拧开一瓶矿泉水，喝水的过程中，他的目光依旧观察着周围人群的一举一动。赵洪军已经习惯了围观者们端着手机不停拍摄甜品屋的动作，他需要的正是眼前这些规律的举动，一旦这种规律被打破了，他可以立即辨别出异动的气息。

天就要黑下来了，可入夜后的维金广场究竟会面对何种状况，一切将是未知数。赵洪军用坚定的神态掩饰着内心深处的忐忑，只有在维金广场中央的他毫不慌乱，才能稳定住广场上的局面。不过，赵洪军感受到维金广场中有一股暗潮正在涌动。

另一方面，在得知有新的案件发生之后，常鑫教授一行人匆忙赶往第二起案件的案发现场。

警车一路闪着警灯飞驰向西京市郊区，常鑫教授向杨雪梅询问着案件的情况。杨雪梅说，在Z先生给出第二条线索之后不久就有人报警，说发生了命案，现场留有Z先生的标志。

“根据已经到达现场的同事描述，案件的被害者并不是一个人……”

这一整天下来，安佑麟看着老师常鑫教授种种的反常表现，始终琢磨不出头绪来。杨雪梅在得到发生新案件的消息后，立刻安排前往第二起案件的案发现场，当她吩咐罗刚叫上法医组长孙庆林的时候，常鑫教授却提出了让孙组长留在西京大剧院案发现场的要求。

“我需要孙老留在现场，继续对尸体进行检验，需要他的时候我们再进行联系。”常鑫教授解释说，“从西京大剧院的案件布局看来，线索是隐藏在案件当中的，我们不了解第二起案件的具体情况，所以没有必要贸然让孙组长立刻前往。而且，第一起案件的线索未免小儿科了些。”

小儿科？太简单了？这一点，安佑麟倒是与老师不谋而合，整个有关第一条线索的案件，看上去的确很像小孩子任性的胡闹，有极强的随意感。可是让孙庆林组长暂时留在西京大剧院的案发现场，是否还有其他原因？还是说，看似简单的线索背后还另有隐情？而这些隐情就在被害者尸体背后？

当时安佑麟就站在老师和杨雪梅之间，他在两人的言语交流中嗅出了某种意味深长。没错，就是那种无法用言语说明的意味深长。这让安佑麟心存困惑，却实在无法说出口。安佑麟讨厌意味深长，那该死的意味深长。

警车座位上的安佑麟，下意识地望向身边的师姐周彤雨，企图向她寻求答案，哪怕是一点示意也好。可周彤雨神色疲倦，白着脸靠在座位上，努力想把杨雪梅跟老师的对话听清楚。

安佑麟转脸望向车窗外，街道和车辆、行人在他的眼前疾驰而过，越是靠近郊区，车辆就越是稀少。虽是一闪而过，可安佑麟还是留意到街边的行人，不少人都低头盯着手机，安佑麟深信他们都在关注着维金广场案的进展。

安佑麟将身体靠在车窗边，警车呼啸下规律的颤抖微微震动着他的脑袋。夏天的白昼很长，可再长的白昼也无法阻挡黑夜的来临，安佑麟微侧着脸，望向夕阳。

第二起案件的现场位于西京市近郊的一个住宅区内，该住宅区是在前些年楼市最火爆的时候修建的。因地处近郊，所以当初开发商立志要把这里打造成西京市近郊住宅区的标杆，模仿欧美的居住方式，是占地面积极广的集中住宅社区。

不少炒房团甚至不远千里慕名而来，在该住宅区第一期修建开始便纷纷订购，一时间房价被炒得成倍涨。房价虽然炒了起来，但可惜这开发商赶上经营不善，除了修建成的一期项目，其他预计的周边工程全部夭折。

话说这打造西京市最适宜居住社区的计划算是彻底落空了，其他开发商认为这块地皮面积太大，若不是进行大规模的楼盘开发，贸然拿下实在不明智，所以周边地块这些年始终空着。于是在这住宅区周围形成了一大片的空地，上面长满了杂草，很是荒凉。

因为当年都是炒房投资人买下的房子，又赶上楼盘开发的资金链断裂，所以住宅区内的房子实在不容易脱手，大多数房子都是空着的，只有极少的部分用来居住和出租。警车在驶入住宅区前就已经关掉了警笛，不想引起住宅区内为数不多的居民注意。

安佑麟望着整齐划一的街道，很难想象住宅区之外就是成片的荒地。住宅区内的建筑绝大多数都是三层，每栋楼有两到三个单元，每层两户。每一户的面积都在一百至三百平米之间，并配有户外阳台。

警车停在了一栋住宅楼的下面，附近街道上的路灯不少都已经坏了，花坛中也没有种植着像样的花草，只有任意丛生的杂草。住宅楼的楼面镶嵌着灰色亮面的砖，通向楼门口的地上铺设着高档的石面，不过因为疏于维护，石面上出现了细长的裂痕。

下车后，安佑麟望向住宅楼的一层，院落里堆着装修材料，窗户玻璃上贴着“此房出售”的纸张。因为日久无人问津，贴在玻璃上的纸张一角已经卷起。

安佑麟跟随杨雪梅和常鑫教授朝着楼门口走去，他在楼门口驻足观望，街道周围除了几辆警车停在了楼门前之外，几乎没有附近的居民来围观。安佑麟望向街道的更远处，只有一位拉着推车的老太太朝着这边瞧了一眼，然后便匆匆离开了。

进入楼门，安佑麟便感到一阵阴冷的气息。一位女警奉命带杨雪梅一行人前往位于二楼的案发现场，安佑麟跟在周彤雨的身后，饶有兴趣地看着经过的楼道。地上是纹理相同的地砖，上面满是灰尘，墙角挂着沾着黑色灰尘的蜘蛛网。

经过缓步台的窗户时，安佑麟抬起脸来望了眼窗户边缘的防腐木料，即便铺满灰尘但也可以看得出来木质材料极为高档精致。

“调查小组和法医组有进入现场吗？”

“没有，按照杨队长的命令，只有调查小组进行了现场的物证调查和搜索，法医组在现场外待命。”

来到二楼走廊，一位素面朝天、满脸惊恐神色的长发女孩正在跟警察摇着头说话。

“她是住宅区的物业工作人员。”带路的女警说。

“我不是物业的……”女孩慌张的不知道该怎么解释，“就是公司让我留在这里的，也管不了什么事情……”

女孩是房地产公司留在该住宅区的工作人员，虽然该公司无力继续修建住宅区，但是为了宣传而打造的住宅区一期工程还在，即便房地产公司已经是苟延残喘，可也得做做样子，等待经济浪潮波动中再度复苏。于是就派这女孩留在了住宅区，说是住宅区的工作人员。

女孩几句话之后，安佑麟便知道了这住宅区的真实情况。这里没有保安，没有保洁员，更没有基础设施的维护工人。可见刚才进来所看到的路灯损坏、花坛内杂草丛生并非毫无缘由。又因为住宅区地处位置有些偏，所以除了住在这里的人，很少有人到这里来。

“我不是很了解这里的情况，公司就是让我在这里待三个月，说有事情跟公司联系，还告诉我新人到公司上班都是先到这里工作三个月的……”

听了女孩的话，安佑麟心想，原来这半死不活的房地产公司也知道在这个住宅区工作是个谁都嫌弃的苦差事，所以就派公司的新人来磨三个月。再往深了想，这个住宅区也不算特殊，不仅西京市，其他大中小城市都有这样在房地产大潮下策划修建的大规模住宅区，都因为资金、市场等一系列问题被搁置。

安佑麟看着走廊的布局，宽敞的楼梯位于走廊的最中央位置。走廊两侧分别延伸到 203 室和 204 室，走廊的墙壁上镶着一人高的淡黄色瓷砖，跟楼门口的瓷砖款式相同，靠墙角的几块已经开裂发黑。

常鑫教授无意停留，与众人朝着案发现场 204 室走去。做好准备的安佑麟刚走进门，便被惊的几乎挪不动脚步了。夕阳的红光正通过阳台木门上的玻璃照射着整间客厅，在客厅的正中央，有一张巨大的长方形木桌，木桌的两条短边分别正对着大门和阳台的木门，三具尸体分别落座在桌旁的椅子上。

常鑫教授谨慎地靠近木桌，在距离木桌几步的位置，他突然停住了脚步。近乎失神的安佑麟跟在老师的身后，险些撞了上去。

杨雪梅对常鑫教授的突然停步颇感意外，她困惑地从侧面望向常鑫教授。安佑麟注意到常鑫教授的手在微微颤抖，并且有汗水在他的额头上滚落下来。

安佑麟偷偷地喘了几口粗气，开始观察客厅周围的格局。门边粗糙的墙壁上写着一个血红的字母“Z”，正对着大门的是通往阳台的木质双开门，另外几扇门通向其他房间。客厅的地面上铺着乳白色的地砖，地砖廉价到可以为了进行下一步装修随时敲碎重新铺设的地步。通往阳台的双开门虽然是木质，可质地简陋。可见房子的主人当初并没有要入住的意思。

夕阳的焰光照射在周彤雨苍白的脸上，使她的面容有着血痕般的红光。安佑麟顺着夕阳望向那长方形的木桌，三具尸体在红光之下只有黑影，看不清尸体的容貌。常鑫教授依旧没有挪步向前的意思，他做了个习惯性的动作，用鼻子嗅了嗅手指，直愣愣地望着三个黑影。

晚上 18 点 45 分，距离倒计时结束还有 13 小时 45 分钟。夕阳渐落，赤红色的光逐渐消退，安佑麟终于看清楚了这三具尸体，这是三具干枯、发黑的女尸，完全闻不到腐烂的尸臭了。难道这就是常鑫教授惊讶的原因么？三具干尸？

专案组 3 号办公室内，警方正在调查分析最为异常的三个区域。魏志国回到总指挥室内，继续对外隐藏正在进行的暗眼行动，不过专案组的调查进展却不容乐观，很多调查情况并未直接呈报给魏志国，却被调查组率先获取了。

首先是重案组长林志斌对甜品屋改造材料的调查，几乎毫无线索和进展。至于对蜜萝甜品屋改装期间的调查，询问了不少在附近工作的人，都表示对甜品屋的改造毫不知情。

“蜜萝甜品屋？装修？没有印象。”每天上下班要在维金广场地铁站经过的白领如此说。

“我没有发现异常啊，我和公司的同事之前每天都要喝蜜萝的咖啡，如果蜜萝有什么情况的话，我们一定会发现的！”

附近写字楼上班的女职员也并未发现蜜萝甜品屋最近一段时间有什么特别之处。

连续询问了多个每天经过维金广场和经常光顾蜜萝甜品屋的市民，都表示最近没有发现蜜萝甜品屋有异常动静，甚至有很多人发现蜜萝甜品屋贴着装修升级的告示，却没有动工的迹象，怀疑甜品屋老板根本就是不想继续经营下去了。

于是警方开始了针对甜品屋夜晚进行施工的调查，由于深夜时分维金广场附近的写字楼等如数关闭，且广场上的照明灯在晚上 22 点会自动关闭。所以，附近大厦的保安均表示没有注意、也无法注意到维金广场蜜萝甜品屋夜晚的异常情况。

根据甜品屋玻璃屋四块玻璃墙壁的尺寸，警方调查了从蜜萝甜品屋停业装修伊始到案发之前这段时间内，是否有运载该尺寸玻璃的汽车经过。通过维金广场周边路况的监控发现，在深夜的确有符合特征的货车停留或者经过，但是周围某些商场内也在进行装修施工，晚上虽然按照规定没有进行装修活动，但是也有货车匆匆将装修材料卸下离去。

排查这段时间来的货车进出情况看似可行，但是西京市如此之大，想在限定的时间内寻找到可疑的运送货车，难上加难。不过魏志国下令各支队长继续追查该条线索，无论维金广场案的结果如何，这条线是必须追查下去的。

警方咨询过一些从事设计和建筑方面的专业人士，都表示蜜萝甜品屋被改造后的情况不易判断，一位有跟海外项目合作过的青年设计师推测，这座玻璃房的打造时间，在一个月到几天不等。

“越是科技含量高，其安装的过程就会越便捷。具体的效率，还是要看预算成本。”

于是警方改变策略，侧重调查案发前一天晚上的情况，从甜品屋内金属箱中于晔的状况来看，提前几天将他囚禁于此的可能性微乎其微。

既然已经确定了最有可能的时间范围，警方便集中调查了前一天晚上维金广场的周边情况。发现在晚上 21 点到 23 点左右，的确有货车进出维金广场附近的商厦仓库。

“商厦要进行庆典活动，所以当晚进行了货物的装卸。经过调查发现，运送的货物不仅包括折扣商品，还有庆典需要的大件器材，而绑架案中囚禁于晔的金属箱，是完全有可能混在货运箱中的……”

此时的魏志国陷入到了两难的境地，他不会低估凶手的能力，也不会将凶手视作不可战胜的形象。从维金广场案案发开始，到警方的各方调查陷入困局，都完全在凶手的布局当中，凶手似乎算到了警方调查的每一个步骤，每一次的调查更像是发现了凶手留下的脚印，但还未找到那双踩下脚印的脚究竟迈向了何处——蜜萝甜品屋的老板被毒杀身亡，西京大剧院案件的相关人员康广德自爆身亡，甜品屋被改装成四面通透玻璃房的具体时间未知，此时就连之前一天的维金广场附近的情况也无法与囚禁于晔的金属箱直接联系到。

魏志国命令继续进行调查，除了维金广场附近主要街道上的监控录像和商厦仓库的监控之外，还要尽可能的去寻找可能存在的目击者。再狡猾的凶手也不可能毫无破绽，线索一定藏在他们没有觉察到的地方。

“魏局长，我们是不是该继续商讨一下第三套营救方案了？”

调查组已经决定准备实施第三套营救方案了。

魏志国将希望寄托在了暗眼行动和常鑫教授的调查上，不到最后的时刻，他是不会将暗眼行动的计划告知调查组的，因为他不需要阻力，也没有时间再与阻力周旋。所以他需要第三套营救方案，也需要第三套营救方案协助暗眼行动顺利完成。

夕阳那赤色的光芒开始消退，现场客厅内的布局逐渐清晰明朗。长方形的木桌较窄的一边正对着阳台门，那一侧放着一把木质的高背椅子，椅子上摆放着一具女尸。夕阳的余晖在女尸的身后缓慢地下落，在余晖消失的短暂瞬间，红光将女尸衬托得无比庄严肃穆。当夕阳完全下沉，安佑麟才真正看清楚了这具令他瞠目结舌的女性干尸。

女尸的面颊凹陷，头发干枯蓬乱，皮肤褶皱干涩，牙齿外露。这具女尸的身上穿着一件酒红色的连衣裙，连衣裙的光鲜亮丽与干尸的褶皱形成了鲜明的对比。红装女尸的双臂撑着桌子两侧，那闭着的干瘪眼睛像是在盯着某个方向。而这个方向正是众人从外面进来，随着常鑫教授停住的位置。

常鑫教授依旧沉默不语，丝毫不受周围环境的影响，仿佛身处另外一个空间。

安佑麟侧过脸对罗刚耳语道："你有注意到吗？那具尸体好像在凝望着……咱们几个？"

"被死去的人凝视吗？"

安佑麟背后发冷，正如罗刚所说，这是亡者的凝视。若是四周一片黑暗，单从尸体那暗幽幽的身影看，就像活着的人正在凝视着自己。

"并非这一具尸体在凝望着我们……"

听了罗刚的提醒，安佑麟将目光挪向另外两具尸体上。相比那具被摆放在高背椅子上的尸体，另外两具尸体则不那么显眼了。两具尸体坐在木桌两条长边旁的木凳子上，一具距离阳台较近的女尸，身穿宝石蓝色的连衣裙，正襟危坐。至于距离阳台较远的那具尸体，则穿着暗黄色的连衣裙，动作更像是在拄着下巴。

安佑麟的目光在这三具干枯的女尸之间徘徊，他渐渐领会罗刚的意思了，从三具干尸所摆放的角度来看，尸体就像是共同注视着某个位置，而这个位置正是常鑫教授停留的地方。

夕阳已落，整个客厅都暗了下来。杨雪梅忍不住问道："常教授，我们可以继续进行调查了吗？"

常鑫教授并没有因为思绪被打断而回过神来，他意犹未尽地将目光缓缓收回。

"杨队长，目前现场的调查情况进展到什么程度了？"

常鑫教授并没有上前查看三具尸体的意思，安佑麟也只能空望着三具干尸。他不明白老师的套路，整个案件的现场最值得关注的无疑就是被刻意摆放过的三具女性干尸，可是常鑫教授并无意立刻着手调查。

难道常鑫教授在等待法医组长孙庆林前来进行验尸解剖？安佑麟很快就打消了这个念头，如果老师有此想法，在破解第一条线索谜题之后，本可以带上孙组长同来。安佑麟又想起了老师在与杨雪梅说话时那意味深长的眼神和态度，对，就是他内心里厌烦却又无可奈何的意味深长……

在杨雪梅的示意下，罗刚立刻叫来了在现场调查的警察进行汇报。

“报案人是住在203室的郑亦舒，是他发现了尸体并报警。”

常鑫教授询问郑亦舒人在何处。

“郑亦舒在203室接受询问，看上去他受到了很大的惊吓。”

紧接着，这位警察又介绍了之前已经调查到的关于该住宅区的一些基本情况。这些消息安佑麟来这儿的路上就有所耳闻，不过常鑫教授依旧十分认真地听着。此时的周彤雨正不惧闷热地怀抱双臂，她紧皱眉头，任由汗水从额头上滑落。只是周彤雨的眼睛始终盯着汇报调查进展的警察，不敢有丝毫的懈怠。

“就在刚才，住宅区开发公司方面提供了这所房子的基本情况。案发现场这所房子，属于一位叫做李海的人，他当年买下这所房子是为了投资，不过因为住宅区的规划未能成行，这所房子也没能卖出去，所以这所房子其实常年都是空着的。”

接着，正在汇报的警察将话题转向了三具女尸身上，“之前杨队长叮嘱过，在她到现场之前，法医组和现场调查组不要对尸体和主要现场进行调查，所以还不清楚三位死者的死亡原因。不过已经查清楚三具女尸的身份了。”

“三具尸体的身份已经查明了？”

“是的，就在红色字母‘Z’的下方，摆放着三张身份证。”

众人将目光移向了客厅墙壁上那血红的字母“Z”上，虽说这字母的大小和颜色非常醒目，但是事先便已经知晓其作用的众人并未给予太多关注。

随后，警察送来了装着身份证的物证袋，身份证上的照片为了显示本人的特征，不仅是素颜，而且头发也不能有任何遮挡，所以三张身份证上的照片很容易分辨模样。

安佑麟拿着透明的物证袋，查看其中一张身份证，照片上的女人很清瘦，表情严肃，眼神颇为凝重。虽说这女人并未做任何表情，但是她的嘴巴下意识的紧紧合拢，微微前撅。安佑麟看了眼女人的名字，佘巧云，从出生日期上看，她今年已经 48 岁了。第二张身份证，女人留着短发，看上去有些粗犷，皮肤黝黑，眼睛很圆，一副气势汹汹的神情。安佑麟扫了眼证件上的其他信息，女人名叫王泉水，40 岁。第三张身份证，女人很漂亮，拍身份证照片的时候微微一笑，很是清爽动人。她叫单妍，27 岁。

看过三张身份证上的信息之后，安佑麟发现了三人的共同之处，那就是身份证上的地址都在同一个地点，福元村。

“老师，这三位死者都来自福元村？”

安佑麟将发现向老师常鑫教授反馈，并把物证袋递给了师姐周彤雨。

“这的确是凶手提供线索的风格，现场留下了‘Z’作为辨别标记，并留下了死者的信息。”常鑫教授低声念叨着，然后转向来汇报的警察，“这三人当中，有人与这房子或者住宅区有关系吗？”

“没有，与开发公司联系确认过，这三个人都没有买过这里的房子。”

常鑫教授望了一眼木桌旁的女尸，依旧没有接近的意思，“那警方有关于这三人的报警记录吗？失踪人口？”

“没有。”

这正是安佑麟的困惑所在，虽然三具尸体还没有经过法医的检验，可是尸体已经干枯成无法分辨的模样，必然不是一天之内造成的。既然如此，同一个村子里的三个女人都不见了，她们的家人一定会报警才对。

“彤雨，”常鑫教授对面色苍白的周彤雨说，“现在你动身去福元村调查这三位死者最后出现在村子里的情况！”

周彤雨坚定地点点头。

但是安佑麟按捺不住了："老师，姐最近忙着整理资料没有休息好，不如我去福元村调查？"

常鑫教授毫不犹豫地摇摇头，并未向安佑麟做任何解释。周彤雨轻轻拍了拍安佑麟的肩膀，柔声道："我没事的，不用担心我。"

杨雪梅让同来的女警张艾继续协助周彤雨的调查，周彤雨立刻用手机记录下了三张身份证上的信息，随后便动身前往福元村。

安佑麟望着周彤雨单薄的背影，很是担忧挂心。平日里都是师姐在生活上对他处处照顾，赶上学业繁忙，或是常鑫教授遇到了疑难案件需要处理，安佑麟根本就顾不上吃喝穿衣这些事。比如明明已经到了秋天，安佑麟却还穿着夏天的衣服，早上冷得瑟瑟发抖却还不自知。这些生活上的琐事都是周彤雨在旁关心，照顾。回想至此，安佑麟不免心生愧疚，责怪自己平日关心师姐太少。

"常教授，是不是可以根据Z先生提供的线索提示，破解谜题了？"

听了罗刚的话，安佑麟回忆着之前Z先生提供的第二条线索及提示。女子皆渴望之物、两者只能选择一个、暗藏的珍宝……这三具干枯的女尸，又与这三条线索提示有什么关联呢？

杨雪梅提议道："常教授，要不要先让法医组来对尸体进行检验？"

常鑫教授摇摇头，"我要先见见发现这三具尸体的人。"

前来汇报案情的警察说："发现尸体的郑亦舒，他有点……怕见人！"

怕见人？难道被现场的尸体吓到了？安佑麟心想。

"你先去安排一下，提醒郑亦舒，我们几分钟后过去。"

听闻常鑫教授的安排，前来汇报的警察立刻前往隔壁203室。

现场调查小组在其他几个房间进行了调查取证，只是那些房间里并没有留下任何相关线索，"其他房间就像从未被使用过一样。"

得知调查结果的安佑麟喃喃自语，"Z先生没有在其他房间留下任何痕迹和线索？只是利用了客厅作为放置尸体的场所？"

"难道说明，Z先生将所有的线索都集中在了客厅？"罗刚问。

"凶手不想将时间和精力浪费在不必要的地点，否则稍有差池就有可能留下可以被追查到的线索。”常鑫教授接着对杨雪梅说，“杨队长，还需要调查一件事情，如果其他房间完全没有近期使用过的痕迹，那么这所房子存放三具干尸的可能性不大……”

未等常鑫教授说完，杨雪梅便明白了他的意思，“常教授，是要我调查附近居民，最近有没有看到有可疑的人将尸体运送到案发现场？”

言罢，杨雪梅立刻安排罗刚去查，她也离开房间前去查看隔壁203室的郑亦舒是否做好了准备。

“老师，你怀疑发现尸体的郑亦舒……他不愿意见人是因为社交障碍？”

“嗯，所以我给他准备的时间，否则贸然向他了解发现尸体的经过，会事倍功半。”

“如果郑亦舒真的有社交障碍，他又是如何发现尸体的？即便觉得邻居家有什么异常情况，他会主动上门查看？”

“这就是值得怀疑和需要调查的地方。”

说到这里，安佑麟自认为铺垫得已经足够，他将盛装在心中的不快脱口而出，“老师，我对整个维金广场案都感到……没有头绪……”

虽然心中早已有了准备，可是真的要他说出口，一时间竟然又不知该从何说起了。

“虽然老师您已经破解了第一条线索的谜题，可是我却总有摸不到头脑的地方。”安佑麟喘了口气，皱着眉头将目光移向三具尸体，“比如第二条线索案件，三具女尸已经成为干尸，至少说明Z先生已经为此准备了不止一个月，有可能一年甚至更久。我根本就无法想象，Z先生为了绑架于晔花费如此多的时间和精力，值得吗？”

常鑫教授转过身来，与安佑麟四目相对。这一天当中，安佑麟极少感受到老师将注意力放在自己的身上，当老师突然与他对视，他竟有了一种渴望逃脱注视的想法。

“这正是我要得到的答案。越多的人参与到某件事情当中，就越让事情变得复杂并难以掌控。目前为止，不得不承认，我们始终处于被动，并陷落在凶手的布局当中。”

常鑫教授拍了拍安佑麟的肩膀，带有鼓励意味的说：“正像你说的，耗费如此多的时间和经历，是否值得？从目前的局势来看，凶手执意如此，到底要得到什么？得到什么才能回报之前的精心算计和布局？”

常鑫教授的话让安佑麟的脑子一片空白，他想不明白于晔这种花花公子的身上，除了背负着强奸案嫌疑人的身份外，还有什么值得关注的地方？Z 先生犯下维金广场案的背后，到底隐藏着什么目的？

“佑麟，第二条线索案件我之所以没有轻举妄动，就是因为我怀疑线索案件的谜题破解将会越来越困难，为了不被凶手牵着鼻子走，需要谨慎又谨慎。第一起线索案件，很可能只是让我们麻痹大意、盲目自信的简单案件而已。”

常鑫教授有意停顿下来，他在等待着安佑麟做好准备正视自己接下来要说的话。

“佑麟，如果维金广场案中，我不得不在选择当中做出牺牲，换做是你，又会如何抉择呢？”

安佑麟愣住了，抉择？又是抉择？牺牲？

还没等安佑麟考虑清楚常鑫教授问话的意思，罗刚走进房间，“常教授，郑亦舒那边已经准备好了。”

天空泛着暗色的白光，这已经是白天与黑夜最后的分界线了。街道上的路灯已经亮起，此时的街道上并不像平常周末的夜晚那般热闹，警车正在街道上呼啸而过。

女警张艾根据同事之前调查到的情况告诉周彤雨，福元村位于西京市郊区，并不算偏远。最近几年城市向卫星城扩建，福元村也在改造范围内，现在的福元村被称做福元新村了。

“地址基本都没有变，一些街道的改造和划分都是在福元村原址。”

周彤雨打开手机，看着刚才记录在手机当中死者的资料，为什么三具干尸会同时出现在第二条线索的案发现场呢？

周彤雨对老师常鑫教授的种种反常举动也颇为不解，常鑫教授在到达案发现场之前，让法医组和现场调查小组按兵不动，这可是从来没有过的情况。难道老师通过破解第一起线索案件时，得出了某种破解案件的规律和方法？

周彤雨回忆着之前几个小时里，她往返于死者王萌家和西京大剧院，谜团的确是围绕着死者展开的。如此一来，常鑫教授事先不准法医组和现场调查小组贸然行动，也是出于破解线索谜题的需要。

周彤雨的脑海中又浮现出了死者王萌小时候在夕阳下的一幕幕令人心惊的画面，她不免有些头晕。

坐在周彤雨身边的张艾见状，拿出一瓶矿泉水递给她，“不舒服？脸色这么差？”

“最近没有休息好。”

张艾听闻，理解地点点头，“是啊，谁也不会想到，今天竟然会发生这种案子。”

周彤雨灌了几口矿泉水之后，继续盯着手机上的资料看，她接下来能够做的事情就是调查清楚已经变成干尸的三位死者究竟有何关联。

晚上 19 点 30 分，距离倒计时结束还有 13 小时。

专案组内，魏志国正在继续应对维金广场上可能发生的异变，并随时听取暗眼行动的最新进展。期间，魏志国与坐镇维金广场中央的赵洪军有过短暂的通话，赵洪军向魏志国传达了他的担忧—— 一种无法用言语形容的暗流，正在维金广场上涌动，只欠缺一阵可以波动水面的微风。

魏志国对进入维金广场的街道严格把守，在各个路口加设了安检通道，降低意外情况发生的可能性。每个安检口都架设了监控，在专案组的指挥中心可以随时了解到安检口的情况。

天已经完全黑了下来，警方在维金广场周围的几座办公楼上架设了探照灯，灯柱在维金广场上交相呼应，广场上人头攒动。

与此同时，调查组决定开展第三轮营救行动。

“魏局长，我们刚才已经完整地了解过从案发到现在的情况，执行第三轮营救行动的时机成熟了。”

调查组认为，甜品屋极有可能不受人为操控，而是在固定的时间进行不同的操作。

“经过商讨之后，第三套营救行动的核心是对是否人为操控这一要点进行验证！”

在事先并未与魏志国商讨的情况下，调查组给出了第三套营救方案的意见——如果囚禁于晔的甜品屋不受人为控制，那么在案发后不久，警方对维金广场甜品屋附近进行围观群众疏散的行为，Z先生是如何得知的？

所以，第三套营救方案是：利用警方在甜品屋周围的部署，逐渐将围观群众的最前沿位置向后移。如果甜品屋完全是遵照某种程序执行，之所以能够感知到周围是否有围观群众，就是依靠安装在玻璃屋四周的感应装置。

调查组中那位高鼻梁的男警官正指着屏幕上定格的画面，那正是维金广场案后被改造成封闭甜品屋的画面。

“如果有感应装置，那么感应装置极有可能分布在玻璃墙与屋顶屏幕之间的位置，用来探测是否有人在周围。”男警官严肃道，“案件发展到现在的局面，嫌疑人在玻璃房的构建中利用到了高科技，所以使用感应装置的可能性很大。”

男警官更深层次的意思是，如果发生了意外情况，甜品屋内的炸弹发生爆炸，那么警方可以尽早做好准备，以免伤害到围观群众。

“跟犯罪分子打交道，不能完全信任他们，更何况是这种目的并不明确的案件。虽然嫌疑人表示，只是针对于晔进行惩罚，可是绝对不能掉以轻心，以免造成更大的损失。”

魏志国已经听出了画外音，原来所谓的第三套营救方案根本就是个消极方案。第三轮营救行动其实是打着营救于晔的旗号，为避免最终于晔无法被营救成功发生爆炸而造成更大的损失。

第三轮营救行动方案看似很有必要，但是利弊各半。按照营救方案，警方将围观前沿范围扩大，如果真的如调查组判断，被改造后的甜品屋利用感应装置确定围观者的位置，那么甜品屋因围观者移动而所有反应便会让人看破警方的意图。保不准就会引起媒体的猜测，认为警方已经做了放弃营救于晔的决定？

魏志国虽手握着暗眼行动这张牌，但未到可以告知调查组的时机。此时的他依旧身陷两难的境地，暗眼行动需要维金广场保持最平稳的状态，以确保行动的顺利进行。可调查组提出了第三套营救方案，如果不执行的话，魏志国需要一个可以充分说服对方的理由。暗眼行动？第三轮营救行动？魏志国需要将这二者关联，又不能让后者影响到前者的执行！

第七章　福元旧事

走出 204 室的大门，远处走廊尽头的 203 室门口正站着罗刚和一位中年女警。安佑麟随常鑫教授来到门前，罗刚报告说，郑亦舒已经在客厅里等候了。

“常教授，刚才我已经了解到了一些情况，用不用我先向你说明一下？”

警方已经留意到了报案人郑亦舒的异常状态，所以有意找来一位温柔和蔼的中年女警察询问问题。

“不必了，”常鑫教授低声拒绝道，“有些问题我亲自来问吧，就不劳烦你了。”

中年女警点点头，将常鑫教授和安佑麟引进门。203 室的格局与走廊对面的 204 室很相似，只是方向不同。

安佑麟一走进门，就留意到了老旧的暗黄色装修风格，墙边是高耸到屋顶的巨大书架，书架上密密麻麻的塞满了书，以漫画书和小说居多。安佑麟仔细瞧了瞧，这些书虽然看上去并不老旧，有些还是最近几年才出版的热门漫画，不过书脊和书角等位置多有磨损，可见这些书被经常翻阅。

在高耸的书架旁边，是一张较矮的柜子，柜顶上方的墙壁挂着一台超大尺寸的平面电视机，从型号和外观上看，电视机价格不菲。柜顶放置着最新型号的家用游戏机，游戏机旁边是堆叠整齐的游戏光盘，放眼望去修长的柜子下面放着上百盒游戏。

“郑亦舒？”

中年女警轻柔的说话声让安佑麟注意到了客厅中央，那里放着一整套的沙发组，无论躺卧还是倚靠，都有特定的座位。双人沙发上正坐着一位年轻男人，他双臂怀抱，胳膊肘压在大腿靠近膝盖的位置，耷拉着脑袋。他就是报案人，郑亦舒。

郑亦舒听到女警在唤他的名字，微微地抬起头来，他惊慌的眼神在触碰到女警之后又迅速缩了回去。同时，他的手指在手臂上不停地敲打着，毫无规律。

“这位就是我刚才跟你提起的常鑫教授，他有一些问题想问问你……”

听着女警的温柔轻语，安佑麟忍不住低声询问身旁的罗刚，“刚子，这位大姐……什么来头？”

“在发生性侵案件后，有些被害者的心理会受到严重创伤……”

“让这位大姐询问案件发生的情况，并给予安慰和关怀？”

罗刚点点头，将目光投向郑亦舒。

只见郑亦舒惊慌的目光短暂触碰到常鑫教授之后，再度迅速地缩了回去。同时，郑亦舒的双腿也随着手指微微地颤动起来。

安佑麟仔细端详着郑亦舒，郑亦舒穿着深绿色的过膝短裤，上身是宽大的粉色 T 恤衫，T 恤衫的衣领有些松垮。

见郑亦舒犹犹豫豫不知如何开口答话，安佑麟继续打量着这间放满了物品的客厅。阳台的门虚掩着，一阵阵热浪正从门缝之间涌入到客厅之中。在阳台门的另一侧墙边，放着一台电脑桌，桌上是台式电脑。在电脑桌上方的支撑板上，还放着正在充电的平板电脑。

电脑桌旁立着展柜，展柜中摆满了花花绿绿的玩具，都是些经典热门动漫当中的手办。展柜的旁边放着一张书桌，书桌上放着几本经常被翻阅的漫画、小说，还有钢笔、信纸和信封。

常鑫教授坐到了郑亦舒对面的沙发上，轻声对他说：“我是警方的顾问，常鑫。”

接着，常鑫教授又介绍安佑麟道：“站在这位警官旁边的年轻人，是我的学生，安佑麟。我想了解一下你发现隔壁异常情况的经过，你不用害怕。”

安佑麟注意到，常鑫教授尽量避免使用“尸体”“案件”之类的词汇，可见常鑫教授已经在做深入询问下去的铺垫了。

郑亦舒依旧战战兢兢，安佑麟看不出他究竟是害怕，还是紧张得不知道从何讲起。安佑麟忍不住看了眼时间，距离倒计时结束还有不到 13 个小时了，时间即将过半，可是第二条线索尚未解开，他不免有些心急。常鑫教授看起来却不慌不忙，与安佑麟形成了强烈的反差。

在安佑麟煎熬等待了两分钟之后，郑亦舒才缓缓开口，只是他一开口说的话就让安佑麟摸不到头脑。

“雪……”

雪？安佑麟忍不住望向阳台的方向，外面的街道上已经被住宅区内那些残破不堪、尚且还能使用的路灯照亮了。这大夏天的哪里来的雪呢？

常鑫教授也提出了同样的疑问，“你说的‘雪’？是指什么？”

那位面容和善的女警之前已经跟郑亦舒聊过了，刚想为此解释，安佑麟便用食指挡住了嘴唇，示意她不用开口。安佑麟了解常鑫教授的问话习惯，常鑫教授需要的是从相关人士口中最直接的回答，而不是其他人的解释和转述。

“她……雪约我今天见面的。”

听闻郑亦舒的解释，安佑麟恍然大悟，原来这个“雪”指的是一个人的名字。

“雪是谁？”

常鑫教授的语调极为轻柔，语气就像是两个原本在聊天的人，无意中提起了某个共同认识的人。

郑亦舒相比刚才略显放松，他原本朝前蜷缩的身体逐渐舒展，“雪是我的一位邻居……就住在旁边的 204。”

当郑亦舒完全端坐起身体，安佑麟才终于看清楚了他的长相，短发下面是一张有些肥胖的脸，一对淡淡的眉毛嵌在额下，狭窄的眼缝之间是一双眼神怯懦的眼睛。郑亦舒的鼻子很挺拔，在他挺拔的鼻子下面还有一张大多时候都半张着不断喘息的嘴巴。总的来说，郑亦舒长着一张平凡过头的脸，丢在人群之中也不会让人多加留意。

“雪？你和雪认识多久了？”

常鑫教授的问题让郑亦舒瞪圆了眼睛，他的嘴唇上下碰撞了几下，却一个字也没有吐出来。不过他神情焦急，让身旁的人知道他是有口难言。郑亦舒用手指着沙发旁边的矮桌，上面放着一叠已经拆开的信封，几页信纸压在信封下面。

见到郑亦舒如此窘状，常鑫教授礼貌地问了句：“我可以看看吗？”

或许因为不用开口回答常鑫教授的问题，郑亦舒连忙点头。

常鑫教授拿起旁边矮桌上的信封，抽出了最上面的一封信，扫过几眼后问道：“你和这位叫‘雪’的人，并没有见过面，你们俩是笔友？”

一旁的安佑麟听出了些许的门道来，原来郑亦舒口中的“雪”是与他书信来往的人，并且两人之前从未见过面。又根据郑亦舒刚才所言，他和“雪”相约今天的某个时间在隔壁 204 室见面，于是在郑亦舒前去赴约的时候发现了隔壁客厅内的尸体。

“佑麟，你也过来看看这些信件。”

安佑麟在常鑫教授的示意下，坐到了距离两人较远的沙发上，打开了信件。郑亦舒依旧惊恐无措地坐在沙发上，眼睛胡乱地转动着。

警车驶入福元村的时候天已经完全黑了，福元村的街道路面虽然有些坑洼不平，但街面上干净整洁，不见杂物，路灯也都悉数亮着。虽说福元村位于西京市的近郊，但是这里跟西京市几乎完全是两个世界了。

来福元村的路上，周彤雨在网上搜索着目前维金广场上最新的动向，很多西京市民表示要上街声援 Z 先生的审判。但福元村一如往常，不少村民正悠哉地摇着扇子围坐在树下乘凉。

为了低调行事，警车在驶出西京市区之后就将警灯关闭了。周彤雨望着车窗外的福元村，村子最外围的街道两侧是田地和平房，驶入村子之后可以看到成片的五六层矮楼。

警车虽然没有响起警笛，不过围坐在树下乘凉的老头老太太们还是紧紧盯着驶来的警车。可见平日里这福元村并未发生过什么大事件，警车入村实属罕见。

警车停在了福元村派出所的门前，一位穿着夏装警服的警察和一位四十来岁的黝黑汉子正在等待着他们的到来。那位警察是福元村派出所的所长，叫赵良玉，皮肤黝黑的汉子是福元村的村长，邹德宝。

见周彤雨和张艾下车，邹德宝赶紧迎上前，“市里来的警察同志，欢迎欢迎！我们一定协助好警方办案！”

“杨队长跟我联系过了，我立刻把老邹找来了。”赵良玉指了指派出所里面，“咱们进屋再说吧。”

福元村派出所很是简陋，进门是一道宽敞的走廊，走廊的地面由暗红色的地砖铺成，地砖上有明显的凹痕。已经发黑的墙壁旁边放着两张已经脱了漆的长椅，椅子腿最下面已经露出了木头的原色。

赵良玉将张艾和周彤雨引进里面的一间办公室，办公室里有两组双人沙发。当周彤雨坐到沙发上的时候，险些陷了进去。赵良玉有些不好意思，“村派出所条件不好，别太介意。”

邹德宝倒是大气，“村委会会议室里的桌椅还凑合，不如去那里好了！”

张艾连忙摇头，说还有重要的事情等待调查，不用太麻烦，并将周彤雨介绍给两人，“这位是周彤雨，市公安局的顾问，协助我们调查案件。”

紧接着，张艾直说来意，希望了解佘巧云、王泉水和单妍的情况。赵良玉一边思索一边点着头，像是在回忆着什么。至于村长邹德宝，有些困惑，“她们三个？在外头犯了啥事？”

周彤雨一听村长的问话，不免心生怀疑，邹德宝似乎知晓三位死者某些不为众人所知的往事。

“能跟我们说说她们是什么时候离开福元村的吗？”周彤雨问。

“两三年前吧，”邹德宝回忆道，“老赵那时候还没来当所长呢。”

赵玉良接言道：“我记得有人提起过，这个佘巧云是老闲的媳妇吧？”

这邹德宝和赵玉良的对话让人越听越糊涂，周彤雨便直接询问这个“老闲”是什么人。

老闲，真名叫朱贤安，是福元村的上一任村长。佘巧云是他的妻子，大约三年前，佘巧云离开了福元村。

“老闲啊，是个好人，在村里很有声望，村民们都信他的。当年福元村要进行全村的改建工程，就是现在的那个……噢，对，棚户区的改造，老闲村长没少给村里头出力！”

朱贤安跟佘巧云在30年前结的婚，婚后有过一个儿子，但是孩子不满周岁就夭折了。后来，又生了个女儿，朱贤安对女儿朱婷婷非常疼爱，可是佘巧云却对女儿淡淡的，说不上不好，也不算疼爱。

“20年前，村里都重男轻女呢，但是老闲大哥却不那样。虽说当时村里有人笑话他，说生个儿子养不住，却稀罕给别人家养的闺女，不值当。但是说归说，大家伙儿心里对老闲大哥，那是真服！”邹德宝说着竖起了大拇指，“女儿上学念书，都供！念大学也是二话不说就掏钱！”

周彤雨见邹德宝有些跑题，便提醒道：“佘巧云呢？”

“这个佘巧云啊，”邹德宝微微摇头，一脸的无奈，“怎么说呢，还是老闲大哥当上村长之后呢……”

朱贤安在二十几年前当上了村长，佘巧云就自然而然的成了村长夫人。朱贤安刚当上村长那会儿，威望一般，但是他不畏辛劳地为村民们跑前忙后，跟当时的村书记搭伙默契，很快就得到了村民的认可，受到了尊敬。这村长夫人佘巧云竟莫名其妙的骄傲了起来，村里的大事小情在朱贤安还没发话的时候，她就开始干涉了。

“村里有邻居闹点小矛盾，什么鸡飞进谁家院子里了，猪拱了菜地了，巧云都想搅合搅合，但是屁用没有啊。但是大家碍于老闲大哥的面子，对她非常客气……”

佘巧云见村民对自己很尊重，便渐渐的忘乎所以了，在村里也霸道起来。村里的几件大事她胡乱掺合，曾经被气得忍无可忍的朱贤安抡着扫帚满村里追，要揍她。

“老闲大哥是啥意思，我们也都明白。他嫌自己的婆娘仗着自己是村长就胡作非为，就故意撵得巧云满村里跑，丢丢她的脸，让她消停消停。”

不过佘巧云也只是安静了几天，没多久又摆上了村长夫人的架子。不过，这还都是小事。朱贤安与佘巧云的关系彻底发生改变，还是在女儿朱婷婷念小学的时候。

“佘巧云说要出去打工，说隔壁村老谁家的媳妇出去打工赚了钱，她也要去。最后，这老闲大哥执拗不过，就准了。也不算远，就在西京市内嘛。”

佘巧云不在家，朱贤安白天忙完村里的事和农活，又要管女儿的吃喝拉撒睡，时常叮嘱女儿好好学习。朱婷婷倒也争气，学习成绩一直在学校名列前茅。

佘巧云在西京市打工赚得钱基本不交给家里，朱贤安问过几次，佘巧云就说是城里花销大，攒不下来。可是没过多久，有去西京市探亲的村民回来说，看到佘巧云跟一个陌生男人勾勾搭搭。没过多久，佘巧云突然回到了村子里，很长一段时间没有再出去打工。

“听说，是老闲大哥半夜去市里把巧云找回来的。”邹德宝叹了口气，“当时村里也有些传言，有点难听，不说也罢……”

听到这里，周彤雨心里明白了，身为现任村长的邹德宝讲了这么多关于前任村长妻子的往事，又是当着警察的面说的，会担心让村民知道了，自己这村长脸上挂不住。

张艾从旁看出了端倪，忙道，“邹村长，别担心，你知道什么尽管说好了，我们不会泄露的。”

邹德宝与赵玉良对视了一眼，见赵玉良对他点点头，他便继续说：“听村民讲，当晚老闲大哥在巧云的住处捉了奸，把巧云抓了回来。这巧云也不敢再提打工的事，在村里安分了两年。但是后来，巧云突然离开了村子……”

“至今没回来？”

邹德宝连忙摇头，“不是这次，那会儿巧云出去了两年多，突然回来了，她就说自己去打工了，也带回来一些钱。不过婷婷渐渐大了，对巧云不热乎，那会儿婷婷在区里念中学，住校了，不太理会巧云。”

佘巧云曾经离家出走过？还离开了两年之久？

“那朱贤安当时是什么反应？”周彤雨问。

“也挺怪的，老闲大哥没啥反应，就像巧云出去打工的事他知道似的。”这次邹德宝对村民的传言倒是直言不讳了，“村里都说，巧云当年离开村子去会奸夫了，结果在外头打工两年，被奸夫甩了，只得灰溜溜地回来了。”

邹德宝讲到这里，突然隐晦起来，“不过村里有些娘们儿跟巧云扯过老婆舌，说巧云曾经向她们打听有没有拆迁补偿款的事……”

佘巧云回到福元村的那年，正好赶上村子即将进行区域改造，有些村民听到她打听补偿款的事情。于是有村民就说，佘巧云在外地听说了村改建的事，回来是为了分钱的。

“巧云这个败家娘们儿，以为这是城里的房地产开发呢？政府棚户区改造，那是给老百姓改善生活环境，哪里有补偿款一说？又不是盖商品楼。”

福元村轰轰烈烈的改建项目开始了，由于福元村占地广阔，所以改建工程按批、期进行，持续了几年。朱贤安那几年也是费尽周折协调村民的生活以及工程队的施工进度。佘巧云则是又爬上了村长夫人的高架子，在村里对村民们很是泼辣、霸道，仿佛村里大事小情她都能做主了。

朱贤安尽心为村民办事，村民也都不与佘巧云计较。日子久了，这佘巧云都快把自己当成村长了，朱贤安在工地跟工程队走动，她就在村里指手画脚。

不过就在这福元村的改造工程快结束的时候，佘巧云却跟工地里的一个小伙子勾搭上了。

“说来也怪，这工地里干活儿的小伙子，也才不到30岁，怎么就跟巧云这个老娘们儿搞到一起去了。”

事情的败露，发生在一个炎热夏天的晚上。佘巧云跟这个小伙子钻了苞米地，不知怎么的就被朱贤安知道了。于是朱贤安就去了苞米地把俩人捉了出来。

被捉出来的时候，小伙子还光着身子，连遮体的东西都没有。佘巧云扯了件衣服裹着身子，勉强遮羞。别看这小伙子身材高大，但是哪里见过这被捉奸的架势啊。要知道朱贤安来捉奸，可不仅仅是他一个人，更何况这小伙子在工地干活儿的时候经常能见到朱贤安，很是羞愧不安。

被朱贤安一群人拽出苞米地之后，小伙子捂着身子跪在地上痛哭流涕，祈求原谅。佘巧云被臊的抬不起头来，但是被村民围观之后，她却不曾寻死觅活，也没掉眼泪。

事情的结果就是，工程队的领导来领人，朱贤安也不好追究下去。至于佘巧云，也就是那件事情之后便再度离家出走，至此再也没有回到过福元村。

佘巧云离开之后，村里不少妇女都嚼舌头，说佘巧云回到福元村是为了钱。这回来之后发现压根没钱可拿，佘巧云心里就长了草，哪里肯好好过日子啊。

张艾坐在周彤雨身旁，低声耳语，“要不要再听听跟王泉水和单妍的事情？”

周彤雨摇摇头，“先别，虽然时间紧迫，但是还是先见见这个朱贤安再说吧。”

耳语过后，周彤雨问邹德宝，“那老村长朱贤安呢？既然他很受村民的尊重，为什么……”

邹德宝憨笑着说：“俺懂你意思，老闲大哥啊，是自己不想干了……”

朱贤安在佘巧云离开之后，心思依然放在福元村的建设上。待建设完毕，朱贤安说什么也不肯再当这一村之长了，不过村民都说朱贤安是因为佘巧云的事，没脸当这个村长了。

“老闲大哥，开了家小商店，不大不小，卖卖杂货，平时就打个麻将，消遣消遣。”

听到这里，周彤雨心存疑虑，“那朱婷婷呢？有去打听过母亲的下落吗？还在福元村吗？”

“没有，巧云的丑事之后，婷婷去念了大学，后来在外地工作，去年结了婚，逢年过节就把老闲大哥接到城里去了，不怎么回福元村了。”

“村长，能带我们去见见朱贤安吗？”周彤雨直截了当地问。

这时，赵良玉和邹德宝又问了一遍，佘巧云、王泉水和单妍，到底在外面遇到了什么麻烦。

“有些相关的案件，涉及到了她们三个人，所以来调查一下她们离开福元村之前的情况。”张艾按照之前杨雪梅吩咐过的回答道。

“那咱们就去见见老闲大哥吧。”

在赵良玉的提议下，众人离开了村派出所朝着朱贤安开的小商店走去。一路上，富元村街道上吹着干巴巴的风，让人眼睛发干、皮肤发紧。村民们悠哉的乘着凉，言语里都是些村里鸡毛蒜皮的小事。

相比村民的悠闲，周彤雨一行人脚步匆匆。当经过一个扇着扇子提着便携式半导体散步的老头时，周彤雨有意留意了他收听广播的内容，只是京剧段子，并不是任何涉及维金广场案的新闻。

“村长，你们叫老村长朱贤安‘老闲’，是因为他现在闲下来不当村长了？”周彤雨白着脸询问道。

“是那么回事！”邹德宝答道，“这十几二十年，老闲大哥为了村民天天忙乎，虽然不当村长了，开小商店也算是买卖，但是跟以前当村长那会儿比起来，真是清闲不少……”

老村长朱贤安开的商店就在村委会不远处，那里是村子最繁华的地段。一行四人很快就来到了毗邻村广场的万家乐商店，隔壁是一家发廊，年轻的姑娘正在为椅子上胖乎乎的中年女人卷头发。

紧挨着小商店的门前，是一顶方形的遮阳篷，篷子下面放着一台冰柜，里面堆满了价格低廉的雪糕、冰棍。两个小孩正拿着玩具乐呵呵地吃着雪糕，见大人朝门口走来便嘻嘻哈哈地跑开了。

邹德宝和赵良玉走在前面，周彤雨在门口就听到里面传来麻将牌撞击的清脆声响。门口收银台旁，是个二十出头的小姑娘，跟邹德宝和赵良玉打过招呼之后，就低着头一边盯着手机看电视剧，一边嗑瓜子。

周彤雨和张艾跟着穿过放满商品的货架，朝着商店里侧走去。只见货架后面的窗户旁，立着一张桌子，三男一女围在桌子旁边打麻将，其中三人与邹德宝和赵良玉打过招呼之后便继续打牌了。

倒是有个五十来岁、皮肤黝黑，嘴里叼着烟卷的汉子多言了几句，周彤雨知道这就是前任村长朱贤安。

“村长和赵所长来了啊……”朱贤安打出一张牌，“啥事啊？是村里头要开啥安全会不？”

赵良玉说：“老闲大哥，我们来找你了解一些情况。这两位，是市公安局的同志……”

朱贤安一听，赶紧站起身将烟卷从嘴里拔出来丢在地上猛踩几脚。周彤雨打量起朱贤安的样貌，朱贤安浓眉大眼，五官端正，年轻的时候应该是个俊小伙。年过五旬的朱贤安，穿着军绿色的短衣短裤，脚上踩着黑色拖鞋，气质有些硬朗和不拘小节。

朱贤安听闻是西京市公安局来人，盯了眼麻将桌，桌边三人直愣愣地看着他，不知道是不是还要玩下去。朱贤安先对周彤雨和张艾解释道：“这不算赌博！一毛两毛，打发个时间……”

接着，朱贤安就对桌旁的三人说道：“走走走！没看见有正事么？明儿个再玩！”

三人见没得玩，便将桌角上的一堆零钱硬币收拾好，慢悠悠地离开了。

“两位警察同志真是年轻啊，有什么事，尽管问！”朱贤安冲着门口喊，“玲花？玲花！”

收银台前的姑娘应了一声。

“去拿几瓶汽水过来！要冰镇的！”

周彤雨留意到身边的张艾有些急躁地看了眼时间，意识到张艾已经对调查进度感到焦虑了。周彤雨理解张艾的情绪，张艾被杨雪梅派来协助她的调查，而这种调查又实在毫无规律可循。

两人就像是处理脏东西的清洁工人，即便是认为尽了职责将脏物清理干净了，可最终做出结果判断的人却是并未在场进行调查的常鑫教授。所以，张艾的焦虑来自于她无法判断调查到的结果是否有用，而在维金广场案的大局当中，她更是感到时间紧迫。

周彤雨接过玲花递来的汽水瓶，说了声谢谢。张艾喝了一口，然后便直接询问佘巧云的事情。朱贤安听了佘巧云的名字之后，连忙摆了摆手。

“提那个婆娘干什么？”

赵良玉见朱贤安如此态度，立马劝说：“老闲大哥，市里的同志来调查，肯定是有原因的，你家那点事，谁都知道，但还是你心里最有数！”

朱贤安听出了赵良玉的画外音，知道邹德宝把几年前的事情已经对周彤雨和张艾全盘托出，只能叹了口气。

“反正又不知道跑哪去了，都是些破鞋烂袜子的事。”

“老村长，你妻子离开福元村这几年，你有听说过她的消息么？”张艾问。

“有，前两年有人在外地见过她，还跟她打过照面，再就没了消息。”

“她有娘家人么？会不会跟娘家人有什么联系呢？”

朱贤安摇摇头，答道：“附近没啥亲戚了，她其他的什么亲戚都在外地，咱也没有啥交情，不晓得了。”

“老村长，能再跟我聊聊佘巧云离开福元村之前的一些情况么？比如，她走之前有没有跟什么人联系过？或者说自己要去哪里做什么？”

朱贤安头也没抬，点了支烟，无奈地说：“德宝不是都告诉你们了吗？没啥了，没啥了……”

见朱贤安不愿合作，邹德宝本想劝说几句，只见周彤雨往朱贤安身边挪了挪，在他耳边低语了几句。短短几秒钟，朱贤安的神情从无奈，变成了惊讶，他的目光直愣愣地盯着地面，仿佛周彤雨在他耳边低语的几句话，将他不曾示人的某个秘密说中了。

“玲花！玲花！”

朱贤安愣着眼神突然大叫，着实吓了邹德宝和赵良玉一跳。

玲花听闻呼喊声，赶忙穿着拖鞋跑了过来，嘴角还沾着瓜子皮。

“你照顾好店，我们到后院坐会儿……”朱贤安又赶紧提醒道，“还有，那个刘二驴子，不能让他再赊账了！”

后院就在商店的后门外面，四周被房子环绕，有一趟房子被用作了存放商品的库房，另外两趟用来居住。院落并不精致，也没有堆放着有待搬运的商品，只有几盆并不名贵的草植。

朱贤安到库房里拎出了几张马扎递给大家，周彤雨和张艾坐在距离朱贤安最近的位置，盯着老村长朱贤安，而朱贤安神色凝重，像是被揭穿了某些他无法继续隐瞒的事实。

张艾不知周彤雨刚才在朱贤安耳边低语了些什么内容，她下意识地看了眼时间，毕竟就算朱贤安能提供，也只能是佘巧云的情况而已，还有另外两人的情况有待调查。

“你咋知道……巧云的丑事跟婷婷有关系？”

朱贤安叼着烟，吞吞吐吐地把话问完，他见邹德宝脸涨得通红，有些难为情，便递了支烟给他，说：“市里的警察同志来调查，你说了啥都是为了帮忙，你一个当村长的爷们儿了，脸红个啥？”

众人从朱贤安的话中听出了些许眉目，刚才周彤雨的耳语内容涉及当年佘巧云与人偷情的丑闻，而且还跟他们的女儿朱婷婷有关系？

“当初巧云哄了小伙子去苞米地，确实是婷婷给捅出去的……”

朱婷婷将母亲跟人偷情的事情公布于众？

“在我赶去苞米地之前，婷婷就把事情散布给村里人了。”朱贤安吐了口烟，“所以巧云的丑事，全村人都知道了。”

周彤雨谨慎地问道：“朱婷婷在知道……之后为什么没有出面阻止？或者先告诉你，而是把这件事情公布给全村人呢？”

老村长朱贤安并没有因为涉及家丑而有所含糊，他大大方方地将事情全盘托出。

“婷婷这孩子，还是挺可怜的。”朱贤安言语里带着情真意切的怜爱，

“巧云没咋管过婷婷，婷婷跟她妈的关系也不咋样。”

朱贤安告诉他们，佘巧云生下朱婷婷之后很少关心和过问，尤其是在朱贤安当上村长之后。

“巧云对婷婷不咋关心，倒是当年我要选村长那会儿，她可真是来精神头了……”

佘巧云在朱贤安当年选村长的时候，非常支持，在村里积极奔走。如果不是朱贤安拦着，佘巧云甚至会挨家挨户的说好话。那段时间，佘巧云根本没心思为女儿做饭，朱贤安只好让朱婷婷到同村的亲戚家吃饭。

每到了晚上，朱贤安忙完了地里的活，困倦得快睁不开眼睛了，佘巧云却终于逮到机会跟丈夫闲聊，她躺在一边不停地说东问西，不让朱贤安休息。话里话外都是关于如果朱贤安当上了村长，她就成了村长夫人，村民将会如何如何恭敬得对待她。

“后来我才晓得，巧云盼着我当上村长，是看好了这虚头巴脑的村长夫人的名号。”朱贤安无奈地抽着烟，“若不是巧云真没那个能耐，我看啊，她铁定能成福元村的女村长……”

听到这里，周彤雨不断在老村长朱贤安的言语里提取着过后需要向老师常鑫教授汇报的内容。

村长夫人？恭敬？对女儿冷漠？周彤雨感到一阵头晕，朱贤安的说话声渐渐拉长，在她的耳朵里产生了回音。周彤雨不想打断朱贤安的话，她深吸了几口气，但毫无效果。

夕阳，高塔，跳跃，小孩子那惊慌的眼神……有几幅画面在周彤雨的眼前不断闪动而过，她忍不住摇了摇头，想让自己清醒一些。

“你这是怎么了？”

朱贤安停了下来，询问周彤雨。

周彤雨恍惚间回过神来，发现自己的脸和额头冰凉冰凉的，汗水滚滚而下，她坐在马扎上的身体微微朝着地面倾斜了。

周彤雨马上正回身体，用手背在额头上擦了擦。张艾之前就已经留意到周彤雨的身体异常，便替她解释道：“今天一路上太过辛苦，她太累了。”

朱贤安听罢，起身来到商店，招呼玲花拿来一些矿泉水和面包。返回的时候，顺便点亮了后院的灯。

“这么晚了，来到我家这儿，也该招待一下晚饭，一会儿我让小饭店送些饭菜来，你们先吃点东西垫垫肚子。”

“不用了，我们调查完之后，还有其他后续工作要处理。”张艾接过矿泉水和面包回答道。

“我能问问吗？”朱贤安叼着烟坐回到马扎上，“巧云到底犯了啥事？还要调查她之前在村里的事情……”

老村长朱贤安的语气很平静，就像是谈起一位曾与自己萍水相逢，但许久未见的故人，并未掺杂太多的感情。

安佑麟翻看过所有的信件，都是一位自称“雪”的女人与郑亦舒的往来书信。最初的那封信是“雪”写的，讲述了自己的生活困扰，不喜欢去人多的地方，不愿与人接触，诸如此类。

罗刚坐到了安佑麟的身边，一同查看信件。雪的字写得很漂亮，所有的信件都是一气呵成，不见修改过的痕迹。信件内容随着与郑亦舒交换信件的次数增加而丰富起来,从小说到动漫,无所不包,两个人聊得非常投机。

“你看，这里还有一些打印的信件。”

罗刚在雪的回信下面，看到了一叠对折的打印纸，那上面是打印出来的信件内容，从称呼和落款上看，正是郑亦舒给雪回信的打印稿。

安佑麟与罗刚按照雪的回信次序与郑亦舒的打印稿相互对应，很快就了解到了两人信件的内容。

这个被称作“雪”的人，究竟是男是女，年龄几何，都是未知数。唯一可以确定的是，这个人就是门徒甚至可能是Z先生本人也说不定。不过，作案严谨的Z先生大概不会轻易留下笔迹作为警方的调查线索。

根据郑亦舒之前的描述和信件往来的日期，门徒是在一个月前以“雪”的身份与郑亦舒联系上的，并且非常了解郑亦舒的生活习惯和个性特征。

安佑麟再度陷入困惑之中。门徒需要郑亦舒来做什么？只是按时发现隔壁204室的现场布局？如果知道了郑亦舒住在隔壁，花费一个月时间来让郑亦舒发现尸体是不是有些太牵扯精力？隔壁204室作为案发现场，三具干尸作为现场布局，想必也已经准备了许久，必然不是个把月就够的。

正当安佑麟思索之际，那位面目和善声音温柔的中年女警走了进来，她低声告诉常鑫教授，杨队长正在外面等候。常鑫教授起身对安佑麟和罗刚挥了挥手，两人跟随常鑫教授来到走廊。

走廊里，杨雪梅将在附近的调查结果告诉众人："附近的居民并未发现最近一段时间有可疑的人员走动，住宅区中也没有房屋进行装修，所以没有人留意到有大件物品进出。"

常鑫教授微微点头，并未多言。安佑麟心中有数，老师早已料到了这个结果，只是他需要求证，并在求证结果的过程当中寻找到蛛丝马迹。

杨雪梅也调查了204室的情况，结果正如之前调查到的一样，没有人注意到204室有人进出，甚至住在附近楼内的居民表示，以为这栋楼内根本就没有人居住呢。

安佑麟认为，204室是必然存在破绽的。可是从杨雪梅带回的信息来看，204室在案发之前，连一点点值得怀疑的地方都没有？难道204室的灯光也没有被附近居民注意到？还有发现尸体的郑亦舒啊！无论如何，郑亦舒都是住在案发现场204隔壁的人，难道他之前对隔壁毫无察觉么？

安佑麟向常鑫教授提出了疑问，常鑫教授看着不远处的203室门前，回答道："郑亦舒有社交障碍的可能性极高，他除了每个月必须要收房租之外，几乎是足不出户的。"

杨雪梅应和道："根据调查，郑亦舒生活在这里很是低调，极少有人见过他，甚至他在外出时，也尽量选择行人较少的路走。也可以说，他在这个住宅区内，没有任何的社交活动。"

常鑫教授继续说道："我刚才也跟郑亦舒谈过，虽然他过着回避他人的生活，但是他内心还是渴望有一个与他相似的人共同生活的。我想，你们俩在他和'雪'的书信往来中，可以发现这一点吧？"

"老师，但是我还是不明白，既然周围的居民都没有发现204有人居住，那么郑亦舒呢？就算‘雪’也是个不喜欢出门的人，可是毕竟 203 和 204 只隔着一条走廊门对门，郑亦舒就没有想过偷偷看看这个‘雪’究竟是何人？”

听了安佑麟的疑惑，常鑫教授露出一副欣慰的神情来，“恐怕，也是郑亦舒自己愿意相信 204 室里，住着一个跟他个性相似、年龄相仿的年轻女人吧。”

安佑麟恍然大悟，在郑亦舒收到门徒送来的信之后，他更加小心翼翼地呵护着这份来之不易的惊喜。拿到的信是实实在在的，回信也是实实在在的。姑且不说他是否怀疑过 204 室有没有真的搬来所谓的邻居，他郑亦舒根本不愿意求证，他恐怕是不愿意面对“雪”根本就不存在的事实。

“住在 204 附近的居民当中，这个郑亦舒恰恰就是最不愿意揭穿真相的人。”

“郑亦舒的确非常重视今天与‘雪’的约见，他告诉我，在与‘雪’见面之前，他甚至连饭都没有吃，担心吃了东西会让自己出现打嗝之类的状况，希望以最佳状态面对‘雪’。”

附近的居民没有注意到 204 室有异常情况，最有可能发现异常情况的郑亦舒，却又是最不情愿去查看求证的人。于是，想在外围发掘线索寻找到门徒所在的可能性，又再度降到了最低点。

任何案件都不可能毫无破绽，可是第二条线索案件的破绽究竟在哪？安佑麟实在想不通，难道一切都要指望师姐周彤雨在福元村的调查结果么？只能从三具干尸的身份上破解么？

于是，安佑麟再度向老师提出了另外一点困惑，如果门徒是在一个月前就以“雪”的身份与郑亦舒取得了联系，仅仅是为了让郑亦舒成为发现案发现场的人？

“老师，郑亦舒有没有可能与 Z 先生给出的第二条线索提示有关系？”

女子皆渴望之物，两者只能选择一个，暗藏的珍宝？

福元村，老村长朱贤安家的后院中。

面对朱贤安的突然发问，张艾略略迟疑了一下。在这短暂的瞬间，周彤雨觉得身边这位看似温和、好说话的老村长，村民口中的老闲大哥，真是不可估量。

从接受询问开始，朱贤安都是一副比较合作的态度，对待前来调查的周彤雨和张艾也非常的热情周到。

没错，朱贤安始终没有问及市公安局派人调查已经离村多年的佘巧云的情况，这其实是非常惹人怀疑的，可朱贤安却偏偏耐得住性子，静待最佳的时机提问。

不过周彤雨曾经协助过常鑫教授调查多起疑难案件，她见识过很多外表并不起眼却是案件真凶的家伙，也算经验老到。周彤雨懂得何时需要说话，何时沉默不语。她在听到了朱贤安的突然发问之后，与张艾下意识地对视了一眼。

“传销案，我们怀疑一起串通全国的大型传销组织跟佘巧云有关系，而且还可能跟你们村里的另外两个人有关。”

这就是张艾给出的答案，在案件告破之前，她们还不可以将佘巧云等人的死讯传达给其家属。

朱贤安看上去并未怀疑张艾的解释，也并未多嘴询问佘巧云在传销组织中都做了些什么。他只是絮叨着说，佘巧云去做传销他也不会感到奇怪，什么佘巧云只看中名气和钱财之类的话。

只是，经历了刚才被朱贤安突然发问这一遭，周彤雨醍醐灌顶，不敢再轻视眼前这位当过二十多年村长的朱贤安。看来，调查出有用的线索并非易事。周彤雨偷偷看了眼时间，心中升起几分焦躁。

于是，朱贤安说起了女儿朱婷婷的事情。原来，朱婷婷自幼便得不到母亲佘巧云的关爱，时常因为母亲只顾着自己那村长夫人的名号而备受冷漠，所以与母亲的关系极为淡漠。

佘巧云执意要去市里打工，朱婷婷丝毫没有不舍，不过，后来佘巧云在打工时跟别人同居，村里都传开了，朱婷婷自然也会知道母亲在外面的丑行。朱贤安准备去把佘巧云找回来之前，朱婷婷曾经劝说他，不要去找佘巧云回来了，还劝他跟佘巧云离婚。

“我那个时候也没有多想，以为婷婷就是耍孩子脾气。虽说我也生巧云的气，但是毕竟多年夫妻了，是婷婷的娘，找回来也就算了。”

朱贤安话虽无奈，可语气却硬气得很。

也正是那次被朱贤安寻了回来，朱婷婷对佘巧云彻底失望了。正如之前邹德宝所言，佘巧云在村里骄横了两年，期间老村长朱贤安也是睁一只眼闭眼，只要她能好好过日子其他的都无所谓。不过，佘巧云不是个安分的女人，两年之后，她又离开了福元村。

再后来，福元村开始了大规模的改建工程，不知离家在外的佘巧云是从哪里得到的消息，以为福元村改建工程可以得到拆迁补偿款，于是在几年之后又回到了福元村。

第八章　三分之一

回到福元村的佘巧云依旧以村长夫人自居，当时已经在区里读书的朱婷婷不太理会她。就在朱贤安忙碌着配合福元村的改建工程时，发生了佘巧云与建筑工人钻苞米地的丑闻。

“婷婷放假在家，不知为啥知道了这事，我本想悄悄地把事情平息也就罢了。可不曾想啊，我这个村长，却是村里头最后知道的人。”

原来，朱婷婷在得知母亲佘巧云与年轻工人的丑事之后，便将消息飞速扩散，让整个村里的人都知道老村长朱贤安要去捉奸了。

于是朱贤安就被女儿朱婷婷架到了进退两难的境地上——想低调处理，已经是不可能了。

佘巧云跟建筑工人偷情的丑事，让朱贤安对佘巧云彻底失望了。这件事情之后他不得不正视自己与佘巧云的关系。很快，佘巧云因为丑闻闹的太大，实在无法在福元村立足，便又离开了福元村。

“两位同志，你们说巧云还跟村里其他两个人一起搞了啥骗人的传销？最近几年出去打工的村民也不少，你们说的是谁啊？”

张艾回答道：“根据我们了解到的情况，是村民王泉水和单妍。”

朱贤安听到两个人的名字之后一阵木然，似乎没有想到竟然会提及这两个人，“王泉水？单妍？”

朱贤安将目光投向邹德宝，见邹德宝没反应，便继续说：“王泉水……单妍，她俩出去打工好几年都没有回来了……她俩也跟着巧云搞传销去了？”

周彤雨立刻询问了两个人在村里的过去，虽然朱贤安不太明白这传销案跟两人的过去有何关联，不过他还是把疑惑都咽进了肚子里没有发问。

“王泉水，跟个爷们儿似的，以前区里头搞乡镇运动会，就她能参加一些老爷们儿整的项目，铁饼子还是铅球啥的……”

王泉水个性粗犷，人高马大的，经常跟村里的男人混在一起喝酒聊天，村里人都说她不像个女人，更像是个爷们儿。不仅在县区的运动会中获得了铅球冠军的成绩，还在村里担任民兵排长，训练村里的民兵。

“王泉水当初可是村里的骨干，当年咱们这老福元村旁边有条河，每年夏天就有汛期。这王泉水是民兵排长，汛期的时候带着村里的汉子围着河边巡逻，真的有了水情，跟着爷们儿一起扛沙袋啥的……”

正是因为每年的汛期为福元村村民带来了巨大的困扰，上级政府便进行了当年的福元村改造工程。不过这个王泉水可不光是个只会干粗活的女人，多年前曾在村里做过一件全村称赞的大好事。当时王泉水年岁已经不小了，可是因为个性粗犷，跟村里的男人们称兄道弟，始终没有结婚。虽说同村的媒婆给她介绍了不少同村、邻村的小伙子，但不是小伙子没瞧上王泉水，就是王泉水看不上对方。

当时的福元村尚未经过改造修建，时值炎夏，王泉水训练完民兵回家，经过村边马路的时候，敏锐地发现一辆可疑的黑色吉普车。于是，她警觉地躲在村路旁菜地里的草棚下面观望。

福元村并没有什么值得关注的景点，更没什么美味食物，村里谁家有车，或是有亲戚开车来访，村民都会知道，所以王泉水才会格外留心。

村里的孩子放假，家里的大人又都忙于农活，或者在外打工，孩子们大都成群结队的玩耍。快到中午时分，不少孩子都回家吃饭了，几个结伴的孩子经过吉普车的时候，车内毫无反应。可是当一个十几岁的小姑娘独自经过的时候，车内有了动静，一个四十来岁的陌生男人从车上下来，跟小姑娘搭话。

“我记得是李婆子的孙女，二梅子吧？”邹德宝回忆道，“李婆子可感激王泉水了……”

“就是二梅子，她爹妈在外头打工，丫头跟着李婆子过。要是二梅子出了啥事，可真是了不得的事了……”

朱贤安继续讲，二梅子有点害怕从吉普车上下来的男子。不知男子跟二梅子说了什么，二梅子赶紧后退着想离开。

村里的孩子长得本来就慢，十来岁的二梅子很是瘦弱，男子便拉扯她往吉普车上拽。王泉水一看，这男人行为不轨，赶忙冲了过去。

二梅子见王泉水冲过来了，哭喊呼救。男子见王泉水来多管闲事，连忙招呼吉普车内的同伙。没想到，黑色的吉普车内还有两个三十来岁的壮汉。

王泉水与三个男人的争斗过程不必赘述，结果就是三个男人没占到任何便宜，王泉水的头被石头砸破了，血流满地。但是她以一敌三，四十来岁的男子被打晕在地，另外两个男人一个断了胳膊，另一个折了脚踝。三人最终被二梅子喊来的村民擒住，扭送了村派出所。

“这三个男人是人贩子？”

“是，都逮起来了。”朱贤安确认道，“谁能想到光天化日之下还有人贩子这么大胆来拐丫头？肯定是提前算计好了的！”

“王泉水，是不简单的人。”邹德宝感慨，“我记得那几年县区的民兵拉练比武，这王泉水可是比爷们儿还有本事呢！”

周彤雨默默地记着王泉水过去的种种特征，她的性格特点，还有那些跟她有关令人难以忘记的往事。

从那之后，王泉水成了福元村的英雄，备受村民的尊敬。不过在福元村进行了改造之后，福元村就再也不必经受水灾之苦，王泉水觉得自己在村里已经没有用武之地了，便外出打工去了。

“王泉水有家人么？村里？”周彤雨询问。

邹德宝回答说："没了，王泉水离开福元村之前，家里就没啥亲戚在世了。勉强沾亲带故的，倒是有几个，但是年头久了，往来很少。"

周彤雨又问起了单妍的情况，没想村长邹德宝眼前一亮，与老村长朱贤安神秘兮兮地对视了一眼，然后又互相回避着对方的眼神。

"这个单妍啊，"朱贤安倒是比邹德宝敞亮几分，"那可是个大美人儿啊，算得上是福元村的村花了吧。"

村花？现在用带"花"的词汇来形容一个女孩在某个群体中相貌倾城的情况，已经不多见了。不过周彤雨却对这个在村子里容貌拔尖的单妍很感兴趣，她在村里究竟做了哪些引人注意的事件？她又为何离开了福元村？

于是，朱贤安又讲起了单妍在离开福元村之前的一些往事。单妍是福元村里长大的女孩，小时候长得并不出众，黑黝黝的村丫头，可到了十几岁的时候，容貌发生了巨大的变化。用村里老人的话讲，就是"丫头大了，样子长开了"。

单妍还有一个哥哥，在外地打工，她与父母生活在福元村。乡下的女孩嫁人早，漂亮的单妍早已名声在外，无论是福元村还是邻近的几个村，都有小伙子对她蠢蠢欲动。

在单妍上中学的时候，就有二十出头的小伙子追求她，给她买衣服，送她自行车什么的。但是却不见单妍对哪个小伙子动心。

"单妍这丫头，不太喜欢念书。老单婆子当初劝闺女，说儿子不爱念书，好歹是个爷们儿，能卖力气。姑娘家家的，就得好好念书。可单妍这丫头，高中毕业之后，就天天窝在家里看电视剧，读什么言情小说……"

朱贤安说到这里的时候，言辞中还不忘提及女儿朱婷婷当年是多么努力读书，后来考上了重点大学出人头地。

单妍高中毕业后待在家里无所事事，家里的农活干不动，做饭又不会，老两口靠着儿子打工的钱和村里的几亩地糊口。可这单妍整天待在家里窝着也不是事，于是老两口就琢磨着给单妍介绍对象，但无论是同村家境富裕的、还是长相英俊的小伙子，单妍都不喜欢。媒婆都快把单家的门槛踩平了，可单妍依旧是哪个小伙子都不肯见。

前几年，单妍终于在福元村待够了，要离开家出去找工作。

“离开村之前，她跟村里半大岁数的丫头说过，村里的小伙子都配不上她，要去外面找什么真爱。”说到这里，朱贤安轻蔑地哼了一下鼻子，点燃了嘴里的烟卷，“照我看，这丫头就是看了啥言情小说太多了，满脑子都是男欢女爱的，根本就是啥正经事也不会。”

女儿要外出打工这件事，老两口是坚决反对的。但根本就拗不过单妍，那段时日她就像是被灌了迷药一般，非出去不可。

听到朱贤安讲到这里，邹德宝接言道：“还是老两口惯着小闺女，这到了出了事的时候了，也管教不了了。”

“单妍离开福元村也有几年了吧？”张艾询问道。

“也有三年了吧。”

“那这几年有她的消息吗？她父母还在村里吧？”

朱贤安摇了摇头，回答说：“前两年搬走了，去了儿子那儿。”

周彤雨一听，估算着福元村这几年的建设发展，前两年福元新村已经建设完毕了，村子看起来也算得上是舒适。那么单妍父母离开福元村的原因呢？

邹德宝看了眼朱贤安，见老村长无奈地微微点头，邹德宝才解释道：“也是跟单妍有点关系，这不，这些年她没回过村里嘛，就有了些风声……”

原来，在单妍离开福元村一年多之后，村里外出打工的年轻人带回来了一个让村民茶余饭后闲聊的话题。那也是个炎炎夏日，叫超子的年轻人从外面打工回来，虽然不是逢年过节，不过超子干活儿的装修队在下一个工程之前有半个月时间没事可做，在城里待着每天都要花钱，于是他便回了村。

因为天气闷热，超子跟同村几个男人到河边洗澡，趁着夜色周围没人，超子告诉同村的男人，自己在城里干活，见识过不少新鲜事。

“超子啊，光听你吹牛逼，你就是个干活儿的，能有啥新鲜事。”众人哄笑一片。

听到有人质疑，超子便愤愤道："我身强体壮，干点活也累不着啥，精力旺盛，下面憋得厉害，我又没个女朋友……"

超子说，自己年轻气盛，夏夜燥热也有胡思乱想的时候，便在年岁稍长的工友撺掇下，去找了小姐。

讲到这个话题，同来洗澡的男人们都开始起哄。超子便把去找小姐的经过，添油加醋地说了几遍。不过这并不是事情最关键的部分，随后超子道出了一件让众人都大吃一惊的事情。

"知道我睡过谁不？"超子声音压低，但是语气里带着得意，"我把单妍给睡了！"

虽说单妍出去打工已经一年多了，可是她的美貌却依然让村里的男人们惦记着。

"扯淡！"

"你在外头遇上她，跟她耍朋友了？"

"你小子就吹牛逼吧……"

见没人相信，超子赶紧说："咋了？我还至于扯谎？那天我是带着邻村的亚军一起去的！我俩一起玩的……"

超子跟隔壁村的亚军在同一家装修公司干活，那天晚上两人躺在装修屋的凉席上，聊着聊着说起了女人，血气方刚的两个小伙子躁动不安起来，便出去寻欢作乐。

两人来到某个提供特殊服务的场所，听说可以玩刺激的，便跟亚军叫了同一个小姐。没想到这个小姐非常漂亮，超子心想这下子赚到了，俩人一起玩平摊下来没多少钱不说，还能玩个身材相貌一流的大美女。

超子在讲述到这段经历的时候，不免用了些跟器官有关的字眼儿，还说等临了穿上衣服的时候，他发现这个刚刚带着他走向快感巅峰的女人脸上的妆被汗水弄花了，而脱去妆扮之后的面容他非常熟悉。

"你是单妍？"

超子的话引起了亚军的注意，只是亚军套上裤子多扫了女人两眼，并未多说话。

女人说了句："你认错人了吧。"

随后便拿了钱，匆匆离去。

河水里，超子的话引起了男人们的讨论，有的说超子是胡说八道，还说当年超子也追求过单妍，人家单妍直接拒绝了，所以编瞎话幻想着跟单妍上了床。

"我要是扯谎，干吗还说跟着亚军一起去的？不信就去问亚军啊！他也跟我一起回来的……"

在嬉笑哄闹中，村里的男人们上了岸穿上衣服回了家。不过那天晚上超子说的话，有的人当了笑话听听就算了，可有好打听的人在去隔壁村办事的时候，找了亚军询问，回来就说亚军承认跟超子去找小姐了，还说那晚遇到的就是单妍。

"我听说这事的时候，也觉得就是胡扯。超子那小子就是胡说八道！"朱贤安愤然道，"他当初追过单妍那丫头，可人家心气高，看不上村里的小伙子。那隔壁村的亚军？亚军当时都结婚了，能在村里承认跟超子去找小姐？"

没想到有关单妍的风言风语就此传开了，并很快就传到了单妍父母的耳朵里。老两口自然不相信女儿会为了钱当小姐，脸上挂不住，便与人分辩说，跟单妍通过电话，单妍在南方的公司里上班，没去干皮肉买卖。

不过事情到了村里的妇女口中就不是那么回事了，"一个高中念完就在家躺着的丫头能有什么本事？哪个公司会要啥也不会的小丫头？肯定是当小姐去了……"

老两口气不过，因为大儿子在外地落了户，便索性耳不闻心不烦，搬去了儿子那里住。

"现在老单两口子，偶尔回村待待就走了，地也让亲戚打理。"

"那这两年单妍有跟家人回福元村么？"周彤雨问。

"没，老两口也是偶尔回来，因为村里有人说了单丫头的那些不中听的话。也不见单丫头回村来。"

有关单妍的话题便到此为止了，其他的就是些村里人对于单妍的那些无从考证的传言了。周彤雨回忆着有关王泉水和单妍，以及朱贤安妻子佘巧云的过往，眼前出现了在案发现场 204 室客厅中的三具干尸。

佘巧云、王泉水、单妍，已经死去多时成了干尸，可眼前的三人和福元村的其他人一样，对此毫不知情。周彤雨甚至怀疑自己快要无法将那三具干尸与朱贤安口中的三人联系起来了，仿佛这三个身份各异的女人还活在尘世的某个角落里。

商店后院里的灯光很明亮，灯泡周围聚满了飞舞的小虫。远处传来了细微又有节奏的音乐声，似乎不远处的广场上有村民在跳广场舞。

周彤雨已经许久没有与老师常鑫教授取得联系了，更不知道维金广场案的进展如何了。

“时间不早了，我们还要去做其他调查，就不劳烦老村长了。”周彤雨站起身，“老村长告诉我们的情况，对我们的调查很有帮助，十分感谢。”

大家纷纷起身，朱贤安赶忙说：“配合警察同志办案，是我应该做的。不过，巧云和王泉水、单妍，真的在外头凑在一块儿搞了传销骗钱？”

张艾说：“我们还在调查当中。”

离开商店后，四人回到了福元村的街道上。夏夜，村民们纷纷来到街上纳凉，一位村民正拿着手机站在树下跟其他几个扇着扇子的男女叫道：“哎呦，市里出事了，广场上有了案子了？”

“啥案子？抢了钱？还是摸了姑娘腚了？”

几个人哄笑一番后见拿着手机的村民满脸的惊慌和严肃，便再笑不出声了，他们纷纷凑过去看着手机，那正是维金广场案的现场视频。一时间，维金广场案的消息仿佛病毒般，终于攻破了这西京市周围平静村庄的免疫力，在这里扩散开来。周围不少年轻的村民闻讯而来，或是拿着自己的手机查看着维金广场案的报道。

维金广场案终于传播到了福元村，这并未出乎周彤雨的意料，维金广场案早已通过网络飞速传递到全国乃至世界各地了，甚至案件在这规模不大的村庄里引起的轰动绝对不仅于此。时间紧迫，距离倒计时结束还有不到 13 个小时了。

“两位同志，咱们还要去调查询问哪些村民？老单家的亲戚？”

派出所长赵良玉如此询问在情理之中，佘巧云在福元村的近亲只有朱贤安，王泉水在村里没有关系较密的亲人，而单家人虽然搬走了，但毕竟还有关系较近的亲戚在帮忙打理田地。

“刚才喝了不少水，我们俩想去方便一下。”周彤雨对邹德宝和赵良玉说，“附近哪里有厕所吗？”

邹德宝将两人带去村中心广场附近的一间公厕，那是福元村最干净的公共厕所了。公厕旧是旧了点，不过地上全都铺着地砖，里面有洗手池，并且可以冲水。

不过即便如此，在炎热的夏夜里，公厕里还是有着一股难闻的气味。女厕只有三个位置，两人使用过卫生间后张艾拿出手机焦急地关注着维金广场上的状况。公厕里只有张艾和周彤雨两个人，虽然能从换气窗听到外面有人走动和音乐声，但是并没有人能听清楚两人的说话声。

张艾问：“你是不是要把调查到的情况，汇报给常鑫教授？让他用来分析有用的线索提示？”

周彤雨摇了摇头，轻声回答道：“咱们俩虽然从朱贤安口中询问出了一些跟三位死者有关的历史信息，只不过这并不是我们真正需要的线索……”

张艾放下手机，不解地望着周彤雨：“三位死者的特征已经很明显了，难道还不够？”

“朱贤安有所隐瞒。”周彤雨仔细推敲着该用什么词语来表达，“他很聪明，他只是回答了我们询问的问题，却不会多说我们需要但是并不知道、并且无法开口询问的事情。”

张艾琢磨着周彤雨的那番话，“从未见过和知晓西瓜存在的人，是绝对不会主动提起西瓜的。因为根本就没有这种东西存在的概念。”

“是的，而且如果不是我低声告诉朱贤安，说我知道当年佘巧云偷情闹得满村皆知是他们的女儿朱婷婷搞的鬼，他是绝对不会提起的。而且，邹德宝虽然是村长，可威望毕竟比不上为福元村尽心尽力干了二十多年的老村长朱贤安。”

“刚才我也有注意到，邹德宝的确还要看朱贤安的眼色，那么我们接下来要从哪里调查？时间紧迫，先从单妍的亲戚调查？”

“不，三具干尸同时出现在第二条线索案件的现场，并且有其特殊的含义，我想咱们俩需要调查的是，三位死者生前曾经发生过的一件共同参与的事情。”

“还要询问朱贤安？邹德宝？”张艾思索着，“赵良玉到福元村当派出所长不过两年，他知道的不多吧？而且，朱贤安对佘巧云的态度很冷淡，他会告诉咱们吗？”

“尽管朱贤安在当村长的时候，可以说是尽职尽责，但是他这个人把脸面看得很重。从他两次捉奸的情形看，他其实都想大事化小，尽量保全名声，所以才对佘巧云一再容忍。”

“嗯，”张艾点头道，“若是闹起来，就把佘巧云偷情的事情坐实了，否则传得再甚也只是传言而已。这已经是底线了。”

“当年朱婷婷恐怕也是看清楚了父亲的这一点，所以才在当年母亲跟建筑工人偷情的时候，先惊动了全村人，最后才让父亲出面。”周彤雨大胆猜测，“而且我怀疑，佘巧云当年离开福元村出走，恐怕也并不是自己的意愿……”

“你怀疑，佘巧云是被朱贤安赶走的？”

“还只是猜测而已！”周彤雨接着说，“想套到有关三位死者生前交集的实话，恐怕不能去找跟朱贤安关系较好的村民了解。我们要调查的是跟佘巧云，甚至朱贤安关系都不好的村民……”

说到这里，周彤雨突然感到眩晕，耳朵有一种灌水般的阻塞感。她的眼前再度闪过一幅幅画面，赤红的夕阳，高耸的建筑物，孩子一跃而下的身影……

“小周？”张艾扶着周彤雨的手臂，“你怎么了？是不是这里的气味太浓了？咱们还是先出去吧……”

晚上 21 点整，距离倒计时结束还有 11 小时 30 分。

夜渐深，维金广场陷入一阵燥热和黏稠当中，倒计时 24 小时已经过去大半。探照灯不断在广场上游走着，除了媒体混迹于广场各个方向进行采访之外，甜品屋周围聚集着热情从未减弱的民众。

刑侦大队队长赵洪军依然镇守在甜品屋和围观群众之间，闷热令他全身大汗，衣服浸透，体内的液体仿佛都以汗水的形式排出体外了。除了肩上担负的任务之外，赵洪军夹杂在围观者和于晔之间，再进一步讲，他夹杂在尖锐矛盾的最前沿。

围观者和于晔？审判者与罪人？这是极为容易发生正面冲突的两方，赵洪军作为两者之间企图终结这种对立局面的警察，却不得不继续维持平衡的局面。赵洪军除了要紧盯着围观者们的动向，还要观留意着金属箱中于晔的身体状况。之前，曾有人表示于晔看上去很虚弱，怀疑他是否能挺到警方将其成功营救。

“如果于晔在营救方案实施之前和实施过程当中丧命的话，会有怎样的影响，这一点魏志国同志有没有考虑过？”

魏志国已经习惯了调查组专家咄咄逼人的态度，“凶手在达到其目的之前，是不会让于晔死亡的。在维金广场案当中，最想让于晔活到倒计时结束之前一刻的，就是凶手。”

“把被害者的安危寄予犯罪分子的决定？”

调查组询问关于第二条线索提示的破解状况，魏志国深知专家对破解谜题拯救于晔并没有寄予过多的期望，他们更想以营救方案救出于晔。因为只有这样做，才算彻底与凶手的计划背道而驰，毫不妥协。

魏志国的回答很有底气，因为他对调查组专家有关营救方案的讨论和争辩毫无兴趣可言，他的背后还有暗眼行动在有条不紊地进行着。

魏志国每隔几分钟就会收到维金广场的状况汇报，以及有关暗眼行动的最新进展。魏志国回到负责暗眼行动的 3 号办公室内。

“魏局，现在对维金广场案开始时的监控画面以及到目前为止的情况分析，三个区域中一共有四个人非常可疑。”

魏志国将目光投向显示屏，参与暗眼行动的便衣警察混在围观者当中，慢慢向指定的三个区域靠拢，此时这三个区域内的红色亮点几乎被围满了。

画面先是锁定在其中一个区域中，可疑人物是个年轻女子，女子身高较高，她站在人群当中望向甜品屋的方向，时不时会拿起手机拍上一张。

“这个女人是维金广场案开始时就出现在现场的，也是见证甜品屋开启的围观者之一。其他三位可疑人物的情况大抵相同。”

魏志国听了汇报，心中怀揣着疑虑，维金广场案案发后，最初的围观者在警方到达时，未曾料到案件会发展到如此难以收拾的境地，所以绝大多数已经离开了广场。

第二个区域内的画面，主要集中拍摄的是一位年轻男子，他的头发略长，双手拿着手机放在胸前，并谨慎地望着甜品屋的方向。

第三个区域中，可疑人物是一对情侣。男的身穿藏蓝色 T 恤衫，下身牛仔裤，女的身穿深粉色 T 恤，两人挨在一起，很少交流。

“他们俩也是从案发开始，便在广场上围观的，他们俩在维金广场上超过十二个小时了。”

在维金广场案案发至今，案件所有的走向都在符合常理和不在常理之中徘徊。若是一定要说四个人中到底谁反常，倒都是有些可疑之处。

魏志国不愿在猜疑当中耗费精力，他需要实打实的动作，实打实的线索！从他宣布暗眼行动开始，到发现四位可疑人物，整个行动都在顺利地进行着。

另一方面，参与暗眼行动的便衣警察，在围观者中发现了这四个人有可疑之处，这与情报收集办公室内技术人员的画面对比结果不谋而合。如此，更加坚定了四人当中必然有门徒正在使用遥控装置操控着维金广场案的进展。

可是问题也随之而来，如何从四个人当中寻找到门徒？难道要等待 Z 先生所设计的下一个阶段开始？现在第二条线索案件还在侦破中，常鑫教授尚没有带来任何进展的消息。

怎么办？魏志国皱眉紧盯着监控画面，想让藏身于四人当中的门徒现身，就必须要有让门徒认为有意外的情况发生才行。四个人中，无论是那对情侣，还是独自一人从案发开始便站在人群当中观察甜品屋的男女，只要是门徒，便不可能在发生不确定事件的时候无动于衷。

魏志国想到了一个对策，一个在维持维金广场现状，又不暴露便衣警察和暗眼行动的对策。不过这个对策，还需要在平衡围观者与于晔之间关系最前沿的赵洪军的协助。

魏志国回到了调查组所在的会议室内，这里依旧在喋喋不休地讨论着营救方案的细节。调查组认为第三套营救方案的核心在于测试甜品屋周围的感应装置。不过魏志国却想在营救方案的基础上，增加一个看似让方案更加严密的条件——屏蔽甜品屋周围的信号。

“如果我们的同事逐渐拉远围观的界限时，凶手通过其他方式获知了这个消息，例如，利用甜品屋内外的监控器。那么凶手就有可能利用遥控装置，干扰我们对甜品屋的测试。”

魏志国的解释得到了调查组的认可，于是他下令准备执行第三轮营救行动。同时，暗眼行动准备收网。

四位可疑人物，究竟谁才是门徒？高个女人？情侣中的某一个？还是那个谨慎的男人？

守在维金广场矛盾最前沿的赵洪军，收到了进行第三轮营救行动的命令，同时也获知暗眼行动准备收网。在甜品屋周围最前线负责控制距离的便衣警察，随时准备配合第三轮营救行动的执行。

不过，关于第三轮营救行动，维金广场上的便衣警察所接收到的命令与调查组所了解到的还有差别。同时，始终停留在维金广场的边缘的救护车，正为配合暗眼行动随时待命。

晚上 21 点 30 分，距离倒计时结束还有 11 小时。第三轮营救行动开始，暗眼行动收网。

就在众人都等待着行动按照预期计划进行时，魏志国突然对调查组成员说：“请各位随我到另外一间办公室来，我还有更加重要的情况与几位商讨。”

魏志国的语气没有任何的请求意味，跟他平时在案件中下达命令的态度别无二致。魏志国认为时机已经成熟了。

3 号办公室内，所有的警察都在各司其职，大屏幕上四个可疑人物的照片非常引人注目。

“除了第三轮营救行动，同时进行的还有暗眼行动。”

魏志国向调查组介绍行动的主要内容和目的。

“为什么不提前告知我们有关行动的内容，这样贸然行动是有风险的！”

面对调查组的质疑，魏志国在气势上并没有丝毫的退让，“我是维金广场案专案组的组长，有权力实施任何行动方案。暗眼行动是经过详细和周密安排部署的，并不是一时脑热的贸然行动。”

暗眼行动连同第三轮营救行动的执行已经成为定局，这正是魏志国等到行动开启之后才告知调查组的原因。调查组也算识趣，没有继续就此纠缠下去，他们心里有数，暗眼行动虽然没有经过调查组的讨论决定，但并非无用。即便暗眼行动失利，或者导致了严重的后果，责罚自然由魏志国承担。而且，单纯的第三轮营救方案，根本就是消极方案，是在为倒计时结束的最后一刻警方仍无力营救金属箱内的于晔做准备的，目的是不至于波及周边围观者。

魏志国站在办公室的最中央，全权负责对行动的指挥。对暗眼行动有所了解的调查组成员，都在紧盯着监视着三块区域的画面。三个有可疑人物的区域，与维金广场中央的甜品屋的距离大致相等，都在 60 米到 90 米之间。

维金广场中央，等待命令的赵洪军谨慎地看了眼金属箱中的于晔。于晔在四周皆是厚重玻璃的甜品屋内，始终处于意识模糊的状态，他时而眼神迷茫，时而略微清醒。偶尔会活动活动手指，摇晃一下脑袋，嘴唇微颤，表情僵硬。

很快，赵洪军就通过耳机接收到了开始行动的命令，警方在周围架设的屏蔽装置立刻开启。在魏志国的命令下，距离甜品屋最近的便衣警察将会假意制造轻微的混乱。不过想要压制住局面，不可以用假意的混乱引发围观者的冲动。于是，就需要更多的便衣警察混入靠近甜品屋的围观者中，增加警察人数比例以维持秩序。

行动开始之后，便衣警察引起了小规模的混乱，单纯的混乱还不足以引起可疑人物的注意，还要制造更大的动静。但同时，也在压制混乱扩大的可能。位置靠后的围观者并不知道前方具体发生了什么状况，只能抬高手机拍摄，并与身边的人互相询问。

此时，维金广场人流涌动，都在争相获知甜品屋周围状况的消息。对三个区域内的监控也在持续进行着——

那位身材挺拔的女人觉察到了广场中央的异常，先是伸着脖子观望，然后立刻低下头开始拨动着手机，时不时地还要抬头观望。

那对情侣在觉察异样之后抬高身体观望，男的还时不时询问他身边的便衣警察，而便衣警察的脸上则是一副佯装出来的好奇、惊讶的神色。女的实在是看不清广场中央的状况，她赶紧拉扯男朋友的胳膊，让男友稍微蹲身，她爬上男友的背，让男友背着自己朝甜品屋的方向望去。

至于那个男子神色匆匆，他发现了异样之后，并未与身边的人询问和交谈，他谨慎地低着头，盯着手机。

魏志国必须尽快做决断并下达行动命令，如果这看似微不足道的小小的混乱不能在三分钟内结束，将很有可能发展成为不可控的情况。

高个女人？情侣？还是沉默的男人？

“魏局，那名女子一直在操作手机，她很有可能在利用手机操控甜品屋！”

从画面上看，最可疑的人物的确就是不断拨动手机的高个女人。

“魏局，要不要行动？”

魏志国摇摇头，“区域内的同事有没有发来现场情况？”

“还没有！”

第三轮营救行动的目的是测试甜品屋是否有装置用来测试围观者所

处的范围，并且在行动伊始就已经屏蔽了甜品屋周围的信号，在甜品屋周围形成了一道看不见的墙壁。

“时刻关注三个区域内的动向，第三轮营救行动收尾！”

命令被传达到维金广场中央，在甜品屋和围观者之间维持秩序的赵洪军，在稳定了混乱状况之后，要求混在围观者当中的便衣警察在原有的围观位置上朝后挪步。于是，原本在甜品屋周围形成的由围观人群组成的圆圈，逐渐扩大。

同时，三个区域内的便衣警察，将四个可疑人物的视频发回了情报收集办公室内。屏幕上，那位高个挺拔的女人，手机屏幕上是位于靠前位置的围观者发布在网上的视频，她除了盯一盯视频，抬起头张望甜品屋的方向之外，就再也没有其他举动了。至于那对情侣，男的始终背着女友，双手在背后扶住女友的双腿，女的则双手支撑男友肩膀，两人并没有使用手机和其他装置的可能。

那个始终沉默无语的男人，低垂着头与周围其他围观者的张望和紧张形成了鲜明的对比。该区域内，负责监视该男子的便衣警察偷拍下他的一举一动，画面显示该男子在怀抱的胳膊中间，有一台电子设备，这台设备并不是他的手机！

就是他！在魏志国的命令下，暗眼行动立刻收网。该区域的便衣警察在得到命令之后，展开了接下来的行动。男子在慌张地端着设备的时候，一直站在他身边的一位矮个子男人一把抓住了他的手腕，男子慌张地转过脸来看着矮个子男人。二人四目相对，慌张的男子看到了冷峻的目光，而矮个子男人则看到了惊恐和绝望。

霎那间，年轻男子手中的设备被矮个子男人夺走，再接着他脚下不稳摔在了地上。倒下的同时，他看到周围曾经围在自己身边对维金广场中央甜品屋投去关注目光的人，全都用淡定的眼神看着自己，一种不祥的预感出现了……

有人体力不支晕倒了！

这是其他几个区域围观者得到的消息，这个消息在人群中快速传播，并没有引起任何人的怀疑和重视。毕竟，所有人都以为维金广场案有了最新的进展，将注意力都放在广场中央。

由维金广场外围到该区域，被便衣警察在围观者中开辟出一条直通救护车的道路。男子瞪圆了眼睛惊慌失措地盯着把他按在地上的矮个子男人，“你是谁……把遥控器给我……”

矮个子男人将夺走的遥控器快速递给旁边一个女人，那女人迅速消失在人群当中。

“不是我……我是被逼的……把遥控器还给我……”

没人理会年轻男人的话，他被按在地上动弹不得，很快就被医护人员固定在担架上。

第三轮营救行动正在收尾，围观者的最前沿距离原处的位置足足后挪了四五米。

那位可疑男子被抬上担架之后，并没有激烈的反抗，他苍白的脸上挂满了汗水，“把遥控器还给我……不然……我会死的……”

他时时刻刻在嘟囔着这句话，当他被抬上救护车内之后，惊恐地看着围着他的警察，“我叫马信……我叫马信……”

这个自称马信的年轻男人像是神智不清的嘟嘟囔囔，“我要死了……我要死了……”

警察听闻马信说自己要死了，便在救护车朝着维金广场案办公室大楼后侧行驶的同时，让医护人员为其进行检查。

3 号办公室内，魏志国紧盯着救护车内的画面，车内的警察向魏志国汇报着刚才的行动过程，“遥控器已经拿到了，正送到专案组进行检查！”

调查组成员听到这个消息之后，那位白发女警官立刻说道：“拿到遥控器就好，现在抓到了一个门徒，有了他手中的遥控器，就可以很快营救出于晔了。”

可是魏志国却敏感地觉察到了异常的气息，这位门徒的惊恐表现姑且认为被设计逮捕而感到意外，可他为何急于告知警方自己的名字呢？马信？还有，他说的要死了是什么意思？

不平稳的画面中，医护人员正在准备为马信进行检查，血从胸前的衣服上渗了出来。医护人员马上剪开了马信的衣服……

魏志国马上想到之前第一条线索案件中出现的意外情况，“有炸弹！他身上有炸弹！”

魏志国的呼喊传入了救护车内，马信用绝望的眼神望着身边的所有人，他已经认命了。一声闷响，画面浸入血海。

安佑麟在得知暗眼行动正式开始之后，心都快提到嗓子眼了。第二条线索案件的提示，始终无法被破解，师姐周彤雨前往三位死者生前居住的村子进行调查，还没有反馈回来任何有用的线索。

此时的 204 室现场，围绕着一股压抑的气息。维金广场上局面紧张，暗眼行动连同第三轮营救行动同时进行，就像是在一条细如毛发的钢丝上行走，即便材质是坚硬的钢，也并没有给走在上面的人丝毫的安全感。

在破解第二条线索案件之前并不会对三具干尸进行检查，这也是常鑫教授之前要求过的。与第一条线索案件不同，三具干尸的摆设在被警方检验之前，姿势和动作是固定的。没有人知道三具尸体是否有着特殊的含义。

常鑫教授与杨雪梅、安佑麟和罗刚，在得知暗眼行动开始之后，便聚集回到了 204 室案发现场，等待着行动结果。他们都知道，暗眼行动成功与否，全然在于瞬间的决断。

如果能够抓住一个门徒，对整个维金广场案的侦破将有着巨大的作用，说不定就连第二条线索案件的侦破也变得无关紧要。退一步讲，即便在抓捕过程中发生意外，但只要能够拿到门徒用来操控案件进展的遥控装置，困局也将迎刃而解。

杨雪梅与专案组保持联系，时刻关注着暗眼行动的进展。罗刚站在一旁望着三具干尸做沉思状，“常教授，第三套营救方案，我认为存在着极大的缺陷……”

常鑫教授并未答话，他将目光瞄向安佑麟，“佑麟，你对第三套营救方案有什么看法？”

安佑麟用手搔了搔后脑勺，将自己思索许久的话说了出来，“第三套营救方案，我觉得‘营救’的并不是于晔，而是广场上的围观者。从目前围观者的态度看，他们对审判于晔非常有兴趣。从最糟糕的结果考虑，如果我们没能在倒计时结束之前成功营救出于晔，于晔将会在众人面前被炸死……”

安佑麟双眼发直，眼前浮现出了被困在甜品屋金属箱内的于晔流露出绝望的目光，倒计时归零，一道火光呼啸扩张，于晔被瞬间吞没在爆炸中。可是爆炸并未局限于玻璃屋内，爆炸的火光在持续扩张，四块玻璃全部破碎开来，火光如猛兽般扑向了广场上的围观者……

安佑麟感到背后发冷，一滴冷汗从额头滑下鼻尖，他下意识地擦了擦。

第九章 败

“所以，在倒计时过半的时候进行第三轮营救行动，根本就是在为最糟糕的结局留后路。不然，Z先生所绑架的，恐怕就不仅仅是于晔了。”安佑麟将直愣的眼神收移向老师常鑫教授，“而且，第三套营救方案存在着与其的目的相同的问题，说白了，就是缺陷！”

杨雪梅和罗刚在听到“缺陷”二字后，便听得更加仔细了。常鑫教授并未多问，只是示意安佑麟继续说下去。

“首先要说的，就是第三套营救方案的目的，这套方案跟前两套的营救方案有着本质区别。这套方案是在留后路，而不是为了救出于晔。再直接点说，是在处理于晔的身后事。其次，就是这套方案的执行过程了，为了试探被改造后的甜品屋上是否有感应装置，要屏蔽甜品屋周围的信号。问题就出在这里。”

安佑麟的目光再度低垂下去，陷入沉思。

“不如先做一个假设，存在某种感应装置，可以检测到围观者所处的位置。当围观者撤后到一定距离的时候，感应装置就会察觉，甜品屋就会发出警告，并且做出威胁的危险举动！也就是说，感应装置意味着甜品屋存在自我操作的可能性，很有可能每一次的线索的提供，都是建立在某些条件的基础上。比如说，第二条线索的提供条件，是破解了第一条线索，或者倒计时进行到了某个阶段。”

罗刚若有所思地点点头，表示赞同安佑麟的看法。

“可是，即便是存在感应装置，还有可能存在有另外一种情况——人为操控。Z 先生选择维金广场作案的重要原因，就是其作为西京市的地标，能够容纳大量的围观者，并且警方很难阻止众人围观。那么门徒就可以混杂其中，根据案件的进展情况对甜品屋进行操控。这也是魏局长进行暗眼行动的原因。”

安佑麟喉咙发干，他闭上嘴巴赶紧吞咽下口水，急着往下说。

“Z 先生老谋深算，必然会想到警方有意图破解这个局面。我们要破局，Z 先生就要进行反制。可见，Z 先生会想方设法设计出应对破局的方法。如果是人为操控，甜品屋又被屏蔽了信号，那么很有可能甜品屋本身存在两种控制模式。当信号被屏蔽，甜品屋就会开启另外一个模式，进行不需要外界控制的自动模式。这样，就可以完全避开警方屏蔽信号的破局方式，而且我最担心的是……”

“最担心什么？”杨雪梅忍不住问道。

“我最担心，在第三套营救方案实施之后，甜品屋毫无反应！”安佑麟大胆推测道，“如果甜品屋在营救行动过程中敏感地发出警告，或者做出其他威胁的举动，都说明营救行动触碰到了 Z 先生布局的底线。如果甜品屋在这个过程中毫无反应，那才是最可怕的结果。”

常鑫教授听闻至此说道：“毫无反应，并不完全意味着营救行动的试探有所收获，很可能说明我们压根就没碰到布局的核心位置。甜品屋依旧在暗地里正常运作着，丝毫不受到影响。我能够理解魏局长在专案组承担的压力，这个方案恐怕也是不得已而为之吧。”

罗刚赶忙说道：“我懂了，正是因为第三套营救方案存在极大的漏洞，所以魏局才会寄希望于暗眼行动。甜品屋的运作模式，目前我们还无法探知，可是抓住参与案件的门徒，性质就完全不一样了。”

杨雪梅听完三个人的分析之后，提出了质疑，“常教授，有没有可能，我们将对手想象的太过于复杂？”

常鑫教授望向立在木桌旁的三具干尸，之前有警方人员将立灯架设在现场，灯光从四个方向照射着尸体。

“从案件发生开始，所有的线索就都在夸张、玄虚之间徘徊，说这案件就是一场用来戏耍我们的游戏也不为过。既然是场目的阴暗的游戏，无论将背后规则想的多么复杂，都不过分。”

说到这里，常鑫教授的手机响了，是魏志国打来的电话。

“喂，我是常鑫。”

安佑麟的目光紧紧盯着老师常鑫教授，老师的脸色越发难看。

镜头前一片血光，3 号办公室内的所有人都停止了手里的工作，目光聚集在了大屏幕上。血光逐渐散去，画面却依旧模糊不清。

“报告救护车内的情况！”魏志国赶忙询问。

屏幕在颤抖，救护车内回话道：“嫌疑人……死了……”

伴随着回话声，救护车内还传来咳嗽的声音。

“有无其他伤亡？”

接着，满是血污的画面消失了，半分钟后，画面完全清晰起来，通过大屏幕可以看到救护车内的景象，救护车已经停止前进，车厢内一片血红，周遭都被血水染红了。

“没有其他伤亡。”

画面转向了嫌疑人的尸体，尸体双臂摊开，腹部和胸部开了一个巨大的血窟窿，血喷溅在尸体的面部，已经无法认清他的长相了，血腥气仿佛能够穿过屏幕充斥在整个办公室当中。

只有嫌疑人死亡？魏志国回想起发生在第一条线索案件时出现的意外状况，西京大剧院休息室内，康广德引爆了安装在他体内的微型炸弹。难道这个嫌疑人的身体内也被迫安装上了炸弹？他也受到了凶手的胁迫？

魏志国询问嫌疑人被抓捕时有没有说过什么。

“有，嫌疑人不停地说，他叫‘马信’！”

魏志国心中有了几分推测，接着他要求已经停下的救护车继续前进，“现在立刻将救护车开进救护中心！发生任何情况都不准停车，更不能让其他人知晓救护车内的情况！”

“收到！”

魏志国立刻安排救护中心方面，允许救护车直接开入写字楼一层内部，法医组做好准备。

魏志国默默地叹了口气，虽然嫌疑人身亡，可是还有从嫌疑人手中夺得的遥控装置！遥控装置被迅速带回了专案组，并立刻进行了测试分析。起初，魏志国很担心对遥控装置的分析时间过长，影响了破解维金广场案的进度。可是没过多久，分析结果出来，该遥控装置与维金广场中央的甜品屋没有任何关系，其可操控范围甚至还不如家庭使用的空调遥控器。

魏志国在得到这个消息之后，感到莫名的讽刺，在他布置周详，动用了公安部门精英参与的暗眼行动，竟然得到了如此的结果。

“立刻调查马信的个人信息！”

这是魏志国在暗眼行动中唯一得到的有价值的线索了，马信在得知自己被抓的时候，看上去很惊恐绝望，不停地重复着自己的名字，似乎想让警方尽可能的知晓他的身份。之后，法医向魏志国报告尸检情况——马信死于爆炸物，并且其身体当中被植入了微型炸弹。

独自回到楼上办公室内的魏志国呼吸急促地站在了落地窗前，办公室内的屏幕上依然显示着维金广场上的实时画面。魏志国用手扶了玻璃窗一把，他背对着空荡的办公室，不想让任何人看到他的心慌焦虑。

夜晚，维金广场附近高楼上的探照灯让整个广场灯光通明，广场上是乌压压的大片人群。探照灯在人群上空不断扫过，围观者手中的手机和拍摄设备时明时暗。此时维金广场上的围观者数量，远比白天的时候多得多。好在之前第三轮营救行动和暗眼行动的进行，并未波及到围观者，他们甚至并不知晓曾经进行过暗眼行动。

魏志国联络了常鑫教授，简要的告知他暗眼行动的结果——嫌疑人马信死亡，遥控装置对维金广场中央甜品屋毫无影响。

“我们上当了，又走在了凶手的脚步后面。”常鑫教授低声说，“凶手算到我们会推测和试探甜品屋的运行方式，所以才布下了这个局，让我们主动跳进去。”

“老常，你也怀疑马信是受到凶手的胁迫？不得不从案件发生开始便留在维金广场？”

“马信的个人资料查到了么？”

“已经安排调查了。”

常鑫教授沉默了几秒钟，鼻息凝重的继续道：“想引起警方对马信的怀疑，就必须要让他有可疑的举动，我想这就是遥控装置的作用，那并不是单纯的摆设。”

“第一条线索案件中的康广德，受到凶手的胁迫，所以在案件发生之后，于西京大剧院的休息室内自爆身亡。”魏志国望着维金广场上的人群，“康广德是自己操控炸弹的遥控器才自爆身亡的，对吧？”

电话另一边的常鑫教授稍作犹豫，“魏局长，遥控装置有检查过么？”

“已经做过分析了，遥控装置的操控范围从马信被捕时所处的位置上看，并没有覆盖到甜品屋。”

“他的位置始终也没有改变过？”

“案件刚刚发生时，马信算是第一批围观者，当时他距离甜品屋的位置较近。不过从那之后，随着围观群众的人数越来越多，他就挪到被捕时的位置上了。”

“凶手给出第二条线索提示的时候呢？他就已经位于被捕时的区域了？”

在得到魏志国的确认答复之后，常鑫教授继续说：“我们首先假设，这个叫马信的年轻人遭到胁迫，身体中被植入了炸弹。那么凶手的目的是什么？让他留在维金广场的目的是什么？”

“像你之前说的，让我们认为存在人为操控甜品屋的可能性。”

“那么凶手如何让马信始终待在维金广场而不求助警方呢？”

魏志国陷入了沉思，他紧皱眉头，长长地呼出一口气来，“看来，凶手还做了其他的布局？”

“在西京大剧院休息室内发生的案件，康广德受到的威胁，并不是实质性的威胁。康广德唯一可以被威胁的，就是他女儿的安危。可是之前的调查发现，康广德的女儿并没有被绑架。换句话说，康广德感到的是内心深处的绝望和恐惧！”

魏志国领会了常鑫教授的意思，“促使马信留在维金广场的也是深深的恐惧，他别无选择，只能按照凶手的指示去做，才有活命的机会。”

“马信手中的遥控装置，作用恐怕是相反的。”常鑫教授接着说，“西京大剧院中，康广德利用遥控装置自爆。但是马信在身亡的时候位于救护车内，遥控装置并不在他周围……”

“是的，遥控装置实际上早于马信离开维金广场。”

魏志国将暗眼行动收网时的细节讲述了一遍，包括抢夺遥控装置后，为防止意外情况发生，立刻将遥控装置带离了维金广场送至专案组。之后，马信才被便衣警察以“晕倒”为由，在医护人员的配合下，送上了救护车。

“遥控装置并非是用来决定何时爆炸的，马信之所以会按照凶手所说的做，是因为他的求生欲望和对死亡的恐惧。这也是他在被捕之初才呼救的原因，所以遥控装置的作用很有可能是延迟马信体内炸弹爆炸的。”

常鑫教授的话让魏志国恍然大悟，“凶手的目的在于让我们认为有人在维金广场人为操控案件进程，所以为了让求生欲望强烈的马信，在固定时间内操作遥控装置防止爆炸？无论频率如何，总是会被警方觉察到。”

常鑫教授提出了另外一个观点，“我还有一个推测，但这个推测的前提是马信遭到凶手胁迫，体内被植入了炸弹。恐惧的马信被告知，手里的遥控装置是用来操纵体内炸弹的。如果想活命，就必须按照指示操作遥控装置……”

魏志国忍不住打断常鑫教授，“所以凶手告知马信，要到达指定的地点并在指定的时间，操作遥控装置？”

“甚至有可能，马信手中的遥控装置不仅用来防止体内炸弹的爆炸，还有可能被告知在该装置接收到某种信号的时候，进行操作才能防止炸弹爆炸。凶手很可能误导了马信，让他相信遥控装置接收到的信号，与甜品屋的异常情况有关。”

魏志国点头道：“马信在第三轮营救行动开始之后，认为甜品屋出了状况，所以才紧盯着藏在身上的遥控装置！”

“不过，我还担心另外一种情况的发生！”常鑫教授将顾虑说了出来，“如果凶手的确潜伏在维金广场的围观者当中，并且根据现场的状况左右着案件发生的进展呢？”

“马信只是当掩护？”

“是用来试探警方搜寻广场上的凶手究竟进行到了哪一个步骤了。极有可能凶手在操作遥控装置的同时，马信手中的遥控装置也会收到信号，于是马信据此操作遥控装置，避免炸弹自爆。所以，当第三轮营救行动开始之后，甜品屋周围被安排了虚假的骚动，于是马信不断地盯着遥控装置，担心错过操作的时间！”

“所以，马信的异常举动很快就会被搜寻凶手的我们注意并逮捕，如果马信手中的遥控装置无法收到凶手的信号，或者他并没有因体内炸弹的爆炸而引起广场上的骚动，基本就可以断定马信被逮捕了。”

“不仅如此，第三轮营救行动中屏蔽、阻隔了甜品屋周围的信号，那么在这之前凶手可能在精准的操控案件进度。但是如果马信被捕身亡，就说明警方已经注意到人为操纵的可能，凶手恐怕会就此收手。”

魏志国听到这里，心生困惑，“收手？老常，你的意思是……甜品屋中只剩下金属箱炸弹的倒计时功能？”

常鑫教授立刻否认，“不，既然凶手制订了以马信作为诱饵的计划，就必然有相应的对策。如果之前有人为操纵的可能性，那么凶手在防止被警方抓捕的情况下，就会停止继续操控。不过甜品屋并不会停止运作，相反，会进行无人干预、操控的模式。”

“如此情况，恐怕会让案件更加棘手。第三轮营救行动和暗眼行动并行，从测试甜品屋是否有感应装置，到抓捕马信、夺走遥控装置，甜品屋都没有任何反应，这才是最让人感到琢磨不透的地方……”

魏志国说的没错，如果是人为操控，警方依然可以利用凶手和遥控装置扭转案件局面。可是当甜品屋彻底进入自动模式，就很难在甜品屋外围找到破局的方法了。

而自始至终甜品屋都没有任何反应——没有警告、没有倒计时 30 秒钟的威胁，仿佛警方的营救行动和暗眼行动完全在 Z 先生的预料之中，并且无法触碰和威胁到案件核心分毫。

电话的最后，常鑫教授建议对遥控装置进行进一步拆解、测试，对马信的尸体进行彻底的检验。既然康广德和马信都在遭到胁迫后体内植入微型炸弹而自爆身亡，那么对尸体的检验可以让拆弹小组的专家们了解炸弹的特征，如果再度有人遭到胁迫，警方可以迅速采取行动营救被胁迫者。

案发现场 204 室内，常鑫教授挂掉了电话，其他人已经通过他与魏志国的对话了解到了维金广场案的窘境。现场陷入沉寂，灯光下的三具干尸仿佛在进行着无声的嘲笑，被嘲弄后的羞辱感正在客厅内回荡不止。

安佑麟体会到维金广场专案组此时正弥漫着一股难以诉说的气息。绝望？低落？还是……安佑麟想不到用何种词汇可以形容，仿佛四周皆是迷雾，不知脚步该迈向何处。

只能依靠对第二条线索的破解了，不过已经很久没有得到周彤雨的调查进展了。安佑麟皱着眉头，惴惴不安。

警方记录（摘录）

晚上 22 点 03 分，暗眼行动失败。

福元村已经不像之前周彤雨刚入村时那般平静，很多村民们围坐乘凉的时候端着手机互相攀谈，习惯使用电脑的年轻人则在家中上网关注着维金广场案的动向。

或许是还受乡下的生活都是“日出而作，日落而息”的观念影响，周彤雨与村长邹德宝聊起村民平时的娱乐生活。

“现在的乡下早不是以前了，特别是福元村改造之后，什么网络啊，手机信号啊，有线电视啊，都到村里了。除了这乡下的硬件设施跟城里差点，其他的跟城里的一个样。”邹德宝笑着说，“现在村民可以要玩的玩意儿多了，夏天晚上，村里也很热闹的……”

当村长邹德宝听闻周彤雨和张艾想要见见与佘巧云关系不太好的村民时，他和赵良玉对视了一眼，赵良玉流露出了一副哭笑不得的神情。

邹德宝为难的眼神在周彤雨和张艾之间徘徊，周彤雨从他的反应判断她想要见的人必然存在。毕竟邹德宝能够当上福元村的村长，对村里的大事小情肯定全部知晓，只是与佘巧云关系不睦的人，恐怕与朱贤安也有着并不愉快的经历。

从邹德宝对朱贤安恭敬的态度，以及村民们对这位老村长的爱戴，邹德宝似乎并不想跟这个必然存在的人有过多的关联。

“您是村长，还是希望您能积极配合我们的工作。”张艾提醒道。

邹德宝难为情地笑了笑，摇着头说：“不是我不想带你们去，是这个人不太愿意见我！”

赵良玉似理解邹德宝的苦衷，解围道：“她见到我的时候还凑合，我先去给说合说合吧。”

“也好，老赵，你先去，我带着两位警察同志稍晚一会儿过去。”

赵良玉加快脚步，朝着一条小胡同走去。

沿着灯光通明的村路，三人用缓慢的步伐前行着。路上，邹德宝道出了自己的无奈。原来，这个与佘巧云关系不和的人，与其他村民的关系也不好，甚至从未给过他邹德宝好脸色看。之所以让赵良玉先去说合，主要还是因为赵良玉是最近几年调到福元村派出所当所长的,不至于太遭记恨。

“邹村长，你要带我去见的人，究竟是谁？又为什么跟村里人关系不和呢？”

邹德宝无奈道：“还不是当年巧云闹的事啊，一言难尽……对了，这个事跟传销的事有关系？”

随后，三人来到一户人家的院落门前，这院子里面干干净净，地面的红色砖上不见尘土。院子的角落立着由四根立柱撑起来的玉米仓，下面还拴着一条看家护院的田园犬。

站在院门口的赵良玉见三人走了过来，勉强地点点头。邹德宝还没进院门，就听到里面有个尖锐的声音传了出来：“哎呦，邹村长怎么有空到我这小破院子里来啊？我害怕伺候不周啊！”

周彤雨应声望去，看到了一个手里摇着编织扇子的中年女人，她站在房檐灯泡之下望向院门前。中年女人上身穿着蓝色花纹的汗衫，下身穿着七分裤，脚踩拖鞋，头发烫着一般大小的卷，表情冷淡。她虽是望着邹德宝，可时不时会翻几个白眼。

就在这时候，一个二十出头的小伙子光着膀子从屋里走出来，“妈，别这样……”

中年女人并不理会儿子的劝说，又继续说了几句，“咋了这是？这大半夜来，还要欺负我们孤儿寡母咋地？”

拴在玉米仓下的田园犬听出了主人的语气，也开始对着院门方向吠了起来。

邹德宝咽了口口水，没有吱声。

“妈，你不都跟赵叔说好了么？”

中年女人的儿子拉着她的胳膊，低声劝说。

“他赵叔，你带人进屋吧。”

见母亲松了口，年轻人赶紧绕过母亲走下台阶，迎到了邹德宝和赵良玉面前：“邹叔，你也快进去吧！”

“哎呦，邹村长院子可以进，屋可不准进！”

说完，中年女人扭头走回了屋里。

赵良玉带着周彤雨和张艾穿过了院子，走进了屋里。中年女人的儿子将邹德宝引到了院子边的石桌旁坐下了。

屋子里一股清爽气息，暗红色的瓷砖地面一尘不染，碗橱、竹子门帘，整齐规矩，可见平日里都有仔细打扫过。中年女人将三人引向房子靠后的一间屋子。

那屋子更像是通向各个房间的中心枢纽，屋子有一道通向后院的门，站在屋子中央可以看到另外两间相对的房间。周彤雨打量后发现，其中一间的墙上挂着某网络游戏人物的海报，还有一张放置着电脑的桌子，应该是儿子的房间。另外一间更朴素一些，应该是母亲居住的。

电视机的声音从房间里传了出来，中年女人赶忙走进屋关了电视机。她一改对邹德宝的冷脸，让三人到屋子中央的圆桌旁坐好，倒了三碗凉白开。

中年女人对待周彤雨和张艾格外热情，周彤雨也顺势跟她闲聊了几句。中年女人名叫栾金凤，她儿子叫王晓柏。栾金凤早年丧夫，独自拉扯着王晓柏长大，现在王晓柏大学暑假放假在家。

“我听赵所长说，你们有事情要跟我了解一下？啥事啊？”

栾金凤的脸上堆叠着笑容，还没有意识到接下来的问题恐怕是她难以面对和回答的。

“跟咱们福元村的村民有关系……”

周彤雨有意放慢语速，她紧盯着栾金凤的反应。

“就是佘巧云……”

当听到这个名字时，栾金凤的身体周围明显有一股蒸腾起来的热浪。刚才还是笑容满面的她，表情僵硬住了，她并没有责难周彤雨和张艾的意思，而是将不满的目光投向了赵良玉。

赵良玉坦然地接过了栾金凤的目光，“晓柏他娘，这两位警察同志，的确是来调查一些事情的，我也只是配合一下嘛。”

栾金凤没有为难赵良玉，转脸无奈地问周彤雨和张艾要知道什么事情。

“听村里人说，你跟佘巧云的关系不好，情况属实吗？”

张艾话音刚落，就听栾金凤哼着气说：“告诉你这话的人，就没跟你提起来，说我栾金凤跟这福元村的人都不咋对付么？”

周彤雨一听这话，突然理解了邹德宝为何要赵良玉先到栾金凤家中来调解，看来当年在福元村发生过一件不小的事情，让栾金凤与福元村的绝大多数村民关系不睦，与佘巧云的关系尤为恶劣。

“晓柏她娘，话也不能这么说嘛……”

“你来村里当所长才几年，怎么晓得啊！”

“我能问问，当初发生了什么事情，让您跟村民之间的关系，非常不好么？”周彤雨直截了当。

“他们？还能把我赶出福元村是咋地？”栾金凤对着通向后院的门白了一眼，“都是些假纯善的东西，呸！”

听了这话，赵良玉的脸上有点挂不住了，他红着脸没吱声，拿起桌子上的碗喝了一口凉开水。

“那个佘巧云？就是罪魁祸首！还有那个什么女英雄王泉水！都是地地道道的伪君子！”

张艾听到栾金凤同时提及了佘巧云和王泉水两个人的名字，惊得险些没有坐稳。周彤雨用手轻轻按住了张艾的大腿，让她不要心急。

于是栾金凤说起了当年的旧事，那段让她与村民反目的往事。

多年前，栾金凤的丈夫王河川染上了肺病，当时他们的儿子王晓柏年纪还小，家里全靠栾金凤支撑。可是王河川得的是慢性病，时好时坏，拖拖拉拉地两三年都没有痊愈。

当时王晓柏读小学，王河川又生着病在家里养着，栾金凤虽说回娘家去求了些接济，可总不是长久之计，她不想成为娘家人的累赘。

“我进城打工了！日子总得过下去是吧？”

栾金凤从有了进城打工的念头到付诸行动，不过两三天时间。她把家交给了儿子王晓柏，让他一边上学一边照顾王河川。王晓柏很懂事，中午放学就赶忙回家照料父亲，下午放学更是早早地就回家了。

“晓柏这孩子，真是没跟其他孩子正经玩耍过，摊上这种日子也是没辙啊。”

讲到这里，栾金凤流露出了心疼和惭愧的神色。

说到去城里打工，栾金凤当时的岁数已经不小了，大多数饭馆都比较喜欢招年轻、漂亮些的姑娘当服务员。但是栾金凤做事老练，能说会道，老板便也让她当了服务员。

饭馆打烊之后，栾金凤却不肯离开，想再多赚点钱。老板得知她的难处之后，让她留在后厨洗碗筷。工作完，都已经是后半夜了。栾金凤每天省吃俭用，想让家里的日子能宽裕些。

“哎，其实河川的医疗费还好说，就是平日里需要照顾，离不开人。家里就我们仨，总得有人出去赚钱不是？”

就这样，栾金凤在城里打工了几年，跟丈夫、儿子聚少离多。不过王晓柏倒是挺懂事的，成绩虽说不是年级里最好的，但也算名列前茅，对父亲王河川的照顾很是周到细致。这是栾金凤在城里吃了多年的苦之后，唯一感到欣慰的事情了。

那几年，栾金凤在城里干过不少工作，除了饭馆服务员、旅社清洁工，还干过垃圾回收厂分类员、下水道清理工之类的脏活。终于有一天，栾金凤突然接到了儿子王晓柏打来的电话，说丈夫王河川病重了。

之后王河川被栾金凤接到了城里的医院看病，虽然医疗费很快就付齐了，可是还不等栾金凤松一口气，就必须考虑其他事情了。王河川得的是慢性病，恐怕要在医院长住。虽说医疗费用不是问题，可是生活费呢？王晓柏还要去上学，总不能一直守医院里照顾王河川吧？

栾金凤逼着儿子王晓柏回了学校，决定先留在医院照顾丈夫，之后的事情以后再考虑。病房隔壁床是位岁数很大的老太太，老太太已在弥留之际，儿女们非常孝顺，在病床旁忙前忙后。

有一日，王河川在折腾了大半夜之后终于睡去，栾金凤独自坐在病房门口的椅子上垂泪。老太太的二儿媳见状便上前询问，得知栾金凤的遭遇后很是同情，就将情况告知了丈夫。

“哎，我算是遇到了贵人了，兰清……就是老太太的二儿媳妇，还有她男人曹益。”

兰清和曹益心地善良，见栾金凤有困难便主动伸出了援手，可为了照顾栾金凤的脸面，并没有直接施舍钱财，只是给她买饭，送些日常用品，尽量不让栾金凤花销。

可是没有想到，王河川虽然得的是慢性病，可是阎王爷带他走的时候却不慢。王河川去世的时候，栾金凤哭得死去活来，既心疼丈夫正值壮年便驾鹤西去，又心疼儿子年少丧父，更是心疼自己没了丈夫成了寡妇。

也在这个时候，隔壁床的老太太过世了，高龄老人去世前没受罪都算是喜丧。所以王河川的离世，就更加让人心酸了。兰清和曹益夫妻俩打理完老太太的丧事，找到了栾金凤，说如果她愿意的话，可以继续留在城里工作。

原来兰清和曹益见栾金凤心地善良，为人正直，做事情也细心周到，便想请栾金凤到家中照顾女儿。

“兰清和曹益两口子很不容易，他俩的孩子叫曹媛媛。媛媛这孩子啊，有点毛病，所以两口子特别不放心……”

原来，曹媛媛精神有问题，当时她才是个十几岁的小姑娘，那之前几年还住过院。好在曹媛媛的病情并不严重，住院期间医生开的药起了作用，曹媛媛便能顺利出院了。

平日里，曹媛媛穿着淡色的连衣裙，安安静静地摆弄洋娃娃，又或者趴在桌子前面用蜡笔画画。若不是兰清之前告诉了栾金凤女儿有病，栾金凤根本就看不出曹媛媛有什么问题。

当时王晓柏已经念了中学，并且住在了学校。家里的地也不是栾金凤一个女人可以打理得了的，所以她早已将自家的地借给亲戚照看，收成也归亲戚。这样，栾金凤便能安心在城里照看曹媛媛了。

刚见到栾金凤的时候，曹媛媛脸色很白，有点认生，但是在栾金凤朴实的情感的感染下，曹媛媛渐渐接受了她。只是，曹媛媛很少说话，即便是与栾金凤熟悉了之后，她无论如何表达亲密关系，也总是沉默不语的。

兰清、曹益夫妇有了栾金凤的帮助，便可以放心地经营饭店的生意了。兰清为了省去栾金凤的麻烦，每天让饭店伙计把饭菜送到家里。可是几天之后，栾金凤不乐意了。

“我告诉兰清，别送啥饭菜回来，饭店的饭菜偶尔吃吃还行。天天吃身体哪里能受得了？”

从那之后，栾金凤每天一边陪伴曹媛媛，一边为她做饭。栾金凤是个农村妇女，不太懂得什么营养搭配，不过她每天都会留意电视上的美食节目，学着做饭菜。

栾金凤对曹媛媛视如己出，那几个月里，曹媛媛一次也没有发病，并且她雪白的脸上开始泛出粉红来了。栾金凤能感觉到，曹媛媛跟自己是越来越亲近了。可是好景不长，夫妻俩的饭店因为进货时遭人算计，被骗了很多钱，一时间饭店几乎经营不下去了。

“晚上的时候会突然有人来催要货款，哐当当的砸门，一个劲地按门铃，把媛媛吓坏了。”栾金凤心疼地皱眉回忆道，“这一吓不要紧，媛媛就又住了医院……”

兰清和曹益夫妻俩在那段时日里可以说是焦头烂额，饭店资金出了问题，女儿的精神疾病发作入院疗养。曹媛媛出院之前，医生叮嘱说，不能再让她受到惊吓和刺激，尽量让她在安静、舒心的环境下休养。

于是栾金凤便自告奋勇，想让曹媛媛随自己回福元村住些日子。

“那时候就觉得吧，我在村里生活了几十年了，乡里乡亲的也都相熟。这福元村山清水秀的，媛媛来这里休养是最好的了。”

栾金凤很感激当年兰清曹益夫妇的出手相助，也实打实的想帮助夫妻俩渡过难关。于是在兰清的陪同下，三人回到了福元村栾金凤的家中。

“我把那两间屋子收拾干净给娘俩住！”栾金凤微微侧脸朝着通往后院的门，“我们娘仨啊，就在院子里快快活活地住着。晓柏周末回家来，也陪着媛媛在院子里玩。”

说到这里，栾金凤的眼中充满了温情，可见那段时光对她而言是非常值得回味的。只是讲述完这段往事之后，她眼中的温情浅浅消退，人也变得严肃起来。

栾金凤接着说，在福元村住了一个月之后，兰清有些不放心在家里处理债务的丈夫，便将曹媛媛交给栾金凤照顾，自己先回到西京市去了。曹媛媛并未因为母亲的离去而感到难过和恐慌，她已经与栾金凤建立了深厚的感情。

住在栾金凤家附近的几户村民见过曹媛媛，他们对曹媛媛的印象不是很深刻，毕竟曹媛媛大多数时间都待在栾金凤家的后院玩耍。在他们看来，曹媛媛只是一个穿得干干净净，并且不太爱说话的城里孩子。

在福元村的日子久了，曹媛媛的身体状况和精神状态都非常好，王晓柏周末回到家后见她每天只能待在院子里玩耍，很是心疼。他时常会到林子里捕捉来小虫子给曹媛媛玩，曹媛媛玩够了就将小虫子放到后院的一棵矮树上，任由小虫离去。

王晓柏还会去摘来柳树枝条为曹媛媛编成头冠，然后在上面嵌上几朵野花，曹媛媛非常喜欢。也许是在院子里住的久了，曹媛媛也想到院子外面去看看，于是她便趁着王晓柏回家的时候央求让他带自己去院子外面玩。

栾金凤得知后心里直犯嘀咕，她疼爱可怜的曹媛媛，也信任儿子王晓柏，可是曹媛媛的病情稳定至关重要。

“我后悔啊，悔的肠子都青了，晓柏虽然年岁大些，可毕竟还是个孩子嘛。”栾金凤无奈地摇着头，“如果当初不让媛媛到村子里去，可能也就不会有后来的事情了。”

王晓柏带着曹媛媛去过村旁的河边和树林，在那里见到了村里与曹媛媛年纪相仿的孩子。小孩子围在了曹媛媛的身边，对她身上的一切都充满好奇——她漂亮整洁的连衣裙、精致舒适的凉鞋、白皙的皮肤和手里那穿着袖珍时装的芭比娃娃。同样的，小孩子也发现了曹媛媛的异常之处——曹媛媛很少说话，目光也不像其他孩子那样伶俐。

起初几次去院子外面玩都没事，可是之后的一回却出了状况。王晓柏带曹媛媛去树林玩，已经有几个村里的孩子在那玩耍了。王晓柏为曹媛媛编了一顶柳条发冠之后，跑到几米开外的树后撒尿去了。村里的男孩淘气，见没有王晓柏在旁边，就放肆地逗曹媛媛玩，把她手里的芭比娃娃抢走了。

待王晓柏回到曹媛媛身边的时候，发现曹媛媛正对着周围的小孩子大声尖叫，她惨白的脸扭曲变形了，双手也蜷缩成鸡爪子的形状。村里的小孩子从未见过这种情况，吓得不轻，见王晓柏赶了回来便一哄而散。

王晓柏从未见过曹媛媛发病，不过他深知事情的严重性。就在他准备哄劝住曹媛媛，然后带她回家的时候，曹媛媛翻着白眼倒在了地上……

“晓柏把媛媛背回来之后，我赶紧给媛媛喂了药，她在屋里躺了好久才缓过神来。然后我拿着扫帚疙瘩追着晓柏揍，骂他没照顾好媛媛。”栾金凤双眼泛红，“我也知道这事不能怪晓柏，可我心里的苦，倒不出来啊！”

栾金凤本以为这不过是一次让她心慌不已的小意外，可不料，还有更加意想不到的事情在等着她呢。

之后的几天里，栾金凤没有出门，待在家里照顾曹媛媛。可是那几天里福元村却是流言四起，先是前些天那些见到曹媛媛发病的小孩，回家之后将当天发生的事情告诉了父母。于是那些孩子的父母便在村里掀起了轩然大波。

先是附近几家的邻居突然上门拜访，这着实让栾金凤吃惊不小。因为这些年栾金凤大多数时间都在外面打工，很少回到福元村，跟邻居极少走动。

邻居家几个岁数相仿的女人来访，寒暄显得那样的生硬，可好歹是同村的邻居，栾金凤只得应付着。寒暄过后，邻居问起了曹媛媛的事，栾金凤便告诉她们说，曹媛媛是好朋友家的孩子，身体不好，来家里住一段时间。

当邻居们听到“身体不好”这几个字的时候，都互相看了一眼，似乎之前商量过什么事情，最终在栾金凤口中得到了证实。第二天，这几位邻居就又来了，这次话里话外带着点试探。

“她们啊，说媛媛有疯病，留在村子里可不行。我一听就急了，就算媛媛精神不太好，留在村里、我栾金凤的家里，咋就不行了？”

栾金凤跟邻居没有了好脸色，把她们打发走之后生了好一阵的闷气。可是这不过是开始而已，村里其他人也纷纷来到了栾金凤的家，劝她把曹媛媛送走。

有些年岁大的老太婆说，曹媛媛那疯病不简单，说不定是鬼上身。听到这个说法栾金凤真是哭笑不得，福元村都已经重新修建了，网也通了，有线电视也有了，可愚昧的想法却依然根深蒂固。

还有的说，曹媛媛的精神疾病会传染，如果让她到村子里跟别的孩子一起玩，会传染给其他孩子。栾金凤在照顾曹媛媛的过程中，对这类疾病有所了解，便向村民解释说，曹媛媛的病不会传染。

“金凤啊，你家河川得病的时候我们就没说啥，那也是传染病啊，当初要是传染了村里其他人可咋整？现在这小丫头也有病……”

栾金凤听到这种毫无逻辑的言辞，彻底忍不住了，她愤怒地回击说，丈夫当初在自己家养病跟村里其他人无关，而且王河川当初得的慢性病不传染。

“河川的事就不说了，可是这个丫头的病太吓人了，把村里的小孩都吓坏了，若是传染给孩子那可就完了……”

栾金凤听不下去了，把那些来劝说她的村民都赶走了。可不承想，这事越闹越大，本是无稽之谈的事情却在村子里越传越歪。紧接着，这佘巧云就带着村里几个女人参与到了这荒诞的事件当中。

“佘巧云？那是个什么烂货？她那点破鞋烂袜子的事，村里头谁不知道啊？还跟来村里干活的工人搞到苞米地里去了，不要脸，呸！”

佘巧云以村长夫人自居，虽说在女儿朱婷婷的设计下，她与建筑工人偷情的事情已经在福元村人尽皆知。可是在赶走曹媛媛这件事情上，佘巧云这位村长夫人却把村里那些每天在她背后嚼舌头的村妇们搜罗到了一起。

或许在佘巧云看来，利用村里某件让村民都信服的事情，可以挽回早已丢尽的脸面。只是从之后的事情发展来看，佘巧云还是太天真幼稚，低估了她的所作所为带来的影响。

佘巧云一副大义凛然的派头来到栾金凤家说教，栾金凤已经对她们的啰嗦很不耐烦了，解释几句之后便要送客了。可是佘巧云却不死心，这个企图在村民面前洗白自己的村长夫人，去找了王泉水。

“王泉水是啥好东西？说她是啥女英雄？放屁！”栾金凤忍不住朝着地上唾了一口，“说什么抓住了拐孩子的人贩子？噢？做过了好事，咋就说啥事都是对的？办啥事都有理了？”

王泉水之所以一起来找栾金凤，还是被佘巧云哄来的。事后栾金凤了解到，佘巧云去找王泉水，极力地吹捧她，说她是村里的女英雄，村里出了个精神有病、可能传染给其他孩子的外人，她王泉水应该与佘巧云一起主持公道。

“那个老单家的闺女也不是啥好玩意儿！不知咋想的跟着起哄，说啥现在是新时代了，村里的事情就应该由全村人来做主？”栾金凤白了眼冷笑道，“这福元村才多大点？老单家的闺女要什么花花肠子谁能不晓得？不就是怕别人说她空长着一张媚气的脸皮，连个高中都没念明白？装啥文化人？最后还不是出去当了小姐，让村里小伙子给花钱玩了？”

听到这里，张艾忍不住问：“那么当时的村长，朱贤安呢？他没有表态？出来管管？”

“他？别看他人模狗样的，骨子里根本就没有啥正气。”栾金凤当着派出所长赵良玉的面直言不讳，“当了那么多年的村长，不想继续干了，又不愿意得罪村里人，怕什么晚节不保？我看啊，就是这件事之后，他朱贤安才是真的晚节不保喽！把村长的位置，让给了白眼狼邹德宝！”

不知是赵良玉对村里这些往事早已知晓几分，还是他本就不愿意蹚这浑水，他在栾金凤说这些话的时候始终神色不改。

在周彤雨听来，三位死者的关系终于在某件事情上被联系起来了——佘巧云为的是偷情的事闹得全村人尽皆知后，想最后的奋力一搏挽回作为村长夫人的颜面；王泉水，之前以一敌三抓到了诱拐女童的人贩子，似乎还是为了证明自己担负得起女英雄的称号；单妍，想证明自己并非空有美貌……虽然她们每一个人在这场闹剧中都扮演着不同的角色，却将事件推向了不可逆转的方向。

栾金凤继续诉说当年的那场风波，村民们在这三个人的撺掇下，表示必须要赶走曹媛媛。那几天，王晓柏回学校上学了，家里只有栾金凤和曹媛媛娘俩。

当晚，栾金凤与上门威逼的女村民们发生了冲突。话说栾金凤让曹媛媛躲进屋里插好门，她独自在院门口与她们理论。虽然有其他村民劝阻，可都在拉偏架欺负栾金凤，不过那天下午，栾金凤并没有吃亏，她像只护犊子的母狮子，与上门胡闹的村妇们撕扯。栾金凤的头发散了，鞋子丢了，可对面那几位的下场更了不得，破了脸，被扯掉了头发，衣服也被撕烂了。

“当时村派出所呢？警察哪去了？”

栾金凤回答说：“以前那个所长，是个闷油瓶子，啥啥的都慢半拍。等他带着人过来，那些不要脸的烂货被我拿着菜刀赶出院子了。”

栾金凤将众人赶出去之后，有村民见派出所来人了，连忙痛骂栾金凤发疯要砍人。这老所长深知农村很多事情不是讲理就能说清楚的，便指责那些闹事的村民，说是他们跑到别人家闹事就没有追究了，还在别人家里打人，没出乱子就不错了。于是那天的事情也就不了了之了。

“就没有村民为你出来说话么？”周彤雨打断栾金凤的讲述，“我记得福元村里还有你家亲戚吧？”

第十章　只能选择一个

栾金凤哼了一口气，愤然道："指望不上，要么跟那些混账玩意儿一条心欺负我这孤儿寡母的，要么就是怕得罪人躲在家里不露头。哎呦，我心里清楚得很，人家帮我了是情义，不帮忙那是本分。可我家河川得病的时候，我这些个亲戚都躲得远远的。我出去打工那几年，地也给亲戚种着，没有要租钱，也不分收成，挣了钱都是他们的。可你知道他们咋说的？说是给我栾金凤照看菜地，不让地荒着没了地气……"

栾金凤言语尖酸，可是态度却相对平缓，她早已通过当年的闹剧看透了这福元村里的人与事。

那天处理完家里的闹剧，栾金凤回到屋里无论怎么叫门，里面的曹媛媛都毫无反应。于是栾金凤从后院里翻窗进屋，在衣柜里发现了被吓得瑟瑟发抖的曹媛媛。

当天晚上，栾金凤哄睡了曹媛媛之后一夜未眠，她提着菜刀守在院子里。虽然村民没有再来闹事，可栾金凤对这福元村是寒透了心。她考虑清楚了，无论她在不在理，这些村民都毫不在乎，他们愚昧也好，疯狂也罢，不达到目的恐怕是不会善罢甘休的。

栾金凤可以冒险，可以赌气，可以坚持原则，可是她不能再拿曹媛媛冒险了。对她而言，曹媛媛是恩人的孩子，她在这件事情上必须妥协。

于是天一亮，栾金凤就给兰清打了电话，道明事情的原委，并表示了深深的歉意。兰清非常理解栾金凤的难处，当天就把曹媛媛接走了。当曹媛媛离开福元村之后，那场几乎全村参与的闹剧，才算是真正的收场了。

福元村又恢复了往日的宁静，村民们按部就班地继续着以往的生活，仿佛村里没有发生过什么不愉快的事情一般。可在栾金凤眼里，福元村早已经失去了以往温情，表面的安详平和之下，藏着令人不齿的荒唐和愚昧。

听到这里，周彤雨又感到一阵眩晕，她擦了擦额头上的汗水，对于三位死者生前共同经历的某些重要事件的调查已经有了眉目，她需要将这三位死者的特征告知老师常鑫教授。

“你有想过离开福元村生活么？”张艾问栾金凤，“在发生了当年的事情之后？”

栾金凤微笑着摇摇头，“幸亏啊，曹益在关键的时候给了劲，麻烦算是渡过去了。我心里也舒坦了不少。现在他们一家三口去外地继续开店了，日子过得可好了。兰清也想让我搬去他们家，陪着媛媛，但是我不走，我爷们儿的坟在这儿，我的地也在这儿，家也在这儿。我不走，我要看着这些虚伪的脸皮能撑多久，我要看着这假惺惺的福元村，是怎么一步一步败下去的……”

周彤雨正在考虑该如何将调查到的结果有条理的汇报给常鑫教授，在福元村的调查上她已经耗费了太多的时间了。

突然，周彤雨发觉房间里的三个人都在望着她，时间仿佛缓慢了，眼前不断闪过画面——夕阳、高耸的建筑物，还有那张看不清楚面庞的天真孩童……

周彤雨微微摇头，“发生了什么……”

她的声音被拉长、变调了。

周彤雨眼看着栾金凤的嘴唇动了动，却没有听到她的说话声。周彤雨发现跳出闪动画面的现实正在加速倾斜，她倒在了地上……

案发现场附近，安佑麟已经随着老师走出了楼门口，有几位警察神色匆匆越过两人。原本安佑麟将期望寄托在了暗眼行动上，可是当暗眼行动失败，他产生了一种发自内心的无力感。到目前为止，安佑麟只是与老师常鑫教授探讨了可能存在线索和对案情发展的假设，在他看来这些对破解第二条线索案件没有实质性的作用。

安佑麟甚至认为与其留在老师身旁，倒不如替师姐周彤雨前去调查死者的背景。可是常鑫教授始终强调他与周彤雨各有能力，安佑麟并不否认师姐在案件调查上的确有着过人的观察和推理能力，倒是自己的那几分小聪明没有了用武之地。

此时，常鑫教授正仰着脸望向云层中时隐时现的月亮，天空中的云很是单薄，犹如密集的薄丝般不断搅扰着明月。安佑麟随之望向天空，他的目光顺着月光朝着维金广场的方向挪去，从高处的云到远处的高楼。他的耳边仿佛正回荡着来自远处维金广场的嘈杂声。

“老师，要不要联络一下师姐？询问一下调查进展？”安佑麟提议道。

常鑫教授摇摇头，“给她些时间，别打扰她。”

安佑麟默默地站在老师身边，朝着楼宇之间的云遮月望去。正当二人仰望夜空时，常鑫教授的手机响了，来电正是魏志国。

“老常，对马信之前的行踪调查有结果了。”

马信，西京法学院法学系研究生，两天前失踪。根据其朋友和家人说，马信喜欢玩网游，空闲时经常到校外的网吧通宵上网。假期开始之后，马信经常去网吧与朋友打游戏，有时候甚至就住在网吧附近的朋友家里。两天前的下午，马信告知家人说要去网吧与朋友“开黑”，然后就没有再出现过。

对马信手中的遥控装置，已经进行了初步的拆解检测，该装置有接收信号和发送信号的功能。但是其发送信号的距离范围极小，发送信号范围仅在两米之内，只能用来操控马信体内被植入的炸弹。

“老常，马信的确是凶手用来测试警方在维金广场上布局的，在他被捕之前，在维金广场上操控甜品屋的另有其人……”

随后，常鑫教授询问了维金广场上的情况，魏志国回答说，目前尚在掌控之中。

204 室内，罗刚望着三具干尸发起愣来，他的脑海里没有与案件有关的线索，思维完全混沌了。眼前的三具尸体仿佛随时会站起身来哈哈大笑，并告诉他这是一场精心谋划的恶作剧，一切都在惊喜的呐喊声中结束……

罗刚深深地呼吸了几次，他转过身走过 204 室的门口来到走廊。走廊有风徐徐吹过，罗刚感到一阵凉爽。走廊尽头有一位同事守在 203 室门前，走廊里已不像之前那般人来人往。

罗刚与路过走廊中央楼梯口的同事打了个招呼，随后同事匆匆下楼而去。罗刚站在楼梯前并未随其下楼，他看了眼通往三楼的楼梯，楼梯漆黑一片，原本应该在说话声中亮起的声控灯没有任何反应。

罗刚想找个地方放空一下头脑，便踏上了通往三楼的楼梯。缓步台上的窗户紧闭着，想必作为顶楼的三楼早已无人居住多时了。罗刚站在窗户前望着楼宇边缘的月亮，圆月正缓缓没入飘散的云朵中，直到消失不见。

罗刚掏出手机看了看，没有错过的未接来电。当他准备将手机放回口袋时，手机屏幕尚未关闭，光线照射在了地面上。正是那瞬间的一闪，罗刚发现了异常。

周彤雨渐渐清醒，视线由模糊变得清晰，只是眼前还会时不时闪过夕阳、天空和孩童天真的面庞。

“你醒了？”

周彤雨闭上眼睛之后再度睁开，发现自己躺在了里屋栾金凤的床上。

“我没事了。”周彤雨坐起身来，扶着额头，“我可能就是……”

“哎呦，真是吓死我了！”见周彤雨醒来，栾金凤端着一碗水走上前来，“姑娘啊，你这是太劳累了！快喝口水缓缓！”

周彤雨喝过水之后清醒了许多，她微微叹息，勉强笑道：“实在不好意思，让大家担心了。”

赵良玉站在房间中央，面露焦急神色。

周彤雨不顾栾金凤让她再休息一会儿的奉劝，起身随张艾来到了后院坐在了石凳子上。只见周彤雨擦了擦额头的汗水，仰头望着明月渐渐入云。

“你是准备向常教授汇报调查结果了？目前调查到的线索足够了？”

周彤雨先是望了一眼坐在屋里桌旁低声交谈的栾金凤和赵良玉，缓缓答道：“已经足够了。”

说完，周彤雨拿起了手机，拨通了老师常鑫教授的电话……

安佑麟随老师常鑫教授在楼与楼之间的过道上漫步徘徊，他不知道老师为何此时此刻还能静下心来散步。他望着附近相似的低矮楼房，原本要打造成高档住宅区的建筑物现在看来无论如何也无法跟奢华、高贵这类字眼儿沾上边。

远离了案发现场，安佑麟心平气静地思索着从早上到夜晚时分的种种情景。从维金广场案案发伊始，到第二条线索案件的调查，警方节节失利。虽然，破解了第一条线索谜题，可是这依然没能逃出凶手的布局。

安佑麟对第二条线索案件的侦破产生了矛盾的情绪，他既渴望迅速破解眼前的谜题，又深知破解之后也并不能让他们脱离困境。Z先生？门徒？对安佑麟而言依旧概念模糊，起初，他将Z先生及其门徒当作是犯罪团伙看待，可经历了几轮交锋之后，他更觉得那是一股强大的势力，并不是某个人或多个人构成的团伙那么简单。

安佑麟抬起头望着周围楼房，几乎所有的住家的窗户都是紧闭的，仿佛在得知附近发生命案之后，都想与之保持距离、隔绝开来，哪怕是空气的交互流动也不愿意。

这时，常鑫教授的手机响了起来，是周彤雨打来的电话，“彤雨，调查有结果了？”

常鑫教授一边接听电话，一边冲着安佑麟摆摆手，师徒二人朝着案发现场走去。

楼梯通道内的罗刚将手机灯光点亮开，朝着地面照射去，在原本堆积灰尘的地面上有类似脚印的痕迹。他低下身打量着地面的灰尘，越是往三楼的方向地面上的灰尘就越是厚，地面上的痕迹也就越是明显。脚印若隐若现，像是反复踩踏过的。

罗刚将光线照向通往三楼的楼梯，重叠的脚印出现在了楼梯上，于是他轻步跟着脚印踏上了楼梯。来到三楼，罗刚并不知晓这层楼的声控灯是否能用，不过他尽量不发出任何声响来。

罗刚借着手机发出的光亮发现脚印朝着 303 室的方向而去，幽长的走廊与楼下别无二致，走廊的窗户紧闭着，一股干燥沉闷的气息充斥在罗刚周围。

罗刚的衣服早已被汗水浸透了，他喘着粗气，一手拿着手机，另一只手摸向腰间的枪。这是不应该犯下的错误，罗刚感到胸口发紧，在接到报案之后，警方将所有的目光都放在了案发现场，并未对楼上所谓无人居住的房子有任何怀疑。

罗刚端着枪借着手机发出的亮光朝着 303 室门前走去，来到紧闭的门前。他先是关掉手机光亮，靠在门前听着门内的声响。即便如他所怀疑的那样，这里作为被警方忽视的凶手藏身地点，凶手在引导郑亦舒前往 204 室后应该已经离开了，但是这里依旧可能会留有与凶手相关的线索。

门内没有任何声响，就在罗刚准备让同事找工具上来开门的时候，门竟然微微开了一道缝隙。罗刚随即用枪对准了门，并将门缓缓拉开……

203 室内，郑亦舒坐在客厅的沙发上，他低垂着脑袋将双臂抵在大腿微微抖动着身体。随后，他抬起头看了一眼时间，夜已深，可是警方的调查仍然没有结束。

郑亦舒缓缓起身，他望了一眼门口的方向，然后快步走向里屋，他动作麻利地打开了储物间的门。短短几秒钟后，他快步回到了客厅，低垂着脑袋动作缓慢地来到了门前。打开门后，守在门口的警察正背对着门望向走廊的另一端。

“警……警察同志！”郑亦舒的眼睛不敢看人。

门口的男警闻声转身，“请问，有什么事情？需要我让那位大姐回来陪你说说话吗？”

年轻的男警之前被杨雪梅嘱咐过，郑亦舒胆小怕人，如果有需要的话，就让之前安慰他的中年女警前来安抚。

郑亦舒低垂着脑袋连忙摇头，并微微抖了一下左肩，回答说：“不……不是的，警察同志……我想让你帮个忙！”

年轻的男警点点头，但是郑亦舒并不直视看他，低垂着脑袋停顿了几秒钟，说道：“我有个东西放在储物间上面了，我……拿不到，可以帮个忙吗？”

常鑫教授时而停步仔细听着周彤雨的汇报，时而继续缓步朝着案发现场走去。电话里，周彤雨向老师汇报了三位死者在福元村生活时的情况，从三人的身世，到离开福元村的原因。

常鑫教授在周彤雨的描述中获取着与案件有关的信息，反复与周彤雨确定自己听到的内容是否属实，并且侧重了解了三位死者生前对自己身份的认可。

在了解完周彤雨的调查之后，常鑫教授叮嘱周彤雨可以返回第二起案件的案发现场了。

安佑麟在一旁听得仔细，大概知道了师姐的调查结果，当老师在某些细节加以描述并询问他的看法时，他回答说：“师姐已经将三位死者的特征调查得很清楚了——佘巧云，虽然是前任村长的妻子，但是却有出轨行为，甚至在福元村重建的时候跟建筑工人偷情。并且，佘巧云非常看重村长夫人的身份，即便村里人都知道她曾经在打工期间以及跟建筑工人的丑闻之后，还是在村里耀武扬威，甚至去栾金凤家闹事也是……”

常鑫教授并未听完安佑麟的叙述，他一边沉思一边用手指抵着鼻子下面，询问安佑麟对王泉水的看法。

“王泉水？虽然为村里做过好事，也的确算得上是福元村的女英雄。只不过，后来，她被这种英雄的……光环吧？冲昏了头？甚至倚仗着村民们对她的信任，胡作非为了！”

“单妍呢？”

不知为何，安佑麟面对老师常鑫教授的询问感到心慌，甚至流下汗水。常鑫教授看出了安佑麟的慌张，“但说无妨。”

安佑麟望了眼不远处的楼道门，回答道：“单妍，不想让别人说自己空有美貌，对其他事情一无所知，自以为可以挑动一些事情来证明自己在村里还有其他作用。”

常鑫教授听完了安佑麟的讲述，并没有做出正确与否的判断，“佑麟，你有试着将三位死者的特征与目前的案件联系起来吗？”

安佑麟揣测着老师的用意，并回想着案发现场中的布局，“老师，您的意思是，三具尸体之所以作为案件的线索，是有特定原因的？这些原因与线索有关？”

“如果让你从死者在离开福元村之前的所作所为凝结成一个特征来描绘死者，你认为会是什么？”

“死者佘巧云，她的特征是……身份！她在福元村里的所作所为，值得关注的特征就是她很在意村长夫人这个身份！”

常鑫教授听闻后微微点头，安佑麟见状有了说下去的信心，“王泉水，英雄？她的所作所为都是围绕着‘女英雄’这个村民给予的荣誉而来的！”

常鑫教授并无动作，但是面容表情有些放松了。

“单妍？美貌！整个村里最美的女人！虽然被村民认为除了美貌一无是处，还被传言离开村子之后出卖肉体……”说到这里，安佑麟惊呼道，“老师，这些特征就是揭开谜题的关键？您已经知道了如何解开谜题吗？”

“回到现场才能进一步确定！”

听到老师常鑫教授近乎肯定的回答，安佑麟信心倍增。

在住宅区内调查的杨雪梅接到了常鑫教授的电话，被问及调查情况，她如实告诉常鑫教授说，住宅区内为数不多的住户并未在近期觉察到异常情况。当获知常鑫教授在周彤雨的调查中有所发现后，表示会立刻返回案发现场。

几分钟后，安佑麟随老师常鑫教授回到了204室案发现场，杨雪梅已经在现场等候了。此时案发现场内很是闷热，几盏灯被立在现场墙角处，照得整个客厅灯光通明。三具风干的尸体依旧是被发现时的姿态，没有任何人移动过，墙壁上巨大的血色字母“Z”更是在灯光的照射下显得娇艳欲滴，仿佛有血液在墙壁上汇聚。

杨雪梅正在询问调查小组的取证情况，在案发现场其他房间反复搜查的调查小组成员表示，依旧没有与凶手有关的任何发现。见常鑫教授回来，她赶忙问道：“常教授，周彤雨在福元村的调查对破解线索有帮助吗？”

常鑫教授微微点头，并来到了距离摆放尸体的木桌还有几步的位置站定。安佑麟记得那个位置，刚刚到案发现场的时候，罗刚曾与他念叨过，站在那里望着三具尸体，仿佛能感觉到尸体同样在凝望着自己。

罗刚哪去了？安佑麟突然想起了罗刚来，之前他还在案发现场协助调查小组进行取证调查的，可是怎么不见人影？

就在安佑麟犹豫着是不是该找罗刚过来的时候，常鑫教授叫了他的名字，他立马回过神来。

“佑麟，重复一遍凶手提供的第二条线索的三条线索提示分别是什么？”

面对老师常鑫教授突如其来的提问，安佑麟并未有任何慌张，他清了清嗓子回答道：“三条线索提示分别是，‘女子皆渴望之物’‘两者只能选择一个’，还有‘暗藏的珍宝’。”

常鑫教授始终望着三具尸体，他毫不掩饰内心深处的困惑，“其他两条线索提示我已经通过彤雨的调查获知了其中的含义，可唯独第二条，看起来与线索并无关系……”

听着常鑫教授的话，安佑麟站在他背后侧面望向三具尸体，念叨着：“两者只能选择……”

还没等安佑麟把话说完，就听身后传来一个熟悉的声音，“常教授，我可以回答你的疑问！”

罗刚将门缓缓拉开，或许是门太久没有人开关的缘故，在被打开的时候发出了轻微的金属摩擦声。这声音若是放在平时，未必会引起人的注意，可四周寂静，这轻微的摩擦声便显得刺耳了。

罗刚用枪对准了逐渐大开的门，刺耳的金属摩擦声在门被完全打开的那一刻哑然了。门内漆黑一片，悄无声息，只是一股浓烈的血腥气扑面而来。

那浓烈的血腥气呛得罗刚忍不住想用拿着手机的那只手背遮挡口鼻，他强忍着不适感端着枪并点亮了手机的屏幕，一道亮光照射到了门前的地面上，那里正是血腥气的来源。罗刚轻轻俯下身，露出了惊讶的神色。

那是一具男尸，死者年龄在三十岁左右，身体微胖，身穿被血液染红的汗衫，下身军绿色短裤，脚上只穿了一只人字拖，另一只就在不远处被血液浸染的水泥地面上。死者腹部有大量血迹，应该是腹部中了致命伤并伤及重要器官而亡。

楼上的 303 室格局与楼下相对应，只是这间房子看上去从这栋建成之后就从未有住户居住过，只有最初修建时铺设的水泥地面，和裸露砖石的墙壁。

罗刚用手机照亮周围，看到客厅中央的地面上有一大摊血迹，可见死者是在客厅中央中刀倒地。那摊血迹延伸到了门口，说明死者在身受致命伤之后，并未立刻死去，甚至试图爬到门口开门求救。原本应该紧闭的门，应该也是死者在临死前打开的。

想到这里，罗刚转过身回到门前，他绕过尸体用手机照亮了内侧门锁。果然在门锁及其下方看到了摩擦的血迹，可见他的推测是正确的。

罗刚再度回到客厅中央，发现那摊血迹周围除了延伸到门口尸体周围的拖拉血痕之外，还有几滴血迹朝着客厅内测滴落。他将手机的亮光顺着血滴的方向照去，发现墙角有沾着血污的衣裤和刀。

凶手在杀死死者的同时，身上必然会沾染血迹，于是凶手在行凶之后脱光了衣服，离开了杀人现场……罗刚一边琢磨一边回到了尸体旁边，他用手机照亮了死者的脸。死者瞪着双眼，微胖的脸上挂着惊恐和绝望，牙齿上浸满了血水。

死者究竟是谁？为何会被杀死在303室？是门徒所为？想到这里，罗刚在血腥气中感到背后发冷，他颤抖了一下身子，将目光投向了墙角沾染血迹的衣裤！难道凶手脱光了衣服大摇大摆地离开了住宅区？不可能！

此时此刻，客厅中所有的线索和推测在罗刚的脑海中形成了一副可怕的画面……

听到说话声，众人的目光同时投向了门前，原本在观望着三具尸体的安佑麟也应声转过身来。

只见郑亦舒全然没有了之前的羞涩和见到生人时的恐惧、避讳，他的目光坚定有神，先是扫了一眼客厅中的所有人，然后将目光锁定在了距离他最近的安佑麟身上。

“常教授，‘两者只能选择一个！’”

郑亦舒虽然话是对着常鑫教授说的，可目光却依旧紧盯着安佑麟。

“我和他，你选择谁呢？”

郑亦舒迅速从宽松的衣服下面掏出一把黑色、锋利的短斧，并扬起短斧劈向安佑麟的头顶。虽然杨雪梅已经做出反应，她甚至已经触碰到了腰间的枪，可还是来不及了。

眼看着手起斧落，只听“砰”的一声枪响，郑亦舒定住了！可是他并未倒下，接着又是一声枪响，他仿佛灵魂瞬间被夺去了一般，歪着身子倒在了安佑麟面前一侧。

只见满身大汗的罗刚端着枪站在客厅门前，他瞪着布满血丝的眼睛直勾勾盯着倒地的郑亦舒对众人道：“他不是郑亦舒！郑亦舒已经死了！”

安佑麟自始至终都直立着身子瞪着眼睛一动不动，虽然在场的其他人无不对此情此景震惊不已，可安佑麟是唯一一个直面状况的人。他曾经协助过老师常鑫教授调查案件，也见识过各类被害者的尸体，眼前这男人虽然身中两枪，并不算他见识过最惨烈的，可刚才的一幕着实吓到他了，这个假冒郑亦舒的男人竟然想用短斧劈开他的脑袋！安佑麟突然两腿一软，坐倒在地，他的双眼依旧发直，双腿不住地发抖。

罗刚端着枪对着倒地的男人，并谨慎地将短斧踢到了一边去，然后低下身查看。

“叫救护车！”罗刚对门口的同事叫道，“他还活着！”

杨雪梅走上前来，询问罗刚刚才所说的话究竟是什么意思。罗刚连忙将在楼上 303 室的发现告知众人，杨雪梅听闻后立刻带人前往三楼。

“佑麟……”

常鑫教授召唤着安佑麟，但是并没有扶他起来。

“佑麟，该去楼上了！”

安佑麟企图起身跟上杨雪梅的身影，可是他的腿依旧颤抖不止，好不容易才站起身来。他的眼前都是那冒牌货瞬间抡起短斧劈下的情景，他用力地甩了甩脑袋，跟着老师随杨雪梅而去。

晚上 23 点 20 分，距离倒计时结束还有 9 小时 10 分钟。

此时的维金广场，在Z先生公布了第二条线索提示之后气氛紧张异常。由于之前的第三轮营救行动和暗眼行动的失利，所有关注案件进展的人并不知晓警方的调查进展，再加上已是深夜，广场上的围观者们似乎要失去耐心了。

网络上充斥着各种对案件的讨论，很多网友都认为，警方只是单纯调查 Z 先生给出的线索提示，等于是在向罪犯妥协。还有网友认为，Z 先生给出的线索提示是面向所有关注案件的人的，警方应该将调查情况公布出来。至于一些极端的观点，认为于畔罪该万死，理所当然要受到 Z 先生的审判。

站在维金广场中央的刑侦大队队长赵洪军，他是最能够感受到气氛变化的人。连续几个小时守在甜品屋和围观者之间，他要维护好眼前的平衡局面。

金属箱内的于畔依旧是时而清醒时而昏沉，他经常用迷离的眼神望着面前玻璃墙外的人群，每当赵洪军与他隔着玻璃墙面对面的时候，他总是会动一动嘴唇，仿佛在向他低语。

赵洪军留意过于畔的这个举动，并向身在专案组观察着整个维金广场情况的魏志国汇报过。魏志国则表示在对甜品屋的监控中对此有所关注，不过根据分析，于晔在被凶手绑架在金属箱内前使用过药物，其在甜品屋内的状态恐怕对警方的调查并无实际帮助。

赵洪军时刻保持着最警醒的状态，在维金广场上，他直接面对着围观者和媒体，他的一切举动都直接反应了警方的工作状态。所以赵洪军虽然已经在维金广场中央挺立了数个小时，可他丝毫不敢流露出疲倦的神色。

调查组在第三轮营救行动和暗眼行动失败之后，就在研究讨论新的营救方案，可是方案迟迟定不下来。魏志国在调查组争论不休的时候回到了办公室，在落地窗前他接到了杨雪梅的电话，杨雪梅汇报了在案发现场发生的意外状况，让魏志国为之震惊。

现场调查小组和法医组已经在 303 室迅速展开调查搜证，安佑麟的心跳依旧飞快，并时不时地吞咽口水。他强求自己要将所有的注意力集中在案件的调查上，不要继续回想那冒牌货抡起短斧时的神情。同时，有人发现了 203 室房间内被打晕的男警，所幸没有生命危险。

常鑫教授在 303 室的各个房间走了一圈，推翻了之前心中的怀疑。

“看来，假扮郑亦舒的凶手，并未将 303 室作为案发前的主要活动场所，只是用来杀死了郑亦舒。”

站在安佑麟身旁的罗刚低声道：“两枪，那家伙恐怕再难活命了。”

“可他是门徒，是案件侦破的关键……”安佑麟心有不甘。

常鑫教授听到了两人的低语，站在凶手脱掉的血衣旁边道：“我之前还在怀疑，线索提示中‘两者只能选择一个’究竟要表达什么意思，看来凶手是想让我在他和佑麟之间做出选择。”

除了常鑫教授，其他人的目光都投向了安佑麟，安佑麟用手指着自己道：“在我和凶手之间做出选择？”

杨雪梅点头道：“在亲近的人和活着的凶手之间做出选择，一个是至亲之人，另一个是对案件侦破有帮助的人。”

常鑫教授接着说：“不过从凶手当时的架势来看，并没有给我们太多考虑的余地。他拿着短斧直接冲向佑麟，如果罗刚没能开枪阻止，我们活捉他的几率就很大了，难道凶手的存活果真对案件的侦破有决定性的突破吗？”

安佑麟陷入了沉思，老师的怀疑没有错。Z先生如此设局的风险极高，若是他手下的这位门徒还活着，是否对警方打破局面有巨大的帮助？还是说，假扮郑亦舒的门徒根本就是死士，此布局只是为了对老师常鑫教授的侦破进行干扰？

法医组对郑亦舒的尸体进行了初步检验，确定死者死于腹部中刀伤及主要器官，死亡时间在下午6点左右。并且死者在死前有过挣扎，在凶手误以为他已经死亡并离开现场之后，他挣扎着来到门前企图开门求救。这与之前罗刚的推断一致。

“凶手将血衣和凶器丢弃在这里，光着身子回到楼下，身上沾染了血迹，洗个澡就搞定了。就算我们查了203室，也不会出现血衣和凶器而引起怀疑。”罗刚低声道。

杨雪梅用自责的口气说：“我犯了不该犯的错误，只是将注意力全部放在楼下的现场了……”

常鑫教授劝说道：“杨队长，凶手假扮郑亦舒，也正有此目的。”

“假扮郑亦舒，不光是为了完善那条线索提示，也为了将大家的注意力全部集中在楼下的204室。”

安佑麟话音刚落，一位年轻的女警走进门来向杨雪梅汇报说，救护车已经到了，按照之前的要求，救护车在行驶到住宅区周边的时候并未鸣笛。杨雪梅听闻后，立刻随女警下楼查看。同时，她安排现场调查小组着手调查死者郑亦舒的家，对比家中各处的指纹，是否与冒充者相符。

“如果有任何凶手的身份调查结果，及时汇报！”

常鑫教授和安佑麟一直待在303室现场，安佑麟在现场内部各个房间检查过后心中仍有困惑。

“老师，我以为冒牌货选择这里杀死郑亦舒……这里会是他的某个……”

安佑麟的眼前时不时晃过假冒郑亦舒的凶手，那冰冷的眼神和即将下落的短斧。

“佑麟，你以为这里会是凶手的某个藏身处？”常鑫教授瞄了一眼郑亦舒的尸体，“认为凶手长期与郑亦舒进行书信往来，所以会就近选择一处地点来观察他？”

安佑麟连忙称是，并继续说道：“我还另有怀疑，如果凶手假扮郑亦舒，为什么不选择更加简便的方式？冒牌货的关键作用就是误导警方和完善第二条线索提示，有没有可能那些书信往来根本就是冒牌货之后布置的？”

“在布置好 204 室现场之后、通知警方之前，杀死郑亦舒，然后将准备好的书信放到郑亦舒的家中？”常鑫教授点头道，“这的确是最简单的方式，可并不是最完善的方式。我们之所以被骗，就是因为冒牌货长期与死者郑亦舒通信，让郑亦舒的家中留下了通信的痕迹。在最后一刻换下郑亦舒，无疑可以利用这些自然而然形成的痕迹欺骗我们。”

安佑麟并不甘心：“如果选择这里作为藏尸地点，岂不是太容易被发现了吗？如果警方有调查这里的话，发现了郑亦舒的尸体，冒牌货不就直接暴露了吗？”

常鑫教授并未回答，甚至表情也没有丝毫的改变，他两眼盯着安佑麟，仿佛双耳失聪般对他的问话无动于衷。

安佑麟略有些慌张，他突然觉得眼前的老师是那么陌生，从上午得知维金广场案发开始，常鑫教授的身上就透露出一股无法言说的隐秘感。过去，如果常鑫教授认为案情的疑点完全是显而易见的，那么他至少会在态度或情绪上暗示安佑麟，往往这个时候安佑麟总会恍然大悟地看出思路的闭塞所在。然而，此时的常鑫教授仿佛身负着无法言说的秘密，让人无法接近。

“就像刚才老师您说的那样，已经破解了第二条线索的提示，那么冒牌货……是否想要杀死我，并不会对破解线索提示起到决定作用。如果冒牌货被抓了，他是不是有可能提供侦破维金广场案的重要线索呢？这样布局，漏洞会不会太大？”

常鑫教授这才有所反应，“时间和结果。”

“时间？和结果？”

“整个维金广场案的限定时间在24个小时之内，冒牌货可能暴露的时间大约在倒计时过半。换句话说，对于侦破案件而言，冒牌货只要在倒计时结束前无法提供有效线索给警方，等于毫无作用。更何况，在他企图用短斧杀死你的时候，他有丝毫的犹豫吗？死亡和被活捉，对他而言没有区别。”

“可是，老师，如果冒牌货被活捉了，即使在倒计时结束前对案件侦破毫无帮助，我们也可以利用他身上的蛛丝马迹找到Z先生和门徒的……”

安佑麟的话还没有说完，就听常鑫教授的手机响了起来，是杨雪梅打来的电话。

“常教授，时间已经不多了，我们需要立刻破解第二条线索！”

杨雪梅在电话当中语气虽然坚定，但是还有几分无奈和急迫。

“我们该去破解第二条线索了。”

安佑麟并没有立刻跟上常鑫教授的步伐，有那么几秒钟，他愣在原地看着老师渐去的背影，不得不怀疑老师对整个维金广场案另有所想。

走廊里一片繁忙景象，冒牌货的暴露和郑亦舒尸体被发现，无疑让原本就扑朔迷离的案情又铺上了一层浓雾。

“老师，我有一个怀疑，会不会这个冒牌货并不是门徒，而是跟康广德和马信一样，遭到胁迫不得不……”

“周期过长，变数太大！”常鑫教授脚不停歇地朝楼梯走去，“康广德和马信都是在短时间内遭到胁迫而协助凶手，郑亦舒的案件时间过久，如果冒牌货是遭到胁迫的，一个多月时间的变数太大了。”

安佑麟随着常鑫教授来到了204室，被灯光照亮的现场一片死寂，地上还留有冒牌货的血迹。杨雪梅背对着三具尸体盯着墙壁上那血红的字母“Z”，双目赤红，额头上血管膨胀。

“常教授，时间紧迫！”

安佑麟无法忽视杨雪梅的情绪变化，她似乎一直承担着无法排解的压力，并逐渐到了临界点。

常鑫教授紧皱眉头，他慢步走到了距离木桌还有一段距离的位置上站定，“揭开第二条线索的谜题，不仅要清楚三条线索提示，还要清楚地了解Z先生的布局含义。”

说着，常鑫教授用目光扫过三具干尸，“而布局的主要内容，与现场发现的三具尸体密不可分。现场留下的三张身份证，也正与这一点有关，三具尸体的身份与布局结果有关。”

安佑麟听得入神，不断回想着周彤雨之前在福元村的调查结果。

“三条线索提示中的‘两者只能选择一个’，我们已经知晓了含义。”听到老师的话，安佑麟的身体微微颤抖，心脏加速跳动，“其余两条线索提示，分别是‘女人皆渴望之物’和‘暗藏的珍宝’。在彤雨调查过后，这两条线索提示也已经明朗了。”

常鑫教授之前与杨雪梅和罗刚讲起过周彤雨在福元村的调查，他简述之后说道：“佘巧云、王泉水和单妍，分别有着不同的象征意义。”

安佑麟忍不住望向三具干尸，他实在无法将这三具干枯的尸体与周彤雨描述中的三个人联系起来。

“最里侧靠近阳台穿着酒红色连衣裙的尸体，就是佘巧云。那具穿着宝蓝色衣裙的，是王泉水。剩下的那具穿着黄色衣裙的尸体，是单妍。”

说到这里，原本站定的常鑫教授突然停下讲述转向不远处的罗刚道：“把灯关掉！现场所有的灯都关掉！”

一时间，整个现场都陷入了黑暗，安佑麟在黑暗中闻到了微微的血腥气。

“佑麟，你过来！”

在常鑫教授的指引下，逐渐适应黑暗的安佑麟来到了老师的身旁。黑暗中，常鑫教授让出了自己刚才所站的位置，让安佑麟站定。

“告诉我，你看到了什么……”

安佑麟不敢多想，他按照常鑫教授的要求望向那张木桌及周围的尸体。阳台之外月光时现，让三具尸体的轮廓隐约可见。此时此刻，在幽幽的阴影之中，三具干尸仿佛重新活了过来，安佑麟的心怦怦直跳，他仿佛听到了窃窃私语的声音。

那些私语声像是在低声争论，安佑麟想仔细听清楚时，那些嘈杂之声却只是一划而过。他不由得摇了摇头，想甩掉围绕在耳边的声音。

“佑麟，你看到了什么？”

安佑麟听到了常鑫教授的问话，可是他却不知道老师身在何处。

看到了什么？安佑麟心中默念。三个女人虽然身份各异，但是都在凝望着自己。那身处正位的佘巧云似乎非常得意，满怀信心。至于靠里侧坐的王泉水，则是庄严肃穆。而那拄着下巴的单妍，相比其他两个女人更加柔情似水，正在对着安佑麟微笑。

期待！安佑麟在凝望中感受了三人的期待，眼前的一切变得明亮起来，在他的眼里那早已不是三具干枯的尸体，而是鲜活的女人，她们的目光当中都有着同样的愿望……

“佑麟，你看到了什么？”

常鑫教授不急不缓的再度询问，将安佑麟拉回到了现实当中，原本光亮一片的场景顿时黑暗下来再度成为隐约可见的轮廓。安佑麟吞咽着口水，继续盯着三具干尸在黑暗中的凝望。

“答案……”

安佑麟下意识地回答道。

“什么答案？”

常鑫教授追问。

“答案就是……”

安佑麟虽然在犹豫，可并非对自己脱口而出的回答感到怀疑，他只是不知道该如何解释刚才那稍纵即逝的感悟。

“她们三个人希望在我口中得到答案……期盼我说出……到底是谁！”

待安佑麟说完，常鑫教授便立刻命令道：“开灯！”

很快，现场恢复明亮，安佑麟的眼睛一时难以适应。刺眼的亮光中，原本在现实和幻想之间徘徊的安佑麟彻底归于现实，那活生生的三个女人彻底变成了干枯发黑的尸体。

“说得对，三具尸体在渴求一个答案，这个答案就是我们需要给出的，也正是揭开谜题的关键。”常鑫教授斩钉截铁。

渴求的答案？安佑麟依旧想不通，渴求的答案？等待我们给出的答案？难道……

小孩子嬉闹的笑声，夕阳照射在小孩子愉快的面颊上。

一双手伸向了小孩子，你愿意跟我走吗？

高耸的建筑，风轻云淡，夕阳的余晖渐渐消失，小孩子的脸上满是慌张的神色，投来了可怜巴巴的目光。

别怕！来，飞吧！

夕阳顿时消失不见，周遭一片黑暗，紧接着开始出现人影，人影越来越多，声音开始嘈杂起来。人影中有男有女，有些人在互相推搡，还有些人面部狰狞，正在用手指……

走？我去哪？让我去哪？

我不走！

不！

周彤雨猛然醒来，发现自己满身大汗，衣服几乎被汗水浸透。

“你这是怎么了？”张艾拉住周彤雨的手，“刚才看你……在颤抖。”

周彤雨抹了把脸，手掌上尽是汗水。警车正在路上匆匆驶过，夜深了，周围没有路灯。虽然早已离开了福元村，但距离市区尚有一段距离。

“可能是因为最近有些疲劳没有休息好，又突然有了案子的缘故吧……”

周彤雨侧脸望着车窗外漆黑一片的道路，警车鸣笛声不断。张艾拿出一瓶矿泉水递给周彤雨，周彤雨拧开瓶盖喝了几口。

“我说吧，其实干吗一定要你出来调查？你那个师弟安佑麟不是挺机灵的吗？”张艾有些不解，“之前有案子的时候见过他，既然你身体不舒服，如果还有调查的话，不如让他出来……”

周彤雨头靠着座位，“老师这样安排，必定是有原因的。佑麟跟着老师调查，会有更大帮助的。”

张艾坐在一旁念叨着维金广场案的案情走向，周彤雨没有搭话，她的眼前依旧是赤红的夕阳和高耸的建筑，只是那小孩子的脸始终模模糊糊看不清楚，警车的鸣笛让她不知道耳边是否还回荡着那梦境中人群的嘈杂之声……

“这与三位死者的身份有关？”安佑麟大胆推测，“渴求的答案，与她们的身份有关系！”

“可是，三位死者的身份不是已经查清楚了吗？”罗刚不解，“从警方到达现场开始，就从身份证得知……”

“并不是身份证上的身份，而是她们的另外一种身份！”安佑麟的思路逐渐清晰起来，“故意留下死者的身份证，明显是为了让我们可以进一步调查死者的身份背景。身份背景才是解开第二条线索的关键信息。”

当说到这里的时候，安佑麟又犹豫了起来，身份背景？福元村？与师姐周彤雨的调查结果有关系？他忍不住望向老师常鑫教授，不过老师毫无反应，只是耐心地望着他，等待他继续说下去。

第十一章　毒

“坐在桌子最里面的那具尸体是佘巧云，她是福元村前任村长的妻子。另外那具身穿宝蓝色衣裙的女尸，是王泉水，曾经是福元村的民兵排长，对抗过犯罪分子的女英雄。至于最后那具尸体，是单妍，是福元村里年轻男子的追求对象，因为她是村里最美的……”

安佑麟顿时感到胸口一闷，他终于想通了，原来门徒留下死者的身份证并不是为了便于警方对死者身份的调查，而是为了告知警方一个重要的信息——福元村。再进一步说，三位死者来自同一个地方，相同的地方，共同点。以及，共同点之下三位死者的身份背景才具有特殊意义。

“同一个村庄，意味着三位死者的特定关系，也就是说她们三人只有在同一个地点，那种特定的关系才成立！”安佑麟激动起来，思路在他的脑海中逐渐清晰明朗，“我之前太注重三位死者庞杂的关系了，只要剥离那些无用的东西，单纯的看待她们的象征意义……”

相比安佑麟的兴奋，常鑫教授倒是平静了许多。

“象征意义就是，佘巧云，代表着最高权力者的妻子，王后。王泉水，代表着正义的争斗。单妍，象征着美。将三位死者集中在同一地点，则象征着她们是在某个特定范围内……”安佑麟思索着该用怎样的词汇来形容将要表达的意思，“就是说，她们之间的关系是被互相认可的，所以门徒会选择曾经同在福元村生活过的三位死者作为线索提示的重要部分。”

言语之后，安佑麟忍不住望向常鑫教授，想确认自己的分析是否正确。常鑫教授只是微微点头，再无其他反应。

双眼含着血丝的杨雪梅问道：“难道是希腊神话？又是希腊神话？”

罗刚用惊奇却又理解的目光望着杨雪梅，似乎他也有此猜测。

安佑麟连忙点头，“佘巧云，代表了天后赫拉。王泉水，则代表了雅典娜。至于单妍，象征着……”

“维纳斯，女性美丽之神。”杨雪梅生硬道。

“等一下！”罗刚红着脸厉声道，“我之前也有考虑过，可是会不会太过勉强？比如说，雅典娜被认为是智慧女神，当然也代表了光明和正义，更是战争女神。虽然王泉水曾经在福元村救过险些被诱拐的女童，但是……”

还未等安佑麟回话，常鑫教授便解释说：“需要以结果来反证，就像第一条线索提示，凶手更加侧重的是象征意义。不如，将证实交给尝试破解的结果吧。”

罗刚理解的点点头，并未继续多言。

始终站在尸体周围的杨雪梅，已经认定了安佑麟的推理是完全正确的，她缓步在木桌旁边，仔细打量着三具尸体，完全不受其他干扰。

“赫拉作为天后，所以被安放在最高贵的位置上。”杨雪梅皱眉望着靠近阳台门桌旁佘巧云的尸体，“这样分析，的确合情合理。”

“三具尸体的含义已经搞清楚了，但是对破解第二条线索有什么帮助？”罗刚费解道，“三条线索提示中，其中一条是门徒的障眼法，那么其余两条呢？”

安佑麟定了定神，始终站在原地望着三具尸体，“一定与某个特定的典故有关。”

安佑麟的思绪逐渐沉稳下来，赫拉？雅典娜？维纳斯？他又回想着其余两条线索提示，女子皆渴望之物？暗藏的珍宝？Z先生如此布局，想必可以将这些线索全部关联起来。

都是扯淡！安佑麟突然感到一股气流在体内碰撞，焦躁？怒火？又或者这些复杂的情绪在他的体内碰撞，不仅眼前的案件，甚至维金广场案都完全就是一场幼稚可笑的游戏。所有的线索和结果，完全就是一时兴起的胡闹，可是他却不得不屈从于此，屈从于这种幼稚可笑行为的结果。

安佑麟叹了口气，尽量摆脱那些杂乱无章的思绪，时间已经不多了。

“是一场婚礼，根据线索提示，布局是在暗示婚礼！”

当看到常鑫教授点头认同之后，安佑麟这才安心继续说道：“在希腊神话中，与天后赫拉、雅典娜和维纳斯有直接关联的故事就发生在一场婚礼宴会上……”

“你说的是海洋女神忒提丝和佩琉斯的婚宴？”杨雪梅问。

“呃，”罗刚紧皱眉头说道，“我记得他们俩好像是英雄阿喀琉斯的父母吧。”

“没错！”怀揣谜底的安佑麟已经迫不及待了，“婚礼的宴会邀请了众多天神参加，没有被邀请的不和女神厄里斯便想找点麻烦，她偷偷将一只刻有‘献给最美的女神’的金苹果丢在婚宴上，并引起了婚宴上的不和与纠纷。这只金苹果引起了三位女神的注意，她们都想得到这只金苹果。实际上，她们想要得到的并非金苹果本身，而是……”

“‘最美的女神’！”罗刚与安佑麟同时说了出来，不过罗刚还有其他疑问，“与Z先生给出的线索提示有关？”

“当然有！‘女子皆渴望之物’，正对应着这场婚宴。”安佑麟回答，“皆渴望之物，其实指的就是‘美丽’……”

“可是婚宴上，作为爱与美的女神维纳斯在场……”罗刚稍加思索继续说，“会不会是对线索提示的误解？皆渴望之物？最美的女人不正是维纳斯吗？换句话说，从象征意义角度讲，单妍代表着维纳斯，现实当中，单妍在福元村不也被称为最美丽的女人吗？”

常鑫教授听闻后，直接答道：“正如神话故事当中，三位女神的确都想得到这只代表着‘最美的女神’的金苹果，毕竟，名号归名号，维纳斯虽说是爱与美的女神，但是谁又不想被称为‘最美的女神’呢？”

罗刚眼神低垂，理解地点了点头。

见老师常鑫教授已经为自己清除了推理上的障碍，安佑麟继续说：“所以，这场婚宴中的插曲就是布局所指。当时宴席上的三位女神都想得到这只金苹果，于是就让特洛伊王子帕里斯进行决断，金苹果究竟该归属于谁。三位女神为了得到金苹果，纷纷向帕里斯做出保证，如果将金苹果给予自己，便会回报帕里斯。”

常鑫教授站在安佑麟一侧，听着他的推理分析。

“赫拉向帕里斯许诺，若是她得到了金苹果，便让帕里斯获得至高无上的权力；雅典娜表示，她让帕里斯成为最有智慧和勇气的英雄；而维纳斯许诺的是，让帕里斯得到世界上最美丽的女人。”安佑麟的目光最终落在了象征着维纳斯的单妍的尸体上，“帕里斯在权衡了三位女神的许诺之后，将金苹果献给了维纳斯。也就是说，帕里斯想得到的是世界上最美丽的女人。这个仅仅为了满足女神虚荣心的选择，却带来了很意外的影响……”

听到这里，罗刚突然抬起头来，“特洛伊战争？”

安佑麟点头，“没错，没有得到金苹果的赫拉和雅典娜对此感到愤怒，而帕里斯在维纳斯的唆使下，拐走了斯巴达王后美女海伦，引发了近十年的特洛伊战争！不过，现场布局最关键的部分并不是三具尸体的象征意义，而是我所站的位置！”

除了站在安佑麟一侧的常鑫教授依然紧紧盯着木桌的方向之外，杨雪梅和罗刚同时望向安佑麟。

安佑麟解释着自己自从开始推理就未曾挪步的原因，“三位女神都渴望地望着我，要求我做出选择，金苹果到底应该属于谁……”

突然，木桌后面的阳台闪过一道白色的强光，外面顿时恍如白昼。周围尚未装修的宽敞客厅变成了华丽的厅堂，赫拉、雅典娜和维纳斯正坐在雕刻精致的木桌旁，同时用渴望的眼神望着安佑麟。赫拉作为天后，理所当然端坐在最高贵的正坐上，她渴望的目光中，充满了自信和高高在上的威严。雅典娜的目光背后是高深莫测的智慧，她似乎认定了安佑麟会做出她认为最为正确的选择。最后，安佑麟将目光投向维纳斯，维纳斯的目光里充满了爱情的炽热和无限的柔情。

你想得到爱情吗？你想得到世界上最美的女人吗？

维纳斯那温柔的声音在安佑麟的耳边不断回荡，安佑麟感到面颊一阵滚烫，身体很是燥热。他犹豫着举起了手，手掌微微张开，渴望赐予般地伸向维纳斯的方向。

“你，应该得到金苹果！”

安佑麟话音刚落，被阳光照亮的华丽厅堂消失不见了，光滑的大理石地面、精致雕刻的木桌逐渐由并未装修过的客厅取而代之。三位女神那饱满肌肤的脸随着刺眼光亮的退散迅速发黑干枯，成为了三具干尸，不过已经干枯的尸体却在依然盯着安佑麟。安佑麟缓缓放下手，狐疑地走向了象征着女神维纳斯的单妍。

警车开进市区，座位上的周彤雨望着街道边疾驰而过的路灯，在路口附近的几个年轻人，不约而同地盯着行驶而过的警车。那感觉就像几个人围在一起低声议论着某个人，可突然被议论的人毫不知情地走过，于是那几个人便心虚地偷偷瞄着被他们议论的人。

张艾已经向身处维金广场的魏志国局长汇报了之前在福元村的调查结果，并询问了维金广场的形势。周彤雨的眼前依然回闪着那些曾经出现在梦境中的画面，她背靠着座位直挺起身子，不想再度陷入昏睡中。她感到头晕，一种说不出的沉闷感始终围绕在她的周围。

警车驶入住宅区，虽说不少警察在现场附近走动，可看上去都在不影响调查工作的同时谨小慎微，气氛诡谲。下车之后，周彤雨看了眼周围低矮、因疏于管理而略显陈旧的楼房，如此闷热的深夜，绝大多数住户都关着或是虚掩着窗户，仿佛黑暗的窗户当中有居民正用充满好奇的眼神时刻盯着警方的动向。

张艾见同事经过，赶忙询问调查进展。被询问的男警把门徒假冒郑亦舒企图杀死安佑麟的经过简要的讲述了一遍，“杨队长下了命令，周围居民楼中，那些没有住户的房子也要排查……”

听闻安佑麟险些丧命，周彤雨惊出一身冷汗。在炎热夏夜和冷汗的交织刺激下，她一阵眩晕，胸口发紧，急匆匆地奔向案发现场。

“所以说，Z 先生如此布局的意义就是让你判断出三具尸体所象征的三位女神？”罗刚的思绪已经游走到了真相的边缘了，他猛然一惊，“我明白了，所有的布局线索是相辅相成、互相佐证的，无论是三具尸体的身份背景，还是现场布局，又或者你所站的位置，形成了一个牢固的圈，将咱们牢牢地锁定在其中，绝对不会偏离轨道！”

安佑麟的脸上终于流露出了笑意，或许在整个推理过程中，他心里有些没底，当罗刚的思路与他不谋而合时，他多了几分自信。

“Z 先生的布局之一，就是让人站在这里完全理解布局的意义。面对三具尸体……也就是三位女神同时的期待，我就是做出判断的帕里斯，我来决定金苹果究竟归属谁。再根据之前的调查结果，单妍象征着女神维纳斯，理应将金苹果献给她。不过还缺乏一个必要条件，这场布局中的另外一个道具！”

“金苹果？”杨雪梅问。

安佑麟快速点头道：“这就是第三条线索提示所指的‘珍宝’，最终的线索直指金苹果！”

说到这里，安佑麟的情绪突然又低落了下来，“不过，第二条线索提示究竟与金苹果是否有……”

“先破解线索提示才能真正的找到第二条线索所指的答案。”

常鑫教授话音刚落，安佑麟便不假思索地来到了单妍的尸体旁，“既然相互佐证，那么‘珍宝’就绝对不会脱离现场的布局，一定就在眼前！”

安佑麟戴着手套开始检查单妍的尸体，“既然凶手布局直指那场神话事件的结果，那么‘珍宝’一定就在单妍的尸体上。”

单妍的尸体与其他两具尸体一样干瘪，尸体上只有一身单薄的衣裙。

于是，安佑麟立刻查看尸体的嘴，发现里面有异物，他扒开了尸体的嘴巴，发现里面有一颗圆形物体。

“我找到了！”

常鑫教授表情严肃地点点头，众人皆望着安佑麟手中的圆形物体，那是一颗金灿灿的苹果，最终的线索提示终于揭开了。

金苹果掌心大小，上面有精美的纹路，苹果上方微微凸起，下方有一个小小的孔洞。

“老师，佑麟，我回来了！”

周彤雨突然出现在门口，她脸色苍白浑身大汗眼皮沉重。

“我刚才听说，佑麟差点被假冒的郑亦舒给……”

咳咳。

客厅中突然传来两声咳嗽。

哈哈哈！

咳嗽声过后便是略显刺耳的笑声，笑声来自单妍的尸体。安佑麟望着尸体被打开的嘴巴，那刺耳的笑声就来自于黑暗的喉咙深处。单妍的尸体仿佛活过来了一般，向众人发出嘲讽的笑声。

安佑麟被笑声完全吸引了注意力，他根本就不相信死去多时的尸体会发出笑声。他趴在尸体的嘴边，想知道发出声音的究竟是什么。常鑫教授见状，恍然大悟般的惊呼道：“佑麟，小心！苹果有问题……”

还没等安佑麟作出反应，只见杨雪梅快步冲上前，一把夺过他手中的金苹果，然后飞速奔向通往阳台的门。可是杨雪梅刚刚跨过双开门踏入阳台，还未来得及将金苹果丢到楼外，她手中的金苹果突然爆裂开来，一阵烟雾伴随着液体喷溅而出到她的脸上。那嘲讽的尖锐笑声随即消失不见，杨雪梅丢掉开裂的金苹果跪在阳台地面上，用手掐住脖子呼吸艰难。

杨雪梅瞬间倒地抽搐，浑身颤抖起来。罗刚见状立刻往前冲，可常鑫教授先是用身体遮挡住安佑麟，然后一只胳膊拉住罗刚，并大喊道：“是毒气！马上退出现场！快找防毒面具和防化服……”

就在众人作出反应的瞬间，安佑麟眼看着杨雪梅在地上全身抽搐，毒气在她周围徘徊消散。还没有步入现场的周彤雨眼看着突发状况，顿时慌了神，当安佑麟与罗刚和常鑫教授冲出现场之后，她一把抓住了安佑麟的胳膊。

“你没事吧？”

周彤雨紧张地看着安佑麟，并用手抚摸着他的头，斧头下落的场景在她的脑海中不断回放着。

心惊胆战的安佑麟，在师姐的关怀下感受到了身体中的温暖重生，“没事，我和老师都没事……”

周彤雨已经是满身大汗，当听闻安佑麟和常鑫教授都没有遭遇危险之后，一阵眩晕倒在了地上。

“姐？你怎么了？”

安佑麟赶忙扶住失去知觉的周彤雨，罗刚匆忙下令，要求立刻准备防护用具，对现场内的杨雪梅进行救助。面对突发状况，罗刚并未慌乱，他雷厉风行地下达命令，让在现场进行调查的警察全部快速行动起来。

随后，在常鑫教授的协助下，杨雪梅立刻被救护车送往医院抢救。现场调查小组和防爆小组重新进入现场，对在死者单妍口中发现的金苹果以及尸体喉咙深处的发声装置进行检查。

常鑫教授叮嘱罗刚，“其余的尸体先不要急于调查，立刻联系还在西京大剧院等候的孙组长过来！”

虽然罗刚并不明白常鑫教授的用意，不懂为何在现场有法医守候的情况下依旧要舍近求远调度法医组长孙庆林到达现场才能检查其余两具尸体，但是他并未多问，直接下达了命令。

紧接着，罗刚向在维金广场的魏志国局长汇报了现场的突发事件，魏志国听闻之后下令罗刚暂时接替杨雪梅刑侦大队副队长的职务，并时刻向他汇报案发现场的情况。

挂掉电话之后，罗刚向常鑫教授表示，当务之急是破解第二条线索，在安佑麟推理了线索之后并未得出线索的答案。

“答案就在那枚金苹果上，确认安全之后，我需要得到金苹果所传达的信息。”

楼下的一辆救护车上，安佑麟守护在师姐周彤雨的身旁。经过医护人员的检查，周彤雨只是精神紧张加上疲劳过度而晕倒了，并无大碍，稍作休息就会醒过来。

安佑麟坐在一旁看着面容憔悴却安详的周彤雨，感到一阵揪心的疼，内疚感油然而生，“杨队长是为了救我才中毒的。”

已经过了午夜，安佑麟双臂交叉搭在腿上，他不愿再回忆刚才发生的种种情形，甚至不愿回忆从维金广场案案发到目前为止的经过。安佑麟望了一眼救护车之外，警察们正在进进出出地忙碌着，如此大的动静想要对附近周围的居民隐瞒这里发生的重大案件，已经是不可能了。

过去，安佑麟曾经协助老师常鑫教授侦破过不少案件，其中不乏谋杀案，除了将所学的犯罪心理学知识进行实践之外，更是积攒了众多的侦破经验。这让安佑麟自本科时期起开始便备受同学的羡慕，更是在西京各个大学的圈子里小有名气，这些都是他曾经引以为傲的经历。毕竟，十七八岁便跟随著名犯罪心理学专家游走罪案现场的经历可不是谁都能有的。

但是在与Z先生的对抗中，那种参与侦破案件的激情和成就感荡然无存。那些曾经让他引以为傲的办案经验并未在维金广场案中提供应有的帮助，甚至让他麻痹大意了。

内疚和自责犹如针一般刺痛着安佑麟身体的每一寸，如果不是自己迫不及待地想找到金苹果，就不会因得意忘形而开启了金苹果上的装置。

安佑麟重重地吐出一口气，他希望杨雪梅千万不要出事，否则他不知道该如何面对那些为侦破案件不畏牺牲战斗在最前沿的警察，更不知道该如何面对杨雪梅的家人。

安佑麟在与这种痛苦的感觉进行对抗，他回想起了前一天晚上，他按照老师常鑫教授的要求整理学术资料，但是师姐周彤雨怕最近一直在刻苦钻研的安佑麟过于辛劳，便承担下了绝大多数的整理工作。那段时间都是周彤雨在帮助安佑麟整理资料，这让与周彤雨亲如姐弟的安佑麟感到难为情。

才短短一天，安佑麟便怀念起平静的生活了，他希望自己和老师、师姐远离目前不得不面对的困境和威胁。那些曾经平凡而美好的画面，不断在安佑麟的眼前重现。

安佑麟长长地呼出一口气来，无奈地摇摇头。真希望这一切赶快结束，安佑麟心想，只要到了早上8点30分，无论案件的结果如何，一切都将结束。

常鑫教授不知何时走到了救护车旁，他看着昏迷中的周彤雨，低声问道："彤雨她……怎么样了？"

安佑麟有些丧气地低垂着头："医生说，她太疲劳，又受了刺激，休息一会儿就会好起来的。"

常鑫教授望着周彤雨，松了一口气。

"老师，之后的调查还是不要让师姐去了。"安佑麟起身走下救护车，站在老师常鑫教授身旁，"不如让师姐去医院休息吧，如果第三条线索提示需要调查的话，就让我去吧。"

面对安佑麟的主动请缨，常鑫教授并未立刻回答，他已经看穿了安佑麟压在心底的愁苦："佑麟，不要自责，那不是你的错。"

一切都来得突然，面对常鑫教授直白的揭穿，安佑麟不想在老师面前继续伪装下去了。他一屁股坐在地上，双手抓着脑袋，大声骂了一句。

"都怪我！我太他妈的傻逼了！"安佑麟低着头，紧闭双眼，"我只顾着找到线索……我太自以为是了！太蠢了！如果不是我的鲁莽，杨队长就不会中毒了！我太傻逼了！"

几个经过的警察望了几眼坐在地上的安佑麟，匆匆而过。

"佑麟……"

"我真傻！明知道Z先生诡计多端，我自以为破解了……"

"安佑麟！你听我说！"

安佑麟这才停止自责，但是他并未抬起头来，他不敢与老师四目相视。

"佑麟，你心里很清楚，这不是你的错。你更清楚在你内心深处的并不是自责和内疚。"常鑫教授语气平静，"告诉我，你在内心深处的情绪，究竟是什么。"

悔恨的泪水在安佑麟的眼角滑落，他体会到了内疚和自责掩盖下的真实情绪，是愤怒——愤怒带来了内疚，愤怒引发了自责。安佑麟向老师常鑫教授坦言。

“那不如，找到你愤怒的根源。解决它。”

安佑麟垂下双手，缓缓地抬起脸来，咬牙对常鑫教授道：“都是因为这该死的案子！我再也忍受不了这该死的案子了！”

常鑫教授吐了口气，望着尚在救护车上昏睡的周彤雨，他俯下身靠近安佑麟的脸。安佑麟想躲开老师的目光，可是被常鑫教授喝止住了。

“佑麟，看着我的眼睛！”常鑫教授的语调坚定异常，“我要你在剩下的时间里，抛开那根源带来的情绪，那些无用的情绪。我要你解决根源的实质！”

安佑麟无声地点点头。

“告诉我，佑麟，根源是什么？”

安佑麟吞了一口口水，说道：“是案子，维金广场案。”

“对，记住这一点，我要你理智地协助我解决案件，就像你刚才推理破解线索提示那样。”

安佑麟又点点头，没有答话。

常鑫教授站起身，背对着安佑麟缓步离去。

“我刚刚得到的消息，杨队长在送去医院的路上，不治身亡。”

警方记录（摘选）

凌晨0点08分，杀死死者郑亦舒的犯罪嫌疑人，在西京公安医院抢救无效死亡。

凌晨0点35分，刑侦大队副队长杨雪梅，在送往医院的途中不治身亡。

维金广场案专案组办公室内，魏志国正站在落地窗前望着被灯光照亮的维金广场。

魏志国在得知杨雪梅牺牲后，感受到了一种前所未有的无助感，凶手通过谋划实施案件，再到案件中突如其来的杀机，完全将警方的精力牵扯到了应付线索提示当中。魏志国为无法与凶手进行直接的对抗感到沉闷不已，上级派来的调查组虽然也在竭尽全力的想办法提出切实有效的营救方案，可是多个方案在计划阶段便夭折了。

有调查组成员表示可以尝试从甜品屋底部进行营救，于是魏志国立刻与城建部门和地铁运营部门联系，当拿到维金广场及其周边的地下建设图纸之后，便打消了这个营救方案。姑且不说维金广场中央的甜品屋下方并没有经过的通道，就连地铁线路维护线也并不靠近那里。Z 先生选择维金广场中央的甜品屋作为作案地点之前，想必已经完全调查清楚了相关的一切可能。

魏志国怀疑自己当初的决定是错误的，他错误地估量了自己的能力，错估了凶手的目的。于是维金广场案从单纯的绑架案，逐渐发展成了社会事件。两者之间有着本质上的区别，也说明案件正朝着可能失控的边缘发展。如果凶手的每一步都有特定的目的，那么设计让如此之多的人停留在维金广场上到底是为了什么呢?

守在维金广场中央的赵洪军，在得知杨雪梅的死之后感到太阳穴一阵膨胀，他尽量平复心绪以应对眼前的局面。午夜之后的维金广场逐渐陷入了平静，围观者已经进入了疲乏阶段，不少人都成群结队地坐在地上休息。但是赵洪军却紧张异常，这种气氛对他而言是不正常的，如果说维金广场案是一场远洋上正在肆虐的风暴，虽然猛风吹过进入平静，但海面平静如湖的景象只是假象，只因处在风暴眼之中，短暂的平静过后恐怕就是狂风暴雨呼啸而来了。

就在赵洪军皱眉望着不远处的围观者时，他的耳机传来了消息，第二条线索已经被破解了。

漆黑的走廊不见光亮，周围充斥着干燥的沉闷，仿佛这漆黑的走廊中若是闪出一道细微的亮光，就可以看到光亮所经之处飘浮着微尘。

走廊的深处传来声响，听上去像是有人在缓步行走。漆黑走廊的墙壁是由凹凸不平的石块修建而成的，粗糙且不规则。越是往走廊深处走去，那缓步行走的声音就越发清晰。

终于，在走廊的尽头出现了一处交汇的路口，正对着走廊的方向是一间用铁栏杆封闭的房间，房间内侧的墙壁上有一扇同样被铁栏杆封闭的狭窄窗户。一切只有黑色的深浅之分，让人看得清楚周围的轮廓。

一个身影出现在这牢房般的房间当中，从牢房深处缓步走向铁栏杆边缘。身影仿佛从黑暗的墨汁中慢慢脱离而出，随着不断接近，那轮廓逐渐清晰。就在靠近铁栏杆的瞬间，那身影原本低垂的头突然扬了起来……

周彤雨猛然睁开了眼睛。

“姐？你醒了？”

听到安佑麟呼唤的声音，周彤雨只是瞪圆了眼睛直勾勾地盯着救护车顶，刚才梦境中的画面历历在目，无比清晰。可是周彤雨总觉得那黑暗的背后又发生了某些她没能看见的事情，那漆黑的走廊和牢房是什么地方？被囚禁的人到底是谁？

“姐？”

安佑麟又低声试探着询问了一声，周彤雨这才作出反应，将目光移向了身旁的安佑麟。

“我刚才怎么了？”周彤雨坐起身来，安佑麟赶紧扶住了她的肩膀，“这是在哪？离开现场了？”

周彤雨转过脸望向救护车外，发现自己并未远离案发现场，这才松了口气。

“姐，刚才张艾告诉我和大夫了，说你在福元村调查的时候就晕倒过，为什么在电话里不告诉……”

周彤雨的脸稍微有了些血色，“案件的调查最重要，等案子结束，我会好好休息的，你放心吧。”

说着，周彤雨突然想起自己在晕倒之前看到的情景，连忙询问杨雪梅的情况。安佑麟闭着双眼无奈地扬起了脑袋，然后又无力地垂了下去，并用鼻子长长地呼出一口气来。

“杨队长她……”

周彤雨不想说出自己不愿面对的现实，没有想到在自己昏迷期间，竟然发生了如此大的变故。

安佑麟无力地点点头，“现在刚子暂时接替了副队长的职务，为了防止继续发生意外情况，所以救护车在现场附近随时候命……”

“老师在哪？老师有没有受伤？那是毒气吗？”

说完，周彤雨急忙翻身下车，安佑麟赶紧劝说：“姐，你多休息一会儿，老师他在现场，没受伤。”

周彤雨根本不听劝告，反而责怪道：“佑麟，这种时候为什么不去协助老师？你守着我干吗？”

安佑麟像个做错了事情的小孩子，任由周彤雨指责，他垂头丧气地跟在师姐的身后，不敢多嘴加以阻拦。

周彤雨只希望自己能够尽快将精力完全投放进案件的侦破中，她匆匆踏上楼梯，越过奔前忙后的警察，终于来到了二楼走廊，并见到了正在与罗刚低声交谈的常鑫教授。

见到周彤雨快步而来，常鑫教授道：“彤雨，你醒了。”

紧接着，常鑫教授向周彤雨介绍她在离开案发现场之后的情况，以及破解线索提示的经过。常鑫教授根本就没有因为周彤雨之前昏迷而劝说她去休息，一切都以侦破案件为重心和目标。

“老师，金苹果内喷出的烟雾是毒气吗？”

“应该是神经毒气，杨队长在中毒之后很快就得到了抢救，但是在几分钟之后还是中毒身亡，可见纯度极高。”

很快，现场调查小组的成员汇报说，案发现场内的毒气已经完全散尽，而且另外两具尸体的喉咙部位同样发现了苹果形状的装置。

“根据初步检测，苹果型装置内的毒物是甲氟磷酸异丙脂，也就是我们通常所说的沙林毒气，并且纯度很高。不过，除了沙林毒气的成分之外，在装置的外层还有其他无毒成分，怀疑外层是某种雾化器装置。想知道气体的具体成分，还需要对在其他两具尸体内发现的装置进行检验。”

原本在安佑麟脑海中杂乱的碎片开始重新拼凑起来，三具尸体内全部都有苹果形装置？装置外层有雾化器？

“另外，在尸体的喉咙深处，发现了定时发声装置，该装置以一条导线与苹果型装置相连接……”

原来，尸体的笑声来自发声装置，当安佑麟发现尸体口中的金苹果并取出的同时，插在金苹果上的导线被拔出，于是金苹果和发声装置同时进入倒计时状态。在发声装置发出笑声之后不久，金苹果喷发气体。

听完了汇报，常鑫教授要求重回现场，虽然现场残留的毒气已经被清理干净了，但是时间紧迫，出于安全考虑还需要进行防护。于是，进入现场的众人穿上了防护用具。

重新回到案发现场的安佑麟心情复杂，短短一个小时内，他先是险遭冒充郑亦舒的门徒杀死，紧接着在发现线索的关键时刻，又遭到暗算，导致了杨雪梅的身亡。

此时的现场较之前已经发生了变化，佘巧云和王泉水的尸体虽然还放置在原处，但是尸体口中的装置已经被取出，并由防爆小组带走。现场调查小组将在单妍尸体口中发现的苹果型装置密封好后交给了常鑫教授，常鑫教授看着已经分裂成两个部分的金苹果，在其中一半的装置当中，赫然刻着数字“2”。

“这就是第二条线索提示的答案。”

常鑫教授的语气很平静，并没有因为发现了线索答案而有任何欣喜。安佑麟能够理解这种感受，破解第二条线索提示的过程充满了杀机，虽然化解了其中的一次，可刑侦大队副队长杨雪梅还是牺牲了。线索提示谜题的破解，代价太过惨重。

常鑫教授随后立刻叮嘱罗刚，在防爆小组拆开其他两个装置之后，要将里面的数字告诉自己。随后，常鑫教授便引领众人离开了案发现场，并立刻联络专案组方面。

此刻，世界各地的观众都围坐在电视机旁或是电脑前关注着维金广场案的最新动向。西京地方台甚至做起了直播节目，在维金广场这短暂的平静之中，不断播放两个月前那场未成年少女强奸案的案件回顾，以及有关于于晔的一些个人情况。

演播室内的嘉宾原本正在讨论着于苍海和萨利华的离异对于晔成长教育的影响，主持人突然将画面切到了维金广场的现场，并告知观众维金广场有最新动向。

画面上，一位短发女主持人站在人群之中，对着摄像机说："大家好，我现在依然在维金广场，就在刚才，警方有了很大的动作。"

紧接着，画面有所上升，并拉近镜头。不过因为距离较远，画面有些抖动和不清晰。负责守在甜品屋周围的特警走到了玻璃墙上闪着光亮键盘前方，将护栏移走。随后，赵洪军朝着玻璃墙走去，并驻足于键盘之前。

"站在玻璃墙前的，正是之前输入数字的西京市刑侦大队队长赵洪军。现在他要输入第二个数字了，不知道这一次的数字输入是否正确。我跟电视机前的观众一样，非常紧张。"女主持人的声音很是激动，仿佛如果不用力说话，她的声音就会颤抖不止，"如果数字输入错误，按照Z先生的说法，倒计时将会立刻缩短两个小时……"

画面上的赵洪军背对着镜头，并未立刻输入数字，似乎正在做着确认。大概半分钟后，赵洪军再度上前一步，缓慢地抬起手在键盘上输入了数字"2"。

"他输入了什么数字？观众也许在目前的拍摄角度无法看清楚啊。"女主持人顿了顿，似乎在与其他记者低声交谈，"根据距离现场较近的围观群众描述，当然也有距离较近的网友通过手机拍摄的方式记录下了输入数字的经过，确认输入的数字是'2'！我们稍作等待……"

在赵洪军输入了数字"2"之后几秒钟里，所有人都屏住了呼吸，维金广场上那原本疲倦、麻木的围观者们再度振奋起来，数不清的手机亮光在广场上闪动着。

几秒钟之后，玻璃墙键盘上方的第二个方框变成了绿色，甜品屋顶的大屏幕同时出现了数字"2"和"正确"的字样。维金广场上一片嘈杂的沸腾声。

“数字‘2’是正确的，现在是凌晨1点03分，警方在经过9个小时的努力后，终于破解了第二条线索。不过就目前的时间来看，在还有不到8个小时的时间里，警方是否能破解最终的线索提示？现在现场的围观群众也都议论纷纷，还有人正在等待着最终一条线索提示的公布……”

走廊里，众人都在观望着正在与维金广场最前沿保持联系的常鑫教授。直到常鑫教授挂掉电话宣布数字“2”为正确答案时，众人才松了一口气。

有常鑫教授坐镇，数字“2”是正确答案完全在情理之中，但是当答案在维金广场确认之后，第二条线索提示才算真正被破解。虽然如此，安佑麟的心中却仍有困惑。

“老师，关于第二条线索提示，我还是有想不通的地方。关于尸体内的装置。我明白发声装置的目的所在，是在苹果型装置被发现之后吸引发现者的注意力，以便苹果型装置散发毒气。可是我不明白，为什么装置的外层会是无毒的雾化装置？”

常鑫教授似乎早已料到安佑麟会有如此疑惑，解释说：“沙林毒气虽然纯度高，但是储存得当会呈液体状态。杀死杨队长的，并非是沙林毒气的气体，而是装置喷溅而出的液体。雾化装置是用来警告我们的，不要靠近。”

这很矛盾！安佑麟微微摇头，既然装置是用来杀人的，又为何要警告他们不要靠近呢？难道……

正当安佑麟渐渐捋出头绪的时候，周彤雨说道：“因为门徒既要杀人，但是又不想杀死太多的人。”

安佑麟已经想通了，“Z先生想要杀死参与侦破案件的人，可是还想这场他设计的游戏可以继续下去。如果在发现者中毒之后，其他人毫不知情的接近，很可能会沾染到液体而中毒。如果大家都中毒身亡，这场游戏就很难进行下去了。”

安佑麟仍有不解之处，“老师，既然‘2’就是第二条线索的最终答案，那么还有必要知道其他两个装置内的数字吗？在这么短暂的时间里拆解可能爆裂出沙林毒气的装置，太危险了吧。”

“是为了谨慎而为之，虽然我对你的推理有把握，但是做好准备也未尝不可。”常鑫教授依旧态度平静，“而且，我们即便调查出第二条线索的答案，也不过是与凶手打成了平手，也可以说是为了在关注案件的人眼里，不至于太过无助。”

赵洪军见输入的数字正确之后，暗地里松了一口气。他感到背上原本就黏稠的汗水，越来越多了。

此时维金广场上的围观者已经再度沸腾起来，他们当中有人猜测三条线索提示的含义，还有人对警方在案件侦破上有进展表示赞许，还有很大一部分人则表示对如此结果很是不屑。

站在维金广场中央甜品屋和围观者之间的赵洪军，时刻关注着身处金属箱内的于晔。相比围观者们各异的反应，案件结果与自己性命攸关的于晔却反应平淡，他哪怕是在清醒的时刻，也并未表现出过多的忧虑来。由透明玻璃建成的甜品屋内外仿佛是两个完全隔绝的世界，里面的于晔像是根本感受不到痛苦，也察觉不到外面的人对他的关注。

面对如此局面，赵洪军感到非常不安，他认为这背后正有一双手在操控着眼前发生的一切。无论是维金广场上的沉寂，还是跌宕的沸腾，全凭那双手的拨动。

调查组在得知第二条线索被常鑫教授破解之后，都感到欣慰鼓舞。不过众人都并未戳破那层窗户纸，虽然破解了线索提示，可是下一个提示的内容还不得而知，也并不相信破解了最后一条线索提示，就真的能营救出于晔。

在调查组看来，唯有警方掌握主动权的营救方案，才能侦破维金广场案。不过魏志国心里明白，自始至终他们都在尝试掌握案件的主动权。当营救行动一次又一次失利，他们也在不停地商讨应对方案。

法医组长孙庆林终于赶到了案发现场楼下，下了警车的他直奔着等在楼梯口的常鑫教授等人。

“常教授，还是得让我过来了吧。”法医组长孙庆林面容僵硬，“杨队长的事情我知道了，我也理解你不想让我过来的原因。”

常鑫教授走过去用手扶住孙庆林的胳膊，无奈道：“谨慎起见。现在也不得不叫你孙老过来了。”

孙庆林听闻后怀有深意地对常鑫教授点点头，并询问案发现场的情况。

网络上对于警方破解第二条线索有很多的争论，相关论坛都在对Z先生提供的三条线索提示和答案展开猜测和推理。

……

65# 求大神分析答案为什么是2？

66# 打脸！在Z先生刚刚给出线索提示之后，我就推理出了数字2是正确答案，竟然有人反驳，现在足以证明我的推理过程是完全正确的，推理帖子的链接地址：……

67# 码，回看。

68# 哈哈哈，根本就是一本正经的胡说八道，你数学是体育老师教的吧？

69#[该内容已被管理员删除]

70# 楼上，骂人就不好了吧？

71# 我看过很多分析线索的帖子，很多推理都是2，分析和推理的内容都不相同，我看楼上某位也只是凑巧蒙对的吧？而且就那么几个数字，蒙对的概率不算很低吧？给几个链接，大家看看这些分析答案是2的，哪个才是正确的，链接地址：……

……

120# 你们都是傻X吗？分析什么劲啊？你们得到的信息和警方信息对等吗？都是瞎猜，呵呵呵。

121# 要求警方公布调查过程，线索是给所有关注案子的人的，凭什么警方独占？

122# 楼上那种人别添乱好吗？Z先生已经限定了时间，救人是争分夺秒的事情，怎么可能有时间公布这些，而且你们推理出的答案有参考价值吗？为了满足你们的娱乐心理？

123# 炸死强奸犯于晔！严惩于晔！支持Z先生伸张正义！顺便炸死于老贼和萨婆娘！

124# 楼上某位仁兄，我们是有知情权的好么？

125# 现在还没有直接证据证明两个月前的强奸案就是于晔干的吧？怎么Z先生绑架于晔就成了义举了，真是可笑之极。

126# 超级反感楼上的理客中，你这种人没有脑子吗？现在各国媒体都在直播报道，难道Z先生做出了这么大的动静不是有了实锤吗？

127# 求实锤！另外，有没有一会儿去维金广场的？声援求实锤！

……

安佑麟随意看了一眼网上某个热门论坛的帖子，自从警方破解了第二条线索之后，网友就对破解的过程有着极为浓厚的兴趣，不过很多人对警方掌握侦破线索表示不满。每每看到这些留言回复，安佑麟总是会无奈地摇摇头——这并不是一场游戏，所有的线索都是从血水中捞出来的。

第十二章　友谊地久天长

专案组总指挥室内的监控屏幕上显示，维金广场的一隅出现了异常情况，画面中的异常状况犹如快速传播的病毒，波及了整个画面当中的人群。此时镇守在维金广场中央隔离圈内的赵洪军也觉察到了异常，眼前的围观者们就像原本平静的海面遭遇了强风一般，波浪迅速由远及近。

“赵队，出状况了，有人劫持了人质，正朝着甜品屋的方向移动。”

得到消息的赵洪军朝着人流波动的方向望去，挟持人质？这又是哪出戏？

魏志国回到了总指挥室，通过屏幕可以看到，一名中年男子持刀挟持了一位瘦弱的女大学生，正朝着维金广场正中央挪去。附近的围观者们纷纷避让，使得中年男子四周出现了方圆几米的无人区域。

从之前的监控画面看，中年男子在学生聚集的地方毫无征兆地用刀子逼住了一位女大学生。起初，他并不想搞出太大的动静，可是女学生的同学发现了他的危险举动，于是中年男子只好用刀子逼住女学生的颈部，要求周围的人散开。

魏志国紧皱眉头盯着画面中的中年男子，难道这又是Z先生的计策？还是说，这位中年男子是情绪失控的围观者，他挟持人质另有所图？

中年男子挟持人质朝着维金广场中央移动，期间有围观者试图接近和阻止该男子，不过男子一边用胳膊夹住人质，一边挥舞着刀直指胆敢接近他的人。

“魏局，男子正挟持人质接近维金广场中心外围！”

接近维金广场中央外围就意味着靠近了被当做隔离墙的便衣警察，换言之，无论该名男子目的为何，他期待的结果最终将会发生在维金广场的中央。若是由便衣警察在广场中央外围对挟持人质的男子进行抓捕，就会暴露警方在维金广场中央的布局。

也许，这就是Z先生的目的！胁迫该男子挟持人质，试图引发事件并迫使警方做出行动。如此一来，警方在维金广场中央前沿的布局就会完全暴露在围观者以及Z先生的面前。魏志国立刻联络上了赵洪军。

“洪军，在中央外围的便衣小队不能暴露，我需要你将其逮捕。”

赵洪军默契地领会了魏志国的意思，便衣警察行动会暴露警方布局，可是他作为在明处的警方是可以处理局势的。

“不能打破目前局面的平衡，更不能暴露我们在前沿的部署。情况紧急，既要逮捕嫌疑人，还要保证人质的安全。”

魏志国接下来要做的事情，就是说服在听闻他计划之后会暴跳如雷的调查组，他们更加倾向于立刻解决人质挟持事件，不想让嫌疑人接近广场中央增加案件的变数。

可以采取必要的措施。

这是魏志国对赵洪军最终的叮嘱，他对赵洪军完全信任，他清楚若是出现了极为严峻的形势，他在专案组是无法真正了解现场状况的。唯有信任赵洪军，让赵洪军依据他的经验作出判断，采用最可靠的方法解决问题。

赵洪军眼看着人群外围的波动逐渐逼近，他的额头上滑落了一滴不被人轻易发现的汗水，冰冷。按照命令要求，位于广场中央外围的便衣警察不可以对挟持人质的中年男人轻举妄动，完全交由赵洪军解决。于是，挟持着女学生的中年男子在围观者的慌乱中终于闯入了维金广场中央……

“魏局长，我需要了解目前维金广场中央的情况，希望能够看到有关挟持者清晰的画面。”

常鑫教授与魏志国取得了联系，对表示希望能够协助赵洪军解决挟持事件。

魏志国将维金广场中央的几处监控画面通过加密的方式同步传给常鑫教授。在案发现场楼下的一辆指挥车内，常鑫教授靠在车厢旁，目不转睛地望着不同角度的现场画面。

中年男子身材不算高大，有些秃顶，上身穿着黑色的汗衫，下身是单薄的运动裤，脚踩一双与衣服极不搭调的黑色皮鞋。被他挟持的女学生个头较矮，双手扶着中年男子束缚住她脖子的手臂，瞪圆了眼睛下意识地跟着中年男子移动，应该是受到了极大的惊吓。

安佑麟心已经提到了嗓子眼儿，眼睛在各个屏幕当中徘徊，他甚至不知道究竟该从哪个角度去观察维金广场上的这起挟持事件。中年男子挟持女大学生？要去维金广场中央？他挟持人质的目的是什么？顺利到达维金广场？那么到达维金广场中央之后呢？

安佑麟用目光偷偷扫过周围的其他人。周彤雨的目光也不断在屏幕之间徘徊，在从远及近的画面中打量着中年男子的行为，看着他时而用刀子逼近被挟持的女大学生，时而挥舞着刀子朝向企图接近他的围观者。罗刚紧皱眉头，目光直愣愣地盯在始终给中年男子特写的画面中，嘴唇紧闭。

“佑麟，仔细观察挟持者的特征，我需要你协助赵队长将其擒获。”

啊？协助赵洪军抓捕挟持人质的中年男子？安佑麟猛地一惊，无言以对。

同时，常鑫教授已经联络上了身在维金广场中央的赵洪军，“不要对我们给你提供的信息有任何的反应，不要让挟持者觉察你与其他人正在联络。”

安佑麟的目光死死盯着中年男子的言行举止。在特写画面中，中年男子在持刀威胁他人的同时，目光游移不定，并未集中在任何一个企图靠近他的人身上。

“佑麟，有没有发现突破点？”

常鑫教授突如其来的询问让安佑麟打了个寒战，背上渗出了冰冷的汗水，“老师，我认为解决正在发生的挟持事件，要搞清楚挟持者的身上究竟有没有被安装炸弹。这对确定挟持者的动机和如何劝解、解救人质，包括挟持者本身都非常必要……”

屏幕画面上，挟持人质的中年男子已经接近广场中央的最外围了。按照之前的命令，为了不暴露警方布局，便衣警察不会有任何行动。

常鑫教授侧过身面对正在盯着屏幕画面的安佑麟，用手指着画面厉声道：“现在的局面允许你做这种打算吗？我要的是立刻能够解决局面的突破口！”

说着，常鑫教授不由分说地将与赵洪军联络的耳机和话筒递给安佑麟，安佑麟慌张地把耳机和话筒戴上了，盯着屏幕的眼神有些颤抖……

赵洪军终于见到了挟持着女学生的中年男子，当中年男子穿越过由便衣警察组成的人墙之后，那道缺口便迅速被重新封上了。与赵洪军把守最前沿的配枪特警立刻警觉起来，赵洪军示意特警不要轻举妄动。

“你们……都别过来！”中年男子挥舞着刀子朝向距离他最近的一名特警，“敢过来我就杀了她！”

赵洪军相信常鑫教授会提供的对策和应对方法，但是并不能预料到在这之前会发生怎样的情况。他必须要稳住挟持者，先搞清楚状况，至少要拖延时间。

“别激动！有什么事情慢慢说。”

赵洪军心知肚明，他此时的任何举动都被媒体和围观者们一览无遗，他必须要沉住气。

“滚！你别过来！听没听见啊！”

中年男子把刀逼回到女大学生的颈部，他的声音带着颤抖和嘶哑，仿佛用尽了力气才能说出话来。

赵洪军朝后挪了两步，并将手伸向身体的两侧，向中年男子表示自己没有乱来的意思。

“咱们聊聊，别紧张，无论你有什么要求，都不必以伤害他人的方式……”

“你他妈给我闭嘴！别跟我废话！”

中年男子并未将刀子从女大学生的颈部挪开，他虽然是在冲着赵洪军嚎叫，可是眼神却很游离，并不直视赵洪军。他的目光并未集中于一点，更不像是在盯着周围可能靠近他的特警。

指挥车内，安佑麟不知所措地盯着屏幕画面，脑海中一片空白。

“佑麟，我要你立刻解决正在发生的挟持事件，告诉赵洪军队长有用的信息，帮他解决眼前的困局。”常鑫教授厉声道，“抛开那些虽然有用但是并不急于解决的问题，判断现状直击核心！”

安佑麟的眼睛始终盯着中年男子，他正冲着赵洪军嚎叫着。他注意到了中年男子的异常目光，他并不敢直视任何人！安佑麟又查看其他角度的画面，中年男子果然在回避与他人四目相对。

维金广场中央，成了所有人瞩目的焦点。

赵洪军的一举一动出现在各大媒体的新闻直播画面中，他正在试图稳定中年男子的情绪，获知他需要知晓的信息。

“马上把路让出来！”中年男子抬高了音量，把被劫持的女大学生吓了一跳，“让我过去！”

让路？过去？赵洪军提出了疑问，他用张开的手指了指身后的甜品屋。

“让我过去！”中年男子挥了挥刀子，“你！把路让出来！”

“你要去看于晔？”赵洪军揣摩着中年男子的目的，“为什么要这么做？”

听到赵洪军的问话，中年男子眼珠子乱窜，依旧不与他对视。

“于晔该死！他是罪犯！我要替天行道！”中年男子不像是在对着赵洪军说话，更像是在把话说给周围的人听，想让其他人听到他的呼喊，“我要杀了于晔！”

“我理解你的心情，但是你也看到了，他现在正被关在我身后这座甜品屋内。你怎么杀死他？如果能够靠近于晔，我们早就……”

“哈哈哈哈哈！”中年男子狂笑起来，“我有办法干掉那个罪犯！只有我能干掉他！你让出来，从键盘那让出来……”

赵洪军醍醐灌顶，他终于知道了中年男子挟持人质的目的了——他想要输入数字，更具体的说他想输入错误的数字。按照Z先生给出的游戏规则，如果输入了错误的数字，倒计时将会减少两个小时。

安佑麟从耳机中听到了赵洪军重复中年男子的话，他立刻转告给了常鑫教授。常鑫教授的沉默是另外一种催促，安佑麟回想着老师的忠告，他不断告诫自己，不要追根问底、不要在意那些旁枝末节。他需要的是能够解决眼前困境的方法。

“不要着急，能跟我具体说说你为什么想要杀死于晔？”

赵洪军继续拖延时间企图找到破绽。

“他是罪犯！”中年男子满脸汗水，目光游移，“你们这些警察不能惩罚他，就让我替天行道……”

就在这时，赵洪军听到藏在耳朵里的耳机发出了安佑麟的说话声：“赵队长，挟持者目光游移，他的注意力并不在与他对话的人身上……”

安佑麟的声音听上去有些颤抖，并断断续续。

“目前，他的注意力需要高度集中，但他无法做到，他很可能有社交恐惧甚至更加复杂的恐惧症。根据我的分析，他的注意力只能集中在被挟持的女大学生和甜品屋的键盘上。”

赵洪军时刻盯着中年男子的举动，他佯装为中年男子让开路。中年男子挟持着女大学生，眼角朝向甜品屋那面玻璃墙上的发光键盘。

或许是中年男子的目的已经被围观者们知晓了，原本嘈杂的围观者们都屏住呼吸观望着事件接下来的走向。

“赵队长，请你将他的注意力引到你的身上，寻找破绽……”

听了安佑麟的建议，赵洪军有了对策，就在中年男子距离玻璃墙还有几步之遥的时候，他突然对中年男子叫道：“喂，为什么你在跟我说话的时候却不看着我？”

听到赵洪军的问话，中年男子突然停住了脚步，他用力吸了一下鼻子，用舌头舔了一下嘴唇。

“你胡说什么？”

中年男子突然对着赵洪军怒吼。

“为什么不看着我？”赵洪军平静地问，“为什么不在说话的时候看着我？”

中年男子下颚颤抖了一下，盯着赵洪军的眼睛通红。

“你他妈往后退！老子在看着你呢？怎么样？我看着你呢，往后退！”

赵洪军发现，中年男子对他提出的问题非常敏感，可随后又将注意力挪向他处，这回是玻璃墙上的键盘。

“跟我过来！”中年男子在女大学生耳边喊道，他的喘息甚至吹起了女大学生耳边的头发，“我们要去替天行道！替天行道！”

中年男子朝玻璃墙靠近，发觉玻璃墙前的活动围栏挡路，便叫喊道：“把那玩意儿挪开！”

赵洪军示意特警将围栏撤走并后退，中年男子见状继续靠近玻璃墙。

“等一下，你怎么才能既拉住她，又按动键盘？”

赵洪军虽然语气平静，但是内心已经焦急到了极点，毕竟中年男子距离玻璃墙已经非常近了。

中年男子紧张地吞了一口口水，他左臂束缚着女学生的颈部，右手持刀，想要按动玻璃墙上的键盘就成了问题。如果他想一边持刀一边按动键盘，那么刀子就失去了对人质的威慑力。

“哈哈哈哈，”中年男子的眼睛没有再盯着赵洪军，“你要我？我早就想明白了，想等我拿着刀去按，你们就一起冲上来？”

赵洪军等的就是这句话，他立刻对中年男子说：“只要你不伤害人质，一切都好说。比如说，你可以将刀子换到左手上，让左手用刀子逼住她……”

中年男子很焦躁，他并不想听赵洪军的指导，“滚滚滚！你给我闭嘴，我自己知道该怎么做……”

赵洪军不打算给中年男子喘息的机会，他学着中年男子的动作，一手环状，一手做了拿着刀的动作。

“看着我，这样做！”

中年男子红着眼睛勉强望着赵洪军，赵洪军继续动作。

“把刀换到左手上，你就可以既困住她，又按动键盘了！”

说着，赵洪军将右手慢慢靠近左手，“就是这样。”

中年男子事先已经有此打算，见赵洪军的动作，他也开始刀子缓缓伸向左手。围观者们并没有听到两人的对话，不明真相的他们以为中年男子遭到阻止想要杀死被挟持的女大学生。周围的场面一度混乱起来，所幸维金广场中央最外围是便衣警察，周围负责警戒的特警勉强维持住了秩序，可是围观者们依然犹如海浪般在冲击，围观前沿不断变形波动。

就在中年男子右手的刀伸向左手的时候，原本做着相同动作的赵洪军突然改变动作，迅速将腰间的枪拔出随即开枪——砰！

枪响的瞬间，只见中年男子的右手臂中弹，还未到左手的刀子落地。赵洪军两步上前直接按住了中年男子，被挟持的女大学生摔倒在地，这才缓过神来哭喊起来。一位特警迅速上前，将女大学生快速转移。

指挥车内，安佑麟见挟持者已经被警方制服，并且被挟持的女大学生已经被成功营救，大大的松了一口气。

“赵队长真是反应迅速，有点西部牛仔决斗时的威风劲……”

安佑麟红着脸，刚才那惊险的一刻让他浑身冒热汗。

常鑫教授盯着画面中被带走的中年男子道：“虽然很冒险，但是赵队长做的决断已经是最妥善的了。”

“老师，你们看……”

满脸汗水的周彤雨指着其中一个画面，那画面正是光亮键盘所处的玻璃墙……

维金广场上的围观者们在赵洪军开枪擒获了中年男子后有了很强烈的反应，有的人鼓掌欢呼，更多的则是议论纷纷，仿佛拯救人质不让中年男子胡乱输入数字是一件备受争议的事情。

中年男子手臂中枪被押走救治，赵洪军准备恢复挟持事件发生之前的秩序。

“赵队长！”赵洪军的耳机里传来专案组的汇报，“在你身后的玻璃墙上，有一道弹痕，请尽快确认。”

听到这个消息，赵洪军的身体为之一颤，他虽然在开枪之前引诱中年男子到达他期待的位置，尽量避免开枪后可能发生的意外情况——子弹打偏射中围观者或玻璃墙，又或者子弹射中挟持者但穿透其身体伤及他人。所以赵洪军选择的位置尽量避免了这两种情况的发生，可是目前的状况说明还是发生了第三种情况，子弹在射穿了挟持者的身体之后，打中了地面再弹射到了玻璃墙上！

面对这种低概率事件，赵洪军忍不住暗骂一声，然后立刻转身检查那道弹痕。他发现子弹钻进了玻璃墙内，但看上去只是玻璃墙最外面的一层，里面的玻璃丝毫不受损伤。

金属箱内的于晔正用昏沉的眼神直勾勾地盯着那颗射入玻璃墙外层的子弹，子弹的周围裂痕仿佛是一张不易被觉察到的蜘蛛网，朝着四周扩散开来。

突然，原本逐渐恢复秩序的维金广场中央在短暂平静之后再度波涛汹涌，甜品屋顶端的四块大屏幕同时再度开启，红色的字母 Z 和绿色的声波线出现了。

“各位渴望公正、心存善念的人们，你们还在被称作看客吗？还要继续在此无动于衷吗？”

那诡异的声音正从甜品屋向整个广场四散传播。

“我很公正地制订了游戏规则，可是公正的游戏规则却遭到了暴力的破坏。既然警方不顾警告企图破坏这透明、公正的玻璃房，拒绝对罪人于晔的公正审判，那么我也会做出相应的回应。”

一时间屏幕一片漆黑，原本沸腾的维金广场顿时悄无声息。广场上，每个人的动作仿佛都被定格在那一瞬间，有人从远处仰起脖子望向广场中央，丝毫不觉疲倦；还有人高举着手机，想记录下广场中央正在发生的情况。

魏志国接到了最新的汇报情况，中年男子的身上并没有被植入爆炸物。可见中年男子挟持女学生企图按动键盘的行为，并非受到Z先生的胁迫。

会议室内，魏志国的手扶着巨大的落地窗，感受到了厚重玻璃的冰冷。他狠狠地喘息了一口，立刻与尚在指挥车内的常鑫教授等人取得了联系。

安佑麟呆着脸，将耳机摘了下来，他皱眉摇头，脑子里一片空白。常鑫教授在与魏志国通话时直接询问有关中年男子的情况，在得知中年男子并非遭到Z先生的胁迫之后，他沉思了几秒钟。

“魏局长，挟持者极有可能是自发行为。虽然我并未当面进行诊断，不能确定，但是从他的种种表现来看，他极有可能有某种心理障碍。所以，刚才发生的挟持人质事件，很可能是凶手未能预料到的。”

“老常，按照之前的推测，甜品屋极有可能已经脱离了人为操控，进入了自动模式。”魏志国看着落地窗外陷入死寂的维金广场，“只要有针对甜品屋的任何的行动，甜品屋都会做出反应，不会加以任何区分……”

“凶手的计划如此周详，恐怕即便在人为操控的情况下，甜品屋内的装置只要感应到了破坏，同样还是会做出反应的。”

魏志国叹了口气，认同道：“说的没错，凶手不可能依靠远距离的操控来做出回应，毕竟不能在远处了解到我们对甜品屋采取的行动。”

安佑麟逐渐回过神来，他感受到身体发空，依旧无法面对这两个小时以来接连发生的事件。无论是险些遭到门徒谋杀，还是亲自参与破解了第二条线索，又或者在刚才帮忙解决了挟持人质事件。看似事件被一一解决，可是他们却在Z先生设下的陷阱中越陷越深。

回想起刚才的状况，安佑麟心里清楚，他并未对解决挟持事件有十足的把握。可是常鑫教授却在明知安佑麟没有把握的情况下，依然严厉的要求他解决事件……冒险？为什么要这样做？如果失败的话，状况会不会更加严峻？

想到这里，安佑麟对老师常鑫教授产生了前所未有的陌生感，在过去协助老师侦破案件的时候他从未有过这种体会。安佑麟怀疑，常鑫教授与自己一样陷入了前所未有的困境当中。

耳机中渐渐传来音乐声，起初安佑麟以为自己听错了，可是当他将手里的耳机靠近耳朵时，他这才确定音乐声来自维金广场……

Z 先生在发出警告之后的几分钟时间里，屏幕一片漆黑。周围的一切仿佛都静止了，众人一动不动地望向同一个方向，气流也不再涌动。赵洪军侧过脸望着被囚禁在玻璃房内金属箱中的于晔，于晔直愣愣地盯着眼前某处，让赵洪军不由得怀疑他是不是已经死了。

音乐声骤然响起，赵洪军忍不住抬起头来寻找音乐声的来源。几分钟的等待，首先降临的是渐渐响起的音乐声。赵洪军瞪圆了眼睛，他终于听出了乐曲的节奏……

“《友谊地久天长》？”安佑麟脱口而出。

常鑫教授接过安佑麟递过来的耳机，听过之后盯着屏幕上的甜品屋并未言语。

“老师，难道 Z 先生所说的回应，跟这首曲子有关吗？”周彤雨被这突如其来的乐曲搞得不知所措，急于探知这背后可能存在的秘密。

“既然要对‘暴力营救’做出回应，想必不会使用还需要解密的谜题。”常鑫教授低声回答的同时，他在从耳机中传来的细微音乐声中陷入回忆，“恐怕这曲子只是回应的前奏曲！”

“前奏曲……”

罗刚皱眉靠在车厢旁，他也已经被 Z 先生不断搞出的诡异迷局折腾的疲惫不堪。

《友谊地久天长》。

魏志国低声念叨着这首曲子的名字，他这代人与这首曲子交集的场景实在太多了。会议室中回荡着与维金广场中央同步的乐曲声，魏志国轻轻扶着落地窗，望着维金广场上的人群陷入了回忆。透过清晰的音乐声，过往的画面不断在他的眼前映过——青年男女的笑声，笔直的街道，老旧的公交车，红白相间的公用电话标牌……

嘈杂声让魏志国回到了现实当中，柔缓的音乐之后突然出现的嘈杂声让他一度以为是因为设备的原因而与维金广场中央的同步切断了。

维金广场中央，取代乐曲的嘈杂声提醒着所有围观者，Z 先生的回应即将出现。赵洪军仰起头望着漆黑的屏幕，屏幕上逐渐出现了影像。在影像出现伊始，维金广场上人声沸腾，所有围观者都在猜测影像究竟是什么。

朝向四个方向的大屏幕同时播放着相同的影像，沸腾的人声逐渐消失，所有人都在盯着大屏幕。屏幕上播放的像是某个街道的监控画面，不过监控画面上并没有任何时间标记。

画面逐渐清晰，能够看清楚那是一条昏暗的巷子。巷子大约有五六米宽，暗色的砖石虽然稍有色差但是修建整齐。从画面上看，巷子一线笔直，长度较远，中途有几处转角。从监控画面看，拍摄的时间应该在夜晚，巷子深处逐渐黑暗。

维金广场上的围观者中，有人已经认出了监控画面中正是两个月前强奸案的案发地点，位于西京市文艺界青年们常去的酒吧附近。

正当所有人都对 Z 先生播放这段监控画面感到不解的时候，一个年轻的女孩出现在了画面下方，她上身穿着淡色的 T 恤衫，下身是蓝色的校服裤子，背着一个瘪瘪的书包。

画面中这学生打扮的女孩背对着摄像头，朝着巷子里望了望，似乎还在犹豫是不是要走进去。有人认出了女孩的打扮，正是强奸案的受害者……

这是案发当晚的监控录像？仰脸盯着屏幕画面的赵洪军惊讶地瞪圆了眼睛，那一瞬间他的大脑停止了运转。不可能，不可能！

短暂的嘈杂声之后，维金广场再度陷入沉寂，监控画面也随之发生了变化。女学生在巷口犹豫片刻之后，还是走进了巷子，她晃晃悠悠的背影尽显疲态。

这时，又一个身影出现在了巷口，不过来者并没有像女学生那样犹豫，他直接进了巷子，紧跟着女学生。从背影看，后出现的身影是一个年轻男子，该男子身材高瘦，留着短发。男子上身墨蓝色T恤，下身牛仔裤。

女学生对身后跟上来的人毫无察觉，正低着头查看手机。突然，年轻男子伸手抓住了女学生的脖子，女学生一阵慌乱，被年轻男子捂住了嘴巴。

看到这里，维金广场上爆发出议论声，有人认出了年轻男子，正是于晔。在之前警方公布的调查中，当晚于晔的确就在酒吧跟朋友喝酒，他身穿的也正是监控画面中的衣服。关注案件的人对这些信息都很了解。

监控画面中，女学生企图挣脱年轻男子的拉扯，她弯着腰身体朝后倾斜，可是年轻男子抓住了她的书包带，将她拉进了巷子转角处。女学生曾经试图挣扎离开，但还是没能逃脱出来，几次被年轻男子拉回到巷子转角……

监控画面逐渐暗淡，直到消失不见。Z先生的声音没有再度出现，这短短几分钟的监控视频足以言明Z先生的态度和回应。顿时，维金广场上的围观者们如同沸腾油锅中的水，迅速四溅、喷涌开来。

这是之前警方从未公布过的监控画面，它的突然出现引发了各方的强烈反应。很快，这段监控画面被现场的围观者翻拍后发布到了网上，更是在网上引起了轩然大波。

各大相关论坛上的帖子发布及回复量一时间大大增加，当初就认定了于晔是强奸犯的人更是自认掌握了争辩的砝码。网上的留言和回复已经形成了一边倒的架势——

实锤来了，监控视频说明一切！

这么明显的角度拍摄下来的监控视频，当初警方为什么没有公布？看来于氏家族的后台很强大啊！

这么明显的证据竟然查不到？那些说于晔不是强奸犯的傻X出来溜溜啊？

明显的包庇，无话可说，这盛世？呵呵呵呵呵……

于狗罪有应得，支持Z先生替天行道！

……

这段时间里更是出现了大量的揭秘贴，通过网上搜索到的信息推测于苍海背后的力量。维金广场上放出的监控视频在各大媒体上直播，受到了各国媒体的关注。

同时，在强奸案的发生地点以及受害者女学生自杀的高楼附近，聚集了大量民众。西京市的街道上出现了很多市民，他们走上街头纷纷要求严惩强奸犯于晔。

远远望去，维金广场上人头攒动，一片手机的光亮都照向广场中央的甜品屋。一直在维金广场上进行采访的记者对着镜头，满脸疲倦，但是硬提着精神。

“就在刚才，广场中央的大屏幕上公布了一段监控视频，从视频内容上看，正是两个月前强奸案的现场监控。”女记者端着话筒语速很快，周围的议论声不断，“现在我们就来采访一下现场的围观群众，对这段视频的看法……”

话音未落，女记者将话筒伸向旁边的一位年轻女孩，女孩早有准备，但是当话筒靠近嘴边的时候她还是用力吸了口气。

“我是昨天上午来到广场的，已经在这里超过 14 个小时了……”

“你是自己来的？还是跟朋友来的？”

“是男朋友跟我一起来的……”

女孩说到这里的时候，镜头稍微挪向了旁边，一个戴着圆框眼镜的男孩子点点头。然后镜头又重新回到了女孩的身上。

“能跟电视机前的观众朋友们说说，你对刚才公布的监控视频的看法吗？”

女孩立刻回答说：“在强奸案发生开始，我就一直关注案件的进展。我之前怀疑于晔就是强奸犯，但是警方在调查之后发现证据不足，就把他放了，但是从那之后他就消失不见了。受害者自杀之后，可以说是无奈之下含冤而死。这是她的无奈之举，也是向我们的控诉，我们不能做下一个受害者，不能让强奸犯逍遥法外！刚才公布的监控视频之前警方为什么没有发现？我不想恶意揣测，但是视频的公布可以说是关键的证据，我们这些关心案件进展的人没有白白等待！……”

警方指挥车上的安佑麟，目瞪口呆地望着屏幕，对刚才Z先生公布的监控视频感到错愕不已。两个月前的强奸案，警方在案发现场经过详细的调查，无论是附近的店铺、行人，还是路边的监控设施，都没有目击者或者拍摄到案发经过的监控设施。

“不可能是真的！”罗刚断言道，“从监控画面看，那个角度根本就没有什么监控器！”

指挥车内陷入了沉寂。

安佑麟的脑海中并未划过与那段监控视频有关的任何内容，没有怀疑、没有认可，只有震惊，震惊于Z先生如此举动的背后意义。

“老师，如果这段视频是假的，Z先生的目的……”

周彤雨还没有把话说完，魏志国就联络了常鑫教授。常鑫教授与魏志国确认了监控视频的真伪，正如罗刚所言，警方在案发现场的巷子周围并未发现该角度拍摄的监控设施。

“只有两种可能，一种是监控视频系伪造，另一种就是之前那里有监控器拍摄到了当晚发生的情况，但是事后遭到了拆除。”常鑫教授分析道，“如果是后者，恐怕说明凶手对于那晚发生的案件事先知情。不过我认为后者的可能性很小。”

“老常，从凶手的布局上看，伪造和公布这段视频的目的何在？”

“这也是我疑惑的问题，凶手为何要用这段监控视频作为警告警方的回应。”常鑫教授回答道，“对于目前的案件，监控视频的真假并不重要，重要的是视频带来的影响。从目前的局势推测，视频将会激起民众的强烈反应，让案件的影响和发展更加难以预料……”

常鑫教授提醒魏志国，要时刻提防意外情况的发生，如果凶手的目的在于激起民众的情绪，很可能会引发群体事件。

维金广场中央的赵洪军感受到了前所未有的压迫感，之前广场上围观者的波动如果是海风吹袭下的海浪，那么接下来他要面对的将是不可阻挡的暴风雨。

两个月前的强奸案，赵洪军曾经参与调查，在调查过程中并未发现刚才公布的那段监控视频。如果这段监控视频是假的，那么凶手必然做足了准备，无论是案发当晚事件经过，还是案件相关人的穿着打扮……

想到这里，赵洪军微微摇头，这些情况在一个多月前，也就是案发不久之后就在网上大量传播。因为涉及著名导演于苍海的儿子于晔，所以引起了强烈的舆论关注，而且有受害者讲述经过的微博和帖子转发，所以民众对当晚发生的事情都有所了解。

没错，即便监控视频是假的，但是只要关注这件事情的民众相信是真的就够了！这就是凶手的目的。想到这里，赵洪军感到喉咙在燃烧，他立刻低声与专案组取得了联系……

“佑麟，你有想过突然公布监控视频的影响吗？”常鑫教授目不转睛地盯着屏幕。

“老师，我有很多问题都想不通。比如这段监控视频，如果 Z 先生事先制作好了这段监控视频，是不是证明无论警方是否有引起 Z 先生注意的暴力营救行动，都会公布出来呢？”安佑麟的眼前闪过前几次营救行动失败的画面，“现在我们有理由怀疑甜品屋已经进入到不需要人为操作的模式，所以这段监控视频的公布是不是只要符合条件就会出现？只是单纯的保护机制？”

常鑫教授微微地摇了摇头。安佑麟意识到自己的回答并没有让老师满意，他又产生了无力感，无论做什么、说什么都无力抵抗 Z 先生步步紧逼的无力感。

“那么是意外情况？”安佑麟放大胆子猜测，“我看不到 Z 先生事先以此作为暴力营救回应的目的，如果这段监控视频引发了民众的不满，那么围观者很有可能会在激动之下冲击甜品屋，这种情况与 Z 先生的布局目的背道而驰，相互矛盾……”

安佑麟话音未落，常鑫教授就接到了魏志国的再度联络，这让安佑麟微微松了一口气。罗刚沉默了许久，他低声对安佑麟说："冲击维金广场中央的情况或许会发生，但是我们绝对不会让这种情况持续下去的。"

安佑麟听出了罗刚的弦外之音，没错，警方为了防止维金广场案最前沿出现意外情况，早已在广场周围的大厦当中做好了准备。

"围观者再冲动，也不会拿自己的命开玩笑。"周彤雨补充了一句。

安佑麟领会地点点头，毕竟Z先生对于晔的处决方式是炸弹，即便之前Z先生明确表示他只针对于晔一个人，但是没有人会真的冒险接近于晔。

常鑫教授的脸色越发凝重了，"立刻调查事发时的完整视频录像，人应该就在外围的人群当中，很可能趁乱逃走！"

放下电话之后，常鑫教授向安佑麟他们公布一个足以让他们震惊的消息。

魏志国得到了最新的进展调查汇报，作为挟持者的中年男子身份已经调查清楚了，嫌疑人王跃平，现年53岁，无婚姻史，曾经在一家纺织厂担任会计，平日沉默寡言，极少与人沟通，工作从无错漏之处。经过检查，王跃平的体内并没有被植入炸弹，说明他挟持女学生企图按动键盘的行为是自发的。更重要的一点是，在为王跃平治疗的时候发现，赵洪军开枪射击的子弹并未穿透他的右臂。

当时，魏志国在听到这个消息的时候呆住了，子弹是从王跃平的手臂中取出来的，那么射入玻璃墙上的子弹呢？另有其人！

魏志国足足愣了十几秒钟，他被自己的想法吓住了。在赵洪军开枪解救被挟持的女学生的同时，竟然有人朝着玻璃墙开枪？难道真正的目标是玻璃墙内侧的于晔？

魏志国没有时间多想了，他下令立刻调取从王跃平挟持女学生靠近维金广场中央到中枪被擒这期间的监控录像，希望能够通过子弹射入的方向找到枪手。

通话中，常鑫教授首先对目前的局面提出了相应的措施，建议魏志国立刻派人保护于苍海和萨利华的安全。Z先生公布的监控视频已经激怒了关注维金广场案的民众，监控视频一出，有人恐怕会做出不理智的行为。

听了常鑫教授与魏志国的通话之后，周彤雨白着脸用不敢相信的口气惊呼：“赵队长开枪的同时还有人朝着玻璃墙开枪了？”

“不过维金广场中央人群外围，完全是由便衣警察组成的，枪手开枪射击的话必然要绕过警方的控制。”

罗刚还没有想通枪手是如何开枪射击的。

“刚才赵队长的行动过程我们已经通过车内的屏幕看到了，当时嫌疑人王跃平挟持女学生进入广场中央的时候，的确引起了围观者的骚动。枪手应该就是在骚动的时候趁乱开枪的。”常鑫教授道。

枪手？开枪？玻璃墙？安佑麟沉思着，从挟持事件开始到结束，不到半个小时，可是却引发了之后一系列让人琢磨不透的后续事件。想到这里，安佑麟突然觉得有眼神望向自己，他向左右一看，罗刚和周彤雨同时盯着自己。安佑麟一时失措，意识到自己思考的太过入神，似乎错过了很重要内容。他像一个上课时溜号被发现的小学生，惊慌地向身旁的同学求助，希望知道老师的提问内容。

常鑫教授的目光里毫无责备的神色，他又说了一次：“佑麟，你来说说对枪手射击玻璃墙的看法。”

安佑麟深深地呼出一口气，感到沉闷的心脏有了一丝的缓解，他吞咽了一口口水立刻将心中所想一吐而快。

“老师，首先要知道枪手的身份和动机，我认为枪手的身份已经不用怀疑了，应该就是‘门徒’无疑。但是门徒做出此举的目的是什么？这与挟持事件有着密切的联系，从魏局长得到的汇报情况看，挟持事件的嫌疑人并没有受到门徒的胁迫，就说明挟持事件并不在Z先生的计划之中……”

安佑麟缓了一口气，继续说。

“这就说明，挟持事件无论对于警方还是Z先生及其门徒而言，都是突发事件。赵队长做出了抉择和判断向挟持者开枪，这是可以理解的反制措施。那么枪手作为门徒一方，对这种突发事件的反应呢？”

“也开了枪？”罗刚猜测道，“枪手开枪的最终目的是为了维持这场由

Z 先生设计的游戏可以继续进行下去？”

“所以枪手的目标也是嫌疑人王跃平？”周彤雨疑惑道。

“我认为是这样的，我们关注挟持事件的同时，门徒也在等待时机。如果赵队长太过顾及被挟持的女大学生，或者因为其他意外情况而放任嫌疑人王跃平胡乱按动键盘，枪手就会开枪阻止。只是很巧合，赵队长做出反应的同时，枪手也开了枪，说明那个时间的确是开枪阻止嫌疑人的最佳时机。只是，赵队长击中了嫌疑人王跃平，但是枪手却打偏了……”

第十三章　黑暗丛林

罗刚提出了异议，“如果门徒的目标是赵队呢？门徒等待时机，趁乱开枪射击赵队长？”

罗刚的说法听上去有几分道理，从整个维金广场案上看，Z 先生及其门徒与警方是对立关系，而赵洪军被安排镇守维金广场，算得上是警方的代表人物。如果在众目睽睽之下铲除掉赵洪军，无疑是对警方在民众面前一次彻头彻尾的打击。

安佑麟的脑海中划过相似的念头，不过脑海中的天平在两端各加入佐证的砝码之后，还是更加倾斜到另外一端去了。

“如果门徒的目标是赵队长，有一点就说不清楚了。先从结果上看，如果门徒开枪击中了赵队长，从当时的情况下看，的确有利于枪手趁乱逃走。不过进一步造成的结果对 Z 先生和门徒并没有好处，如果嫌疑人王跃平趁此机会按动了输入数字的键盘，结果就是……”

“倒计时缩短，甚至可能造成于晔的直接死亡。”

周彤雨替安佑麟把结果说了出来，安佑麟认同地点点头，继续说：“如此一来，就等于维金广场案结束了，即便结果很难看。但是这与我们之前的分析是矛盾的，Z 先生精心谋划了维金广场案，并不是为了什么惩罚于眸。再直接点说，Z 先生恐怕对两个月前的强奸案并不关心，那么这障眼法的背后，才是 Z 先生的真实目的！”

凌晨 2 点 15 分，距离倒计时结束还有 6 小时 15 分钟。

维金广场案专案组，调查组对于挟持事件及后续影响非常愤怒，回到总指挥办公室内的魏志国立马感受到了凝重的气氛。首先，魏志国的指挥遭到了质疑，被质问为何允许赵洪军开枪阻止嫌疑人王跃平。

魏志国面对这样的问题倒是从容不迫，回答说，赵洪军开枪的确是自己授意的，并且该举动从当时的状况看是合情合理的。

接着，又被质问为何不使用狙击手远程协助阻止嫌疑人王跃平。魏志国回答说，当时情况极为紧急，挟持事件开始于人群当中，狙击手不可能发挥作用。当嫌疑人挟持人质到达广场中央之后，又因为当时状况混乱，狙击手并没有极佳的位置射击。

“更重要的是，我们正在与凶手的交锋中，不能让对方知道我们在维金广场上的布局，否则我们只能在交锋中越来越被动。”

魏志国的话刚说完，一个刺耳的声音划过了整个办公室，调查组中的那位表情严肃的女警官犀利道：“魏局长，现在的状况已经极为严峻了！你刚才的那些解释有什么用？枪手射击击中了玻璃墙，在舆论上造成了极其恶劣的影响！”

到此时，魏志国依然心平气和，“我并不是做辩解，只是在说明目前的情况……”

“造成的影响呢？案件如果朝着不可预计的方向发展，谁能负得起这个责任？现在民众对这段监控视频的……”

猛烈的质疑终于让魏志国沉不住气了，他尽量让语气中不带情绪，但是却提高了音量。

“现在案子没解决，就开始追究起责任来了？从我必须接手这案子的开始，所有的责任理所当然就是我来承担。这案子我还要继续解决下去，现在也不可能有人站出来说，他能代替我魏志国来继续侦破维金广场案！”

气氛顿时凝重起来，见魏志国动怒，有人出面打圆场。

“老魏，别生气嘛。咱们都是为了解决案子……”

“维金广场案发展到现在的局面，谁能说就有比我这更好的解决方案？你们是上级派来的调查组，但是上级并没有夺了我的指挥权，这维金广场案的事上，还是我魏志国做主！若是能协助侦破，那就请几位专家拿出方案来，我手下这些同志，哪一个没有全心全意配合？那个留有私心？”

魏志国的话让之前与他争辩的女警官怒不可遏，“魏局长，你这是解决问题的态度吗？”

魏志国扬起手指着维金广场的方向，“如果你的态度可以解决维金广场案，那你就去！”

魏志国的话，让调查组成员面露难色面面相觑。魏志国转身离开了总指挥办公室回到了走廊，走廊里一片亮光，匆匆而过的警察没有闲暇与他这个局长打招呼。

连续十几个小时没有休息过了，魏志国浑身疲倦却不能流露出丝毫的倦态，整个专案组需要靠他做后盾支撑。从案发到现在，只剩下6个小时了，可是他们依旧深陷在泥潭当中无法自拔。至于调查组的态度，魏志国更多的是无奈。不过他在总指挥会议室中说的那些话并非危言耸听，维金广场案的确需要魏志国，毕竟他曾经与Z先生交过手并取得过不为人知的成就。但似乎也正是曾经取得过的成就，让他及上级公安部门在获知案件发生后会轻敌。

事情因一块儿石头而发生转折，在那块石头出现之前的十几个小时里，萨利华备受煎熬。

于晔，无论怎么混蛋，萨利华都痛恨不起来。或者说，于晔曾经做了很多让萨利华生气的事情，可是她的怒火中却夹杂着深深的爱意。

萨利华站在吧台旁边扶着额头纹丝不动，助理正在为她倒红酒。这是萨利华的习惯，在焦虑和头疼的时候一定要喝上半杯红酒。嗯，无论杯子容量大小，红酒必须倒在恰好一半的位置上。

萨利华接过酒杯，靠在吧台旁，并没有一饮而尽，她轻轻摇晃杯子，华丽的卷发微微下垂。她正对面，一位西装革履的男人坐在沙发上。男人四十几岁，头发一丝不苟，只是他精神萎靡，身体微微右倾。

“我知道你想说什么！”

萨利华饮了一口红酒，已经略有醉意了，之前她就已经灌下不少红酒了。

“利华，你不该接受采访！利华，那样做对于晔非常不利！利华……”

萨利华学着粗犷的男人声音，摇晃着身体，酒杯里剩下的红酒随着她晃动，一滴未洒。旁边的助理正细心地盯着酒杯，生怕萨利华因为红酒溢出而更加沮丧。

“你又不能真的帮上忙，咱们二十多年的交情……你也帮不上我……”

男人轻轻地仰起脸，满面愁容。他是西京市鼎鼎大名的律师，喻方镜。他和妻子是萨利华的老朋友，女儿更是萨利华的干女儿。

喻方镜除了老友身份，还是萨利华的法律顾问。两个月前的强奸案，于晔能够顺利脱身，喻方镜功不可没。从于晔遭到绑架的案件被曝光开始，喻方镜就陪伴在萨利华的身边，他极力反对萨利华接受媒体采访，在案件发生伊始便接受采访是非常不明智的选择。

“利华，需要法律去解决的事情，为什么不让法律去……”

喻方镜的话还没说完，萨利华就仰面大笑，“法律？你看看现在维金广场，还有法律可言吗？”

“两个月前的案子，我们已经通过法律途径……”

“两个月前，两个月前……看看现在的状况吧？你嘴里那套还能用吗？”

萨利华几乎是在叫喊，喻方镜不敢再多言，他背靠沙发仰起脸闭上了眼睛，并用手拉了拉领带，让自己轻松些许。

萨利华望着挂在墙上的照片，她几乎忘记了自己是何时拍摄的那张照片。照片上的萨利华已经不算年轻，但是事业尚未滑落。低调高雅的套装，饱含尊严的目光，与此时的她截然不同。

萨利华不曾想到红酒不仅没有解除她的烦恼，却让她陷入本不该回忆的往事当中。萨利华摇摇头，目光却又触碰到了墙边柜子上的奖杯。那是她的第一座奖杯，金凰奖最佳女主角奖，至高荣誉的影后奖项。

宿命！这就是宿命！萨利华脑袋里一片混沌，她自认为是天生的演员，即便离开舞台和镜头，她在生活中一样可以像表演一样游刃有余毫无破绽。至于那部让她拿到影后奖项的电影，正是前夫于苍海导演的。

萨利华不知道该如何形容这段相遇相知，虽然之后并没有媒体评论说她之所以与于苍海结婚是因为那部电影获得了巨大成功——毕竟，从那之后萨利华的演技降服了众多评委，让她摘取了更多的影后桂冠。

恋爱，结婚，生子，虽然媒体上新闻爆料不断，可实际上当年萨利华和于苍海的感情经历与平常人别无二致。年轻美貌演技超群的女演员，英俊潇洒才华横溢的新晋导演，一切都那么顺理成章。至于后来，两个人的生活问题也与平常人无异，萨利华是个天生的演员，生下于晔之后就迫不及待地要继续自己的演艺生涯。而于苍海从未中断过自己的导演事业。

这与当时报纸和传闻中的第三者插足、感情纠纷之类的绯闻毫无关系，年幼的儿子、忙碌的工作和无暇维系的情感，最终导致两人的离异。虽说离婚的真相并不会让旁观者提起任何的兴趣，可是彼此之间的不理解导致两个人在离婚之后互相憎恨，甚至让他们忽视了儿子于晔。

于晔绝大多数时间与于苍海生活在一起，于苍海要忙事业，并不能经常陪伴儿子。于是于苍海也像大多数溺宠儿子的父亲一样，除了给于晔奢华的生活之外，还在很大程度上纵容于晔的任意妄为。

身为母亲的萨利华在这个问题上，出于责任的考虑，曾向于苍海提出过教育的建议。可是于苍海似乎更像是拿儿子当做回击她的工具，说萨利华不需要给儿子赡养费，自然也不用费心如何管教儿子。

“该死！该死的！”

萨利华咒骂出声，可是助理和喻方镜都不知道她心中所想。萨利华在幽暗的灯光下扶着额头，对此时的局势感到头疼万分。助理继续查看着手机，时刻关注着维金广场上的动静。

萨利华再度陷入回忆之中，自从她与于苍海离婚之后，于晔就跟自己的关系越来越糟糕了。萨利华曾在于晔 14 岁生日那天，带他去了西京最昂贵的饭店共进午餐。为什么不是晚餐？不不不，这跟于苍海的教唆没有关系，平心而论，当时于苍海在忙着拍摄一部让他冲击国际电影节的影片，他连于晔的生日都忘在脑后了。于晔约了几个同学在晚上庆祝生日，只是把中午的一个多小时留给了萨利华。

那家饭店没有也没打算修建包房，所有的客人都聚在高大宽敞的厅堂内。四方餐桌，意大利进口桌布，精致的餐具，能够来这里就餐的都是西京有头有脸的人物。

可是那天中午，于晔丝毫没有给萨利华留面子，在饭桌上大声顶撞了萨利华。时至今日，萨利华已经不记得她与儿子当时因何产生了言语上的冲突，只记得于晔大声呵斥了母亲之后拂袖而去。

在旁观者的眼里，那可是萨利华啊，集万千宠爱于一身的当红女星，竟然与儿子的关系如此恶劣。演技超群的萨利华第一次感到在众人面前有了无助感，那是演技无法掩盖的羞愧。

之后，于晔做过很多让人愤恨的事情。欺负同学，殴打老师，这类事件在于晔求学期间不断上演着，每一次都是于苍海为他“擦屁股”。

萨利华承认，于晔是个很混蛋的儿子，于晔是个为了逃避责任经常撒谎的儿子，于晔是个毫无责任心满嘴跑火车的儿子，于晔是个自私自利的儿子……这些萨利华都清楚得很，不过“儿子”这个后缀无疑是添加在任何话语之后都无法抹去的。没错，萨利华是母亲，于晔是儿子，两个人都无法否认这层至亲的关系。

说起两个月前的强奸案，萨利华的心底依然存有疑虑，于晔究竟是不是强奸少女的真凶，她不知道。于晔说不是他干的，她不知道该不该相信，或者说相信与否根本不重要，这与她对于晔的爱毫不矛盾。

为此，萨利华与于苍海通过很多次电话，比离婚这些年加起来的通话次数都多，通话中两人争论不休。于苍海与萨利华的想法截然不同，于苍海相信于晔，甚至是有些偏执的信任。这与媒体对于苍海有关新电影采访时，于苍海表现出的智慧截然不同。萨利华则是另外一种表现，无论于晔是否是真凶，她都要想方设法让于晔安然无事。

于是萨利华请求喻方镜作为于晔的律师进行周旋，在媒体和民众的关注下，强奸案正一步一步的进行调查。最终，因为证据不足，于晔被释放了。

可是，萨利华根本就来不及喘息，便发生了于晔遭到绑架的案件。随后，她立刻做出反应，无视喻方镜的劝阻，找到媒体急匆匆地做了专访。萨利华目的明确，只要能够争取让于晔多一分生存希望，她愿意做任何事。

这些年来，萨利华凭借演技步入了艺术家的行列。艺术家？对于萨利华而言并不只是赞美和荣誉，还是另外一种负累。她已经很久没有拍电影了，倒是经常做一些节目的评委或某些电影节的嘉宾。萨利华尤其讨厌当嘉宾，因为她在心底很是嫉妒那些可以获得奖项的年轻女演员们。萨利华到了人生困惑的岁数，大多数电影已无法让她能够超越和突破自我，可她天生就是个演员，艺术家这个称号成了累赘。

在专访镜头前的那些话究竟是真情流露，还是为了改变民众对于晔的看法，增加儿子被营救成功的几率？又或者是为了达到某种目的的演技？萨利华说不清楚了，她苦笑着把红酒喝完，将空酒杯推给助理。

接下来要怎么做？萨利华完全不知道，等待警方营救于晔？除了等待她还能做什么呢？萨利华更加担心的是，在于晔被营救出来之后，两个月前的强奸案调查会不会发生变化？

萨利华始终关注着维金广场案的进展情况，当她看到网上对她在这件案子中的评价之后，她从未如此愤怒过。她获得了那么多奖项，创造了如此多经典、无人超越的形象，也曾经受到过观众和影迷们的好评，可是在维金广场案面前她曾经的辉煌都一钱不值。

萨利华感到了前所未有的失落感，她曾经为之骄傲、多年来始终支撑她的东西瞬间崩塌了。而与她在命运中息息相关的儿子又遭到了绑架挟持，危在旦夕……噢！萨利华在矛盾的思绪中挣扎着，究竟是宿命中的儿子于晔让支撑她的一切崩塌了，还是说，那些已经崩塌的东西在她需要的时候根本毫无作用？

“咚！”

巨大的声音让原本背对着玻璃窗的萨利华猛然回头。坐在沙发上的喻方镜也把脸扭向玻璃窗的方向，助理则端着手机呆立一旁。

喻方镜缓缓起身，他听到了若隐若现的叫喊声。萨利华从他身旁走过，不知是不是喝多了酒的缘故，她步伐歪扭，犹如行尸走肉。助理回过神来，快步跟上前去，与喻方镜并排站在萨利华的身后。

萨利华并未听到任何声音，所有外界的干扰仿佛都被她屏蔽掉了，只有一样东西让她忍不住朝前走去——巨大的玻璃上出现了一张蜘蛛网，整张网铺盖在了玻璃中央，网在不同角度的灯光下闪烁着光亮。在蜘蛛网的最中央，有一块边角分明、锐利的石头，没错，蜘蛛网正是这块石头砸出的裂痕。

这块石头并未直接砸碎厚重的玻璃，却嵌入到了玻璃中央，形成了四散开来的裂痕。萨利华望着裂痕的伸展处，仿佛裂痕还在继续扩展，直到玻璃破碎……

萨利华瞪圆了眼睛，透过裂痕望向玻璃窗外。外面发生的一切打破了她树立起来的屏障，她又能听到外界的声音了，嘈杂声、呼喊声、还有……

萨利华捂住耳朵跪倒在地，她尖叫起来，“他们为什么要来找我……为什么……”

专案组接到了汇报，萨利华的工作室遭到了情绪激动的群众围攻。在两个月前强奸案的案发地附近，也有不少市民自发走上街头，要求严惩于晔。在强奸案受害者自杀地点附近还有祭奠活动，照片、蜡烛、鲜花……

虽然之前魏志国有考虑到会发生此类状况，但是当一切犹如洪水般猛地冲击而来，他还是感到压力沉重。之前的部署已经奏效了，萨利华的助理报警之后，附近的警车迅速赶到了现场安抚群众的情绪。

可是麻烦远远没有结束，距离倒计时终结只剩下不到6个小时了，还有第三条线索提示没有公布。从挟持事件，到赵洪军果断开枪，再到枪手动机不明确的隐秘射击，真假难辨的监控视频公布，导致民众要求严惩于哗，舆论的导向越来越倾向Z先生及其门徒了。

在第二条线索案件的案发现场，在其他两具尸体上找到的装置已经拆卸完毕，并且正如常鑫教授预料到的那样，其余两具尸体内的苹果形装置中分别有一个数字——“3”和“7”。

得到情况汇报后的常鑫教授并不多言，他站在案发现场楼下眺望着远方。安佑麟始终陪伴在老师周围，随着老师的目光望去，那正是维金广场的方向。

罗刚在一旁沉思了片刻，说：“Z先生的精密谋划……的确在情理之中，三具尸体当中都有装置，所以无论我们之前调查分析出了问题，还是事先检查三具尸体，都不可能踏上捷径。”

坐在指挥车门旁的周彤雨站起身来，对罗刚的话表示赞同：“没错，三具尸体内全部放置了相同的装置，就算事先检查有所发现，但是想以此作为捷径寻找三具尸体的不同之处，根本就行不通。”

听到两人对话的安佑麟却有另外的想法，无论是Z先生的精心谋划，还是老师常鑫教授的沉稳应对。当然，发现结果的过程或许不同，但是Z先生的布局更像是在对常鑫教授决断的肯定推测上建立的。

可是如果警方出于安全优先的考虑，在发现第二条线索案件之后立刻检查了尸体，或许造成伤害的可能性就大大降低了。或者说，这种局面抉择取决于……想到这里，安佑麟转过脸来，望向常鑫教授。

一位女警匆匆从现场赶来告知罗刚，说法医组长孙庆林有新发现。回到案发现场后，常鑫教授向孙庆林询问初步检验的结果，孙庆林摘下口罩，先是简要的说了几句专业术语，然后向常鑫教授解释道：“三具尸体外观看上去相似，但是死亡时间却有差别，不过大致在两到三年之内。”

尸体的风干状态，人为处理的可能性较高。也就是说，三位死者在三年之内在不同的时间遇害，然后尸体用相同的方式进行了处理。

死因呢？面对常鑫教授的问题，孙庆林用生硬的口气回答说，尸体虽然风干，但是种种迹象表明，三位死者死于同一种原因——饥饿。

听到这个结论，安佑麟回想起了第一条线索案件的被害者王萌，门徒将其绑架后用了相同的方式对待她，让她最终处在被饿死的边缘。安佑麟的脑海中逐渐浮现出了惊心的一幕——受害者被绑架之后，被当作物品一样对待，破旧的牢笼、干瘦脱水的身体、微微扬起的哀求食物的手臂，还有逐渐消失的呻吟声，这些都遭到了无视。脑海中的画面，让在炎热夏夜中的安佑麟背后发冷，虚汗直流。

Z 先生及其门徒那视人命若草芥的冷血，让安佑麟心生恐惧。转念，安佑麟又想到了时间问题，三位死者皆在三年之内被饿死后处理成干尸。Z 先生上一次露面作案大约在五六年前，而三位死者被挑选成为被害者也是经过严谨谋划的，象征意义？人物关系？难道说在上一次作案之后，Z 先生就开始将精力全部投入了维金广场案的设计和布局上？

安佑麟这样认为不无道理，Z 先生的步步紧逼，精心算计，甚至包括突发事件，都在其算计之中。这无疑需要消耗大量的精力、物力、人力和财力。

我们面对的到底是什么？安佑麟恐惧地瞪圆了眼睛，Z 先生隐藏起来花费五年多的时间谋划了维金广场案，这背后的目的安佑麟简直不敢想象。

身处专案组办公室的魏志国，突然接到了汇报，疑似枪手的门徒被发现了。通过解决挟持事件时拍摄下的视频画面可以看出，嫌疑人王跃平在挟持女大学生后朝着广场中央甜品屋的方向移动，在分析师的提示下，魏志国注意到了一个戴着黑色遮阳帽的男子一直在随着王跃平和被挟持的女大学生移动。

虽然很多围观者都在关注挟持事件，但是大多数并没有跟随挟持者移动。可是黑色遮阳帽男子的行为却十分反常，他在得知发生挟持事件之后并没有靠前，相反，他退到了距离挟持者尚有一段距离的位置，保持适当的位置跟随。

在魏志国的要求下画面加速播放，很快，戴着黑色遮阳帽的男子来到了维金广场中央围观者的外围附近。此时，王跃平已经挟持着女大学生与赵洪军对峙。由于对王跃平进入广场中央的放行，有围观者进入了外围缺口处。

看到这里，魏志国的心沉了下来。虽然部署了便衣警察站在广场中央围观者的外围，但是还是会存在疏漏。便衣警察重新占据围观者最外围之前，头戴黑色遮阳帽的男子有了可乘之机。

嫌疑人王跃平挟持女大学生靠近玻璃墙的举动引起了围观者们的一阵骚动，赵洪军开枪射击的画面在快速播放中几乎看不清楚。可是在骚动中，戴着黑色遮阳帽男子所处的位置与赵洪军开枪的方向一致。

短短两分钟内，魏志国就已经了解了事情的大致经过。

“现在戴黑帽的男子在哪？”

一位女警飞快操作着识别系统，“他已经到了维金广场的边缘！”

屏幕上被调出了维金广场边缘的监控画面，戴着黑色遮阳帽的男子正在拥挤的人群中寻找离开的路。虽然人头攒动，并且大多数人都朝着维金广场里侧移动，但是戴着黑色遮阳帽的男子逆流而行。通过画面看得出他举止谨慎，既想迅速离开维金广场，又不想引人注意。

“准备行动，抓捕该男子。”

维金广场边缘的街道上早已不是往日那般车流涌动的景象，宽阔的街道上站满了民众，虽说越是朝着广场的方向人就越是多、越是拥挤，可街道上的人群还是竭尽所能地往广场方向而去。

警方在进入维金广场的街道附近设置了多个安检入口，不过在离开广场附近街道的时候则会顺利放行通过。在警方展开行动的时候，目标人物已经快速离开了广场附近。

这次追捕行动的主要参与者是一位年轻警察，刘喆。刘喆算是年轻一辈里的佼佼者，曾经多次参与追捕嫌疑人的行动，其中不乏非常危险的跟踪任务。

刘喆在接到任务之后，迅速来到了目标人物出没的街道附近。他深知此次追捕行动的特殊性和危险性，一方面街道周围人群涌动，增加了追捕的复杂性和难度，另一方面目标人物携带枪支，如果行动中出现差池，将会为街道上人群带来危险。

刘喆快速穿越过一处街道的出口，出口附近有警察在维持秩序，防止有民众不经过安检就从出口处进入广场。此时，出口处围了几个人，听对话是两个女孩企图直接从出口进入广场，被负责维持秩序的女警拦住了。

“你们警察有什么了不起？有本事当初就把于晔抓起来啊？把罪犯放走了算什么本事？就知道管我们这些小事？”

刘喆无心理会两个女孩的胡搅蛮缠，他快速通过出口在人群中寻找目标人物。

目标在前方50米处。刘喆在耳机中听到了目标人物的位置，他立刻潜入到嗓杂的人群之中。刘喆全身上下都穿着普通的不能再普通的衣裤，深色图案T恤，薄牛仔裤，脚上穿着某大众品牌运动鞋。在人群中，类似装扮的男子一抓一大把。

刘喆非常适合做跟踪追捕嫌疑人的任务，他年轻、低调、身手好，模样不俊不丑，个子不算高也不算矮。更重要的是，刘喆会隐藏目光，他会将目光掩藏在波澜不惊中，哪怕是目标嫌疑人近在眼前，也看不出他的目光与周围其他人有何不同。

刘喆根据指示找到了目标人物，戴着黑色遮阳帽的男子正在人流中穿行。刘喆朝着目标人物的方向快步走去，他不是一个人，在附近街道上还有其他同事配合。戴黑色遮阳帽的男子开始朝着主干道之间的窄路走去，他进入那里之后，主干道上方的监控器将无法追踪到他的行踪，他很可能就此逃脱警方的追捕。

几个年轻的男女背对着往维金广场而行的人群，端着手机错落地站在一起，摆着奇怪的手势做出怪异的神情自拍。朝着维金广场而去的人群俨然成为了他们自拍的背景墙，或许在他们眼里，这张自拍照是人生中某个重要时期的见证。

戴着黑色遮阳帽的男子在这几个年轻男女自拍的位置附近顿足绕路，明显不想出现在他们的照片当中。这个举动让敏感的刘喆更加确定这个戴着黑色遮阳帽的男子正是目标人物。

刘喆快速在人群中穿越而过，跟着走进了那条较窄的街道内。这条街道上的人群相比主干道少了很多，目标人物也更容易识别。刘喆跟踪追捕的同时，也在考虑抓捕目标人物的方案。目前维金广场案形势紧急，所有与Z先生和门徒有关的人物全部身亡，如果能够抓住目标人物，对整个案件的侦破有着极为关键的作用。

在注意力高度集中的状态下，刘喆有了一种被窥视的感觉。难道目标人物已经觉察到了他的存在吗？刘喆立刻与配合他的同事联络，将围捕的网逐渐收拢，但仅仅是收拢而已。因为街上的人群还是太过密集，发生意外的话后果不堪设想。

绕过狭窄的街道，刘喆没有想到还有咖啡店和水吧在营业，门前聚集着不少的顾客，全然不像凌晨时分的景象。那种被暗地里窥视的感觉让刘喆有些分神，他眼看着戴着黑色遮阳帽的男子快步走过互相攀谈的人群，踏入另外一条街道。

"目标人物已经达到预计街道附近，开始逐渐接近。"刘喆低声用隐藏在衣领下面的对讲机与同事联络，"不排除目标人物身上还有其他危险性武器的可能，所以需要准备一辆支持行动的车辆。"

得到同事的肯定答复后，刘喆继续紧跟目标人物。戴着黑色遮阳帽的男子步伐时快时慢，刘喆随之不断变换步伐。突然，目标人物在街道的转角处回头看了刘喆一眼，那一眼犹如刀子般锐利，甚至让刘喆忽略了观察目标人物的模样，这是在之前任务中从未有过的失误。当他回过神来的时候，额头上尽是汗水。

"目标人物已经发现我了，他很可能想要快速逃离。"

刘喆提醒同事之后继续加快脚步，既然目标人物已经觉察到了他的存在，恐怕已经不容许他有更多的时间去思考该如何进行抓捕了。见机行事，这是刘喆面对困难时的法则，这次也不例外。

眼看着目标人物在两栋楼之间的巷子前顿足几秒钟，然后钻了进去。刘喆在巷口处看了一眼渐深的巷道，目标人物的深色背影逐渐模糊不清。刘喆在心里盘算着，巷子不短，并且大多数民众都聚集在巷子之外的街道上，巷子中就是极佳的抓捕地点。目标人物只是确定了刘喆是跟踪抓捕他的警察，但是应该对警方其他部署浑然不知。

于是，刘喆立刻联系同事，在巷子周围街道，还有巷子可能通往的任何出口处进行围堵。随后，刘喆快步踏上黑暗无光的巷道。刚刚进入巷子的时候，刘喆还能听到街道上传来的嘈杂声，当渐渐深入巷子，那些声音也逐渐从耳边消散。

刘喆定神跟上目标人物的步伐，两人始终保持着不远不近的距离。黑暗中，刘喆闻到了一股酸臭的气味，他迅速观望了一下周围的环境。狭窄的巷子周围有几道门，从进入巷子之前的街道环境来看，这几道门应该是路边饭馆的后门。

饭馆后门的墙壁旁放置着垃圾桶，垃圾桶下面臭水横流，酸臭味就来自那里。刘喆眼看着目标人物即将走远，他快速跟了过去。突然，那种窥视感再度出现，从他的四周不断涌来。

刘喆的鬓角有汗水流淌下来，汗水滑落到他的手背上，冰凉异常。巷子当中远比他想象的复杂，这里地面上满是垃圾，门窗紧闭，越是往里面走，地形便越是复杂多变。巷子开始出现分叉口，所幸目标人物的背影就在眼前不远处，不至于让刘喆在追捕中迷失方向。

除了刘喆自己轻微的脚步声，周围便再也没有其他声响了。刘喆仿佛置身丛林之中，作为经验丰富的猎手在深夜里捕捉一只狡猾的狐狸。

再度来到一处分叉口，刘喆捕捉到了目标人物虚闪而过的背影。可就在刘喆准备跟上那背影的时候，在另一条巷子的深处，一个熟悉的背影出现了，戴着黑色遮阳帽的男子竟然出现在了方向相反的巷子之中？

刘喆顿足不前，他不知道究竟该朝着哪一个方向追赶。难道是因为精神高度紧张而产生的错觉？就在刘喆陷入矛盾的迷惘时，他刚刚经过的巷子又传来了脚步声。刘喆急忙回过身，发现那头戴黑色遮阳帽的男子竟然站在身后不远处。刘喆与那男子对视，黑暗中的遮阳帽让他看不清楚男子的相貌，只是隐隐约约觉得男子正在用嘲弄的眼神得意地望着自己。

紧接着，男子转身飞快地跑开了。刘喆听到四周不断传来脚步声，他立刻与同事进行联系，可是他发现耳机里什么声音也没有。百米开外或许是人声鼎沸的人群，可是这黑暗的深巷之中只有刘喆和不知人数的门徒。刘喆汗水猛增，过去再危险的任务他也未曾有如此可怕的体验。短短几分钟之前，刘喆还自信的认为是个经验老到的猎手，狐狸再狡猾最终还是要落入自己的手中。

刘喆喘着粗气苦笑，原来在这黑暗的丛林当中，他根本就不是什么猎手，他才是被围捕的对象。当务之急已经不再是追捕目标人物了，无论门徒诱捕他的目的何在，他都必须要逃离这里。

刘喆将手伸向了腰间的枪，下意识地朝着来时的方向走去，他要逃离开这片危机四伏的黑暗丛林……

警方记录（摘选）

凌晨 2 点 35 分，参与跟踪行动的刘喆失踪，跟踪围捕行动失败。

魏志国得到了刘喆在任务中失踪的汇报，震惊不已。根据追捕小队的汇报，刘喆跟踪追捕目标人物进入巷子之后，很快就与小队其他成员失去联系。之后，在巷子当中找到了刘喆的配枪和耳机，现场没有其他更有价值的线索。

随后，魏志国立刻将跟踪追捕枪手的行动失败，以及负责追捕任务的刘喆失踪、可能遭到门徒绑架的消息告诉了常鑫教授。

“门徒有提出任何条件吗？”

“没有，刘喆失踪之后，我们没有接到任何条件和要求……”魏志国犹豫片刻，“这说明，门徒已经达到了目的。”

魏志国的回答得到了常鑫教授的认同，“看来门徒诱捕刘喆，目的在于瓦解我们的意志力。”

Z 先生及其门徒，正在一步一步瓦解警方的行动。自维金广场案案发开始，暗藏在西京市各个区域犹如病毒般的阴影便纷纷爆发扩散，而刘喆的失踪，无疑是 Z 先生在提醒他的布局依然在案件当中占据上风和主导。

在魏志国眼中，他站在了凶手编织的蛛网上无法脱身，要随时提防蛛网上某个方向而来的捕猎者。他看不到蛛网的尽头，更不知道自己所处的位置。魏志国意识到，维金广场周围那被凶手公布的监控视频激怒的民众，正是枪手逃离的障眼法。

“老常，你那边情况怎么样？我之前得到了汇报，市内不少街区都有群众聚集，甚至出现了围攻案件相关人员的情况。”

楼道缓步台上的常鑫教授着窗户外面，周围只有警察在现场附近走动和忙碌的声音。

“孙老被我请到了这边，很安全。毕竟案发现场地处位置较偏僻，这边我也提醒罗刚要尽可能的保持低调。”

剩下的时间已经不多了，可是警方依旧面对着极为严峻的考验，还有最后一条线索没有公布。所有人似乎都在准备迎接着最后的时刻，第三条线索成为了能否拯救于晔、能否结束案件的关键。

眼前的人群让精神始终紧绷的赵洪军感到麻木，在他面前的场景始终是相同的——人群，犹如海浪般无规律地涌动。只有甜品屋内的那金属箱上闪着红光的倒计时，让他意识到时间在一分一秒的流逝着。

于晔，大多数时间都昏昏沉沉地耷拉着脑袋，时不时会用迷离的眼神望着那些对他恨之入骨的围观者们。于晔的眼神空洞无比，仿佛可以穿透眼前玻璃上犹如蜘蛛网的裂痕和围观者们，望向更远处。

不知从何时开始，维金广场上出现了呼喊声，很快赵洪军听清楚了犹如波涛般汹涌而来的声音，声音从远及近，“严惩于晔！还死者公道！”“声援Z先生，处死于晔！”

或许是思绪出现了空白，又或者是呼喊声汇集的太快，赵洪军并没有意识到那些呼喊声出现前的细微前奏。很快，那些呼喊声就逐渐统一成了“声援Z先生，审判于晔！”的口号。

赵洪军稳住情绪，转过脸望着被关在金属箱内的于晔。不知是玻璃房被设计成为完全隔音的状态，还是于晔对此毫不在意，他几乎没有多余的反应，依然用迷茫的眼神穿越过眼前的一切，手指的活动也并没有较之前更频繁。

儿歌声在人群的呼喊声中渐渐响起，围观者的呼喊声渐渐平息下来，直到只剩下儿歌声在广场上回荡。赵洪军的心跳在不断加速，他抬起头看着即将出现画面的屏幕，他知道，所有人都在等待的时刻终于降临了。

凌晨 2 点 50 分，距离倒计时结束还有 5 小时 40 分钟，Z 先生公布了第三条线索。

周彤雨站在楼下望着夜空，远处高楼林立的市区方向，不知是黎明将近，还是高楼之间的灯光照亮了远方。她似乎看到了晃晃白光。周彤雨下意识地抹了一把额头，冰凉的额头上没有汗水滑落，她感到后背发冷，湿漉漉的。

周彤雨听说了市区发生的状况，很多市民开始走上街头声援 Z 先生审判于晔。通常，周彤雨是个理性的人，相比靠想象力来丰富故事情节的小说，她更喜欢心理学杂志上的论文——极少的形容词，直观，理性。可是经过十几个小时的紧张调查，周彤雨逐渐开始走神了，她不由自主地想象着市区街道上的情景，混乱的人群，呐喊的口号……

周彤雨轻轻甩了甩头，她的耳边开始出现细微的嘈杂声，这让她分不清是脑海中的声音，还是说人群已经逼近这市区边缘的住宅区。之前的调查经过在周彤雨脑海中不断回放,她不愿再回忆那些已经解决的线索案件。

张艾拿着面包和矿泉水走过来，递给周彤雨，“感觉好点了吗？”

周彤雨只是接过了矿泉水。

“不饿吗？”

说着，张艾咬了一口手里的面包，脸颊鼓鼓的。

周彤雨摇了摇头，“体力够用，我的任务还没完成，还不能让血液都流进胃里用来消化。”

“常教授呢？你怎么没陪着？”

“老师让我休息一会儿，出来转转，楼里太闷了。”

张艾听闻皱了皱眉头，把干巴巴的面包吞了下去，“第三条线索提示还要你去调查？你太疲惫了，应该让安佑麟去查了吧？”

周彤雨望着不远处正在接电话的罗刚，随口回答说：“一切听从老师的安排，老师做的安排是最妥当的。”

张艾识趣地没有多话，站在旁边嚼着面包喝着矿泉水。

周彤雨继续观望着罗刚，她认识罗刚已经有一段时间了，虽然不及安佑麟与他的关系密切，但是对于罗刚她还算了解。此时的罗刚虽然在听电话，但是他并没有完全放松警惕。罗刚就像是一头狩猎中暂时休息的野狼，周围任何的风吹草动都会引起他的注意。

突然，正在接听电话的罗刚频繁点头之际，有警察急匆匆赶来与他低声交谈。罗刚皱眉听闻之后，立刻向来汇报的人下命令，随后那警察飞速奔向楼内。

罗刚一边冲向楼旁的指挥车，一边告诉周彤雨，“Z 先生将要公布第三条线索了！”

很快，常鑫教授便带着安佑麟来到了指挥车内，观看维金广场上的实时监控，车内回荡着熟悉的儿歌声。这与维金广场上紧张气氛不相称的欢快儿歌声，更像是掩盖现场那人群嘈杂之声的背景乐。

第十四章　乱

儿歌声戛然而止的瞬间，维金广场上再度沸腾起来了，围观者们高声呼唤着必将到来的时刻，Z 先生将要公布第三条线索提示了。

甜品屋上方的四块大屏幕上出现了绿色的声波线，和血红的字母 Z。众人屏住呼吸望着甜品屋，Z 先生那诡异的声音回荡在维金广场上。

“让各位久等了，下面我将公布第三条线索的三条提示。鉴于警方之前的种种挑衅行为，以及民众们对得到公正对待的期盼，第三条线索的公布将会更加透明、更加公平，所有人都应该得到相同的对待，公平！”

甜品屋上的三块大屏幕同时黑了下来，只留下了那一道绿色的声波线。紧接着，其中一块大屏幕最先亮了起来，黑色的文字出现在了亮白的背景上——“其中一个是完全不同的”。

完全不同?

就在安佑麟困惑不解之际，他侧过脸看了紧盯屏幕的老师常鑫教授一眼。常鑫教授的嘴唇微微动了动，仿佛是在默念着第一条线索提示。

维金广场到处都是吵嚷的讨论声，围观者们都在议论着第一条线索提示。

“其中一个是完全不同的？”有人一个字一个字念叨着，“这是什么意思啊？”

“又是没头没尾的线索提示啊？”

“什么是完全不同啊？其中一个？是不是还有很多类似的东西啊？到底是什么啊？”

“哎，又是白费劲，咱们肯定不会得到跟警察的线索……”

“不会吧？Z先生不是说了吗？公平……”

紧接着，第二块大屏幕也亮了起来，一行黑色的文字出现了——“通往最终的答案”。

安佑麟在心中默念，最终的答案？这条线索提示看上去并没有那么隐晦，Z先生之前已经说过，想要拯救于晔，就要破解出三条线索的答案。可是安佑麟却不得不怀疑，第二条线索提示并不像字面上那般容易解答，线索提示的背后还有更加复杂的案情需要破解。

很快，最后一块大屏幕上出现了最后一条线索提示——“背后”。

背后？虽然Z先生给出的线索提示都很让人匪夷所思，可是只有两个字作为提示实在让人郁闷难以释怀。

安佑麟不想揣摩这简短、根本看不出头绪的两个字，可是这两个字却像黏稠的梦魇般时刻纠缠着他，不断在他脑海中浮现。常鑫教授依旧在无声的动着嘴唇，他眉头紧锁，再无其他特别的反应。不知是不是之前的情绪太过颠簸和动荡，看到老师如此神情的安佑麟逐渐平复心境，他深深地叹了口气，胸口略有放松。

指挥车内的三个屏幕画面停止，分别停留在三条线索提示公布的时间上。常鑫教授的目光在这三条线索提示之间游离，罗刚则背靠车厢略显疲态。

面无血色的周彤雨轻声重复着三条线索提示，想要在心里把它们牢牢记住：“除了记住这三条线索提示，在发现与线索提示相关的案件之前，任何思考都是多余的。”

安佑麟很认同师姐的话，她说的没错，线索的背后必定有Z先生设下的案件布局作为支撑。在不知道详细案情的情况下，对线索提示的无端猜测并没有实际意义。

突然，刚才还背靠着车厢的罗刚突然挺直身体，打足精神问道："常教授，我有一个问题想要请教你。"

常鑫教授闻声转过脸来。

"常教授，每条线索的背后都有一起案件。比如说第一条线索案件的死者王萌，如果我们之前出于某些原因，阻止了Z先生犯案，在第一条线索案件发生之前就阻止了案件的发生，救出了王萌……"罗刚稍作犹豫，"但是这种情况可能会导致我们无法获知第一条线索的信息，或许会导致我们没有办法获得正确的答案。这样的话……"

"你是想说，如果只有发生案件才能推动线索的出现，那么如果有机会，我们是不是可以为了拯救线索案件的被害者，阻止线索案件的发生？"

安佑麟替难得出现犹豫的一面的罗刚把话说完了，同时得到了罗刚的点头认同。这也是深藏在安佑麟心中的困惑，也是维金广场案涉及核心问题的关键所在。

不过常鑫教授并未直接回答罗刚的问题，他的目光瞬间便转移到了安佑麟的身上。

"佑麟，你对这个问题怎么看？"

面对常鑫教授没有任何情绪的催促，安佑麟的大脑一片空白。

"佑麟，别顾虑太多，这不是考试，没有得分最高的答案。"

说话声从安佑麟的耳边划过，让他搞不清楚这究竟是老师的催促，还是来自内心底声音。

"只要说出你的想法……"

"为什么一定要为了救于晔而牺牲他人呢？"宣之于口过后，安佑麟如释重负，"难道别人的性命，比他于晔要低贱？还是说，出于人道主义和职责所在，哪怕牺牲再多的人也要解救于晔？那么应该把其他人的性命放在何处？"

这原本只是一家普通的咖啡馆，不过这个特别的夜晚，咖啡馆颇受到一些年轻人的垂青，当然还是因为咖啡馆所处的地点比较尴尬。维金广场案案发之后，警方封锁了维金广场周围的街道，被封锁的区域内并没有通宵营业的商铺，大多数都是写字楼，仅有的几座大型商厦也因为案件的发生提前关门了。

不过这家咖啡馆恰好在被封锁的街道的边缘，可以说是最接近维金广场的店铺了，于是这家原本在晚上10点钟就关门休息的店铺决定通宵营业。

平日的夜晚，咖啡馆里会聚集着为数不多的年轻男女，要么是闲来无事出来聊天的，要么就是在附近一家密室逃脱刚刚玩完来喝点东西歇歇脚的。咖啡馆一共有两层，每一层都有一台利用墙壁成像的投影机，以往的夜晚这两台投影机会播放一些经典文艺电影的片段，并且只有一台投影机被使用。可是这个夜晚，两台投影机同时开启，而播放的内容可不是什么电影，而是维金广场案的现场直播。

现场直播的声音不大，坐在咖啡馆里的年轻人不像维金广场上的围观者那般激动，他们偶尔才抬起头来瞄一眼直播。

一对情侣坐在咖啡馆靠近街道的窗户旁，男的头发微长，穿着白色衬衫，女的头发不过肩，面容白皙，淡妆，唇膏颜色恰好。两人只顾着说一些只有对方才能听清楚的情话，对维金广场案的现场直播毫不关心。

空调冷气在玻璃上冷热交替的地方出现了雾气，玻璃内的人根本看不清外面街道上的情形，反正外面街道上的情况究竟如何他们也并不关心。路灯下人影不断匆匆而过，与之前有市民赶去维金广场围观时的情景差不多。

可就在咖啡馆里的年轻男女们品尝着咖啡，无所事事地闲聊时，那靠近街边的巨大落地玻璃被砰砰砸响了。情侣中的女孩吓了一跳，身子赶紧往旁边挪了挪，然后撒娇似的看了坐在对面的男朋友一眼。

那男孩见女友受到了惊吓，便想在她面前展现一下男子汉的雄风，他恼怒地皱着眉头，起身用手胡乱抹着桌旁的玻璃，不满地嘟囔着，“谁啊？什么素质啊这是？”

周围其他桌上坐着的年轻人见有人出头，便也只是用好奇的目光望着擦玻璃的男孩，并低声不满地抱怨着。通过男孩抹开的一块玻璃，可以看见外面的街道旁站着不少人。

人群中有个男人看见男孩擦开了一块痕迹，表情从兴奋变成了愤怒。男孩见到这张凶神恶煞的脸，下意识地朝后挪了挪身子。只见外面那男人的嘴唇动了动，隔着玻璃说了句很难听的骂人话，然后大叫一声“看什么看”。再接着，那男人拿起一块儿砖头，猛地砸向了那块被擦干净的位置。因为太过用力，玻璃几乎被砸碎了，咖啡馆里的人都吓了一跳。

有几个女孩甚至被这猛烈的砸击声吓得不由自主地惊叫了起来，紧接着又几声猛砸的声响，那块玻璃破碎了一个很大的豁口，那豁口犹如连接凡间和地狱的通道，将恶鬼的嚎叫声传到了那些尚不知深陷危险边缘人们的耳中。

就在有人拿起手机准备拍下咖啡馆里发生的一切时，咖啡馆的门被几个人推开了，一股热浪随着那几个人袭进了咖啡馆。

领头的是个二十出头的年轻男人，他额头上绑着一条红色的带子，手里拿着一面自制的蓝色旗子，上面用血红的染料写着巨大的字母“Z”。

“支持 Z 先生，审判于晔！”

年轻男子突然扬起了旗子大声对着咖啡馆里的人叫喊道，跟随他进门的几个人见有人正在用手机拍摄，便指着正在用手机拍摄的人叫道：“拍什么拍？”

说完，那人冲上前把正在拍摄的女孩的手机夺了过去并用力摔在了地上，那部价格不菲的最新款手机被摔得粉碎。还没等咖啡馆里的人反应过来，几个人又叫嚣着口号冲了出去。……

魏志国接到了报告，西京市的各个街道上出现了大量聚集的市民，他们在街上高呼着要求严惩于晔，支持 Z 先生对于晔的审判。

起初聚集的市民还只是喊喊口号，但是很快就演变成了对公共设施和街道周围店铺的打砸。有人冲进 24 小时营业的连锁超市，提着购物筐装满吃喝的东西不结账就走。当遭到店员的阻拦时，那些人就高喊着“严惩于晔”或者是“支持Z先生为民除害”的口号便连带购物筐一块儿逃离了超市。

不少街道旁车位内的私家车都遭到了打砸，接到报警后，各个派出所立刻出动对游行的人群进行劝阻。但是劝阻几乎没有任何用处，还被聚集的人群以“你们连强奸案都破不了”为由与警方发生了冲突。警车被打砸推翻，有人甚至站在了已经上下颠翻的警车底盘上，高声喊着口号，甚至有警车不仅被打砸掀翻，还遭到了焚烧。

“立刻加派警力，防止事态进一步严重、扩大。联络与于晔有关联的人，保护好萨利华和于苍海。维金广场外围加强控制，千万不能乱！”

闷热的空气中，远处传来细微的吵闹声。

电话铃声猛然响起，在空旷的客厅中回荡，一个快步轻脚的声音伴随着低沉的埋怨来到了客厅。

“谁啊，大半夜的？”铃声戛然而止，电话被接了起来，“喂？谁啊？”

相对那轻缓低沉的询问声，电话另一边的声音洪亮刺耳却透着诡异，“他们要带走孩子！”

他们要带走孩子？

“你是谁？谁要来？”

嘟嘟嘟……

航班早已按时落地，只是到达的时间是晚上，从郊区的西京国际机场到达市区还需要一段时间。

戴明里没有想到这次旅行竟然真的成了他和边晓莲的分手之旅，虽说这次旅行的初衷与结果是截然相反的，可事实就是事实，不容改变。想到这里，戴明里不由得松了一口气，相比分手带来的心痛，他更多的感受是放松，甚至有一种本不该有的新生感。

戴明里是个小有名气的画家，当然，他的名气也只是这半年多以来才拥有的。戴明里二十出头，与边晓莲相识一年有余，两人是戴明里美术学院的同学介绍认识的。

戴明里在西京美术学院毕业之后，租下了一座不算大的旧厂房作为工作室。几年下来，虽说画了不少画，也卖了些钱，度日足够，但是与自己的理想还是有巨大差别的。

在创作的混沌之际，戴明里认识了边晓莲。初次见面，边晓莲对戴明里非常热情，戴明里也对漂亮的边晓莲很有好感。边晓莲在叔叔的律师事务所上班，做着很轻松的工作。家境优越的边晓莲在得知戴明里是画家之后，表现出了浓厚的兴趣，并去翻阅了很多绘画书籍。

两人最初相识的那段时间，戴明里甚至会改变生活习惯，多抽出时间来陪伴边晓莲。两人经常去吃饭看电影，偶尔会去看看画展。边晓莲的朋友和同学从外地来找她，戴明里还会作陪。

戴明里的才华和略显艺术家气息的外表，让边晓莲在朋友和同学面前非常有面子。的确，画家男朋友满足了边晓莲这个有些文艺女青年范儿的女孩的幻想和虚荣。

可是日子久了，戴明里逐渐发现他与边晓莲的距离越来越远。他发现很多对于自己来说很重要的事情，边晓莲并不在乎。尤其是戴明里在全神贯注进行创作的时候，边晓莲总是会打来电话让自己陪她去喝咖啡、见朋友。有一次，戴明里终于无法忍受了，与边晓莲在工作室里吵了起来。

“又想驴拉磨，又不想驴吃草？你想让朋友知道自己有个画家男朋友，但是又不让我有时间画画？”

戴明里将憋在心里已久的不满一吐而快，可是边晓莲的辩解让他实在没有想到。

“我想要的是一个看得见摸得到的男朋友，不是每天只是画画的人！”

在戴明里听起来，这种解释根本就没有任何逻辑可言，那是他艺术事业的爬升期，但是他已经尽量抽出时间陪伴边晓莲了，他甚至打破原则允许边晓莲在自己创作的时候在旁边的休息室里玩，但是他根本就看不到边晓莲对自己的让步表现出应有的理解。经过这次争吵之后，戴明里越发觉得边晓莲看重的并不是他这个人，而是“画家”的名号。

大约半年前，一位资深画家经过熟人介绍来到了戴明里的工作室，对他的画作评价极高。没过多久，戴明里的画在圈内名声大噪，虽然不可能位列大家，但是在同批的年轻画家中已是翘楚。戴明里在创作中更是灵感不断，创作时更是全身心的投入其中。可是，边晓莲在明知戴明里忙于创作，还要向他索要为数不多的创作时间来陪伴自己。

一次老同学的聚会上，借着酒劲，戴明里将心中苦闷诉说了出来。

“没有想到大画家还会为情事所伤……”老同学嬉笑道。

无奈之下，戴明里劝说同学别嘲笑自己，还让对方给自己出出主意。

“听说没有，这处对象啊，感情再好也是虚的，还是得经过考验。有个法子绝对管用，俩人到底合不合适，到底能不能过到一块儿去，就是出去旅游十天半个月。是分是合，到时候自有分晓。”

戴明里听从了老同学的建议，约边晓莲乘飞机到外地游玩。游玩的过程中，戴明里终于领会了老同学的意思，两人的不合在游玩过程中逐渐暴露出来，戴明里感觉到边晓莲对自己并不在乎。这是两个人感情不稳定的根本因素，可是边晓莲却对此一无所知，不，在戴明里看来，边晓莲根本就不屑知道这一点。

戴明里终于考虑清楚了，本想回到西京市后再提分手，可是在候机大厅里，他还是没有沉住气，提出了分手。

“为什么不回去之后再说呢？”

边晓莲不太高兴，但也仅仅是不太高兴而已。

戴明里说，边晓莲不了解自己，相处起来自己很累。边晓莲听闻之后更不高兴了，“有什么觉得累的？”

这句话让戴明里哭笑不得，边晓莲一直如此，从来也不深究感情上的问题，完全是一副毫不关心的态度。于是戴明里也释怀了。

十几个小时的飞行旅程中，两人沉默相对。飞机准时在半夜到达了西京国际机场，边晓莲飞速地朝着出口走去，没有打招呼就上了一辆出租车离开了。

看着那辆驶向市区的出租车逐渐远去，戴明里有了一种重获新生的快感。回去的路上，戴明里给边晓莲发了一条短信，让边晓莲到家之后报个平安，毕竟两个人是一起出门的。

“既然分手了，就不用关心我，说这种情话了吧。”

情话？看到这条回复，戴明里苦笑，也许之前在一起的时光，掺杂了太多的想象吧，不止边晓莲不了解自己，他戴明里也根本不知道边晓莲到底在想些什么。

“我只是出于礼貌而已，希望你别误会。”

在回市区的路上，出租车司机与他说起了维金广场案，并绘声绘色的把从早上到现在的情况说了一遍。戴明里听的心惊肉跳，他和边晓莲登机的时间是在案件发生之后不久，或许当时并没有人预料到会发展到如此的境地，所以并没有引起普遍的关注。而且当时他正在跟边晓莲摊牌分手的事情，所以更不可能意识到远隔千里之外的西京市到底发生了什么。

在出租车司机的提醒下，戴明里赶紧掏出手机连接上网，因为突然接到消息的缘故，手机猛地震动起来落在了他的大腿上。

戴明里看了一眼时间，早已过了午夜时分，几乎所有他认识的人都在聊维金广场案。他看了一眼朋友发来的消息，全都在问他有没有回到西京市，知不知道维金广场案的进展。

一路上，戴明里捧着手机不停地看视频和新闻直播，他被案件的发生过程震惊了。Z 先生？这个名字好像听到过，又似乎没有什么印象。于是，戴明里便接受了论坛上发表的那些对 Z 先生曾经做过的惊人案件的描述的议论。至于于晔遭到了绑架，戴明里多多少少还是觉得罪有应得。

早已过了凌晨的西京市与以往大不相同，虽然戴明里的工作室并不在城市中心地带，可毕竟距离机场较远，几乎绕到西京市的另一边。起初，灯火通明的街道上能零星见到几个行人，等快到达目的地的时候，街上的人越来越多……

“前面过不去了！”

在司机的提醒下，戴明里这才看清楚前方街道上聚集的人群，他们在高喊着口号。

“能走多远算多远吧！”

戴明里的本意是希望出租车能继续走一段路，毕竟还有几条街的距离才能到达工作室。可是出租车司机却执意停车，宁可少收些钱也不肯继续走了。

“刚才收到同行的短信啦，”司机拿着手机在戴明里面前晃了晃，“西京市里乱套啦，有掀翻车子的了，本以为就是市中心的事，可是已经波及这边了……”

戴明里见司机面露难色，又表示少收些钱，只好下了车。从后备箱里拿出行李箱的戴明里正准备走，却被司机叫住了，“兄弟，注意安全吧，别往人多的地方去。”

戴明里不明所以，司机已经开着车掉头就走，朝着郊区的方向驶去。拖着行李箱的戴明里回味着出租车司机方才说的话，别去人多的地方？真是奇怪了，明明已经是大半夜了，难道夜晚走路不是尽量到人多的地方走吗？

戴明里苦笑了一番，朝着前方的街道走去。他拖着行李箱低头看着手机，朋友们都在群里不停地发布着不知从何处得来的有关维金广场案的消息。戴明里从心底冒出丝丝的遗憾，这次的分手之旅让他错过了对维金广场案的关注，时间全部都被他浪费在飞机上了。

戴明里是被呼喊声惊过神来的，他发现自己走在街边的人行道上，周围的人拉着条幅高喊着“严惩于晔”和“支持Z先生”之类的口号。

在这条人群聚集的街道上，戴明里与街道上的其他人格格不入，他就像一个入侵者一般，丝毫没有那种激情和愤怒。他拖着行李箱在这群男男女女的目光中逆流而行，感受到了些许的敌意，那种看到异类和怪异举动的不满的敌意。

戴明里吞了一口口水，紧张地加快了脚步，仿佛只要停留在原地或者放慢步伐，就会被那群在街上喊着口号的人视为挑衅。当他彻底从那群人的视野里消失之后，他才偷偷摸摸地回身看了一眼。

又步行了十几分钟，戴明里才终于来到了工作室的院门前，虽然周围的街道上不见人群的身影，可他耳边却回荡着呼喊声。戴明里停住脚步谨慎地看了看周围，不知为何他有些担心会有人跟随自己。他曾经在深夜与朋友喝过酒独自回来，可从来也没有像现在这样没有安全感。

当初租下这街角二层旧厂房作为工作室的时候，戴明里便把门口的院子收拾了一番，安装上了双人吊椅，在墙边种植了不少花花草草。从院子的铁门到工作室的正门有一条石砖铺就的小路，在小路一侧还立着一尊断臂维纳斯的塑像。从工作室的二楼窗户朝下看，可以发现那条石砖小路上的图案取材自梵高的某幅名作。在破旧的围墙之外，根本就想不到生锈的铁门内竟然是另外一幅别致的美景。

戴明里掏出钥匙打开铁门提着行李箱钻了进去，然后又快速地在里面锁上了门。行李箱在石砖小路上嘎哒作响，戴明里打开了工作室的大门，在开门的一瞬间他有了一种被盯梢的感觉，他故意大声干咳了两声为自己壮胆。但是咳嗽之后他立刻后悔了，如果工作室里真的来了贼人，在黑暗中的咳嗽声岂不是暴露了自己的位置？

戴明里把行李箱丢在一旁，轻挪步子贴着墙壁先是摸索到了门边不远处的柜子旁边，他记得上面摆着一尊金属像，拎在手里当作武器正好合适。接着，戴明里朝着墙壁另外一端摸索而去，终于在黑暗中摸到了开关。咔哒，工作室一楼大厅整个亮了起来，可是明亮的灯光并未给戴明里带来分毫的安全感。

戴明里终于看到了那紧盯自己的目光，不是一双眼睛，是三双！他背后一阵发冷，手里的金属像咣当落地……

魏志国不断接到汇报，在西京市的各个主要干道聚集了不少民众。其中不乏有人对公共设施和个人财物进行打砸，市公安局已经按照魏志国局长的部署开始对这些行为进行劝阻。但是让魏志国始料未及的是，在市公安局主要领导都在专案组进行案情分析或是对 Z 先生和门徒可能留下的线索进行调查时，市公安局遭到了围攻。

起初人群还只是围在市公安局门前呼喊口号，可是没多久，现场的状况就发生了变化。人群与警方在劝阻过程中发生了冲突，多名警察受伤，甚至有人将燃烧的油瓶投向公安局大楼，顿时火光四起。

虽然公安局大楼内的消防设施齐全，但是火势迅猛，公安局大楼的一侧陷入火海之中。在市公安局内的警察立刻开始救火，市消防队接到报案后虽然也派消防车赶来，可是因为通往市公安局的主要街道上聚集着大量民众，交通拥堵，一时无法及时到达。

魏志国在接到汇报的时候火势已经得到了控制，虽然公安局大楼中的一座损失惨重，所幸只有人受了轻伤。为了防止事态进一步恶化，魏志国立刻下达命令，要求特警队出动加派警力维持秩序。

依旧身处案发现场的常鑫教授已经通过周彤雨的手机视频知晓了西京市目前的状况，视频上那些打砸、呼喊的影像触目惊心。

安佑麟焦急地等待着最后的案件现场被发现，否则他对三条线索提示无计可施。就在安佑麟不断地盯着手机上的时间并一筹莫展之际，常鑫教授接到了魏志国的联络，警方发现了第三条线索案件的案发地点。

报案人叫戴明里，男，24岁，是位新晋画家。一周前与女友到国外旅游，于凌晨在西京国际机场下飞机。他租了一座二层旧厂房，改造后成立了工作室，工作室的二楼是他的住所。案发地点，就是其工作室。

因为事关维金广场案，所以立刻有警察来到了现场，对现场进行了保护。但是在获知案发现场的位置之后，罗刚警觉了起来。

“案发现场的工作室在红河大道，也就是清水河路附近……”

听到罗刚的提醒，安佑麟突然觉得清水河路这个地名有点耳熟。

罗刚补充道：“清水河路现在聚集着大量的群众，也是发生打砸事件的最初发生地点之一。因为那里就是……”

“是两个月前强奸案受害者自杀的地方，”周彤雨对这个地点印象深刻，“在那里有民众正在进行祭奠活动。”

常鑫教授让罗刚调出了地图，查看清水河路与红河大道的位置。

正如周彤雨所言，这两条街道毗邻，距离相当接近。如果清水河路上的祭奠活动失控，很容易殃及附近的红河大道。

“高明！”

常鑫教授突然口出此言，让安佑麟迅速将脑海中已有的线索碎片整合起来。

那段监控视频公布之后，西京市陷入到了混乱当中，其影响便是大大限制了警方侦破案件的效率。Z先生把第三条线索案件的现场放置在两个月前的强奸案受害者自杀地点附近，如果警方着手调查的话，涉及法医、现场调查小组等等。在这个特别的夜晚，大规模的警方行动必然会引起民众的关注。游行的人群已经失控，看到警方聚集在某处，他们会有何举动呢？

常鑫教授提出了建议，“我们前往位于红河大道的案发现场，跟随的人越少越好。”

“老师，我们现在还不了解案发现场的情况……没有现场调查小组、法医组……如果发生像刚才在这里的……”

安佑麟突然语无伦次起来，他不知道该如何表达想要说的意思，又或者他想表达的内容太多，可是时间紧迫让他不知该如何说清楚。最后，安佑麟摊开手，然后指了指案发现场的方向，“如果第三条线索案件涉及对死者的调查，我是说，需要法医组的配合呢？”

常鑫教授解释道：“以能够顺利在案发现场进行调查作为首要任务，其他需求根据现场情况再做定夺。”

于是，罗刚按照常鑫教授的建议，要求已经到达的案发现场的警察低调行事，不得向周围民众暴露案发现场。紧接着，罗刚安排了一辆无警方标志的车辆，负责运送他们到达位于红河大道的案发现场。

除了负责开车的司机之外，车上只有罗刚、常鑫教授、安佑麟、周彤雨和张艾。临行前，常鑫教授嘱咐法医组长孙庆林，让他不必跟随前往案发现场，如果有任何案件上的疑问，他会及时与孙庆林取得联系。

“万不得已的时候，我会请你出山的。”常鑫教授扶着敞开的车门，“现在市区里面已经乱了套了，因为两个月前的强奸案，游行民众有针对警方的暴力行为，在事态平息之前，还是别……”

“别到处乱走，原地待命。”

“对！孙老，我想至少在事态平息之前，都不需要你出山。”

“时间紧迫，或许我跟随你去，事半功倍。”

“时间紧迫……如果凶手的布局另有目的，即便你现在就去现场，恐怕在短时间内也未必对破解线索有用处。”

车上的安佑麟听着常鑫教授和孙庆林的对话，怀揣着困惑，对话中常鑫教授似乎在压抑着某种焦急，取而代之的是脱离现实的平静和劝慰。

凌晨3点25分，距离倒计时结束还有5小时5分钟，常鑫教授等人从第二条线索案件现场前往红河大道。

起初的十几分钟里，汽车行驶过的街道还算安静，周围都是居民区，街边店铺的卷帘门紧锁。可不久之后，街道上开始出现人群了，并且随着车辆的行驶，人群数量越来越多。

周彤雨盯着手机，时刻关注着维金广场上的情况。罗刚坐在副驾驶座位上，帮助司机留意着前方的路况。常鑫教授则紧锁眉头，双眼发直，对张艾递给他的矿泉水几乎毫无反应。

当汽车行驶到接近清水河路的时候，街道上有规模的人群越来越多了。他们呼喊着口号，举着匆忙制作的条幅，上面印着“审判于晔”和“支持Z先生”的字样。

虽然汽车上没有任何警方的标志，但是喊叫着口号的人群还是用异样的目光盯着这辆匀速行驶过的汽车，那些来自不同人的目光中包含着很相似的东西——愤怒和不满。

这让安佑麟感到心慌不止，他见识过各种眼神，可是从未见过如此多的人流露出同样愤怒和不满。他们会不会冲上前来将汽车掀翻？安佑麟突然冒出了可怕的念头。

“别开得太急，在路口处稍作停留，然后再转弯，看上去像是临时决定改道。”

路灯之下，远处的人群中出现了火光，不知道在路边燃烧起来的究竟是什么，安佑麟猜测那是一辆正在燃烧的汽车。火光之中，人影憧憧。

汽车行驶到路口处，司机果然按照罗刚的要求，没有立刻转弯，而是有意在路口处故作慢吞吞的犹豫状，然后再在路口转弯。罗刚不愧是年轻刑警中的后起之秀，在案件侦破当中累积了不少经验。安佑麟看穿了他的目的，他有意让汽车如此行驶，为的是不引起已经失控的人群注意，一切都像是偶然、谨慎，尽量不与那群人发生摩擦，或者激怒失控的人群。

最终，汽车顺利来到红河大道案发现场附近。罗刚立刻与在案发现场内的同事联络，汽车快速来到工作室的院门前。锈迹斑斑的铁门在路灯的照射下，已经失去了往日里的文艺气息，在铁门快速开关的过程中，汽车开进了院子里。

随老师常鑫教授下车之后，安佑麟先是打量了一下院落。不曾想，外面那老旧的街道的旁边竟然会有如此精致的院子。

罗刚下车之后直奔前来迎接的两位警察，其中一位年纪较大，皮肤黝黑，叫张茂海。另外一位警官叫王泽田，年纪较轻，浓眉大眼，语速很快。常鑫教授上前了解现场的情况，周彤雨陪伴左右。

安佑麟一边走近两位介绍现场情况的警察，一边继续打量着整个院子的格局和位置。从街道的方向看，院子位于红河大街转角处，院墙只是围了旧厂房的一个部分，厂房有一面处在街道旁。不过厂房位置较高，一楼的窗户距离地面足足有近两米。

在窗户前面的吊椅上，正坐着一个年轻人，他头发略长，双手交叉低垂着头，双脚落地前后搓动让吊椅微微晃动。年轻人仿佛刚刚见到了本不该见到的事情，正尝试说服自己接受看到的一切。他就是报案人戴明里。

安佑麟留意到，这两位警察都穿着便装，可见之前已经接到了上级命令，参与维金广场案调查的警察都被要求着便装。

“接到报案之后我们就立刻向专案组汇报，按照要求低调行事，首先来到这里保护现场。”

王泽田言罢，将众人引向坐在吊椅上的年轻人。

“这位就是我刚才提及的报案人，戴明里，是这间工作室的主人。”

听完介绍，戴明里这才有气无力地站起身点点头，并未接话。

“咱们先去现场看一下！”

众人在戴明里的带领下推开玻璃门，走进了灯光幽暗的一楼大厅。就在灯光被点亮的一瞬间，安佑麟彻底被眼前的景象震惊住了，一时间各种滋味在他的心中翻腾，对于精美艺术品的惊叹？恐慌？残忍？又或是全部混杂在一起形成了恐惧？

在大厅的正中央，放着三具尸体。三具尸体被摆放在一张长椅上，女孩坐在两个大人之间，两具成年人的尸体头微微朝里面靠拢，看上去就像是一家三口人在拍合影。让人感到诡异的是，三具尸体的脸上都涂抹着颜料，看不清面容。

安佑麟正是被尸体面部的颜料惊住的。他不懂绘画艺术，虽然看过京剧脸谱，但是这些颜料与脸谱看上去又毫不相干。看起来染料是随意涂抹在尸体脸上的，但又似乎可以在这些染料勾画的图案中找到某种规律和信息。

常鑫教授并不接近三具尸体，他低声问先来到现场的两位警官，是否有靠近和挪动过尸体。两位警官表示没有这样做。

安佑麟观察着整个工作室的大厅，一楼大约占地有近两百平米，被划分成了休息区，有沙发、休息椅和矮桌之类的家具，挂满油画的墙壁旁立着装饰柜和画架、高凳。在距离门不远处的两幅油画之间，墙壁上写着一个血红的字母 Z。在大厅最内侧，有一道可以通往二楼的金属楼梯。

“二楼是什么地方？检查过了？”

罗刚与常鑫教授一同望向金属楼梯。

“检查过了，没有异常情况，那里是……”

王泽田话音未落，戴明里就抢着说道：“二楼是我住的地方，我在一楼画画，在二楼起居。”

常鑫教授无声地点点头，然后对身旁的安佑麟低声道：“佑麟，你跟着戴明里到楼上看看，顺便问问他发现尸体的经过。”

于是，安佑麟和戴明里、张茂海一同踏上了金属楼梯，来到二楼。

除了突然出现的三具尸体，一楼大厅作为工作室虽然物品较多，不过还算井井有条。相比之下，作为戴明里起居室的二楼就显得非常随意，站在楼梯的方向朝里侧看，首先是立式电视机和成套的沙发。靠近窗户摆着一张双人床，上面铺着白色的床单，床上胡乱堆叠着单薄的被子。

第十五章 最终的调查

安佑麟见床铺乱糟糟的样子，问道："你这是走的太匆忙？还是有人来翻过了？"

戴明里还沉浸在被楼下尸体带来的震撼之中，安佑麟的问话倒是让他有些不知所措，"呃，走的是有点匆忙……绝对没有被人翻动过，这里乱是乱了点但是……"

顺着戴明里羞愧的眼神，安佑麟看到床边的衣柜门是拉开的，几件衣服和内裤散在地板上。衣柜门上用图钉钉着几张照片，安佑麟凑上前去，发现那是几张抓拍模糊的照片——街道、渡口、高山下的海岸夜景……敞开的衣柜门旁边还放着一个行李箱，应该是之前戴明里拿上来的。

安佑麟心里明白，这戴明里平日里大概是沉迷艺术创作，对起居生活有些不拘小节。他没有作声，来到了床边朝着半遮挡的窗帘外面望去，灯光幽暗的街道上空空荡荡。因为一直没有开窗，二楼的空气极为沉闷。

安佑麟继续往里走，最里侧朝着院子的窗户两旁，分别是开放式厨房和透明玻璃围成的浴室。厨房碗碟堆积成山自不必说，那浴室玻璃上满是浴液留下的痕迹。就在浴室旁边的墙壁上，也就是被戴明里设计成健身区域的哑铃架后侧，有一扇与墙面同色并不起眼的门。

“那扇门通向哪里？”

“楼顶平台！”

张茂海警官不善言辞，若不是安佑麟主动问起，他恐怕不会主动提及。

“之前，张警官也跟我上去检查过了。”

听戴明里如此说，安佑麟还是执意要上楼查看。

平台周围是深色栏杆，栏杆下面有几盆容易养活喜欢阳光的绿植，靠近楼下院子的一侧放着一张长椅。平台上再无他物。

安佑麟来到街道一侧的栏杆旁，他扶着栏杆望向远方，周围尽是些废旧厂房或是改建成的工作室，高度大抵都比楼顶平台矮些。安佑麟朝着清水河路的方向望去，隐约可见火光冲天。

安佑麟沿着扶手在平台上走了一圈，平台相对街道的里侧是另外一间废弃工厂的房顶。从平台到那间工厂的房顶，还有三米多高的距离。

安佑麟怀揣着一种说不出的困惑来到长椅边坐了下来，相比之前两起案件，第三条线索案件太过平静了，只有三具尸体？脸上被涂抹了染料？安佑麟怀疑，他到底错漏了什么？

安佑麟故意咳嗽了两声，然后转过脸对戴明里说：“你把在现场拍的照片拿出来给我看看？”

戴明里脸色一变，先是看了一眼身旁紧盯自己的张茂海，然后尴尬一笑，“我刚才跟这……还有楼下那位警官说过了，我看到楼下的尸体之后，立刻就报警了！怎么会拿手机拍照……”

“噢，原来是用手机拍的啊？拿出来我瞧瞧！”

安佑麟语气坚定，容不得戴明里反驳。张茂海更是用怀疑的眼神望着戴明里，让他越显尴尬。

“刚才你是怎么跟我说的？”

见张茂海面露愠色，安佑麟明白在两位警官奉命前来后，一定询问过戴明里是否为尸体拍过照片，并且他的回答一定是否认的。戴明里垂了一下脑袋，把裤兜里的手机掏了出来，打开手机相册后递给了安佑麟。

戴明里拍摄的照片有三张，其中两张略有些模糊，似乎是因为戴明里在看到尸体后拍摄的过程中过于紧张而手抖的缘故。最后一张相对清晰些，三位死者从头顶到脚下占满整张照片。

“开机密码多少？”安佑麟问。

“没有密码，平日里忙得很，用手机也图个快……”戴明里回答说，“照片啊，我就是为了创作灵感，我把照片删了行吧？手机是不是可以还给我……”

“等调查完，我自然会还给你。”

说完，安佑麟便朝着楼梯的方向走去，戴明里自觉理亏，不敢过多要求。

回到二楼的安佑麟一边绕过健身区朝金属楼梯走去，一边细数着刚刚在脑海中发芽的疑问——只有工作室的一楼大厅被Z先生所利用，厂房的其他部分并无异常。在安佑麟的预想中，越是接近最终的案件，Z先生的布局就会越集中。安佑麟突然顿住了脚步，他身后的戴明里低着头径直撞到了他的后背。

“跟我讲讲发现尸体的经过！”

戴明里讲述自己一周前与女友去外地旅游，下飞机之后又是如何打车到附近街道，更是将出租车司机不肯送他到达目的地的事情抱怨了一遍。

“你女朋友呢？她知道这件事情？你们俩出行这件事情是谁定的？”

安佑麟对戴明里的出行有所怀疑，Z先生要利用工作室作为最后一起线索案件的案发现场，必然是事先知道戴明里离去和返回的时间。

“前女友……”戴明里的脸上丝毫不见难过的神情，“我们俩这次是分手之旅……”

“挑重点讲！”

在张茂海的提醒下，戴明里连忙继续说：“早就有计划了，也是我们俩商量过的结果。之前也询问过朋友，还在网上查过攻略呢。机票在一个月前就订好了……”

见安佑麟听闻后默不作声，戴明里赶紧追问：“诶？我说，我这里是不是Z先生的那个什么案件线索的……我看见墙上写着的血色字母了……”

安佑麟没有答话，径直朝着楼下走去。

常鑫教授依旧没有靠近三具尸体，他盯着侧面墙上的血色字母，就像是在欣赏工作室里的某一幅画作。回到楼下的安佑麟快步来到了周彤雨和罗刚的身旁，“我刚才错过什么了吗？老师刚才做了什么分析？”

周彤雨盯着常鑫教授的背影，“老师只是来回在现场转了转……”

“没说什么吗？”

虽然安佑麟只是离开了十几分钟，但毕竟案件的侦破争分夺秒，错过几秒钟可能就错过了谜题破解的关键部分。

“常教授没有检查过尸体，也没有做任何的调查分析推理，只是在旁观察。”

听着罗刚的话，安佑麟借机凑到他身旁耳语：“刚子，听我说，你这两位同行，确定是他们吗？我的意思是说，会不会像之前的郑……”

“姓张的那位我曾经跟他过手过一件案子，泽田的是我同学，他们俩绝对没有问题。”罗刚微微瞟向紧张盯着三具尸体的戴明里，“那个画家，这两年在西京算是小有名气，已经核查过了，也没有问题。”

“但是，如果身份重叠呢？”

安佑麟将压在心底的怀疑说了出来。郑亦舒是事先遭到杀害，再被门徒替代的，可是假扮郑亦舒的门徒究竟是何身份？或者说，戴明里除了画家这个身份之外，与门徒这个身份是否会有重叠呢？

“明白了，我会盯住他的。”

“佑麟，”常鑫教授低声召唤安佑麟，“你过来。”

安佑麟快步来到了老师的身边，他了解老师的习惯，听取对案件的调查只要干货，不要庞杂的需要另作分析的内容。

但是对安佑麟而言，这次的案件不同，前两起线索案件虽然都被破解了，但是代价实在太过惨重。安佑麟谨慎地将与戴明里的谈话内容的重点告诉了常鑫教授。包括戴明里此次出行的计划、时间，以及同去的前女友等等，常鑫教授在听安佑麟的讲述时，挪动脚步朝着大厅边缘走去。

来到窗户旁边，常鑫教授抬头来看着挂在窗户两侧的单薄窗帘，他透过窗户玻璃望向街道对面的建筑，对面是几家废弃的旧工厂，大都只有是一层楼高。街道斜对面的旧厂房虽然有近两层高，但是对着案发现场窗户的一侧只是砖墙。常鑫教授缓缓转过身，这时候他已经站在了三具尸体的背后了。

在放置三具尸体长椅的后面，还放着一张圆桌。圆桌上铺着黄色方格图案的桌布，桌布并无不同寻常之处。桌子的中央还放着一个不起眼的物件，一个长方形金属盒，盒体上面只有淡淡的横条纹路。金属盒的正上方插着三根长方体细棍，细棍顶端大约有小指尖粗，从上端到插入金属盒体的部分逐渐变细。

常鑫教授似乎早已注意到了圆桌上的金属盒子，从他所处的角度看，金属盒上的三根细棍正对准了长椅上的三具尸体。安佑麟还留意到在金属盒的旁边，还放着一张大小与桌布方格图案相同，且不易察觉的卡片。

常鑫教授依然没有上前查看，他快步走到了呆立在一旁的戴明里，“这大厅里有没有什么多余的东西，是之前工作室里没有的？”

戴明里先是愣了一下，“啊？”然后他赶紧又扫了一眼周围，“应该是没有多出来的东西吧……呃，桌子上的盒子不是我的，这个可以肯定！”

“在警方到达之前，你有触碰过这里的东西吗？”

戴明里赶紧摇头，“没有！绝对没有！我不敢啊！多吓人啊！我乱碰的话，就说不清楚了……”

常鑫教授听闻之后立刻点点头，然后对张茂海说：“请你带他到楼上去，详细了解一下外出前后是否遇到反常的事情。”

张茂海点点头，带着戴明里去了楼上。戴明里却一副难以置信的神情，他嘟囔着别人听不清楚的话上了二楼。两人刚刚上楼，罗刚就叮嘱王泽田，让他也到楼上去，“无论发生什么事情，都不能让他离开你们的视线。”

王泽田稍作沉思，便冲上二楼。此时戴明里已经被带上二楼，由两位经验丰富的警察看管。

张艾站在玻璃门边盯着手机关注着维金广场案在网络上的讨论情况，

负责开车的司机坐在车上，随时为离开院子进行下一步的调查做好准备。

“佑麟，”常鑫教授道，“说说你对这里的看法。”

“我刚才去了楼上，这栋旧厂房有两层，楼顶是平台。没有发现异常情况，这里的装修很简单，没有隐藏任何其他物品的可能。”安佑麟补充了一句，“当然，前提是戴明里没有撒谎。”

说着，安佑麟当着众人的面挪步到了窗户旁边，他指着宽阔窗户上方的窗帘，背对着众人望向窗外。

“按照戴明里的说法，自从他回到工作室发现三具尸体之后，就没有触碰过现场的任何物品。二楼和平台又没有任何异常情况，就说明凶手布局仅限于一楼现场，只利用已有的物品进行布局。”安佑麟指着窗帘抬起头来，“那么为什么窗帘是敞开的？”

张艾为了听清楚安佑麟的推理，朝着距离安佑麟较近的周彤雨走去。

“这里的窗户高耸宽大，距离地面较高，即便有路人或是高大的车辆经过也不可能看清楚窗户内的情景。但是只有站在窗边才能看清楚，周围的建筑要么窗户较矮、废弃许久，要么附近较高的建筑朝着工作室这一边并没有窗户，报警前不可能有人通过窗户看到门徒在这里的布局。所以，门徒就连拉上窗帘这样更加万无一失的行为也不会做……”

安佑麟话音刚落，周彤雨便接着道：“虽然只利用了工作室很少的部分，但是对工作室及周围的环境非常了解，并且很自信。”

常鑫教授看了眼腕表上的时间，然后掏出白色手套戴在了手上，径直走近圆桌：“凶手选择这间工作室作为布局地点，是经过严密考察的。他们很自信，自信到任何在我们脑海中可能出现的意外情况，都无需担心。”

常鑫教授拿起了那张放置在桌布图案格子中的卡片，仔细查看卡片上的内容，脸上没有任何惊讶、诧异的神情。查看过后，常鑫教授并没有急于将内容给其他人看，“彤雨，第三起案件的三条线索提示分别是什么？”

“‘其中一个是完全不同的’，‘通往最终的答案’，‘背后’。”

安佑麟盯着坐在父母之间的女孩尸体，虽然看不清面容，但是从身高等外观来看，年龄不过三四岁，两个成年人生前也不过30多岁。想到这一家三口仅仅为了作为第三条案件线索的组成部分就搭上了性命，安佑麟不知道外面那些喊着支持Z先生的人群作何感想？

“凶手的套路并没有改变，依然需要我们调查清楚三位死者的身份。”常鑫教授将手中的卡片翻了过来，“三条线索提示与死者的身份密切相关。”

卡片先是被递给了周彤雨，她盯着卡片嘴唇微微动了几下，默默记忆着卡片上的内容。接着卡片就被递给了迫不及待的安佑麟。

桃花里小区，十三号楼，三单元，507室。

安佑麟从未听说过桃花里小区，更不清楚到底在哪。他一边记忆着上面的内容，一边将卡片递给身旁的罗刚。罗刚接过卡片之后，立刻搜索桃花里小区，“常教授，这就是三位死者的住址吗？需要前往调查？”

罗刚将卡片递给了张艾。

“没错，单纯分析线索提示根本毫无用处，没有三位死者的背景信息，我们无法得到答案。”

周彤雨侧脸望向长椅后面的圆桌，看着上面的金属盒，“难道答案还与那盒子有关吗？”

“三位死者对应他们身后的三根长条形物体，我想……”安佑麟回答说，“只有找到‘不同’的那个人，才能在其中找到‘答案’。”

常鑫教授赞同道：“只有在三位死者中选出符合线索提示的，才能从对应的长条形插棍中选出正确的来。”

“答案就在其中一根上？”罗刚歪着头猜测，“互相对应关系？”

“常教授，为什么不直接将三根都拔出来？或许，我们可以根据上面的内容了解到三位死者相对应的信息，也可以进行逆向推理？”张艾提出了自己的看法。

“不！”

安佑麟和常鑫教授几乎同时发声，师徒二人互相对视了一眼，常鑫教授示意安佑麟继续说下去。

“Z先生设计的迷局，目的是让我们在其中寻找答案。假设我们抽出一根，然后通知维金广场方面进行尝试，如果答案是错误的，那么我们从其余两根当中选择出正确答案的概率就大大增加了。虽然选择错误的代价是倒计时缩短两个小时，不过相比在剩下的9个数字中做选择，二选一还是更划算的。Z先生是不可能留下这个漏洞的，所以我推测选择的机会只有一次，其余两根……达·芬奇密码筒！”

从周彤雨困惑的神情上看，她似乎对安佑麟突然提及的密码筒有些印象，可是又无法讲述明白。

“当年艺术大师达·芬奇曾经设计过一款用来传送隐秘信息的密码筒，如果不能将五位密码盘上的密码扭转正确，密码筒内装满玻璃瓶的醋就会将写着秘密信息的莎草纸融掉。”

“金属盒依据同样的原理？”周彤雨低声问。

“按照刚才的推测，Z先生是不会在线索上留有漏洞的，所以当我们选择其中一根作为正确的答案并将其拔出，其余两根上的信息就会被销毁掉。”

“选择的机会只有一次。”

罗刚情不自禁地望向了并不起眼的金属盒。

“罗刚，我需要你立刻查明桃花里小区这户人家的基本情况，我们再做下一步打算。”常鑫教授叮嘱道，“时间紧迫。”

随后，罗刚立刻与维金广场案专案组联系，按照之前的部署要求，在整个市区陷入混乱之际，有关案件的侦破工作已经是全市一盘棋，完全由专案组调遣安排。

周彤雨在网上搜索前往桃花里小区的路线。安佑麟明白师姐此举的意味，她认定老师常鑫教授依旧会派她前往桃花里小区进行调查。回想起周彤雨在之前的多次昏迷，以及她苍白的脸色，安佑麟很是担忧。

前两起线索案件谜题已经被破解，但那不过是表面现象，破解线索谜题和侦破案件是两回事。凶手，在维金广场案的大局上看，始终是个模糊的概念。隐匿多年的Z先生再度犯案，可是Z先生究竟是何人？门徒又是怎么一回事？这才是侦破维金广场案的关键，然而常鑫教授始终在跟随着Z先生的布局走，似乎无意寻找Z先生究竟身在何处。

安佑麟带着无法释怀的困惑，在压抑的气氛中来到了老师的身旁。常鑫教授正站在窗边扬起头望向远处的天空，安佑麟怀疑老师的眺望只是为了掩饰自己苦苦冥思的举动而已。

天快亮了，安佑麟看到天际闪着一丝白色的亮光，可那丝白光正在与接近地面的黑暗纠缠不休。那黑与白的边界附近，还有点点红光在闪烁，犹如血色的火焰……

凌晨 4 点 30 分，距离倒计时结束只有 4 个小时了。黎明将至。

只剩下 4 个小时了，可是最后一条线索提示的答案还未有任何进展。独自站在落地窗前的魏志国，脑子里嗡嗡作响，耳边回荡着进展汇报。

此时的西京市已经混乱不堪，在魏志国的命令下，防爆特警已经出动了。一切都发展的太过迅速，从某些特定街道的聚集，到近乎暴乱般的打砸事件，在整个西京市的各个区内，都发生了不同规模的暴力事件。

此时的魏志国深感疲倦，他最初来到维金广场时的精气神被这 20 个小时的突发事件消磨殆尽了。整个维金广场依旧是灯光通明。这与他在屏幕上所观察的角度完全不同，围观者们虽然也陷入了疲乏，可是依旧有人高呼着声援 Z 先生的口号。

镇守维金广场中央的赵洪军身心疲惫，唯一支撑他的信念就是等待常鑫教授破解最后的线索谜题。此时的维金广场上，围观者们高呼着口号，一浪高过一浪，让他焦躁不堪。

从案件发展至此，赵洪军确信无论 4 个小时之后结局如何，维金广场案会不会结束。甚至很有可能，这 24 个小时根本就是维金广场案的前奏，线索案件的死者以及受到胁迫失去生命的被害者，都要在倒计时结束之后展开调查。

唯一让赵洪军感到庆幸的是，维金广场上并未出现市区其他街道上的混乱状况。他默默观望着眼前的围观者们，那些不断重复的呼喊声逐渐拉长，对他而言已经毫无意义。

赵洪军侧脸瞄向甜品屋内的于晔，被囚禁在金属箱内的他始终都是昏昏沉沉的，就连偶然睁开眼睛看着眼前广场上的围观者，眼神中也依旧充满迷离。

金属箱上鲜红的倒计时从未停歇，一秒一秒通往终结，没有人会知道倒计时会以怎样的方式结束。最后一秒流逝后的爆炸？还是在那之前警方破解了最终的谜题，永恒的停留在某个倒计时的时间点上？

4:00:04

4:00:03

4:00:02

4:00:01

4:00:00

……

魏志国在接到罗刚的电话之前，正望着广场上方的天空，那抹白亮还未能穿破城市楼宇之间的黑暗。罗刚向魏志国汇报了在案发现场的种种情况，外出旅游回家的年轻画家、工作室内一家三口的尸体，脸上涂满了染料……

“桃花里小区，十三号楼，三单元，507 室。”

罗刚告知了常鑫教授的要求，专案组立刻与街道派出所和街道办事处取得了联系，了解到该地址的住户情况。

魏志国将已经调查到的情况尽快告知了罗刚，电话另一端，罗刚开启了免提键。魏志国在电话中说，该地址在两个月前刚刚有新住户搬进去，是一家五口人：“老两口和儿子一家三口，死者极有可能是老两口的儿子一家人。”

由于时间紧迫，所以并没有获得更多的信息了。

“现在情况紧急，一切只能交由你们直接调查了。”

“该小区方面是否会有人接应？”

魏志国告诉常鑫教授，该街道派出所已经派出一名警察前去等候了。

挂掉电话之后，常鑫教授立刻查看了地图，确定了桃花里小区的位置。

“彤雨，我需要你尽快前往该地址进行调查。”

周彤雨毫不犹豫，“明白。”

同时，罗刚走向门外与负责开车的警察确定路线，尽量避开已经陷入混乱的街区，以最快的速度到达桃花里小区。

常鑫教授嘱咐周彤雨，一定要注意安全，尤其是在前往桃花里小区的路上。

“常教授，已经安排好了！可以马上出发了！”罗刚道，“现在外面的情况紧急，我跟周彤雨一同……”

常鑫教授摆了摆手，“不必，这里还需要你，由张艾跟随就好。路线不是已经确定了吗？”

“周彤雨调查完毕之后呢？”罗刚问，“按照之前两条线索案件的调查方式，有任何进展都会电话通知我们，她们在调查结束之后去哪？”

对此常鑫教授早有安排，他先是向罗刚询问西京市各区的公安分局情况。罗刚说，因为之前市局遭受到暴徒袭击损失惨重，各区公安分局已经加强警戒，非常安全。

“市区的情况不容小觑。我怀疑，如果这种情况继续蔓延下去，会波及桃花里小区附近。所以，调查完毕之后，无论时间何许，立刻前往该区的公安分局等待事件平息。”

常鑫教授说话的语气很像是父亲训诫年幼的女儿，“彤雨，一定要记住我的话，在桃花里小区调查结束之后，立刻前往公安分局等待，明白吗？把我的话重复一遍。”

周彤雨听闻之后，原本疲倦的眼神里充满了困惑，但她还是很听话的重复道：“在桃花里小区调查结束之后，立刻前往公安分局等候。”

常鑫教授那严肃的神情略略放松，他满意地点头道：“想让我安心处理完案子，一定要听话，不要让我为你的安全分神。”

周彤雨在准备与张艾前往桃花里小区之前，她双手扶着安佑麟的双臂，语重心长道：“佑麟，照顾好老师，照顾好自己！”

“姐，还是让我去桃花里小区调查吧？外面太乱了，你已经 20 个小时没有休息了，之前还晕倒过。”安佑麟皱眉很认真地望着周彤雨的眼睛，“如果你不好意思说，我去跟老师讲……”

周彤雨连忙摇头，她用力捏住了安佑麟的胳膊，劝慰道：“傻样，老师这样安排是有原因的，我去桃花里小区调查是最合适的安排。我会在调查结束之后立刻前往公安分局，你不用担心。照顾好老师，照顾好自己，罗刚跟你们在一起，我很放心。”

周彤雨言罢，匆匆与张艾上了车。汽车发动，罗刚和安佑麟将院子的金属大门打开了。汽车驶出院子，周彤雨坐在车窗边向安佑麟挥了挥手，很快汽车就消失在了街道尽头。

安佑麟望着消失的车尾灯，他心底的那份担忧逐渐变成了恐惧和哀伤。不知为何，安佑麟心生不祥的预感，他甚至觉得自己与师姐的告别太过匆忙。暖春，炎夏，凉秋和寒冬。安佑麟的眼前出现了与师姐在一起的温馨时光，但是那些时光都在飞快流逝，不曾在他眼前停留。

汽车按照预定的路线，尽量避开已经陷入混乱的主要干道。

张艾低头查看手机，手机的电量已经不多了，不足以支撑她随时搜索维金广场案的舆论情况。周彤雨注意到了开车的警察，从后视镜中她看到了一双锐利的目光。开车的警察四十来岁，穿着一件淡蓝色短袖衬衫，沉默少言的他令周彤雨想起了平日里的罗刚。

汽车在街道转角处的人群前一闪而过，避开了人群聚集的街道，嘈杂声也随着汽车快速开过街角而逐渐变小。黎明的阳光没能照亮街道，挡风玻璃前的街道依旧在路灯、黑暗与火焰般的红光中随着车速朝后退去。

那久违的昏沉感再度降临了，周彤雨自从在第二条线索案件现场晕倒醒来之后，她第一次有了这种感觉。她不知道这种感觉为何会来临，疲倦？焦虑？还是因为调查结果？

周彤雨眼前的街道开始微微扭曲晃动，她闭上眼睛将头靠在座椅上。红色的夕阳，高层的建筑，稚嫩的面庞……周彤雨感到有点头疼，她闭着眼睛微微侧头，不想受到那些画面的困扰。

周彤雨本想睁开眼睛，可是她的眼皮很沉重，全身无力。或许是因为太过疲惫的缘故，她开始陷入半睡半醒的梦魇之中。黑暗的走廊，沉闷的空气，还有那走廊尽头的栏杆……

安佑麟陪同老师常鑫教授来到了工作室的二楼。此时，戴明里正坐在沙发上，他脸上满是无奈的神情。王泽田抱着双臂面朝戴明里站在沙发的后面，张茂海则来回在沙发前方踱步。

见到常鑫教授上楼，戴明里忍不住埋怨道："我这楼下的案子，总不能就靠你们几个人来搞定吧？其他警察怎么还不来处理现场啊？总不能尸体就那么摆着吧？"

常鑫教授没有急着答话，而是在二楼粗略地查看了一圈，随后在安佑麟的陪同下来到了楼顶平台。常鑫教授并未在平台上过多停留，观察完周围街道的情况，他便回到了二楼。

常鑫教授问了戴明里几个问题，戴明里虽然都有回答，但是言语中已经透露出了不耐烦。安佑麟在旁边仔细听着老师的问话，重点与自己询问的并无差异，常鑫教授听完之后也并未深究。

之后常鑫教授便决定回到楼下了，正当他走向楼梯的时候，戴明里大声道："这里是你说了算的吧？你得给我个说法吧？该不会楼下的尸体，跟那个 Z 先生有关……"

"喂，不该问的别问。"王泽田提醒道。

常鑫教授并未理会，直接下楼。罗刚对着两位警官点点头叮嘱，"照顾好他。"两位警官也立刻领会道，"明白。"

回到楼下，常鑫教授便戴着手套靠近了三具尸体。自从接到报案来到了工作室，常鑫教授都没有接近过三具尸体，这次他径直来到了尸体面前。常鑫教授先查看了最左侧的男尸，并触碰了尸体的手臂关节，接着是坐在中间的小女孩的尸体，最后是右侧的女尸。

安佑麟则仔细琢磨着三条线索提示与眼前尸体的关系。

"其中一个是完全不同的"？安佑麟看着眼前一家三口的尸体，心中充满疑惑。从性别区分异同？那么最左侧的男尸便符合这条线索提示。从年龄区分？那么中间的小女孩作为未成年人，也符合线索提示。

安佑麟微微摇头，自觉Z先生不会用这模棱两可的特征作为线索提示的答案。那么三具尸体脸上的图案呢？安佑麟抬起脸仔细打量，繁杂的图案更像是胡乱的涂抹，乍一看挺像回事，但是仔细看实在没有什么章法。透过图案，安佑麟想象着颜料背后的面容。这三具尸体都闭着眼睛，如果不是染料涂抹在脸上，或许看上去就像是睡着了一般。

如果脸上的图案不能作为区分的依据，那么还有什么不同点呢？安佑麟又想到了三具尸体的共同点，死亡？虽然听起来有点像废话，但这是最浅显易懂的特征。没错，这一家人已经死了，这算是共同特征。可是在这共同点背后的不同点呢？死因！

此时，常鑫教授正在检查尸体的颈部，随后他站起身对着三具尸体微微摇头。

“老师，三位死者的死因……”

安佑麟还未将困惑说出口，常鑫教授便头也不回地对身边的安佑麟道：“佑麟，你来检查一下尸体。”

检查尸体？安佑麟心有困惑，因为检查尸体并不是他的长项，对于尸体的死后变化他略懂皮毛。安佑麟首先查看了男尸的关节，从关节的硬度判断，男性死者已经死亡超过一天了，至少一天，甚至已经可以闻到腐臭味。这个结果并不让安佑麟感到意外。他又检查了另外两具尸体，尸体的情况基本相同。

接着，安佑麟按照老师检查尸体的顺序，又查看了尸体的颈部。起初，安佑麟以为老师之所以会在查看过尸体的颈部之后让自己检查尸体，是因为死者的致命伤就在颈部。但是查看过之后，安佑麟先是恍然大悟，可随后而来的是更加浓重的困惑。

安佑麟在查看尸体之初就已经留意到了尸体的尸斑，仔细检查之后尸斑痕迹又证明了他的判断，死亡时间超过一天。颈部并没有可能造成死亡的伤痕。正当安佑麟对老师查看死者颈部之后的举动感到不解时，他发现死者的颈部除了尸斑还有其他痕迹。那暗红发紫的尸斑下面，还有发黑的痕迹。

安佑麟愣住了，不对，那不是尸斑变化的颜色，这与尸体其他的表征完全不符。安佑麟立刻检查了其他两具尸体的颈部和手臂，裸露在衣着之外的部分。他发现了被尸斑掩盖的不起眼的黑色印记。

安佑麟直愣愣地站起身体，引得罗刚侧目而视。

“老师，尸体的身上……”安佑麟把已经到嘴边近乎是感叹的话收了回去，直接将心中推测说了出来，“死者是死于毒杀？”

常鑫教授僵硬的脸上霎那间流露出了欣慰的神情。

毒杀？虽然找到了死者的死因，但是对安佑麟之前在脑海中解析线索提示并无用处。三位死者皆死于毒杀，只能说明死因相同而已。难道是导致中毒的药物不同？

“难道Z先生在死者的脸上涂抹染料，是为了掩饰中毒死亡后尸体产生的黑色痕迹？”罗刚靠近尸体的脸猜测道，“就因为尸体的面容较为容易被注意到？”

常鑫教授让罗刚将尸体上较为明显的黑色痕迹拍摄下来，发送给法医组长孙庆林。几分钟后，常鑫教授与孙庆林取得了联系。

“常教授，照片虽然并不是很清楚，但是基本上可以肯定，那不是尸斑，死者极有可能是中毒身亡。”孙庆林的声音很冷静，“如果需要确定是哪类毒素，还需要到法医组进行进一步检验。”

“嗯，我明白。”常鑫教授无奈道，“市局遭受冲击，您那法医办公室恐怕……”

“那就让我过去吧。”

“不必了，不带您老跟着我们到这边的现场来，就是为了您的安全考虑。如果我这通电话让您动了心思冒险过来，我何苦呢。”常鑫教授尽量让语气听起来不那么沉重，“从现在的状况分析，中毒的因素对于案件线索的破解，意义不大。”

“常教授啊，该不会是怕我过去故意这么说吧？我到现场的话，会帮上很大的忙，死者的其他状况我可以……”

最终在常鑫教授的劝说下，法医组长孙庆林才没有坚持要到红河大道的现场来。

中毒的因素对于案件线索的破解意义不大？安佑麟琢磨着老师的话，如果死因并不是区分三位死者异同的因素，那么还有什么呢？除了一楼工作室大厅内的布局，二楼和平台上并没有更多值得注意的线索。虽然有那么一瞬间，安佑麟怀疑在这工作室内不起眼的地方会隐藏着不易被发现的线索，但是他很快就否定了这种想法——Z先生不会耍这种取巧的小聪明，他渴望警方直接应对线索，而不是小孩子藏东西的把戏。

常鑫教授挂掉了电话，他直视慌张无措的安佑麟道："佑麟，你想以三位死者的死因作为调查方向，怀疑他们的死因有不同，从而选出不同的一个？"

"Z先生在这里的布局，实在太……太少了！而且线索提示相比之前两起案件，显得太摸不到头脑了，完全不知道该如何下手……"

"所以，想要破解这条线索提示，还是要依靠彤雨的调查。凶手留下的任何线索都值得我们调查，不可疏漏。"

卡片？Z先生留在圆桌上的卡片是将案发现场分割开来的重要媒介，将值得调查的地点分为了两处——工作室和桃花里小区。安佑麟开始怀疑自己的思路出了问题，他太局限于眼前的布局了。

部分？如果需要调查的地点分为两个，那么眼前的布局呢？安佑麟看了眼墙上的血色字母Z，那字母像是张扬的宣告，宣告案件的发生是Z先生所为。还有三具放在椅子上的尸体，桌子上的长方形金属盒，以及那张写着地址的卡片。

"这条线索提示，是一个圈。"

一个圈？安佑麟忍不住琢磨着常鑫教授的提示。

"常教授，你的意思是说，案件最终会形成一个圆圈？"

面对罗刚的询问，常鑫教授并未直接回答，他用手指向圆桌上放置卡片的位置，接着又指向了三具尸体，最后回到圆桌上的金属盒……

法医组长孙庆林站在指挥车旁望着天空，天空已经开始泛白，但是再朝着天空的下方望去，则是一片漆黑，他可以想象到远处市区内是怎样的一幅乱象。

与在西京大剧院时的调查一样，这里的尸体检查并没有得到更多有价值的线索。Z 先生只是把尸体当作是布局的道具而已，可是孙庆林需要在近乎被丢弃的道具中找到与案件侦破有关的蛛丝马迹。

现场发现的三具尸体，在法医组的解剖室可以得到更详细的指标，但是法医组的实验室在市公安局，那里遭受到了严重的冲击。姑且不说尸体能不能在目前的局势下运送到位于市公安局的法医组，即便运送到法医组，在不明确市局大楼受损状况的情况下，也不知道是否能对尸体进行进一步检验。

而且，剩下的时间已经不多了。孙庆林年岁已大，早已过了退休年龄，是被返聘回到法医组担任组长。从事法医工作几十年了，他见证过太多的死亡了。可是这一天之内发生的案件，让他这个经验丰富的老法医也感到措手不及，特别是刑侦大队副队长杨雪梅的死，让他感到心痛不止。

孙庆林不想再看到如此惨剧发生，只剩下最后一起线索案件了，他想要案件能够顺利解决。孙庆林了解常鑫教授的脾气，所以他直接与魏志国取得了联系……

第十六章 绝响

汽车以最快速度穿过街道，绕过一处聚集着混乱人群的街道之后，又行驶了几分钟，来到了桃花里小区。

桃花里小区占地很广，处于半封闭管理。由街道进入小区的路口处只有一座象征性的门岗，里面空荡荡的没有保安值班。

周彤雨歪着头沉睡着，张艾见已经到达目的地，便轻轻地摇晃她的肩膀。周彤雨猛地醒了过来，浑身大汗地瞪圆了眼睛。

“你……没事吧？”张艾没有想到把周彤雨叫醒会引起她这么大的反应，“是不是哪里不舒服？”

周彤雨眼前逐渐清晰了起来，她仿佛刚刚穿越了梦魇的迷雾，梦魇中的景象还有残影在眼前晃荡。

“没事，我没事。”周彤雨声音冰冷，她抬起脸看着张艾，“咱们到桃花里小区了吗？”

汽车刚进小区就被一个挥手的男人拦住了。停车之后，张艾下车与男人交谈，在车灯的照射下，周彤雨看到张艾频繁点头。随后，张艾招呼周彤雨和开车的警察下了车。与张艾交谈的男人年近三十，穿着牛仔裤、运动鞋，上身深色T恤，眉毛很浓，面颊有肉，长相还算周正。男人介绍说自己叫彭山，是该街道派出所的值班民警。

张艾询问了地址的情况，彭山指着距离小区门口不远处的一座楼房道："那就是十三号楼。"

张艾告诉开车的警察，不必跟随前往，"我们调查之后，就立刻前往区分局，所以你还是留在车上做准备，随时出发。"

负责开车的警察点点头，表示会将车停在小区门口的楼旁等待。随后，周彤雨便跟随张艾和彭山前往十三号楼。

"在接到市局的电话之后，又做了些调查。"彭山边走边说，"十三号楼三单元507室的住户，姓陶。住着五口人，一家三口和男户主的父母。"

距离离开案发现场已经过去半个多小时了，虽然原本早该降临的黎明被城市凝结的黑暗所吞没，但是黎明将至的冰冷却开始游走在市区的各个角落。

周彤雨打了个寒颤，望着街道旁破败的路灯，不知道那旧路灯究竟是没有开启，还是年久失修已经坏掉了。

"其他的信息了解的不多，他们是在三个月前才刚刚搬来的。只知道户主叫陶文军，他妻子叫周琳。"

原来其中两位死者分别是陶文军和周琳，周彤雨默默地将两人的名字记在心里。黑暗中，那十三号楼看起来并不算远，可是走过去却很花时间。周彤雨继续打量着周围，她看到角边缘有破损的砖砌花园。只是原本应该植物生长茂盛的夏季里，这花园里光秃秃一片，连杂草都少见。在简陋花园的旁边，是一座自行车棚，下面歪歪扭扭地胡乱停放着自行车和摩托车。

"我们接到市局命令之后，立刻联系了街道办事处，但是桃花里小区比较旧，租房子的比较多，人员流动性很大，所以对这家人的了解不多。不过可以确定的是，今晚有人在家。"

周彤雨刚想询问这家人的其他相关信息，彭山突然又问道："这家人跟维金广场案有关系？还是说……"

"有关系！发现了陶文军和周琳一家三口的尸体，不过还需要确定是不是与维金广场案有关，所以才过来调查。"

周彤雨知道专案组方面不会详细的将案情告知街道派出所的民警，所以她选择以折衷的方式告诉了彭山。

彭山听了之后顿足不前，惊讶地望着周彤雨和张艾。见张艾点头表示周彤雨所言不虚之后，彭山才继续往十三号楼走去，并小声嘀咕着世事无常之类的话。

来到三单元门前，三人匆匆上楼。楼道灯虽然没有坏，但是布满了灰尘，楼道里尽是暗黄色的灯光。

楼道里很干燥，无论是地面还是扶手上都积满了厚厚的灰尘。楼道的窗户拉开着，周彤雨的耳边回响着细微的嘈杂声，她怀疑那是不远处的游行人群的呼喊声。周彤雨低声询问走在楼梯最前面的彭山，“附近有游行的人群吗？”

“距离这里大概三条街，所里其他同事都去帮忙了。”

三条街？只隔着三条街？怪不得会隐约听到有嘈杂声传过来，周彤雨本想继续追问，孰料张艾替她将心中担忧说了出来，“现在那边的情况怎么样？会不会蔓延到桃花里小区这边？”

“从我过来时的状况看还不至于，游行的人群大都集中在主要街道。桃花里小区这边还真不算是主干道，而且市局下了命令，对情况严重的、有打砸抢情况的街道已经派了特警……”

很快，三人来到了507门前。张艾掏出警官证并按动了门边那原本应该是白色，但此时已经有些发黄的门铃。沉闷的门铃声从门内传了出来，之后悄无声息。

张艾又按响了门铃，这次里面有了声音，是一个听上很沉闷的女人说话声。

“谁啊……”

“你好，我们是警察，可以开一下门吗？”张艾的声音很柔缓。

“警察？”

虽然隔着门，但是依然可以听出女人的声音听充满了困惑。

“这是我的证件，你可以看一下。”

张艾将证件对准了猫眼，让证件上的内容可以借着走廊灯光被门内的人看清楚。过了不到一分钟，门里传来了开锁的声音，并被缓缓地打开了。

一个头发乱蓬蓬、满脸皱纹的老太太探出了脑袋，她用充满怀疑的目光盯着门外的张艾。

“你……”老太太注意到了张艾身旁的彭山和周彤雨，“你们天还没亮来我们家有什么事情啊？”

“请问这里是陶文军的家吗？”张艾接着说，“这两位是我的同事。”

只探出脑袋的老太太点点头，说这里的确正是陶文军的家，但是陶文军不在家。根据之前的调查情况，这老太太想必就是死者陶文军的母亲陶老太太。

“谁啊？这天还没亮就来叫门？”

门开得又大了些，一个穿着宽松五分裤，上身松垮背心的老头出现在三人面前，他就是陶文军的父亲。陶老爷子的头发花白，被晒黑的脸上满是刀刻般的皱纹，他虽然身材干瘦，但是身体结实，像是常年在农田里干活。

“我们是警察，有事情想……”

还没等张艾说完，陶老爷子就警惕地看了看旁边的彭山，用不信任的口气说：“你们是警察？真警察？”

张艾将警官证递了上去，陶老爷子借着走廊昏暗的灯光，眯着眼睛对照着证件上的照片。看了好一阵，陶老爷子才把证件递给了张艾，可表情不见放松，“你们这么晚到我家来做什么？”

彭山有些等不耐烦了，直接说道：“跟你儿子一家三口有关系，能进去说吗？”

陶老爷子回过脸跟门内黑暗处的老伴对视一眼，然后敞开了大门。门内的灯亮了，三人被陶老爷子引进了门，老太太为三人从鞋架上找来廉价的塑料拖鞋换上。

周彤雨换上拖鞋之后，留意了一下门内的格局。一进门便是宽敞的客厅，客厅的地板还是老旧的淡黄色款式，并且每块地板之间都裂开了不算窄的缝隙。

客厅的墙边放着一套布面的旧沙发，沙发前的暗红色漆面茶几已经脱色掉漆。茶几上面铺着一张大小合适的透明塑料布，上面摆放着装满红灿灿苹果的盘子，一把水果刀横在苹果当中。正对着沙发的墙边是一张同样陈旧的电视柜，上面是一台老款电视机。

客厅左侧的房间敞开着门，里面关着灯，像是用来堆放杂物的房间。里面似乎还有房间，但是由于太过黑暗，所以周彤雨没能看清楚。

客厅右侧的走廊，先是经过卫生间，然后是厨房、餐厅，还有另外两个房间。可见整个房子的格局是半环状的，远比在楼外面看起来面积要大得多。只是，听说陶文军一家人刚买下房子就搬了进来，可见这房子没有重新装修过。

三人被引到沙发旁坐下之后，陶老爷子厉声对老伴道："愣着干啥？去倒点水来！"

陶老太太这才拖拉着拖鞋慌慌张张地去了厨房，然后端着三杯水回到了客厅。陶老爷子见状不满地嘟嘟囔囔，"就倒三杯啊？我的茶缸呢？"

陶老太太撅了一下嘴巴，又进了厨房。

"找我儿子啥事？"陶老爷子坐在侧边的双人沙发上，只看着彭山，"我儿子本本分分，不可能犯法！你们要找他做啥？"

陶老太太再度回到了客厅，把倒满水的茶缸递给了老伴，因为水太多，陶老爷子险些没能接住茶缸，"你个老婆子，进城里干活还毛手毛脚的。"

陶老太太没应声，丧着脸坐到了老伴的身边。

张艾面露难色，周彤雨知道她正为难该如何向老两口说明儿子儿媳一家三口已经遇害。但是时间不等人，彭山并不很了解案件详情，根本就指望不上他开口说明。

于是，周彤雨对张艾和彭山使了个眼色，然后对老两口说："我们这个时候过来，是想告诉你们俩，陶文军一家三口，遭遇意外了。"

如果没有沙发的话，陶老太太肯定会一屁股瘫在地板上，她一时间没有反应过来，直愣愣地垮在了沙发里。陶老爷子的反应略有不同，他明显身体微微颤抖了一下，然后撑住了身体。

“警察同志，会不会搞错了？”

陶老爷子苦笑的表情扭曲异常，他想用笑容来证明周彤雨的话只是一场误会。

“我能理解你现在的感受……”

还没等张艾开始劝说，陶老太太就哭了起来，她扭曲着满是皱纹的脸，泪水干燥的皮肤上游走，像是久旱干裂的土地终于迎来了稀少雨水的灌溉。只是，这些稀少的雨水并未侵入干燥的土地，而是在上面横流不止。

陶老爷子先是将嘴巴憋的紧紧的，许久才喘了一口气，用颤抖的声音说：“军子是……怎么？”

“我们还在调查中，需要跟你们了解一下最近他们一家三口的情况。这样有利于我们的调查。”

周彤雨明显感觉到，客厅里的气氛发生了变化，陶老太太那满是悲痛的目光中，还流露出巨大的困惑。难道陶文军一家三口被杀之前有什么隐情？他们的死与维金广场案之间到底存在什么关系？对线索提示的破解有什么帮助？

时间越来越少了，周彤雨虽然内心焦急难耐，但是还是尽量平复心绪，开始询问有关被害者的情况。

“你的儿子叫陶文军，儿媳叫周琳，你的孙女叫？”

周彤雨要原原本本的了解三位死者的情况，首先就是年纪最小的死者名字。虽然提及最小的死者，对于两位老人可能是个极大的打击。

正如周彤雨之前所料，提及了陶文军的女儿，陶老太太只是低声抽泣，陶老爷子喘着粗气望了老伴一眼。可是他并未得到老伴的目光回应，也正是在这当中，周彤雨之前感受到的那股诡异气氛更加明显了。

“陶乐。”

说完，陶老爷子摇摇头叹了口气。

根据陶老爷子的叙述，陶文军一家似乎并没有太多值得关注的特征。如果不是因为案件发生，陶文军一家的情况与绝大多数西京市的居民没有太大的分别。

陶文军小时候随父母生活在外省一座小县城附近的农村，因为陶老爷子勤劳肯干，陶家相比村里其他人家要殷实许多。陶老爷子也算是见过市面的，认为在村里生活不是长久之计，便让儿子陶文军努力读书到城里生活。

于是，陶文军从上学开始就被父亲花钱送到了县城小学，都说念小学的孩子在学习上并没有真正的好坏之分，只要脑子不笨、上课的时候坐得住就行了，所以陶文军小学时期成绩平平，老两口并不十分在意。

不过陶文军升到了县城中学之后，成绩依旧不拔尖。这县中学的教学水平本就一般，如果不是学校拔尖的学生，别说重点高中了，就连普通高中恐怕也考不上。

陶老爷子很为陶文军的成绩窝火，一有空就劝说儿子努力学习，可是陶文军却不当回事。赶上陶老爷子气急了还会抡着扫帚敲打陶文军，不过还是无济于事，初中毕业的陶文军没能考上高中，只念了一所中专学校。

在陶老爷子的理想中，儿子陶文军应该品学兼优，考上县城重点高中甚至市重点。接着就是重点大学，毕业后找到一份体面的工作，举家迁往大城市。但是陶文军只念了个中专，让陶老爷子很失望。

之后的事情，就是陶文军勉勉强强念到毕业，然后去城市里打工了。陶文军在学习上虽然不擅长，但是工作肯吃苦，干活儿认真负责，所以在工地打工两年之后，又跟着一位工友去做了装修工人。

在这期间，陶文军认识了做家政服务工作的周琳，两人后来相恋结婚。

“我和老伴都挺满意周琳这媳妇的，对我们老两口孝顺，对大军好……对孩子也好……”

陶老爷子声音微微颤抖，继续回忆着往事。

二十多个小时的调查让周彤雨疲乏不堪，她虚汗直流，竭力将所有的意识都集中在陶老爷子的讲述上。

陶文军在做装修工的几年里，不光省吃俭用存了钱，更是学习了不少装修经验。后来，他自己组成了团队，干起了装修公司，虽然没有赚大钱，但是足够举家迁出村子到城里开始新生活了。也就是在前不久，陶文军买下了桃花里小区的房子，虽然是旧房子，但是空间足够大，房间足够多，完全可以把老人接来和一家三口同住了。

终于讲述到了最近几个月的事情了，可是陶老爷子口中的事情似乎并没有什么特别值得注意的地方。从买房子之前的准备，到陶文军、周琳夫妻俩付款办手续，都没有任何异常的情况。

说起陶文军一家三口被害前的情况，陶老爷子悲从中来，终于到了他不得不面对的悲剧了。

“大军……就是出去旅游，说是出去三五天就回来了，但是没有想到……”

旅游？一家三口出去旅游？三五天？

周彤雨仔细琢磨着陶老爷子说的话，她总觉得陶老爷子话里话外透露着不对劲。可是他毕竟失去了亲人，那种不对劲感或许只是情绪悲痛带来的影响。

周彤雨将目光投向陶老太太，此时的陶老太太正在默默地哭泣，她在陶老太太的身上体会到了除了悲痛之外的其他情绪。是恐惧吗？

时间在一分一秒的流逝，安佑麟已经逐渐失去了时间的概念，只有情绪让他知道自己在急于破解现场的谜题。他不知道周彤雨在连续调查二十多个小时之后，是否还有精力找到值得关注的线索。

自从周彤雨前往桃花里小区进行调查之后，始终也没有与常鑫教授联系过。至于维金广场方面，除了网上的视频短片和直播，以及现场围观者拍摄的照片之外，并没有更多跟案件有关的消息了。

常鑫教授一直在现场徘徊，从墙上的血色字母Z，到被摆放在长椅上的尸体，再到长椅后面圆桌上的金属盒子和卡片。

安佑麟守在老师的身旁，他时而盯着手机查看网上的情况，时而看着常鑫教授的调查动向。网上对目前西京市的局势有着近乎一面倒的态度，对市区主要街道上出现的失控状况表示理解。

“如果不是因为大家对警方调查的失望，对于晔这种人渣行径的无可奈何，怎么会全力支持Z先生的义举？Z先生是为了公平而战，街上的人群更是为了公平正义而战，就算有些欠妥的行为，也是可以理解的，这是大家对公平正义无法得到满足的愤怒。支持Z先生的义举！”

这是论坛上点赞支持最多的回复，其他的评论和回帖大都与此相似，还有些人正相约他人一同到街上去声援Z先生。安佑麟打开了微博，在相关的话题下面，看到了一些转发上传的外国新闻媒体对案件的直播报道。基调大都是对Z先生身份的猜测，对两个多月前的强奸案的报道，还有对于晔身为富二代、星二代的调查。

常鑫教授缓步到了三具尸体前面，安佑麟赶紧跟了几步。望着三具尸体的脸，猛然间，安佑麟对尸体脸上的染料有了更大的怀疑……

“老师，我有疑惑的地方！”

见老师常鑫教授将脸转向自己，安佑麟便继续说道：“我们在现场拿到的只是放在后面圆桌上的卡片，卡片的变数是不是太大了些？对三位死者的身份调查，从现在的结果来看，我们已经知晓了这一家人的身份。但是如果有变数呢？比方说，戴明里回到工作室，发现现场之后触碰了现场的东西，造成了卡片的丢失，或者不能被及时发现的情况……”

安佑麟又回想起了之前在现场调查的感觉，那种难以言说的感觉始终未曾散去。

罗刚见他语调减缓，便低声接言道：“西京市陷入混乱，如果这里有其他人在戴明里回来之前闯进来，很可能不会报警。但是如果卡片因此受到损失，会使我们的调查产生极大变数。”

安佑麟接着讲：“而且Z先生的现场布局非常简单，卡片的作用非常关键，没有卡片上的地址信息，我们不可能短时间内获知三位死者的身份。”

常鑫教授一边听，一边微微点头，将目光聚集在三位死者的身上。

“还有，卡片上的信息是地址，但是我们怎么知道三位死者就一定与地址有直接关系？或者说，那地址会不会是其他含义？三位死者真的就是地址里的一家人吗？”

罗刚听到安佑麟的说法，立刻有了一种恍然大悟的神色，好像始终潜藏在他脑海深处的想法，终于被安佑麟挖掘出来。

常鑫教授先是来到最左侧的男尸旁边，蹲在地上抬头望着尸体被涂抹着颜料的面容。接着，常鑫教授开始检查尸体的衣着，男尸之前只是被简单检查过死亡时间和死亡原因，但是衣服并没有被检查过。

常鑫教授戴着手套从男尸衬衫口袋开始检查，衬衫左胸口口袋上有扣子，为了尽量不改变尸体衣着的情况下进行搜索，他并没有贸然打开，而是从口袋外面抚摸里面是否有东西。

罗刚见状，立刻蹲下身在中间的女孩尸体旁检查尸体衣着中可能存在的其他物品。安佑麟着手检查椅子最右侧的女尸。

最终，罗刚一无所获。常鑫教授在男尸裤腰带上有所发现，安佑麟检查到女尸裤子的后兜之后也有了相同的发现，是身份证。

身份证？安佑麟拿着身份证站起身来，他打量着身份证上的信息，姓名、性别、年龄以及住址等资料都表示这张身份证属于周琳。

“如果是身份证，在女孩尸体身上找不到，就说得通了。”罗刚低语道。

常鑫教授把从男尸身上找到的身份证递给了罗刚和安佑麟，这张身份证是属于陶文军的。不过安佑麟却对这两张身份证带来的信息存有怀疑，他仔细查看了身份证上的照片。

陶文军长着一张大众脸，长脸，鼻子高挺，眼睛细长。周琳的面容看上去很和蔼，瓜子脸，淡眉，算是朴素漂亮。

“老师，三位死者脸上的颜料，有没有可能是为了掩盖他们的真实身份？”安佑麟拿着身份证猜测道，“尸体的面部被涂抹了颜料，我们根本就不知道他们的相貌……”

“凶手不会用遮掩面部的方式来区别三位死者的异同，身份证只是用来完善现场布局的必要物品。”

常鑫教授的解释，让安佑麟立刻转变思路。

“在发现身份证之前，我们就已经调查清楚了卡片上桃花里小区的住址，涉及这三位死者。死者身上的身份证件，则更加明确的指出的这一点，并没有什么不同的作用？”安佑麟仔细琢磨，“而且，Z先生不可能用涂抹尸体面部的方法来掩盖死者的身份，仅仅用这个方法区别死者的异同，只要擦掉颜料与身份证上的照片对照即可……”

“而且这样的布局很不严密，存在漏洞。”罗刚也表示认同。

“如果利用的是身份证来证明死者身份就是陶文军一家，那么就应该用完全相同、相似的参照物，可是没有物品佐证孩子的身份。所以身份证，是用来避免我之前提到的有关卡片的变数的。”

变数，讲到这里，安佑麟陷入了沉思。他面前的变数，并不仅仅是卡片。那种莫名的焦虑自从进入工作室调查开始便如影随形，当他开始思索眼前的种种变数时，他又体会到了那种不对劲的感觉……

提及陶文军一家三口的行程，老两口模棱两可、讲不清楚，只说在临近城市转一转。

疲惫不堪的周彤雨感到有些头晕，她侧身在沙发旁用手拄着额头。

“那么，陶文军夫妻俩，平时有得罪过什么人吗？”

不得已，张艾已经开始从最常规的情况问起了，得罪过什么人？其实在维金广场案的大局来看，无论陶文军夫妇是否有得罪过别人，都与杀害他们一家三口的门徒很难产生交集。

眩晕中的周彤雨不断思索着，既然为数不多的布局线索将她引到三位被害者的家中，必然是有值得注意的关键线索。周彤雨很担心自己无法集中注意力从而忽视了线索，她回忆着之前两起线索案件的调查，只要知晓了死者的身份，她便可以在与死者有联系的人身上，找到有用的线索。

这最关键的一起案件，布局简单，线索单一，可是却又无从入手。陶文军一家的经历，在整个西京市里根本算不上特别。农村出身，努力奋斗，开了家规模不大的装修公司，搬进城里，在经济发展过程当中这已经不算新奇了。那么线索究竟在哪？

周彤雨在混沌的思绪中不断回忆着三起线索案件的异同之处，到底哪里出了问题？在昨天上午发生的线索案件中，西京大剧院内发现的被害者尸体，对其身份有明确的指向性。第二起线索案件更是如此，三具尸体被安排成希腊神话中的场景，三具女尸的身份证更是被直接摆放在案发现场……

只有这起案件有些不同，与死者身份有关的内容，并不是某个死者的身份证件，而是那张卡片——桃花里小区，十三号楼，三单元，507室！没错，卡片上的信息并非指代受害者，而是一个地点。

这个想法犹如一针强心剂，让昏沉中的周彤雨打起了精神，之前的她太过于沉醉于经验之中了，以至于Z先生稍微改变套路，她便毫不犹豫地沿着之前的路线前行。

如果之前的两起案件是有死者的身份主导调查，那么这起案件仔细思索来相比之下完全不同。案件的线索提示关系到死者与长方形金属盒内答案的选择，所以线索提示是由地点推测死者的关系。

周彤雨在沙发上正了正身体，深深地叹了口气，对老两口说："你们先聊着，我去其他房间看看有没有对了解这次意外事件有帮助的地方。"

说完，周彤雨不由分说地从沙发上站了起来，她瞥了一眼还坐在沙发上的老两口，发现他们俩互相看了一眼对方。与此同时，张艾抬起脸望着周彤雨，见周彤雨冲自己微微点头，立刻明白了她的意思。

周彤雨先是朝着客厅左侧的房间走去，她感受到了有眼神在盯着自己的后背，不过她并未停住脚步。时间已经不多了。

坐在沙发上的陶老爷子看着周彤雨去了房间里面，便对张艾和彭山说道："她这是去……要找什么？用不用老婆子帮忙去跟着……"

张艾立刻摇了摇头，"不用了，让她转转就好了。"

"你说大军的那个……意外事件？到底是怎么回事？"陶老爷子的眼中充满了怀疑，"刚才又问我大军两口子是不是有得罪人，是不是很严重的案子？"

这时候，始终只是沉浸在哭泣中的陶老太太，也显露出了怀疑的神色。

其中一个是完全不同的？通往最终的答案？背后？周彤雨走进房间的同时，不断回想着三条线索提示，她不断提醒自己，她寻找的相关答案与这三条线索提示紧密相连。

走进门后，周彤雨先是进入了房间的外间。外间像是储物间，墙边立着老式的柜子，应该是搬家的时候老两口舍不得丢，所以从农村搬进城里来了。

周彤雨走上前打量着柜子，虽然没有开灯，但是上面环形纹路清晰可见。柜子上放着一台宽大，但是功能少的可怜的收音机，收音机上铺着淡色的盖布。

柜子的下面分为两层，外面用玻璃拉门隔着，玻璃拉门上是泛着白色的荷花图案。玻璃里面可以看到红色、生锈的糕点盒，不过周彤雨可以肯定，盒子里装的东西不是糕点，应该是针线之类的物件。

柜子旁边的地板上放着几个工具箱，周彤雨打开工具箱上的拉锁，在里面看到了锤子、卷尺等工具。

在与里间相隔的墙壁上有一扇窗户，窗户被帘子遮挡住了。在窗户前面，放着两把藤椅和茶桌，茶桌上摆着一个用易拉罐裁剪而成的烟灰缸。

外间没有什么值得留意的地方，周彤雨走进了里间。里间昏暗的灯光来自夹在床头上的台灯，对着街道的窗户上窗帘半遮，窗帘被风吹得飘动着。这是一间卧室，卧室的家具风格与外间相似，老旧的立柜上镶着一面已经把人照射的有些扭曲的镜子。

周彤雨径直走到了立柜前，拉开了镜子前面的拉手，立柜里散发出一股淡淡的沉闷气息，从款式上看里面挂着的都是老两口的衣物。

柜子旁边是木质的双人床，床上铺着凉席，凉席上杂乱无章地丢着两条褪色的薄被子。正对着床的墙边靠着一张木桌，桌子放着暖水瓶和报纸杂志。在桌子上方的墙壁上挂着一面长方形镜子，镜子的边缘插着几张老照片。

周彤雨走上前借着背后昏黄的灯光望着镜子上的照片，照片大部分都插在镜子下边一侧。照片有黑白照和彩色照，黑白照数量相对较少，大都是老两口人到中年时拍的照片，还有陶文军小时候的照片。

其他则是陶文军和周琳，以及陶乐年幼时的照片。一家三口的照片只有一张，周彤雨走上前拔了下来拿在手里看。那是几年前的照片了，陶文军和周琳的脸上挂着喜悦的笑容，陶文军怀抱的陶乐不到一岁，不太配合拍照。照片的背景是村屋院落，应该是陶文军的老家。

正当周彤雨把照片重新插回镜子边缘时，她发现镜子右下角有些异样。镜子的其他三个角上都插了一张照片，可是右下角却没有照片，但那里有一圈照片曾经插过的痕迹。

周彤雨轻轻抚摸那圈痕迹，然后低着头在桌子上寻找可能掉落的照片，但是并没有发现有照片落在桌子上。当她弯腰查看地板上是否有照片时，发现一颗药片孤零零地落在地板上。

周彤雨急匆匆地拾起药片捏在两指之间，白色的药片上没有任何印记，她将药片放在手心转身走向床的另一侧。床的另一侧放着暗黄色的矮柜，矮柜上层是抽屉，下层是拉门。在抽屉和拉门之间，有可以用锁头上锁的环扣。

周彤雨拉开了上面的抽屉，里面有剪刀、护手霜等常见的物品，还有一个白色的药瓶。她立刻借着灯光仔细查看药瓶上的标签，这是一种常见的安眠药。

周彤雨拧开瓶盖，发现里面的药片与刚才在地板上发现的药片如出一辙。她并不觉得奇怪，有些年纪大的人常常会失眠，需要适当借助药物帮助睡眠。

客厅里，浑身大汗的彭山坐在沙发上将面前杯子里的水一饮而尽。陶老爷子见状，用胳膊肘碰了碰老伴，陶老太太不知所以地抬起脸望着陶老爷子。

陶老爷子的鼻息一重，皱眉对老伴道："就知道耷拉个脑袋哭，水没了不知道去给续上吗？"

陶老太太刚想去拿空杯子，只见彭山摆了摆手，对刚回到客厅的周彤雨说："不介意我把你那杯也喝了吧？"

周彤雨一边朝着客厅另一边走，一边对着彭山摇摇头，"你喝吧，我再去其他几个房间看看。"

彭山拿起水杯又喝下大半杯。

陶老爷子见老伴没动地方，没好气地说：“还愣着？去倒水！”

陶老太太这才站起身把彭山的空杯子端起来，慌慌张张地跟上周彤雨的背影。

“你也喝点水吧，那么辛苦。”

听到陶老爷子的好心劝说，张艾这才端起杯子喝了一小口。

周彤雨先来到了卫生间的门口，卫生间里有一股潮湿和洗衣粉的混合气味。周彤雨看着卫生间里面一片黑暗，在门边的墙壁上寻找着开关。

“警察同志，你这是要找什么？”

陶老太太端着玻璃杯站在周彤雨的身后，周彤雨回过身来与陶老太太四目相对，周彤雨看到了泪痕和惊奇，那种渴望获知她想要做什么的惊奇。周彤雨抬手指了下卫生间门内，“我想用下卫生间，但是找不到灯的开关。”

陶老太太紧张的面容有些舒缓，她非常熟练地找到了开关点亮了卫生间的灯。

周彤雨走进卫生间之后锁上了门，她观察着整个卫生间。圆形的洗漱池旁边搭着一条洗干净的抹布，洗漱池旁边是马桶，马桶里侧则是洗澡的地方，那里的墙壁上挂着热水器。马桶正对着的，是一台滚筒洗衣机。

整个卫生间墙壁镶嵌的是淡蓝色的方砖，只是日子久了，淡蓝色上染着一层岁月沉积的污痕。相比整个卫生间的陈旧风格，热水器、滚筒洗衣机和用来隔开洗澡空间的浴帘都是新的。

疲惫不堪的周彤雨叹了口气坐在了马桶上，她看着面前的滚筒洗衣机，陷入了沉思。最初，周彤雨隐隐担忧老两口有可能是由门徒假扮的，就像之前案发现场的郑亦舒根本就是门徒为了杀死安佑麟而设下的圈套一样。不过从老两口的种种表现来看，虽然两人有点怪异，可毕竟突然面对至亲之人的死亡，有些反常倒也可以理解，而且刚才，陶老太太准确无误地找到了卫生间的开关。

细节？周彤雨突然怀疑自己还有没有注意到的细节，Z 先生究竟留下这里的地址作为信息有何作用？她扭过脸来看着门边洗漱池下面的拖鞋，她看着孩子穿的蓝色小拖鞋正端正正地放在一双交叉折叠的大拖鞋上面，无奈地摇了摇头。

周彤雨站起身来拧开了洗漱池的水龙头，她需要凉水唤醒可能陷入眩晕状态的自己。一把又一把的凉水冲刷在周彤雨的脸上，每当她闭上眼睛任由凉水冲击，那火红的夕阳便会突然出现。她为了摆脱眼前的画面不得不立刻睁开眼睛，可当她再度闭上眼睛将凉水泼洒在脸上时，那高耸的建筑又出现在了她的眼前……

周彤雨望着眼前镜子中的自己，她看起来面无血色，如一张单薄却冰冷没有知觉的面具紧贴在脸上，从面颊上滴落而下的水滴也透露出了如冰雪般寒冷。

再坚持一下，周彤雨告诉自己，一定要尽快找到需要的线索。她关闭水龙头，用手抹了一把脸上的水。她拉开了面前的镜子，里面是装着洗漱用具的隔层。有牙刷和牙缸，还有一些常见的廉价护肤品。周彤雨看到了小孩子使用的幼儿牙刷，蓝色的牙刷柄上还有可爱的卡通图案。

走出卫生间的周彤雨望向走廊的里侧，还有两间卧室和厨房、餐厅没有查看过。两扇卧室的门敞开着，里面关着灯。厨房因为陶老太太刚才来倒过水的缘故没有关灯，周彤雨便先走去了厨房调查。厨房里的橱柜很旧了，但是被收拾得一尘不染，没有油迹和污渍。倒是用来做饭的厨具，都是新购买不久的。

观察到这个可有可无的细节，周彤雨无奈地垂下了头。新的厨具，新的生活，陶文军一家五口刚刚搬来新居不久，好日子才刚刚开始。相比那些甘愿沉沦不思进取的人，这家人根本就不应该承受那样惨烈的悲剧。

周彤雨长长地呼出一口气，她想将闷在胸口的酸楚随着那一口气释放出身体。她从未承受过如此之大的压力，从未为了查案如此不眠不休，也从未在如此短的时间内见识如此之多的恶性案件。

周彤雨双手扶着水槽边缘，看着厨台上的暖水壶，水壶下面的厨台上还有水渍。从早上开始，周彤雨看似在细心的观察所有东西，可实际上所有的一切都是匆匆而过，她看着水渍。

水渍在周彤雨的眼中逐渐放大，她清楚的看到水渍上方倒影的水壶影子。周彤雨生出了一种莫名的感觉，她为什么会出现在厨房中？为什么会来到桃花里小区？眼前出现的所有东西又是否应该出现？

周彤雨觉得自己的思绪出现了断裂，仿佛这二十多个小时当中发生的案件本不该如此集中的出现。仿佛她的记忆出了偏差，案件之间的漫长时光她全然不记得了……

早上 5 点 30 分，距离倒计时结束，只有 3 个小时。

专案组将工作的重点逐渐由调查案件相关线索，转移到了平息西京市各个街道上的混乱局面，以及应对 3 个小时候后可能发生的爆炸情况。

只剩下 3 个小时了，魏志国召开过紧急会议，听取了最新的案件进展情况和市区主要街道的情况。在所剩不多的时间里，除了常鑫教授正在进行的调查之外，其他调查不是陷入被动，就是停滞不前。

于是针对案件的调查全部寄希望于常鑫教授，就连上级派来的调查组也倾向于此。魏志国很理解目前的局面，二十多个小时以来，警方可以进行的营救行动全部尝试过了。从遭到 Z 先生的警告，到不断有无辜者受到 Z 先生及门徒的胁迫而失去了生命，再到优秀的警察莫名失踪，还可能出现更加糟糕的局面……除了常鑫教授的调查，虽然他的调查并未彻底解决维金广场案，也未能逆转越来越糟糕的局面，可是他连续破解了两起案件的隐藏线索，这几乎成为让公众相信警方仍然对案件的解决有所行动的佐证。

只剩下最后一条线索提示，等待常鑫教授的破解了。虽然这种想法很不负责，甚至有些推卸责任和取巧的嫌疑，但是这几乎成为了 3 个小时内案件进展的唯一期望。即便魏志国不愿承认，也不愿将如此大的压力和责任落在常鑫教授的身上。

此时西京市的上空苍白而混沌，天际与楼宇之间依旧有一道明显的分界线，城市中仍然昏暗一片，依靠路灯照明。街道上那些燃烧的汽车窜动着的火焰勾勒着城市的轮廓，与城市上空的白亮隔绝开来。

只剩下 3 个小时，负责镇守维金广场中央的赵洪军并没有因为倒计时即将结束而有任何的轻松感。剩下的时间里，他不仅要继续镇守广场中央，更要配合随时可能进行的疏散行动。

目前维金广场周围已经加派了警力，在恰当的时机对维金广场上的围观者尽快进行疏散。赵洪军在连续几个小时都不曾停息的呼喊声中，望着甜品屋内的金属箱中的于晔。除了金属箱上那血红闪光的倒计时数字明示着时间一分一秒的流逝，甜品屋中的一切仿佛都不曾改变。

被囚禁在金属箱中的于晔与之前二十多个小时的状态很相似，时而清醒时而昏沉，被束缚在金属箱上端的双手经常会微微动一动手指。外面嘈杂的呼喊声对于晔而言没有影响，他木然地望着面前呼喊的人群，除了昏沉还是昏沉。

赵洪军希望可以救出于晔，无论于晔是不是两个月前那起强奸案的真凶，他都要救出于晔。于晔应该接受法律的制裁，而不是私刑。

赵洪军站在甜品屋前，双眼盯着周围所有能够顾及到的围观者，他随时准备接听常鑫教授的调查结果，那最后一个数字，成为了破解维金广场案困局的关键。

赵洪军的耳边突然传来了一个声音。可是那些声援和支持Z先生的口号声，一浪接着一浪，声音越来越高，赵洪军根本就找不到那不同的声音究竟来自何处。

一度，赵洪军以为是自己太过疲劳而产生了幻觉，他抬起头来望向天空。黎明已经来临，可是白亮止步于广场上空大厦周围的顶端，将白昼与黑夜明显的区别开来。赵洪军从未见过如此的状况，仿佛那片光明与亮白再也无法穿破黑暗的束缚照亮整座西京市。

那突如其来的声音依然在赵洪军的耳边回荡，抬头望着高楼林立之间的天空让他感到眩晕，即便只是几秒钟的短暂时间。渐渐的，赵洪军意识到围在较前沿的一批围观者的呼喊声变小了，他连忙望向混杂在围观者中的便衣同事，发现有人在盯着甜品屋的上方。维金广场上的呼喊者们不再高声呐喊，他们开始沉默地望着甜品屋的顶端。

呼喊声开始被赵洪军之前听到过的声音所替代，没错，那声音他之前听到过，正是之前甜品屋播放的儿歌。

怎么回事？为什么会播放儿歌？为什么在剩下还不到 3 个小时的时候播放儿歌？赵洪军惊讶地转过身与围观者们一起望向甜品屋上的大屏幕，同时，所有的媒体也都在关注着维金广场中央的异变。

第十七章 失控边缘

朝着不同方向的四块大屏幕同时亮了起来，绿色的声波线和血色的字母Z出现在两两相背的大屏幕上。赵洪军无法想象此时此刻Z先生究竟为何再度发声？距离倒计时还有两个多小时，宣布于晔的死刑为时过早吧？

欢快的儿歌声逐渐消失，那原本平缓的声波线终于开始波动了，Z先生诡异的声音出现了……

“我知道大家始终不渝地关注着整个事件的经过，大家渴望公平、正义，希望凶手于晔可以得到法律的制裁。可是法律却一次又一次地让大家失望，法律的天平一次又一次地倾斜向了那些有钱人、名人的一方。”

维金广场上的围观者们依旧悄无声息，所有人都在等待着Z先生接下来要说的话。

“警方不断破解我设置的谜题，可是大家作为关注事件的人却没有相等的机会了解到谜题背后的事件。这与我的初衷完全不同，大家失去了选择是否拯救于晔的机会和可能。为了彰显公正，让所有人都有公平获知信息的机会，我将提供第三条线索背后案件的发生地点……”

Z先生话音刚落，维金广场上立刻沸腾了起来，只是这种沸腾被广场上围观者们主动压制了下来。那禁不住的窃窃私语也只是在一瞬间，便再度陷入了寂静。

几秒钟后，屏幕上都出现了同一张照片。照片非常清晰，生锈的大门，灰暗的墙壁，略显荒凉的街道，在墙壁接近地面的位置甚至可以看清楚杂草和开裂潮湿的细小缝隙。

“这里就是破解第三条线索的关键地点，位于红河大道的一间绘画工作室。警方正在工作室进行调查，我已经把大家本应该知道的消息公布了出来，究竟该不该找到线索拯救于晔，现在由你们决定。”

身处工作室内的罗刚接到了专案组的电话，获知了 Z 先生公布现场地点的消息。原本以为 Z 先生仅仅会在破解线索谜题上增加难度，没想到又猛出一招。

“魏局长已经派人往这边来了，只是附近清水河路的情况不容乐观，加派的人手恐怕不能立刻赶到。”罗刚加快语速，“魏局长的意思是，以保证你们的安全为首要目的，至于最后的这条线索……”

常鑫教授轻轻抬了一下手，“我明白魏局长的意思，但是目前是破解线索最关键的时刻，我们不能退缩。彤雨已经去桃花里小区调查，相信很快就会反馈破解谜题的线索！”

安佑麟在一旁听着老师常鑫教授和罗刚的争论，两人正为是否要提前离开现场产生了分歧。不过他的脑海却在思索另外一件事，那自从他进入案发现场工作室以来的怪异感终于不再混沌了。

“老师，我想通了，我想通了……”

安佑麟喘着粗气，想一口气把想到的事情全部说完。常鑫教授和罗刚同时转向他，只是两个人脸上有着截然不同的神色——罗刚是好奇，而常鑫教授则严肃地皱眉。

“我刚刚来到这里调查的时候，从一楼的现场，一直到楼顶平台，我都仔细地调查过。可是始终有一种说不出来的不对劲的感觉，起初我一直以为是现场的问题，是我忽视了某个不对劲的……物品？细节？”

安佑麟兴奋地摇着头，时间越发的紧迫了，他要把重点放在已经知晓答案的问题上。

“不确定因素！那种不对劲的感觉其实是不确定因素，正是因为整个厂房内，除了布局之外就再也没有什么特别之处了。”安佑麟的脸上露出了他自己察觉不到的笑容，“这里是第三起线索案件的案发现场，我们之所以能够找到这里，是因为戴明里回到工作室发现案发现场并报警。戴明里是乘飞机回到西京市的，并且在他赶回到红河大道的时候，市区已经陷入混乱……”

罗刚领会道：“如果飞机晚点，或者他回到这里的路上发生意外情况，很有可能在倒计时结束之前不能回到工作室，不能报警，我们也就无从得知现场的所在地！”

“没错！”安佑麟快速点头，“这就是我觉得不对劲的地方，这里没有任何可以提醒存在的物品，类似于……烟火？这种可以引起关注的东西。所以，Z先生如果想要他设计的游戏可以进行下去，就必须留一条后路，让我们知晓现场存在的后路。哪怕这条后路会让我们非常棘手，就像现在的状况。”

始终沉默不语的常鑫教授终于开口了，“无论如何我们都会知道这里作为案发现场的存在，只是如果在这种时刻才知晓，破解谜题的难度就会大大提高了。所以一开始，将位于红河大道的案发现场公布于众，就已经在Z先生的谋划之中了。”

“我早就该想到的……Z先生不会让现场的发现存在不确定因素……应该提前做好准备的……”

安佑麟非常心急，时间紧急容不得他们再多想了。

“常教授，魏局长的意思是，必须保证你的安全。周彤雨已经前去调查线索提示了，你和安佑麟先离开，我留在这里，在你破解线索提示之后由我抽出……”

“不！”常鑫教授的态度不容置疑，“破解案件线索不能有丝毫的疏漏，必须在现场等待彤雨反馈线索。”

罗刚顿时不知如何应对，一方面是魏志国局长的命令，另一方面则是为了破解案件谜题，常鑫教授坚持留在现场。

“佑麟，你立刻去楼上通知上面的人下来！”

安佑麟快步冲向通往二楼的楼梯。

“常教授，你想让他们先离开？”

常鑫教授还未明确回答罗刚的问话，安佑麟就带着两位警官和戴明里回到了一楼。

“现在情况有变，这里作为案发现场已经暴露了，很可能没多久，这里就会被在清水河路聚集的人群包围，情况非常不妙。”常鑫教授的目光紧盯着戴明里，“所以，现在需要你马上撤到安全的地方去，区公安分局，那里是附近最安全的地方！”

“不至于吧……”戴明里更像是在说口头禅，“工作室这边怎么办？会不会……”

“去收拾些贵重物品吧，抓紧时间，三分钟后出发！”

听到罗刚的话，戴明里不再多问赶紧冲上楼去。罗刚对着张茂海点点头，让他跟了上去。

“一会儿你们俩带戴明里到分局去，务必保证他的安全，在事件完全结束之前，不准他离开。”

可是王泽田却不认同罗刚的命令。

“如果这里被人群冲击，会陷入混乱，凶手的布局可能会遭到破坏的。”王泽田坚定道，“刚子，我留下！局里派的人手到来之前，我来帮忙保护现场。张哥一个人应付得了。”

很快，戴明里背着双肩包随张茂海回到了楼下。

最终，常鑫教授同意了王泽田的建议，由张茂海单独护送戴明里到最近的区分局，并且在事件彻底结束之前戴明里不可以擅自离开。除了市局的命令之外，不准任何人接触戴明里。

在旁边的戴明里听到这些话，一副似笑非笑的苦相，“那个……我有那么重要吗？我知道是在我的工作室里发现了尸体，还跟维金广场案有关……但是我有那么重要？”

“知道外面的人群吗？现在市区的各个主干道和街区都陷入了混乱，情况难料。如果有失去理智的人发现你是这里的主人，恐怕你会受到牵连，发生危险。”

对于安佑麟的劝告，戴明里却不认同，他背着双肩包微微摇了摇头，略长的头发随之颤动了几下。

“这不合逻辑，就因为尸体被凶手放在我的工作室里？这样……”

“这个世界上不合逻辑却不断发生的事情太多了，现在不是深究的时候。”常鑫教授直接中断了无关紧要的争论，“现在马上出发，希望你一路上对自己的身份保密，听从安排，才能保证你的安全。我没有开玩笑。”

看着常鑫教授严肃的神情，戴明里识趣地耸了耸肩不好再说什么。

“那么，还有一件事……”背着包的戴明里对安佑麟说，“手机可以还给我了吧？”

安佑麟轻吸鼻子，坚决道：“案件结束之后，会还给你的，但是现在还不行。”

就在准备离开工作室之前，戴明里忍不住望了一眼陶文军一家三口的尸体。可是戴明里的目光并没有一扫而过，他的目光停留在了三具尸体的脸上。安佑麟留意到，戴明里的目光走向因为三具尸体的身高不同而形成了 V 字形。

“怎么还不动身？”罗刚提醒。

“他们脸上的图案，有点……”戴明里不知道该如何形容，“毕竟你们不是搞绘画艺术的，怎么说呢？我的意思就是……”

“说重点！”罗刚严肃地说。

“我一开始想把……尸体的照片拍下来，也不光是因为好奇什么的，其实是因为他们脸上的图案。看上去像是无序的信手涂鸦，但我觉得不是，可能换个角度会有新的发现吧……”

不是胡乱的涂鸦？不是为了遮盖死者的面容特征？还有其他作用吗？安佑麟紧紧地盯着尸体脸上的图案，可越是沉迷那些图案，就越是让他感到头晕。他不知道戴明里的说法究竟是否真实准确，是否真的可以帮助他们通过面容上的图案破解线索。

常鑫教授看了眼时间，提醒张茂海赶紧与戴明里前往区公安分局。来到院子里，嘈杂声正在远处回荡，还没有接近红河大道。打开生锈的金属大门之后，罗刚拍了拍张茂海的肩膀，“小心。”

戴明里紧跟在张茂海的身旁，按照之前计划好的路线，两人尽量避开人群聚集的街道。明明已经天亮了，可是街道上依然黑暗一片，昏黄的路灯下，两人逐渐走远。

安佑麟帮助罗刚和王泽田在大门里面将门锁好，确保从外面不会将门轻易开启。

“佑麟，记住，对一件事情进行辩解的确可以表明立场，也有说服对方的机会。但是，别为了辩解而忽视了眼前的局面和形势。”

常鑫教授背对着帮助罗刚锁好大门的安佑麟，说完便朝着门内走去。

“常教授！”

在罗刚的呼喊下，常鑫教授站在门口回过身来。

“有件事情，我想告诉你。之前，孙组长直接向魏局长要求来这里协助破解……”

罗刚话音未落，只见常鑫教授猛然间勃然大怒，“简直胡作非为！这根本就是自找麻烦！”

已经走进门的王泽田被常鑫教授的怒喊声吓了一跳，赶忙走回门前想搞清楚究竟发生了什么事情。安佑麟更是对老师突然的愤怒感到费解，过去二十多个小时中，哪怕遇到极为危险的状况，常鑫教授也未曾如此愤怒，可单单法医组长孙庆林绕开他的意愿前来协助却惹得他暴怒不止。

罗刚没想到常鑫教授会如此反应，便劝说道：“常教授，别担心。Z先生在公布这里的地址之后，魏局已经立刻联络上了孙组长，要求他到最近的分局去，他不会过来了……”

法医组长孙庆林所乘坐的汽车已经行驶了有一段时间了，不过此时西京市的状况远比他想象的更加混乱。坐在汽车座位上的孙庆林有些后悔了，他后悔没有早做决断，没有直接跟着常鑫教授前往红河大道的案发现场。

第二起线索案件所在的住宅区较为偏僻，虽然通过媒体和网络，以及专案组方面提供的情况，孙庆林知道目前市区的主要街道上聚集着不少群众，有些街道上甚至出现了打砸烧抢的恶行。

可是想象永远不如现实来的更加惨烈，虽然孙庆林乘坐的汽车上没有任何警方的标示，更有意回避了情况尤为严峻的街区。不过每当汽车从混乱的街道路口经过，所看到的场面都让孙庆林感到触目惊心。

一条空荡无人的街道上，路边是被掀翻和焚烧的汽车，街边带有橱窗的店铺玻璃悉数被砸碎，里面的商品被洗劫一空。街道上尽是玻璃碎片和杂物，依稀可以听到嘈杂的呼喊声。

出于安全考虑，汽车虽然快速行驶过街道，但是那疯狂之后留下的残骸依然让人感到惊恐无措。当汽车行驶过某处街道尽头的十字路口时，孙庆林看到了人头攒动的人影，嘈杂的呼喊声透过车窗传入车内。不远处正是一辆侧翻在地的警车，孙庆林所乘坐的汽车立刻转向朝着另外一条街道行驶而去，虽然要绕路，但至少是安全的。

也就在汽车离开那条人影攒动的街道时，孙庆林感受到了许多道目光的注视。那些目光中渗透着渴望，宣泄愤怒和破坏的渴望，虽然只是瞬间，可是让几十年与被害人尸体打交道的孙庆林背后发冷。

汽车又行驶了几分钟，孙庆林接到了魏志国局长的来电，将Z先生突然公布了红河大道的案发现场位置的情况告诉了他。

“在清水河路附近的人群有极大可能前往案发现场，那里的情况不容乐观。”魏志国态度明确，“现在立刻到最近的区公安分局，不要前往红河大道了。”

“常教授呢？他还要留在现场？”

“我已经通知他了，立刻撤离现场……”

魏志国告诉孙庆林不用为此担心，他已经有所安排。孙庆林了解魏志国的脾气，他心中自有打算，如果情况已经如此危机，就更需要他在案发现场帮忙助力。

不过，孙庆林忽视了一点，魏志国与他合作多年，对他的秉性更是了解。在魏志国与孙庆林通话的同时，负责开车的警察接到了专案组的命令，停止向红河大道行驶，立刻前往最近的区公安分局。

为了躲避街道上聚集的人群，汽车不得不再度绕路。只是没有料到，刚转过的街道上同样聚满了人群。

顿时，那种让孙庆林背后冒冷汗的目光再度出现了，原本喊着口号的人群注意到了缓缓减速的汽车。几个走在人群中最前方的男人光着上身冲到车前，汽车猛地刹车。有个年轻人猛力拍了拍挡风玻璃，“停车！谁让你把车开过来的？”

开车的警察并没有停下车，而是继续缓慢行驶。汽车与前方企图拦车的年轻人发生轻微的触碰，不过年轻人不仅不肯让路，反而更加疯狂地怒骂和拍打挡风玻璃。

“孙组长，别担心，我们很快就会离开这里……”

可是紧接着，有人不断挑衅的怒骂和拍打车辆。车座上的孙庆林心中有数，此时的混乱局面中主动暴露身为警方的身份毫无作用，而且很可能适得其反。

鸣笛并未让车辆前面的人让开，相反却让他们做出了更加疯狂的举动。几个男人来到汽车的一侧，企图晃动掀翻汽车。开车的警察当即立断，他逐渐加快速度行驶，冲破人群的束缚。

人群见汽车加快速度冲出去并未拦截，但车窗玻璃多处被石块砸出了裂痕。在咒骂和怒喊声，以及石块猛砸的声响中，汽车飞快驶离街道。

就在汽车加速行驶到路口的瞬间，一辆正在燃烧的小型货车疾驰而来……

周彤雨快步走出厨房回到长条状的狭窄餐厅，在餐厅的一侧有两扇房门，分别通向陶文军夫妻俩和女儿陶乐的卧室。整个房子只剩下这两个房间没有被检查过了，能够发现有用线索的可能性大大提高了。

周彤雨先是走进了陶文军夫妻俩的卧室，灯被点亮的瞬间，整个房间的装饰尽收眼底。门一侧的墙壁旁立着高大的衣柜，衣柜旁边是一张双人床。床虽然老旧了些，但是上面的床单却干净整洁，铺得平平整整。床头上挂着一幅镶着木边的结婚照，照片上的陶文军和周琳穿着礼服和婚纱，脸上满是幸福的笑容。不过大概因为照片悬挂的时间太久了，再加上搬家运送颠簸的原因，照片表面沉淀了一层岁月蹉跎下的薄纱。

在床的对面，也正是房门对应的位置，有一张梳妆台，梳妆台上整齐的摆放着护肤品。周彤雨走上前去查看其中几瓶，都是些常见的品牌。梳妆台的抽屉里面是化妆用品，睫毛膏、棉签，还有修眉的刀具等等。

周彤雨关上抽屉转身来到床头柜前，上面摆着台灯和女性杂志。至于抽屉当中，也都是些平时家庭中常见的物品，剪刀、感冒药、测量腰围的卷尺和指甲刀。

窗户旁边的电脑桌上有一台电脑，显示器和键盘上盖着用碎布边角料缝制成的防尘布。电脑桌的抽屉里面除了几节电池、电影光盘和备用的网线之外，再无他物。

毫无收获的周彤雨心烦意乱，她快步来到衣柜旁打开柜门，一股樟脑丸的浓烈气味伴随着夏季的闷热一涌而出，里面都是整理好的衣裤和备用的被褥行李。

回到大厅里的常鑫教授来到了三具尸体前面，安佑麟感觉到老师的身上依然带着刚才听闻法医组长孙庆林奔赴红河大道来时的愤怒。王泽田站在窗帘后面朝着清水河路的方向望去，到目前为止那边尚未有人群朝着这边赶来。

安佑麟掏出了戴明里的手机，发现手机上有很多未接来电和短信，时间集中在这几分钟里。应该是与戴明里相熟的人在得知了 Z 先生公布的地址之后，纷纷向戴明里求证。

就在安佑麟查看着手机的时候，又一条信息发了过来——

“怎么没上网？看视频直播了吗？Z 先生公布的地址是不是你的工作

室？”

安佑麟翻开相册，找到了戴明里在回到工作室发现尸体时拍摄的照片。安佑麟仔细地对比尸体脸上的图案，虽然过去了几个小时，但是尸体脸上的图案没有任何的变化。

“常教授！”王泽田表情严肃，“有人朝着这边赶过来了！”

于此同时，微博上#维金广场#热门话题之下，在Z先生公布了案发现场的地址后，相关评论依然在不断增加——

两条线索已经被警方破解了，难道还要等着第三条线索也被破解吗？难道真要让于晔逃脱惩罚吗？

即将要眼睁睁地看着一个强奸犯，成为了绑架的“受害者”，再然后被成功营救，成功洗白了强奸犯的身份。

如果公平和正义得不到声张，我们就有理由去争取公平和正义！之前的两条线索我们都没有机会触碰到破解的核心，于晔究竟应不应该救，Z先生之前已经给出了公平的条件。应该由所有关注两个月前那起强奸案的人来决定，而不单单依靠警方决定。

这是对于晔的审判，不希望于晔获救，谁知道红河大道在哪里？照片上的大门究竟是什么地方？［照片］

请大家转发这条微博，请有能力和在附近的人到红河大道！万分紧急！我们要表达我们的看法，我们有知情权，我们有选择是否救于晔的权力！

我知道照片上的地址，那是红河大道上的一间绘画工作室，是一个姓戴的画家开的。我就说这些了，想知道的就转发微博。如果有知道其他信息的人，可以在这条微博下面留言。

周彤雨只剩下最后一个房间没有查看过了，可是如果线索根本就是在其他她检查过的房间里，只是她疏忽了又该怎么办？折返？重新再调查一遍？周彤雨已经没有时间再多犹豫了，哪怕真的错过了有用的线索，也只能在检查完这最后一个房间之后再重新检查。

周彤雨平复心绪来到了最后一个房间，被害者陶乐的卧室。打开灯之后，周彤雨发现这间卧室相比其他房间多了几分童趣，家具也比较新。

墙壁上贴着动漫人物的海报，蓝色的单人床上铺着超级英雄卡通图案的床单和被罩。床边有一张价格不菲的学习桌，这种桌子是最近几年开始流行的，功能多种多样，可以纠正孩子的坐姿。就比如周彤雨眼前的状态，桌面被微微扬起，可以让孩子在桌子上以健康舒适的角度绘画。

周彤雨走上前去拿起了桌子凹槽内的蜡笔，她虽然很少画画，但是对儿童文具略有些了解。这个牌子的蜡笔是名牌货，而且是国际知名品牌。紧接着，周彤雨来到了位于衣柜旁边的玩具箱，她蹲下身打开了玩具箱，查看着里面的玩具。

正是这个举动让周彤雨有一种触电般的感觉，她立刻起身拉开了衣柜，当她看过里面的衣物之后那种触电般的感受终于找到了缘由。周彤雨谨慎地望了一眼门口，然后她一边掏出手机，一边来到了儿童床的旁边，她将手机的手电筒功能开启照向了床下……

安佑麟没有想到短短几分钟时间，聚集在清水河路的人群就来到工作室的院门外面。

罗刚悄声来到窗户旁边，微微拉起窗帘的一角。虽然窗户的高度高于一般人的头顶，但是外面的人群都仰着头紧盯着窗户，声援Z先生的口号不断震荡而来。

“还有多久增援会到？”

“已经在路上，不过还至少需要十分钟。”

“外面的人群情绪很激动，需不需要我出面安抚一下他们的情绪？”

王泽田的音量逐渐提高，这样才能不让外面的口号声盖过自己的说话声。

常鑫教授摇了摇头，“他们缺少的就是一个可以引爆他们的人。”

街道上的人越来越多了，从“咣当”的一声开始，就不断有石头砸向那道生锈的金属大门。

“停止继续调查线索，让于晔受到应有的惩罚！”

外面有人高声呼喊，紧接着其他人重复着相同的口号。

“老师，外面的人是想让我们停止调查线索，恐怕他们见我们不回应，会做出更多偏激的举动。”

安佑麟话音刚落，就听到有玻璃破碎的声音。石头划过窗帘，连同玻璃碎片落在了安佑麟的脚下。

“我们的时间已经不多了，要在情况失控之前做出正确的选择……”

“佑麟，把戴明里拍摄的照片给我看看。”

安佑麟赶紧将手机相册打开，递给了常鑫教授。

罗刚一边躲避着飞来的石头，一边观望着外面的情况。此时窗户玻璃已经碎的七七八八了，外面聚集的人已经多得占据了整条街道。很多人都端着手机朝着窗户的方向拍摄，还有人不断高呼着声援 Z 先生、要求警方停止调查的口号，还有人则破口大骂。

常鑫教授丝毫不在意越发混乱的局面，对于落在脚边的石头和玻璃碎片也没有躲避的意思。安佑麟担心老师受伤，便走到常鑫教授另一侧背对着窗户的方向。

常鑫教授的目光始终在手机上的照片和面前三具尸体脸上的图案之间进行对照，发现案发现场已经几个小时了，不过除了逐渐浓烈的尸臭味之外，尸体脸上的图案并没有因为尸体腐烂而发生变化。

“你到二楼去盯着，看增援什么时候到。另外，没有必要的情况下，不要暴露身份激怒外面的人。”

听闻罗刚的命令，王泽田飞快转身冲向二楼。二楼窗户上的玻璃已经被砸碎了，床上满是石头和玻璃碎片。王泽田来到靠近院子的窗户旁边，那里距离街道还隔着大门和院子，所以玻璃较为完整。

此时街道上聚集的人越来越多了，红河大道最繁华的年代也未曾有如此多的人。王泽田不免有些担忧，如果状况恶化下去，外面的人企图冲进房子里来，岂不是很危险？他朝着街道远处望去，依然有人不断朝这边聚集而来。即便增援赶来，恐怕也会被耽搁在街道远处。

那些敲打着金属大门，用石头砸窗户的人群，他们仿佛长着同样一张面孔——赤红的目光，愤怒的神情，还有那相同规律的闭合又张开的嘴巴……

周彤雨头疼欲裂，就在她查看床底并探明真相的一刻，她的头被狠狠击中了。周彤雨眼前一片黑暗，无力地瘫软在了床边，她听到耳边响起了说话声。

“快点过来，帮我把她制住！”

“快去拿刀！快点去厨房！”

“你……还能干点什么……藏都藏不明白！”

脚步声踉跄。

张艾喘息的声音。

“她哪个房间都搜了……怪得着我嘛……”

“你就不会拦着……”

周彤雨渐渐陷入昏迷，她开始听到了本不该出现的声音，“快点干活，磨磨蹭蹭地干什么呢？”

一个模糊的女人身影出现了，周彤雨看不清楚女人的模样，只有一个纤瘦的轮廓在眼前晃动。

“我养你是让你摇尾巴的，你这么点活儿都做不好吗？”那纤瘦的女人的轮廓举起手臂比比画画，“地板擦不干净，今晚就别吃饭了！”

眩晕中，周彤雨眼前一阵白光之后，那纤瘦的女人不见了，出现了一个男人的轮廓。

“问你话呢！你说话啊！怎么连个屁都不放？”

“啪”的一声耳光响起，男人的叫骂声不断回响、徘徊，逐渐模糊不清。

眩晕带来强烈的呕吐感之后，周彤雨眼前的画面渐渐清晰起来了，一个装着液体的小小玻璃瓶被包裹在一块黄色的手帕当中。画面飞速扭曲旋转，周彤雨感觉自己快要吐出来了，随后眼前的画面再度定格，是一只盛满水的玻璃杯子，那小小的玻璃瓶又出现了。不过那玻璃瓶上的塞子被拔掉了，里面的液体不见了。

眩晕中，周彤雨的眼前画面彻底黑暗消失了，只听到有人在询问。

“小朋友，那天你在哪里？在做什么？”

“那天，你妈妈和爸爸有没有见其他人？”

“水是谁给妈妈的？是爸爸？然后爸爸也喝了水吗？”

在眩晕之中，周彤雨猛地睁开了眼睛，她扶着头觉得脑袋里空荡荡的一震一痛。她依然躺在地板上，眼看着一个人影从门前闪过，由厨房奔向客厅。

周彤雨踉跄起身险些再度摔倒，可是她不能再等了，客厅里的情况更加要紧。

“你们要干什么？袭警？”张艾喘着粗气像是在极力反抗，“彭山！彭山……”

周彤雨摇晃着身子以最快的速度来到了客厅，只见陶老爷子正在沙发上按住张艾。张艾极力挣扎反抗，不断用拳头猛砸陶老爷子的脸。

陶老爷子则像是一个杀红了眼的狂徒，身上的汗衫已经被撕坏了，脸上也有抓伤，脸极度扭曲着，“你们这些警察是骗子！大骗子！我儿子儿媳根本就没有死，你们……那是我们陶家的命根子……不会让你们得逞的……”

张艾虽然是受过严格训练的女警，但是陶老爷子在村子里干了大半辈子的农活，虽然年岁大了但是身体健壮有力。

“快把菜刀给我！快点！”

听到陶老爷子的命令，端着菜刀的陶老太太有点犹豫，她满脸泪痕和愁容，拿着菜刀的手微微颤抖。如此危机时刻，彭山竟然在沙发上睡着了。

周彤雨扶着客厅边缘的墙壁，她看到茶几上翻倒的空水杯，顿时明白了彭山昏睡的原因。她在老两口卧室地板上看到的安眠药，果然是匆忙落在了地上，而且那些安眠药原来是如此用途。

周彤雨在陶老太太准备将菜刀递给陶老爷子的时候，她用尽全身的力气将陶老太太撞翻在地。茶几上的水果盘也被撞在了地上，苹果撒了一地。

陶老太太倒在了地上，菜刀也被周彤雨压在身下。陶老太太想起身与周彤雨撕扯，而陶老爷子正在压制张艾无法帮助老伴制服周彤雨。

依旧迷迷糊糊的周彤雨要先下手为强，她首先在地板上摸到了那把水果刀，但是水果刀在她的腰下，容不得她侧过身拿出刀子。于是，周彤雨捡起身旁的一个苹果用力砸向陶老太太的头。

陶老太太目光发直，然后晕倒在地板上，低声哼哼着。陶老爷子看到老伴被打倒在地，一时失神，也就是在这个间隙，张艾努力伸手拿到了茶几上的玻璃杯猛地砸向他的脑袋。陶老爷子终于泄了气，张艾顺势起身将陶老爷子一拳打倒在地。翻倒在地的陶老爷子满脸是血，闭着眼睛喘着粗气，无法再动弹了。

张艾立刻站起身，将别在腰后的枪掏了出来，对准了动弹不得的陶老爷子。

“到底是怎么回事？”张艾咬牙切齿，“你去其他房间调查，他们俩突然攻击我，彭山竟然睡着了……”

“彭山被下药了！”周彤雨摇晃着身体扶着茶几站起身来，“你们的水里有安眠药，幸亏你喝的少，不然很危险。”

张艾用力睁了睁眼睛，大口呼吸几次，“怪不得，不然我也不至于被他压制住！”

周彤雨没有意识到自己的身体在微微倾斜，她晃悠着几步来到了沙发旁用力摇晃着仰脸沉睡的彭山。

“你喊他没用，直接扇他一巴掌。”张艾端着枪紧盯着地上的陶老爷子和陶老太太。

周彤雨用力在彭山的脸上拍了一巴掌，声音虽响，但是却没有在他的脸上留下痕迹。彭山被这一巴掌打醒了，他咂摸了一下嘴巴，睁开了微红的眼睛。

彭山一时间还没有从昏睡中完全觉醒过来，他摇晃着脑袋用手扶着额头。他那布满红色血丝的眼睛充满了迷惑，对刚才发生的事情全然不知。

“这……”彭山见张艾端着枪，“他们俩刚才做了什么？”

“你被下药了，他们准备杀了我们。”张艾语气冰冷，“我不知道他们为什么会这么做，难道他们也是……”

张艾紧盯的目光中带着严肃和困惑，终究没有将“门徒”两个字说出来。周彤雨立刻摇头否认道：“不是的，我知道他们的反常究竟是怎么回事。我找到答案了。”

周彤雨回头望了一眼身后的卧室，答案应该依然藏在那间卧室当中……

在逐渐嘈杂的呼喊声中，常鑫教授依旧盯着手机上的照片。安佑麟站在一旁已经是浑身大汗了，之前他也看过手机里储存的照片，与尸体脸上的图案没有任何分别。

常鑫教授开始在手机上调试照片的方向，首先是将整张照片逆时针旋转九十度。见到如此举动，安佑麟想起了戴明里临走前的那番话，换个角度？原来并不是指什么专业的绘画形式，更不是什么深刻的含义提醒，正是很简单的字面意思。

常鑫教授在吵闹声中盯着被翻转的照片，紧接着又是逆时针九十度，照片上的三具尸体完全颠倒了过来。突然，安佑麟感觉到老师的呼吸突然加速了，他微微侧脸发现老师的目光迅速在照片和面前的尸体之间来回移动。

难道常鑫教授已经有所发现？安佑麟在惊讶的同时，也紧盯着上下颠倒的照片。十几秒钟之后，安佑麟感到头晕目眩，这与之前长时间盯着尸体脸上图案的眩晕感不同，他感觉照片上的图案在动，三张画着图案的面容开始扭曲、变形，继而开始旋转了起来。可是三张面容的扭转方向是不同的，其中一个与其他两张面容的扭转方向是相反的！

安佑麟好不容易才从照片中脱离出来，刚才他仿佛被照片上尸体的面容图案完全吸进去了一般。

“Z 先生果然留了一手！”

安佑麟转过脸来看着老师，常鑫教授也转过脸来对着安佑麟点点头。

可见师徒二人都已经参透了Z先生利用尸体面容上的染料留下的线索。

也正在这个时候，常鑫教授的电话响了起来。他收起戴明里的手机，并立刻接听了电话，来电话的正是周彤雨。

“老师，我找到线索了，不同的那个是孩子……”

彭山先是到放着工具箱的房间找来了绳子，将躺在地上的陶老爷子夫妻俩绑了起来。随后，他立刻联络了同事。

“你说的‘答案’究竟是什么？”

周彤雨带着张艾和彭山回到了陶乐的卧室，她快步来到床边弯腰掀开床单，床下除了她被打晕后掉落的手机之外空空如也。周彤雨起身在房间里转了一圈，然后来到了衣柜旁。衣柜门被打开的时候，一股热气蒸腾而出，只见一个穿着背心短裤，大约四五岁的小男孩正抱着腿可怜巴巴地坐在衣柜的最里面。虽然已经是清晨，但是衣柜中很是闷热，小男孩已经是浑身大汗了。

这就是周彤雨在被陶老太太打晕之前看到的小男孩，当时小男孩正藏在床下捂着嘴巴不敢出声。

“他……是谁啊？”

如此局面，让张艾摸不清头脑了。

“他，才是陶乐。”

张艾更加搞不清楚状况了，刚想追问下去，这时小男孩唯唯诺诺地说话了：“爷爷奶奶在哪？”

周彤雨轻轻俯下身，安慰道：“我们不是坏人，你别怕，我们是警察。快出来吧，里面太热了。”

小男孩差点哭了出来，吓得赶紧摇头，“奶奶说不让我出去，谁叫我也不能出去……”

“别怕，我们不会伤害你，也不会带你走的。”周彤雨温柔地微笑着，“你想睡觉的话，就到床上去睡觉。想玩玩具的话，就去玩玩具，我们到房间外面去了。别担心爷爷奶奶，他们不会有事的。”

陶乐没有说话，更没有动身。

周彤雨对着张艾和彭山点点头，三人退到了门口并将门只留下了一道缝隙。只见陶乐小心地走出了衣柜，颤抖着身子爬到了床上，为自己盖上了小被子。

“到底是怎么回事？”张艾急问道。

彭山不明就里，只是站在一旁听着二人的对话。

周彤雨一边拿起电话准备将调查线索告知老师，一边走向客厅，“那个女孩的尸体不是陶乐，真正的陶乐一直都在家里。”

“可是为什么他们俩……”张艾看了一眼被绑住的陶老爷子和陶老太太，“为什么在我们前来调查的时候不告诉我们陶乐没有死，又为什么攻击我们？”

回到客厅，周彤雨看着被捆绑在沙发上的老两口，并不避讳当着两个人的面把话讲清楚。此时的陶老太太只顾着低头掉眼泪，清醒过来的陶老爷子的眼睛里没有了杀气，倒是充满了哀求，嘴里低声不知道嘟囔着什么。

“因为，陶乐不是陶家亲生的孩子，是从人贩子手里买来的！”

听了周彤雨的话，陶老爷子抬起脸来痛苦地说道：“警察同志啊，别把我孙子带走啊，大军和琳琳要过好几次，可是每次花钱找关系去医院检查，怀的都是女孩，只能打掉了！闺女有啥用啊？就是怀不上男孩……我们陶家只有大军这么一根独苗了，不能没有后人继承香火啊……我给你们跪下了，别带走乐乐啊……”

“是不是有人告诉你们，我们是来带走陶乐的？”

周彤雨虽然已经是心急如焚，但她还是要搞清楚事情的经过。

“你们来之前，我老伴接到一个电话，说是有人要来带走乐乐。”陶老爷子哭着说，“我就琢磨着把乐乐藏起来，没有想到是警察来了……”

罗刚站在窗户旁边，发现原本紧紧相拥的人群，突然出现了缺口，一个身材高大魁梧的男子从人群外围朝窗户这边走来。那男子步伐较慢，但是原本大声呼喊的人群纷纷为他让路，不祥的预感充斥着罗刚的内心。

高大的男人在距离窗户还有几步远的地方停了下来，就在人群从他周围逐渐散去的时候，楼梯的方向传来了急促的脚步声。王警官飞奔而下，站在了楼梯旁。

“情况不妙，有个男人拎着个煤气罐过来了！”

罗刚目不转睛地望着窗外不远处的男子，他正在把半腿高的煤气罐口处塞上一团布料，然后点燃了布料，并开启了煤气罐的阀门。

罗刚回头看了一眼常鑫教授，他正在接听周彤雨打来的电话。在听到周彤雨说真正的陶乐还活着，现场小女孩的尸体并不是陶乐的时候，常鑫教授告诉周彤雨，“我们在尸体面部的图案上，也发现了线索。”

周彤雨告诉常鑫教授，真正的陶乐虽然没有死，但他并不是陶文军周琳夫妇的亲生儿子，其实是从人贩子手中买来延续陶家香火的小孩。而且老两口在他们到达之前接到了一个匿名电话，告诉他们有人要把陶乐带走。

外面的呼喊声突然沸腾了，安佑麟随着人潮声来到了窗户旁边。街道的远处，传来了警车的鸣笛声，警方增援终于接近了。可是窗户外面的人群却沉浸在欢呼声中，毫不理会。

“所以，他们才会下药，并且攻击你们？”常鑫教授皱眉道，“彤雨，打匿名电话的人就是凶手，他们恐怕在一直盯着你们。”

“带我们来这里的警察彭山已经联络了他的同事……”

“不，现在，你和张艾立刻离开那里到最近的区公安分局，到达分局之后不准离开了！懂吗？”

“可是……老师，这里……”

“不要管那里了，你让张艾护送你离开，其他的留给彭警官负责……”

突然，窗户外面那魁梧的男子在众人的欢呼声中用那结实的双臂抡起了燃烧的煤气罐，猛地朝着已经破碎的窗户丢进来。

“老师！”安佑麟惊呼道。

这时燃烧的煤气罐已经被丢进了大厅，翻滚在尸体背后的圆桌附近。虽然煤气罐并没有立刻爆炸，但是情况危急，已经不能再等待了。

常鑫教授快步上前几步，立刻来到圆桌旁边拔出了长方形金属盒子上面位于中间，也就是对应小女孩尸体的那根长棍。在拔出那根金属长棍的同时，只听“咔哒”一声，金属盒子中似乎有齿轮在转动，其余两根金属棍全都从金属盒表面的位置上折断了，里面的部分消失在盒子内部。

看到常鑫教授在燃烧的煤气罐前如此惊险的举动，安佑麟着实为老师担心，所幸地上的煤气罐并未发生爆炸。

“老师，你快点将上面的数字告诉赵洪军队长，尽快将于晔救出来。”

听了安佑麟的话，常鑫教授似乎早已准备这样做，他转过身朝着二楼的方向走去。

“燃烧的煤气罐并不一定会发生爆炸，但是在这里爆炸恐怕会破坏现场，也太危险了。”安佑麟望着煤气罐道，“趁着还没有爆炸，把煤气罐转移到他处吧。”

就在这时，煤气罐的燃烧处突然有液体伴随火光喷溅而出，罗刚大惊：“煤气罐被做过手脚，有危险！”

罗刚几步冲上前去将安佑麟扑倒在地，安佑麟不记得煤气罐是在他被罗刚压倒时爆炸的，还是在罗刚接触到他时就已经爆炸了。总之，一阵巨大的响声和冲击力之后，他的面前是浑身血污陷入昏迷的罗刚。

第十八章　白面者

周彤雨在挂掉电话之后陷入了犹豫，一旁的张艾不明就里，问她调查的线索是否对破解线索有帮助。周彤雨微微点头，耳边回响着老师对她的要求，立刻离开桃花里小区到最近的区分局。

张艾对常鑫教授的叮嘱并不感到意外，“那就按照常鑫教授的要求去做，咱们立刻离开这里。”

彭山看了眼窗外，在那里可以看到桃花里小区外面的街道，“你们要离开这里？附近的聚集者已经到小区外面的街道上了……”

张艾也快步来到窗户旁边，果然在小区外面的街道上看到了越来越多的人群。黎明的凉意并未打消他们在街道上的狂热，他们更像是在向这些整夜都未遭受波及的住宅区发出信号，他们高声呼喊口号，任由声音在楼宇之间回荡。

彭山见状道：“不如等在这里吧，我的同事会尽快赶来……”

张艾在安排好彭山继续留守之后，立刻带着周彤雨走出房门，朝着楼下快步而去。

周彤雨知道老师担心自己的安危，所以在深思熟虑之后要求自己前往区分局。不过她更加担忧老师和安佑麟的状况，为了让老师可以安心破解最后的谜题，前往区分局的确是让常鑫教授打消顾虑的最好方法。

下楼后，两人沿着小区街道的阴暗处朝着与司机约定的地方走去，可是在到达小区路口附近的住宅楼时发现，原本应该停在那里的汽车不见了。

张艾立刻与司机电话联系，负责开车的警察告诉张艾，最早来到桃花里小区附近的人群看到了门口的汽车，并冲着汽车飞奔而来。为了不招惹那群人和暴露身份，他不得已将车开出小区。

“不然，他们会跟进小区寻找汽车，到时候我们会被困在小区里面无法出来。”负责开车的警察解释道，“但是路上的人越来越多，我只好在街道上绕了几圈，避开了聚集的人群……”

最后，他将汽车隐藏的位置告诉了张艾，那里距离桃花里小区并不远，只要穿过两条街之间的巷子就能到达。张艾将汽车所在的地点告诉了周彤雨，“没想到案子要结束的时候，人群聚集到了这里来。”

周彤雨心有余悸，她回想起刚才张艾在陶家的表现，问道：“当我提出离开陶家去分局的时候，你立刻表示赞同，难道你怀疑彭山？”

周彤雨并未将话完全挑明，可如果彭山就是门徒，或者说发生了与郑亦舒相似的情况，那么彭山联络来的究竟是什么人，她持怀疑态度。

“恰恰相反。”张艾机警地走在前面，看着小区外面的人群，想方设法不让人群注意到自己和周彤雨，“我并不怀疑彭山，我是因为信任常教授。在知道常教授的命令之后，我认为其中必定有很深刻的原因，我心有疑惑，但是现在不是深究原因的时候。”

周彤雨没有多问，她感到浑身疲惫不堪，不过只要坚持到车上，随张艾到达区分局，她的任务就算结束了。

在桃花里小区对面的是几座低矮的楼房，曾经作为一些企业和单位的办公楼，现在成为了五金店和修车行。在低矮的楼房之间，有几条并不起眼的街道。

周彤雨实在搞不清楚，时间距离倒计时结束不算太久了，而且桃花里小区所处的位置也并非主干道和繁华地段，这些聚集的人群为何会到这里来？

趁着人群正在打砸一家修车行大门的时候，周彤雨跟随张艾匆匆穿过马路来到对面的狭窄街道上，接着又辗转到了一处巷子。

“应该就是这条巷子，穿过去之后可以看到一所中学，车就在中学校门口。”

说完，张艾就引着周彤雨走进了昏暗的巷子中。

巷子里满是潮湿的气息，那种气息像是墙根与地面接壤之处散发出来的，进入鼻腔之后直冲身体之中。一副怪异的景象出现在周彤雨的眼前——天空开始泛白，可是周遭的一切却不能被黎明的光明所照耀，天空与地面形成了两个看似相通却泾渭分明的世界。

周彤雨不知道前方的路在何处，她只能跟随着张艾小心谨慎地穿过巷子。街道上的呼喊声隐约可以听到，周彤雨看着周围几乎相同的墙壁，感到胸口发闷。每走过几步，周彤雨就听到身后有人在跟随着自己的脚步声。可是每当她回头观望，都在身后走过的那近乎黑暗悠长的巷子中，看不到任何身影。

周彤雨多次确认过之后，还是没能发现背后的人。她的脚步越来越慢，眼前黝黑的巷子是如此的眼熟。突然，周彤雨感到呼吸困难，头晕目眩，她不断告诫自己一定要坚持住，自己已经尽了最大努力，其余的交给老师就好……

“周彤雨？你怎么了？”

张艾惊慌地望着周彤雨，周彤雨没有意识到她走路时摇晃和扭曲的步伐，她停下脚步手臂贴着砖石墙壁支撑着身体。

周彤雨眼前一阵眩晕，她只能听到张艾被拉长的声音，却看不到张艾的身影。恍惚和晃动中，周彤雨贴着墙壁缓缓地倒在了地上，她感到浑身无力，眼前只有那周围尽是砖石的黑暗走廊……

周彤雨发现自己又出现在了那条黑暗的走廊中，她抱着双臂感到浑身发冷，总觉得背后有人在跟随着自己。她不断地回头张望，可是身后只有漆黑一片。

周彤雨不敢停留，她抱着双臂快步朝前走去，时不时会回过头望向身后。很快周彤雨就来到了走廊的尽头，她发现眼前的景象非常熟悉，好像曾经来过这里。

走廊的尽头是铁栅栏，那里面像是一间牢房。周彤雨隐约记得，她上次来到这里的时候看见了一个人影。可是此时此刻，这黑暗的牢房中不见人影，之前见到的那个人究竟是谁？周彤雨头痛欲裂，那个她明明已经看到面容的人究竟是谁……

突然，周彤雨睁开眼睛，她犹如被救上岸的溺水者般大口喘息着，她正被张艾用手臂扶着肩膀。

“是不是太累了？能站起来吗？就快到了，再坚持一下……”

周彤雨瘫软着身体，她的眼神不再疲倦，而是充满了惊讶和惶恐。周彤雨望着张艾的背后，她们俩走过的路，那漆黑的巷子里仿佛有一个人影在悄然接近。

扶着周彤雨的张艾觉察出了她的反常神情和惶恐发直的目光，她一边摸索着腰间的枪，一边望向背后……

“罗刚！”

安佑麟的耳边回响着爆炸声，他听不到自己的说话声，可他还是大声呼喊着。

罗刚正趴在安佑麟的身上，他用身体阻挡了爆炸带来的冲击。在罗刚身下的安佑麟除了有些耳鸣之外并没有受到其他伤害，罗刚脸上的血滴落在了安佑麟的脸上。

“罗刚！”

安佑麟继续呐喊着他几乎听不到的声音，他慌了，甚至不敢挪动昏迷中的罗刚。王泽田和常鑫教授赶了过来，将罗刚小心地挪到了一旁。

安佑麟双眼发红，他不敢相信罗刚竟然会为了自己深受重伤。趴在地上的罗刚背部一片模糊，安佑麟坐在地上不知所措，他的大脑一片空白。他没有想到外面的人群就像感染了某种丧尸病毒般，让他们的行为如此疯狂。

安佑麟颤抖着身体望着周围，三具尸体在爆炸的冲击下翻倒在地，原本放在尸体背后的圆桌被掀翻。金属盒子侧翻在地上，并没有受到任何损伤。

“老师……现在该怎么办？罗刚受伤了，怎么办？”

安佑麟坐在地上无助地望着常鑫教授，期待老师给予他指引。王警官蹲在罗刚身旁，检查他的状况。

常鑫教授来到安佑麟的身旁，用手扶住他的肩膀轻轻的拍了拍。

“佑麟，能听清楚我在说话吗？”

安佑麟点点头，然后又把头微微垂下了。常鑫教授看出了安佑麟因为爆炸的冲击而受到惊吓和刺激，再加上罗刚为了救他身受重伤，他需要时间来接受眼前发生的一切。

“罗刚的情况怎么样？”常鑫教授询问王警官。

“不太好，要尽快送到医院。”

常鑫教授又轻轻的拍了拍安佑麟的肩膀，然后站起身对王泽田说：“我去二楼看看增援的位置，然后通知魏局长我们这里的情况……”

说完，常鑫教授就掏出手机朝着二楼走去。楼下的街道上，聚集的人群陷入到了混乱中，他们与到来的警方增援发生了激烈的冲突，只剩下距离警方较远的人零星的喊着口号。

电话终于接通了，常鑫教授立刻联系上了魏志国，并将现场发生爆炸、罗刚身受重伤的情况简要说明了一遍。魏志国立刻让人联络增援，加紧进入工作室营救受伤的罗刚。

常鑫教授将自己在现场对尸体的分析，以及周彤雨在被害者家中发现真正的陶乐还活着，并且是自幼被拐走贩卖给陶家人的人口贩卖受害者，最终通过这些信息推断出了金属盒上位于中间的金属棍上才是真正的答案。

“魏局长，接下来的话，在案件结束之前仅限于你我知道。”常鑫教授不等魏志国询问，便严肃道，“我接下来要说的内容，事关整个维金广场案的核心……”

挂掉电话之后，魏志国久久不能平静，他望着广场上那些喊着口号的围观者们，有了一种无力感。此时此刻，维金广场案的进程已经完全掌握在了他的手中。

“喂？专案组？我这边出了状况。她们俩没有到指定地点找我，我步行折返寻找，发现张艾腹部中刀……没有，配枪还在身上……凶手应该是跟踪突袭，恐怕不是一个人所为。是的，周彤雨遭到劫持。”

早上 6 点 40 分，距离倒计时结束还有 1 小时 50 分钟。

常鑫教授回到了楼下大厅，安佑麟已经站起了身体，比之前的精神状态好了些，他急切地询问增援的位置。

常鑫教授知道安佑麟是担心罗刚的状况，他劝慰说已经通知了专案组，外面的警方增援将会以最快的速度来到工作室营救罗刚。听了老师的话，安佑麟紧张的神色稍微有些放松。

“老师，你已经将最后的谜题线索答案告诉魏局长了吗？”

安佑麟回想起在爆炸之前，常鑫教授就已经推断出了金属盒上中间那根长棍是正确的选择。那么常鑫教授一定已经知道了线索的答案，并将答案告知了魏志国。如此一来，身处维金广场中央的赵洪军一定已经输入了最后的答案，那么维金广场案应该已经……

“不，那不是谜题的答案，那是一个地点，一个我们需要到达的地点。”

常鑫教授与安佑麟四目相对，他读到了安佑麟的困惑。

安佑麟的脑海中蹿出了 Z 先生给出的最后三条线索提示——其中一个是完全不同的，通往最终的答案，背后。第一条提示所谓的不同，应该就是指现场发现的小女孩尸体根本就不是陶家人，这一条线索提示已经被破解了。

起初，“通往最终的答案”这条线索提示，安佑麟以为是指找到被布局过的工作室，从而找到最终的数字答案，可是从常鑫教授的反应来看，并非如此。那么“背后”这一条线索提示，就更加无解了。想到这里，安佑麟终于明白是自己把谜题想简单了。

“原来，‘通往最终的答案’这条线索提示，指的是还要去特定的地点去寻找……”

安佑麟并没有摆脱爆炸带来的影响，他略有些无力地自言自语。常鑫教授叮嘱王泽田要守护好受伤昏迷的罗刚，“我和安佑麟要离开这里，去另外一个地点寻找线索……”

王泽田对常鑫教授和安佑麟要离开这里感到非常惊讶：“常教授，增援已经到了，你们俩可以再等等。现在外面都是人，出口都被人群堵住了……”

“别担心，我们另有出路。”

常鑫教授说完，就指引安佑麟往二楼而去。安佑麟看着玻璃破碎，满地石块的二楼，不明白为什么老师不等到增援进入现场之后再离开前往指定的地点。难道老师不想让其他人知道指定地点？还是说，老师怀疑如果泄露了该地点位置之后，会受到阻碍？

回想起之前对整栋楼的检查，安佑麟已经知道老师所说的其他出路在哪里。安佑麟看着通往顶楼的门，他们俩要离开的话，就必须到顶楼去。

“老师，地址是哪里？”安佑麟问，“时间还够用吗？”

“佑麟，我有话要问你。”

常鑫教授突然停在了安佑麟的身后。

安佑麟把目光从通向顶楼平台的门上挪到了老师的身上，“老师，你有什么事情要问我？”

“关于这三起线索案件，能说说你的看法吗？”

老师停止步伐就是为了询问他这个问题？安佑麟搞不懂常鑫教授为什么会在如此紧迫的时刻问这种无关紧要的问题，看法？真的很急切吗？

安佑麟一时语塞，同时又心急如焚，“老师，这个问题是什么意思？我的看法？三起线索案件？”

“对，最直观的看法，布局，谜题。如果抛开整个维金广场案，你怎么看待这三起线索案件？”常鑫教授补充道，“最直观的感受。”

“浮夸，无聊，就像是毫无意义的游戏。”安佑麟松了口气，“如果不是案件的谜题与维金广场案的结果密切相关，我根本就不愿意花时间去研究这些所谓的谜题。”

“嗯，这些案件有太多的表演成分了，像是一场浮夸又强行灌输意义的无聊游戏。”

说完，常鑫教授将握在手里的那根金属棍递给了安佑麟，“佑麟，这就是我们要去的地方。”

安佑麟迫不及待地用食指和拇指夹起了金属棍，那上面写着一个地址：丝绸二厂。

丝绸二厂？安佑麟记得这个地方，在几年前的城区改造中，丝绸二厂已经搬迁到了卫星城的工业园区，与丝绸一厂合并成为丝绸公司，所以“丝绸二厂”已经成为了老西京人口中象征某段历史的词汇。

“我记得丝绸二厂的旧址……”安佑麟在楼下街道上人群与警方的冲突声中寻找着方向，“不是很远的地方，大概在……”

安佑麟指向与工作室院门正对着的另一侧方向。

“大约 13 公里的位置。”常鑫教授补充道，“到达目的地期间你不能相信任何人，不能告知任何人我们将要去的地方。”

安佑麟听出了老师的弦外之音，“老师，难道不是我们一起到达目的地？”

“防止途中发生意外情况，我们分头走。”

说完，常鑫教授要求安佑麟交出他的手机，安佑麟照做，随后常鑫教授将自己的手机也掏了出来，他将两部手机放在了二楼客厅的桌子上。

手机？为什么老师要将他和自己的手机放在客厅二楼？如果在丝绸二厂得到了答案，却无法联系上专案组方面，岂不是白白浪费时间？

还不等安佑麟反应，常鑫教授便打开了通往顶楼平台的门。来到楼顶平台，安佑麟快步来到楼顶边缘，看到手持防爆盾牌的特警正艰难地与人群对峙，一时间怒骂声和丢弃石块的声音不绝。

“你们有本事去抓强奸犯啊……”

“对我们这些老百姓动手算什么本事啊？”

“有本事去抓Z先生啊！……”

爆炸才刚刚过去几分钟而已，楼下聚集的人群仿佛忘记那猛烈的爆炸究竟为何会发生，以及那煤气罐被顺着窗户丢进一楼时的欢呼声从何而来？

安佑麟望着已经大亮的天空，附近的街道依旧在昏暗之中。晨光还是无法铺洒到地面上，再朝远处望去，有些建筑上方正冒着黑烟。黑烟下面还夹杂着火光，那滚滚上升的黑烟正朝天空的亮白而去，只是还未到达那一抹光明时便逐渐消散了。

常鑫教授带着安佑麟来到了楼顶平台的里侧，在平台下方是隔壁废旧厂房的房顶。两人分别小心翼翼地跳跃到看上去单薄脆弱的房顶，避免陷入到房顶下方。

在连续两次将脚陷入到房顶下面之后，安佑麟随老师常鑫教授来到了厂房边缘的木架子上，并顺着木架子落到了地面上。厂房已经废弃有一段时间了，附近地面上除了空油桶、破碎的砖头、矿泉水瓶之外，还有一些安佑麟叫不出名字、之前根本就没有见过的破烂工具。

踏着生长于地面砖头缝隙之间的野草，安佑麟和常鑫教授来到了工厂的栅栏门前，门外的宽阔街道上不见人影。虽说不是主要街道，但附近那嘈杂而混乱的声音不断传来，聚集的人群距离两人并不遥远。

“佑麟，我们分头走，到丝绸二厂见面。”

常鑫教授指了指宽阔街道的两个方向，然后他拉了拉栅栏门，生锈的栅栏门被一条铁链锁住了，经过拉扯之后的缝隙足够一个人通过。

走出工厂大门之后，常鑫教授轻轻拍了拍安佑麟的肩膀，没有更多的嘱托，朝着街道的一侧匆匆而去。安佑麟望着老师的背影，转身离去。

专案组办公室内，魏志国得知了张艾遇袭，周彤雨遭到劫持的汇报。

“基本排除了是街上聚集的人群所为，张艾腹部中刀，配枪未丢失。周彤雨遭到挟持，手机被丢在了现场，因为所处的位置偏僻，附近没有监控……”

周彤雨遭到了门徒的绑架？为什么是周彤雨？难道门徒要以周彤雨作为要挟的筹码？魏志国立刻尝试联系常鑫教授，可是电话始终无人接听，安佑麟的手机亦然。于是，魏志国立刻联络了还在工作室内的王泽田。

王泽田告知，增援刚刚进入工作室的案发现场，罗刚已经被送往医院抢救，而常鑫教授和安佑麟已经离开了。

“魏局长，刚刚在二楼发现了两部手机，应该是常教授和安佑麟的。”

魏志国陷入了沉思，丢弃手机？周彤雨遭到绑架？难道常鑫教授是担心被追踪到位置而丢弃了手机？那么周彤雨被绑架的原因呢？常鑫教授已经知道了周彤雨遭到绑架的消息？

安佑麟朝着街道另一个方向而去，他脚步匆匆又非常谨慎，街道尽头是通向戴明里工作室的红河大道。

安佑麟回头看了一眼，常鑫教授早已消失在了街道的另一端尽头。安佑麟距离聚集人群的街道越来越近了，他观察着周围的环境，除了较长的院墙之外，并没有其他藏身之处。附近的废弃工厂院墙上，满是风格各异的涂鸦，有几段涂鸦甚至长达几米。

终于来到了街道的尽头，安佑麟朝着工作室的方向望了一眼，警方增援已经到达了工作室院门，不过聚集的人群依旧在与警方对峙和冲突。安佑麟见有人在与警方的对峙中逃离，便加快脚步混入其中，朝着丝绸二厂的方向奔跑而去。

安佑麟尽量不与街上的人产生任何的交集，他不想惹麻烦，不想在到达目的地之前有任何的耽搁。十几公里的距离虽然不算短，乘车的话很快就会到了。不过这个清晨，西京市的主要街道陷入混乱，停在街边的汽车受损的算是幸运的，很多汽车都被掀翻、烧成了焦黑的空架子。

安佑麟虽然知晓市区街道上的种种乱象，但是当这些景象出现在他的面前时，依旧让他触目惊心。被撬开门窗的店铺遭到洗劫，车站牌被砸烂推倒，远处火光冲天黑烟滚滚，消防车的警笛声在远处回荡。

清晨的冷风让身处街道黑暗角落的安佑麟浑身颤抖，他快步经过一家通宵营业的超市门口，超市的玻璃支离破碎，货架甚至被拉出了窗户，上面的商品早已被抢光。挂在收银台前方天花板上的电视机，因为难以拆卸和带走，被砸烂了。

安佑麟留意到，一个满脸惊恐的女收银员躲在了超市里面的办公室里，她悄悄地将办公室的门开了一道缝隙，想知道超市里的状况。安佑麟猜测，就在他来到这里之前几分钟，一群人洗劫了这家超市。

女收银员看到了经过超市破碎窗户前的安佑麟，她惊恐地缩回了脑袋。

“别怕，我不是坏人。”安佑麟见周围没人，冲着女收银员喊了一声。

女收银员又把头探出来，微微张开嘴巴像是要问些什么，但是安佑麟并无意停留，并且在这种情况下也无法提供帮助。于是他朝着周围谨慎地看了看，告诉女收银员，“躲在里面，别出来，很快就会结束的。”

很快就会结束的……

很快就会结束吗？

匆忙上路的安佑麟突然悲从中来，眼前发生的一切真的会随着倒计时的结束而终结吗？

一路上，市区的主要街道上都是这副乱象，安佑麟在街道的角落边缘看到了一大群人正在围堵一家锁着门的电器店。为了避免不必要的麻烦，虽然这条路是到达丝绸二厂旧址的最近路线，但是安佑麟还是调转方向走进了旁边的一条巷子。

这条巷子大都是一些店铺的后门，在经过一条通往聚集人群的狭窄路口时，安佑麟看到有三个年轻的男子正在用工具撬开一家商店的伸缩门。

同时，还有一个人引起了安佑麟的注意，在靠近街边的巷口处，有一堆有待更换的人行道地砖，地砖的后面有一个穿着深色运动服的人影正在拿着手机偷偷拍摄这几个人的所作所为。

突然，这人手机的闪光灯亮了起来，引起了三个年轻人的注意，“谁！谁他妈不想活了？拍什么拍？把手机给我交出来？”

“再拍照，就把你手机砸了！”

安佑麟再度躲进了黑暗的角落中，在路灯的照射下，他看到有个男子正拎着一根铁棍朝这边走来。只见那个穿着深色运动服的人影惊慌地动了动，缩在了砖头堆的下面。

人影慌张地摆弄着手机，通过屏幕亮光，安佑麟发现那人影是个年轻的女人。

看样子她是受到了惊吓，几乎瘫软在砖石堆的后面，慌张的不知道该如何逃走了。拿着铁棍的年轻男子已经快步冲了过来。

“你他妈干吗的？拿个手机拍什么拍？”

面对年轻男子凶神恶煞般的质问，年轻女子将手机藏到了衣服里。其他两个年轻人也跟了上来，见到受了惊吓的女子满脸的得意神情。

“快把手机交出来，别以为你是女人就可以不挨揍！”

最前面的男子挥了挥手里的铁棍，那铁棍的顶端在女子前额散乱的头发划过。年轻女子吓得惊叫了一声，那惊叫声颤抖而轻微。

“别磨蹭，快点把手机交出来，别找麻烦。”另外一个男子呵斥道。

情况紧急，即便安佑麟不想惹麻烦耽搁时间，也无法挪动脚步离开这里。他看了眼地面，发现了一根略有些肮脏和单薄的木棍。

管他呢，好歹也是个家伙，装装样子没有问题的。安佑麟一边拿着棍子挥了挥，一边靠在墙边原地快步轻声跑了几步，满脸通红气喘吁吁。

突然，安佑麟猛地跑过巷口，他一边快速经过，一边转过脸朝着几个人看了一眼。刚刚跑过巷子的他，又猛然折回，满脸的惊慌神色，双眼紧盯着三个准备行凶的年轻男子。

“你们在这儿磨蹭什么呢？傻X啊！警察马上就过来了！赶紧跑啊！等着被抓啊！”

说完这话，安佑麟马上转身又跑出了巷口，跑出几步之后又悄声折回到巷口边。他低声喘息，很担心三个年轻人会不为所动，如果真的毫无反应那他就不得不出手了。

“妈的，快走吧……”

安佑麟听到了叫骂声和飞快离去的脚步声，三个年轻人一边逃跑一边冲着街上其他正在打砸的人高喊“警察来了”。

安佑麟偷偷把脑袋探出巷口，三个年轻人果然逃走了。那年轻女子从砖石堆旁边起身，慌张地望向街道的方向。

“喂！”安佑麟跳出巷口，“傻愣着干吗呢？快过来啊！”

年轻女子看到安佑麟突然又回来了，不过见他只是孤身一人，便神气了起来，“警察都来了，应该是你赶紧离开吧？”

真是蠢啊！安佑麟差点就说出口了，但看到自己手里还拎着那根脏兮兮的木棍子，顿时明白了原因所在。他赶紧丢掉棍子，小声说：“哪有什么警察？我那是吓唬他们的，赶紧走吧？等他们反应过来了……我一个人可打不过他们！”

见年轻女子还在发愣，安佑麟一把抓过她的胳膊，带着她跑进了巷子的深处。两个人又跑了许久，等到那些嘈杂的混乱声几乎听不见了，才气喘吁吁地停住脚步缓了口气。

“你一个女孩，在这种时候到处跑什么啊？竟然还拿着手机拍照？”安佑麟一边喘气一边指责，“你没去看过球赛吧？不知道球场打架的规矩？谁敢拍照就砸谁的手机？这种情况你竟然还有心思拍……”

只见那年轻女子扶着墙壁大喘了几口气，回过神来，“你一个大男人啰嗦什么啊？还得让我感激你英雄救美吗？”

“你也别嘴贫，刚才可不见你跟他们三个大男人敢这么叫嚣。”

听了安佑麟的话，年轻女子骄傲地白了他一眼，“行，我谢谢你了，你替我解围，救了我。”

“我叫安佑麟。”

安佑麟伸出手来，可是年轻女子故意假装看不到他伸出的手，用手拍了拍肩膀上的灰尘，歪着头把名字告诉了安佑麟，“俞依娜。”

“你在这种时候跑到街上干吗？不要命了？”

“我是记者，西京市出了如此轰动的大案，难道我不该出来调查吗？”

记者？俞依娜是记者？安佑麟笑了两声，“你是记者？现在媒体都在盯着维金广场呢，你到这么危险的地方来干吗？”

“你都说了，媒体都在盯着维金广场呢，我为什么要盯着那里？难道这里发生的暴行就不该被关注吗？”俞依娜倔强道，“什么支持Z先生？简直不知所以！”

“就算是到这里来，那也不能一个人吧？你的同事呢？”

“都去盯着维金广场了……”

“所以你到这里来偷偷拍照根本就是擅自行动？没有经过领导的批准？”安佑麟觉得这个叫俞依娜的女人果然有几分倔强，也挺有主意，“但是在不了解状况的时候到这里来实在太危险了。”

“我怎么可能不了解状况？我是做社会新闻的，我并不吝惜将人性朝阴暗的方面想。之前，我是带了防身电击棒的……”俞依娜叹了口气，“但是为了救一个下晚班回家的女工，电倒色狼之后就坏掉了……还说是外国进口的，什么鬼东西……”

“你从有人开始到街上游行就出来采访了？”安佑麟问。

“起初我还不知道会有人聚集到街上，更没有想到会真的发展到这个地步。”俞依娜从沉思状抬起头补充道，“当别人都盯着维金广场的时候，我就已经开始留意警方的动向了。警方根本就不可能只根据线索提示分析答案，他们一定还掌握着我们不知道的线索。”

两个人在低矮的楼房和平房之间的小路上快步走着，附近为数不多的居民或许知晓街上的混乱场面，全部都闭门不出。周围显得一片空寂和荒凉。

“而且，我知道警方的第一条线索是从哪里得来的。”俞依娜骄傲地低声对安佑麟说。

“噢？”安佑麟故作感兴趣状。

“西京大剧院。”

“真的？”安佑麟问，“难道你有线人？”

“哪里有线人？”俞依娜道，“不浪费时间，举个小小的例子，维金广场上出了事，警方把注意力全都放在广场上没错吧？所以警方的动向是有范围的，超过阈值就不正常了，就一定跟维金广场案有关！”

安佑麟没有多说话，但是他明显加快了脚步，不想在此拖延时间。

“我说了这么多，安佑麟，你又为什么会出现在这里？”俞依娜咄咄逼人，“看你和那群暴徒并不一样，好像对现在市区发生的事情很了解……”

黑暗中，安佑麟注意到自己身上的衣服已经有些破烂了。

“而且你身上好像也没有准备好的、像样的防身武器，这样看来，你不是贸然出现在街上，更像是迫不得已走上街头的。这里距离红河大道不算远，恐怕你与警方破解线索有着千丝万缕的联系……”

安佑麟突然停住了脚步，走在他背后的俞依娜来不及反应直接撞到了他的肩膀，“哎呦。”

短暂的停步之后，安佑麟再度加快步伐，依旧不答话。

“是不是我猜对了？据说，警方这次又请出了顾问常鑫教授，破解两条线索的人是不是他？”

安佑麟还是不答话，俞依娜不依不饶，“我虽然找到了西京大剧院，本来在Z先生给出第二条线索的时候可以找到相应的地点的，但是半路跟丢了。能不能透露一下位置？”

“你一直在跟踪警方的调查？”安佑麟质问道，“你知不知道这样做非常危险？而且如果在警方侦破期间就被爆料出相关信息的话，对营救非常不利……”

俞依娜突然加快脚步走到了安佑麟的前面，满脸的兴奋，“我懂，我不会做影响警方破案的事情，当然是事后全面、详细的报道！”

接着，俞依娜终于说到了重点上，“你刚才说‘危险’？难道侦破线索的背后还发生了什么‘危险’的事情？”

安佑麟发觉自己根本就不是这位女记者的对手，随便一句话就可能落入自己挖的坑里。于是，安佑麟便不再答话。

“那你告诉我，你这是要带我去哪？”俞依娜不断问话，企图在与安佑麟的对话中获取有用的信息，“你能不能接受我的采访？或者在案件结束之后，我为你做一个专访……”

“我们去最近的区公安分局，那里很安全。”

“那你答应做专访么？”见安佑麟不答话，俞依娜便威胁道，“如果你不答应我，我就不去分局，我继续……”

“随你的便，我还有我的事情。”安佑麟无奈道，“我不可能一直陪着你胡来。”

“你还有事情要做？”俞依娜找到了新的关注点，“还是跟案件有关吗？警方不是早就发现了第三个地点了吗？而且Z先生在维金广场也公布了……”

安佑麟不希望与俞依娜就这个问题继续纠缠下去，他一边加快步伐，一边转移话题，“你要做什么专访？又想写什么报道？”

“狂欢！”俞依娜语气坚定，“‘最无底线的狂欢！’”

最无底线的狂欢？安佑麟瞥了一眼俞依娜。

“所有人都在关注维金广场，可是维金广场之外的影响呢？”俞依娜握了握手机，“我都拍下来了，那些口口声声想要公正的人，是不是真的看到西京市到底发生了什么？还是说，这些恶劣暴力的行径，在那些吵着要正义公平的人眼里都无关紧要？”

安佑麟陷入了沉默，这一路上见识到的景象印刻在他的脑海中挥散不去。很快，两个人便来到了一处低矮楼房聚集的院落，一座敞开的院子出现在了两人的面前。

院门是破旧生锈的单薄铁门，院子里还有几个低矮的棚子，棚子下面堆着捆绑好的废旧杂志和报纸。几台旧家电叠在院墙旁边，易拉罐被装在网兜里随意堆放，院子的地面上更是随处可见杂物。看来，这是一家小型的废品收购站。

院子里有一座二层小楼，通往二楼的楼梯就在楼外一侧。二楼平台上的围栏锈迹斑斑，平台顶端的遮雨棚上挂着一只发着昏黄光芒的灯泡，随着晨风晃晃悠悠。

“嚓嚓嚓！”

三声锣响吓了安佑麟一跳，在周遭一片寂静中突然出现的锣声非常刺耳。在二楼平台上的一扇木门后面不知何时窜出了一位老者的身影，老者穿着被拉扯松垮的满是污渍的汗衫，军绿色的长裤已经磨到了小腿处，他脚上穿着破旧的拖鞋，走路带着拖拖拉拉的声音。

安佑麟顺着锣声继续看，只见那老者满脸涂得煞白，只有眼睛的部分乌黑空洞。老者的裤子上系着一条红色的绳子作为腰带，在他腰的两侧分别捆着一只幼猫和幼狗。在老者的移动下，被捆住脖子的猫狗闭着眼睛微张嘴巴纹丝不动，已经死了。

嚓嚓嚓！

老者的手里拎着一面破铜锣，并用锣槌敲打着锣面。

安佑麟被那铜锣发出的声音震得耳朵生疼，他轻轻拍了拍耳朵，皱着眉头抬起脸望着老者。那老者迈着夸张的步伐朝着二楼平台的一侧挪步，他很有节奏的敲击着铜锣。

嚓嚓嚓！

腰间两侧的猫狗尸体随着步伐东摇西晃，老者突然用锣槌指向远方，那远方的天空虽然明亮，可那白亮却无法照亮周遭的黑暗。锣槌方向是一片红色焰光，红光之上浓烟滚滚与黑暗融合一体。

嚓嚓嚓！

“嘿！”

老者高喊了一声。

“看那滚滚烈焰呦，是恶鬼的嘶叫还是冤鬼的哀鸣呦！”

嚓嚓嚓！

安佑麟一阵头晕目眩。

老者提着破铜锣，缩头缩脚地走回到平台另外一侧，

“恶鬼呦，撕下了伪善的面皮呦，咧开那血污大口，獠牙刺人！”

安佑麟感到头疼欲裂，仿佛那一声声敲锣声和老者有些沙哑的呐喊在用某个让人不舒服的频率不断刺激着他。

嚓嚓嚓！

“他们四肢拖地呦！磨破了爪子上的皮肉，露出那森森黑骨！”

老者探出右腿缓缓落地，然后左腿又缓步跟了上去，他提着铜锣的手微微晃动，煞白的脸在左右轻轻转动。仿佛一只惊恐的夜猫，走在窄细的房檐上……

嚓嚓嚓！

“恶鬼拿着剖腹断肠的利刀呦，嘶叫引诱冤魂呦，杀！杀！杀！”

嚓嚓嚓！

“剖腹呦！肠子满地呦！流过来喽，染了脚背呦！”

老者一跃而起，就好像真有的满地的血肠流到了他的脚旁。随着他的跳跃，那早已死掉的幼猫幼狗垂着身子摇摇晃晃。

安佑麟突然干呕了两声，他感到肠子在腹中翻滚。

“你怎么了？病了？”俞依娜用手指轻轻捅了捅安佑麟的肩膀。

安佑麟用手背擦了擦嘴角，“我没事……”

嚓嚓嚓！

俞依娜仿佛根本听不到那老者的敲锣和叫喊声，依然用关切目光盯着安佑麟。

“恶鬼杀光了冤魂呦？还是冤魂变成了恶鬼呦？没有了冤魂呦！那沾着血的利刀刺向哪里呦！”

嚓嚓嚓！

安佑麟不想再忍受这让他头晕目眩的声音，他也没有时间继续停留了。安佑麟带着俞依娜继续沿着路前进，俞依娜侧脸望着安佑麟，“你休息够了？”安佑麟没有搭话，他忍受着肠子翻动的不适感。

嚓嚓嚓！

“恶鬼的利刀伸向了恶鬼呦！没有了哀鸣呦，只有獠牙和嘶叫呦！”

嚓嚓嚓！

安佑麟只想赶紧逃离这废品收购站，他背对着老者，听到了老者移动脚步的声音。

嚓嚓嚓！

“杀！杀！杀！这是肠子满地的地狱呦！这是无休无尽的修罗场呦！

杀！杀！杀！”

嚓嚓嚓！

“杀！杀！杀！这是无休无尽的修罗场呦！”

嚓嚓嚓！

“杀！杀！杀！这是无休无尽的修罗场呦！”

嚓嚓嚓……

终于走远了，安佑麟在狭窄的街道快速穿行，俞依娜紧跟其后。直到那老者敲锣的声音彻底消失不见，安佑麟也没有将速度减慢。

“你之后要去哪里？”俞依娜问。

“这不是你该知道的事情。”

“如果我跟着你呢？”

“你做不到，我有很多办法不让你跟着。”

“那你答应我，在案件结束之后，做一篇专访。”

安佑麟没有理会俞依娜，区分局只要再过一个路口就到了，他就可以摆脱这个可能会为他带来麻烦的女人。

见安佑麟不回话，俞依娜便继续说：“你不说话，我就当你是同意了。这事就这么定了。”

路口旁，安佑麟看到区公安分局前面停着几辆防爆车，附近一些受到影响和伤害的居民纷纷奔向分局大门。

“到了，你快去吧！”

“你不送我过去吗？”俞依娜问，“把我安全送到再离开？”

安佑麟站在路口摇摇头，俞依娜快步跑到了区分局门前的警察身旁，说明来意。当俞依娜被一位女警引向分局大楼时，她忍不住回头朝着路口看了一眼。安佑麟早已不知去向。

安佑麟感到肺部一阵撕裂感，他奔跑的速度太快了。虽然期间有稍作停留，但是从区分局再折返到丝绸二厂的旧址，的确绕了远路，他必须将这段浪费的时间补回来。

越是远离区公安分局，街上聚集的人群就越多，时间所剩无几，街上的人群似乎要好好享受这最后的疯狂时光。每当安佑麟飞速奔跑，那撕裂肺部的感觉就会再度出现，他便会感到一阵眩晕，敲锣声又在他的脑海里不断回荡。

早上7点45分，距离倒计时结束还有45分钟。安佑麟终于来到了丝绸二厂旧址。

天空已经大亮了，可是丝绸二厂的附近却被阴霾笼罩，安佑麟总觉得有一个沙罩遮住了天空，让阳光无法直射到城市当中。这已经搬迁的旧厂区，一切尽在灰蒙的笼罩之下。

安佑麟在荒芜的道路上找到了早已被拆除了大门的丝绸二厂入口，红砖门柱上挂着一幅牌匾。高达四米的牌匾原本是白漆黑字，不过随着岁月洗礼，牌匾上的白漆已经脱落、干裂，上面黑色的“西京市第二丝绸厂”几个大字已经模糊不清了。

空旷的厂区地面遍地杂草，可见很久没有人来过了。在远处的厂房附近，有一辆废弃的小货车。货车满是锈迹，车窗和车轮早已不知去向。在厂院不见常鑫教授的身影，安佑麟便悄声快步来到了厂房入口处。

厂房由红砖修建而成，墙壁上那些安全标示和油漆图画的安全标语隐约可见。厂房的车间大门敞开着，里面黑洞洞一片，犹如野兽张开的嘴巴，想要引诱猎物主动送上门。

安佑麟叹了口气，虽然感到体力不支，但是还是要死撑到最后一刻。刚刚走进厂房门，安佑麟就听到门边传来轻微的呼唤声，“佑麟。”

安佑麟猛地转头，发现了身处门后角落的常鑫教授。

“老师，你早就到了？”安佑麟欣慰道，“我就知道你肯定会准时到达的。”

“我们快走吧。时间不多了。”

走出那黑暗角落的常鑫教授出现在了安佑麟的面前，常鑫教授脸色比之前更加苍白，双眼因为不曾休息的缘故布满血丝。他身上的衣服满是灰尘，胳膊上也有几处伤痕。

早上7点50分，距离倒计时结束还有40分钟。

维金广场，消防车、特警和拆弹小队已经在广场外围做好了准备。由于始终无法进入甜品屋，因此无法对炸弹的种类和重量以及影响范围进行评估。

“我们只能根据经验和 Z 先生的目的进行评估，金属箱内的炸弹主要针对被绑架的于晔。不会波及到太大范围。”

虽然警方的拆弹专家给出了如此的建议，但是专案组不会以此作为疏散计划的主要参考。毕竟如果估计失误，将会带来严重的后果。

“疏散人群到安全位置大概需要多少时间？”

“至少 15 分钟。”

魏志国摆摆手，“时间已经不多了，只剩下 40 分钟了，立刻开始疏散维金广场中央位置的围观群众。”

在之前的营救行动中已经探知了甜品屋具有探测周围人数的功能，所以在疏散围观者的同时，最前沿将会被直接替换成消防部队及特警，在最后的时刻所有人都将迅速进行撤离。

“魏局长，最后的线索答案，常鑫教授找到了吗？”

在疏散行动开始之后，始终身处维金广场中央的赵洪军询问魏志国局长最新的调查进展。

“再等等吧。”魏志国回答道，“之前我得到汇报，法医组长孙庆林在赶往区分局的路上，不幸遭遇车祸，已经牺牲了。”

赵洪军愣住了，先是杨雪梅，接着是孙庆林，Z 先生暗藏杀机的布局中，警方正在面临着巨大的损失。

“常教授那边的情况如何？”

“老常之前告诉我线索尚在调查当中，但是并没有告诉我他要去的地点是哪里。同时，负责协助调查的张艾遇袭，周彤雨遭到绑架。”

“现在常教授不知去向，会不会发生危险？我们可以得到最后的答案吗？”

赵洪军尽量不去考虑已经发生过的事情，至少在这 40 分钟时间里，他无法忽视接下来要面对的情形。

“老常和他的小徒弟把手机留在了红河大道，就是为了不让我调查他的去处。不过，我相信他总有办法重新联系上我的。”魏志国继续说，“我建议让拆弹小队来进行最后一个数字的输入……”

“我会坚守到最后的。”

赵洪军深知魏志国担心自己的安危，他一边通话，一边望着金属箱内的于晔，不到倒计时结束的最后一刻，他不知道事情究竟会有怎样的变化和转机。

厂房车间里充斥着飘浮的尘埃，安佑麟忍不住咳嗽了两声。但是因为怕声音太大，所以他赶紧用手挡住了嘴巴。车间里远比外面更加灰暗，到处都是灰尘和污垢，显得死气沉沉。

安佑麟跟随老师常鑫教授走在锈迹斑斑的旧机器之间的过道上，他边走边抬起头朝上看，车间上面布满了错综的管子，有的探入墙内，还有一些则深入地下。

安佑麟不知道这最后的地点究竟会藏着怎样的答案，可是周围的一切除了陈旧和肮脏之外，便再也没有其他值得注意的地方了。

难道寻找错了地点？安佑麟不免心生怀疑，当时老师抽出金属棒的时间非常匆忙，毕竟是在极为危险和紧急的情况下做出的选择。安佑麟摇晃着脑袋，告诉自己要相信老师，相信他做出的判断和选择。

师徒二人继续在旧车间内穿行，当两人走过车间的后门、越过一条狭窄阴暗的走廊之后，到达了一处更加宽阔的工厂车间。车间墙壁一侧安置着一些车床，旁边还有几条尚未拆除的水槽。

第十九章　抉择

这与安佑麟印象中那些废弃的旧工厂没有差别，他细心地观察着目光所及的每一处，可是并没有找到任何能够说明这里就是最终地点的提示。

最后的挑战会是什么？安佑麟不知道，在剩下的半个小时当中，他是否有能力协助老师破解这最终的谜题？而设下圈套的 Z 先生，又是否会留下足够的时间让他们来破解谜题？

安佑麟在常鑫教授身上感受不到紧张和急切，那情绪早已被凝重的气氛所掩盖和替代，常鑫教授身上散发着一股随时面对某个重要场面的气息。

两人快步穿过厂房车间的走廊，来到了一处遍地杂草的狭窄方形院落。院落被旧厂房包围，正对着两人的方向还有另外一扇门。

安佑麟仰望天空，碧蓝色之下的西京市，依然一片混沌。快了，很快阳光就会照射到整个西京市，一切阴霾和混沌都将扫除。安佑麟心中默念。

此时，所有媒体的目光都盯在维金广场上——

“大家好，我现在就在维金广场。就在几分钟前，警方对围观群众进行了疏散，我所处的位置是可以看到甜品屋的最近地点了。”

镜头随之转移，朝向了维金广场中央甜品屋的方向。

“现在在维金广场中央聚集着警方人员，做好了防止爆炸冲击的部署和准备。”

镜头拉近，只能看到消防车、防爆车，成堆的沙袋，以及正在部署的特警和拆弹小队，无法看清楚于晔的状态。

接着，画面切回到了演播室，两位主持人端坐在镜头前。

“在等待的这段时间里，我们先来回顾一下，这二十多个小时当中，维金广场案发生的经过……”

网络上，在最后的一个小时当中，又掀起了一阵评论的热潮。微博上，#维金广场#的话题不断升温，各大论坛的帖子更是在不断更新和发布——

终于可以看到强奸犯受到审判了！炸死这个混蛋！

支持Z先生！声援到底！审判于晔！

等我有了孩子，我可以骄傲地告诉TA，TA母亲曾经见证过人类史上的里程碑，曾经参与过寻求公正和正义的壮举！支持Z先生！

可惜啊，是Z先生下的手，不然应该把于晔这种混蛋先阉了，然后凌迟处死！

子不教，父母之过！萨婊和于老狗是不是该陪葬啊？

站在巨大落地窗前的魏志国，已经指挥完成了最后的部署。警方接下来的所有行动，由他全权指挥。

魏志国紧皱眉头望着维金广场中央的方向，他现在最担心的就是常鑫教授，他到底去了哪里？目前西京市的局势，暂不容许他对常鑫教授的动向展开调查。魏志国回想起常鑫教授与他最终的通话，既揭开了他心中的某些谜团，但是又在尚未揭开的谜团上铺上了一层迷雾。

走过那狭窄的方形院落，常鑫教授与安佑麟走进了一条悠长的走廊，走廊墙壁污迹斑斑，墙角有被遗弃的工具。安佑麟发现了一把因为用力过猛而扭曲变形的长把扳手，他拖着疲惫的身躯捡了起来并挥了挥，还算顺手。无论最终的谜题是什么，安佑麟都要做好最后准备，他要保护老师的安全。

穿过走廊，两人又经过了一座旧的厂房车间，丝绸厂的车间大同小异，所到之处极为相似。这让安佑麟误以为自己走入了某段时空隧道，踏上了早已走过的路。

终于，常鑫教授在一处走廊前停住了脚步。走廊墙壁上端的气窗将灰蒙蒙的光线引进了走廊。安佑麟顺着老师的目光望去，在走廊尽头有一扇金属门，金属门上有一个鲜红的字母 Z。

“找到了！老师，我们找到了！”

安佑麟的兴奋显得非常无力。

常鑫教授毫无反应，只是加快脚步来到了金属门前。金属门上有一个转轮，安佑麟一边拿着扳子，一边转动了金属转轮。虽然转动过程中的声音非常刺耳，但是开启转轮并不费力。

门内是一条两米宽、十米长的走廊，走廊尽头的门上有一扇正方形窗户，灰蒙蒙的光线从那里照射进走廊。但是那暗淡的光线只能告知走在里面的人，前方还有路可走，还有出口可以离开走廊。

安佑麟拎着扳手走在老师的前面，身后的金属门在两人走出几步之后自动关闭了。正当两人走到快接近走廊尽头的门时，安佑麟听到玻璃破碎的声音，顿时周围一阵雾气升腾。

安佑麟咳嗽了几声，常鑫教授一边捂着嘴巴咳嗽，一边推着安佑麟快步来到走廊尽头，推开了门。

安佑麟不知道那气体究竟是什么，走出走廊的那一刻，他眼前有些模糊和晃动，他跪在地上不停地咳嗽。常鑫教授站直了身体，一边咳嗽一边在这灰蒙蒙的光线中面对他不得不面对的景象。

安佑麟用长把扳手支撑着身体站了起来，这里是一个宽阔的旧车间，肮脏的墙壁上方是一大排气窗，那些气窗为昏暗的旧车间提供了光源。

旧车间很是空荡，只剩下几台损坏严重的旧机器设备没有搬走。就在旧车间中央的一台废旧机器上，安佑麟见到了周彤雨。周彤雨瘫软地跪在设备外展的一处平台上，双手被绳子捆绑张开。

周彤雨的头朝右侧斜着，面无表情，陷入昏迷。她的衣服被撕扯下一半，露出腹部，在她的腹部上写着一个鲜红的字母Z。在平台的下面是一台倒计时器，血红的数字在不停的闪动，变换。

00:09:33

00:09:32

00:09:31

00:09:30

……

在倒计时器的旁边，放着一把刀，和一行血字，“最终的答案就在她的身体内。”

什么？最终的答案？安佑麟不敢相信。

安佑麟的额头滑过一滴汗水，他两腿一软坐在了地上，额头边留下的汗水流经眼角变成了泪痕。他无措地望着身旁的老师，常鑫教授没有动，他像是一尊塑像般伫立原地望着周彤雨。

不，不需要答案！安佑麟回过神来，他想坚挺着站起身，可他觉得使不出力气来，他只能踉跄着依靠扳手站起身。

“老师，无所谓的！我们不需要答案……”

安佑麟感到眼前的老师正在左右晃动，他分不清楚究竟是老师在动，还是自己的身体在摇晃。

常鑫教授没有回答，他皱了皱眉头，像是在抵御着身体上的某种不适。他与安佑麟对视了一眼，然后走向周彤雨。可是安佑麟敏感的觉察出，老师身上有杀气。

“老师，你要做什么？”安佑麟踉跄着跟了上去，“我们不需要答案，老师……”

安佑麟的眼前开始模糊起来，他终于知道在那条走廊里出现的雾气究竟是用来做什么的。

常鑫教授来到了倒计时器的旁边，他勉强弯下腰拿起了地上的刀。不好！安佑麟冲了上去，他挡在了常鑫教授的面前，“老师，你要做什么？我没有必要这么做！难道要用姐的命去换于晔的命吗？”

面对着常鑫教授，安佑麟发现老师的脸上尽是痛苦，眼睛里满是血红。

“不，你不能这么做！于晔是强奸犯！他有罪的！凭什么为了救他，就要让姐送命？”安佑麟摇晃着身体，紧紧拉着老师的胳膊，“而且，老师，就算我们知道了答案，我们已经无法与外界联络了……”

“佑麟，我必须要做这件事，因为我不希望你的手上沾染她的血。”常鑫教授瞪着血红的眼睛盯着安佑麟，“我必须去做……”

安佑麟不相信常鑫教授竟然会固执地要去杀死周彤雨，“老师，你受了药物影响，必须清醒过来！走廊里的雾气，那是……”

“那的确是药物，但不是让我丧失理智的药物！”常鑫教授态度极为坚决。

“老师，给我一个理由，为什么要杀死姐？”

安佑麟极力要让老师恢复意识，让他去思考，让他理性起来。

“佑麟，已经来不及了，我事后会跟你解释的。”

“我现在就要听！”

“我现在无论说出怎样的理由，你都下不了手。无论现在，还是将来。”

“如果那上面的人是我呢？你也会下手吗？”

常鑫教授不答话，仿佛安佑麟的问题根本就不需要回答，他凝视着倒计时器，“00：05：24”！

“这根本就是一场不需要答案的游戏！”常鑫教授尽量提高音量。

“你说什么？不需要答案的游戏？”

安佑麟几乎听不进去任何话，他的脑海中只有要阻止老师杀死周彤雨的执着。

维金广场中央，赵洪军站在光亮的键盘前，等待着常鑫教授破解的最终答案。赵洪军依旧能够听到远处传来呐喊的口号声，他知道，不到最后一刻倒计时结束，围观者的呐喊声是不会停息的。

金属箱内于晔的状态从来也没有变化过，他除了时而昏沉时而清醒，偶尔微微转动脑袋、活动手指之外，就再没有其他反应了。赵洪军与金属箱内的于晔四目相对，于晔的眼神空洞无神，几分钟后他的生命究竟会转向何方，似乎只有他对此毫不关心。

金属箱上的倒计时，只剩下 5 分钟了。赵洪军的耳机里传来了魏志国的说话声，“准备按最后一个数字！”

赵洪军那颗沉重的心，突然震动起来，“魏局，常鑫教授已经破解了最后的答案？”

“是的。”

同时，维金广场中央的警方人员全部做好了准备，在赵洪军输入完毕最后的数字之后，拆弹小队和消防人员将会利用保护措施立刻将他撤到安全地点。

赵洪军已经站在发着光的键盘前做好准备，他紧盯着面前的 10 个数字。此时此刻，全世界的媒体都在关注着他输入最后一个数字的过程。

“最后的数字是‘2’。”

赵洪军听闻之后，确认道:“是数字‘1’和‘3’之间的数字‘2’吗？”

魏志国给予了肯定的回答。

上午 8 点 27 分，距离倒计时结束还有 3 分钟。赵洪军按下了最后一个数字，2。随后，赵洪军立刻被带领后退至维金广场后方的安全地点，所有人都屏住呼吸关注着维金广场上的动向。顿时，数个小时里充斥着呐喊声的维金广场，陷入死寂……

“从整个维金广场案案发开始，就根本没有什么答案！”

常鑫教授原本想要发出愤怒的咆哮，但是已经体力不支的他只是将咆哮压抑在喉咙中。

“没有答案？”

安佑麟不明白老师的意思。

“你从未怀疑过枪手射击的真正原因吗？”常鑫教授那赤红的眼睛紧盯着周彤雨，“从一开始，这些什么数字都是无关紧要的，凶手根本就不需要答案，凶手只想让这场游戏可以进行下去！”

眩晕的安佑麟大脑飞速旋转，仿佛全身的血液都在供应大脑，让他几乎摔倒在地。门徒？枪手？在人群中开枪？那期间发生事件的前因后果在他的眼前不断闪现而过，他终于想通了，他终于知道了……

维金广场中央的甜品屋，上面的四块大屏幕上同时出现了数字“2”和“正确”的字样。

Z 先生给出的最后一条线索已经被破解，在维金广场上等待许久的围观者们发出感慨。他们等待 24 个小时是想看到于晔受到惩罚，想看到于晔苦苦求饶，希望看到于晔在烈焰下被炸成肉泥，那血肉模糊的残肢在甜品屋的玻璃上缓缓滑落。但是警方破解了最后的线索，也破坏了他们想要审判于晔的心情。

警方并未因为输入了正确的数字而有任何的放松，与犯罪分子打交道的他们并不完全相信犯罪分子的承诺。甜品屋内的金属箱上，那显示倒计时的条形 LED 屏幕上，鲜红的倒计时数字停留在了“00:01:27”。

甜品屋顶的四块大屏幕同时出现了屋内的画面——囚禁于晔的金属箱，突然开始转动起来。画面中的金属箱就像是由众多零件和齿轮组成的复杂机械在不断地重新排列、组合、拼凑。

金属箱改变了原有的样子，像一个扭曲变化的异型魔方，最终金属箱完全展开。就在众人都以为 Z 先生将按照当初的承诺，在警方破解了最后的谜题之后打开金属箱，释放被绑架的于晔时，更加惊人的一幕刺激着所有人的神经，远处围观者当中有人发出了刺耳的尖叫声……

“不……不可能！”安佑麟惊叫着，“老师，难道所有的谜题都是假的？所有的谜题都不需要破解？”

安佑麟想明白了，枪手在挟持人质的王跃平企图按动键盘数字的时候开枪，其中还有更深层次的原因。如果常鑫教授所言不虚，所有的谜题都不需要破解，那么任何一个数字被输入都会显示答案正确。绑架人质的王跃平为了提早送于晔上西天而胡乱输入了数字，那么这个设定就会被揭穿！这才是枪手开枪射击王跃平的真正原因！

“快来不及了，佑麟！”常鑫教授一手拿刀，一手抓住了安佑麟的衣领，“这是我必须做的抉择，必须由我来做！”

安佑麟不知道该如何回答老师的问话，他低垂着头眼泪直流，“为什么要杀死姐？老师……如果谜题不必破解，你为什么要让一切发展到如此境地？难道就是为了杀死姐吗？为什么啊……”

“你会明白的，你会的！”

说完，常鑫教授一把推开了安佑麟，安佑麟摇摇晃晃摔倒在了地上。

“老师，你不让我带手机过来，不告诉魏局长我们要去哪里，就是为了不想有人阻止你杀人吗？可为什么要这么做……”

安佑麟的话，只是让常鑫教授短暂的停步，那一瞬间，常鑫教授赤红的双眼里满是不甘和哀伤。随后，常鑫教授拿着刀继续朝着昏迷的周彤雨走去，只是因为药物的作用，他的步伐有些偏斜。

安佑麟铆足了力气起身，这是他救周彤雨的最后机会了，他不能让老师犯下杀人的罪过。只要案件结束，只要等待药力失效，只要等到常鑫教授恢复理智。

安佑麟用力举起扳手打在了老师挥起刀的手腕，刀子应声落地。安佑麟连忙用扳手将刀子推向远处，然后用身体压制住常鑫教授，担心他会重新起身杀死周彤雨。

“老师，快醒醒吧，你不能成为杀人犯，你不能杀死姐……”安佑麟双眼垂泪，他依旧用身体死死地压住了常鑫教授，“这一切就要过去了，会过去的……”

于此同时，常鑫教授侧脸看着倒计时器的数字不断跳动，他挣扎了几次，但是毫无作用，他绝望地张着嘴巴，“佑麟，这都是我的错，是我的错……”

安佑麟的目光也在盯着倒计时，他已经不再关心维金广场上的情况了，他只想这一切结束，想要等老师清醒过来……

00:00:04

00:00:03

00:00:02

00:00:01

00:00:00

……

上午 8 点 30 分，倒计时结束。

专案组办公室内的魏志国，与调查组成员关注着广场中央的状况。在与常鑫教授最后一次通话当中，魏志国从他口中得到了惊人的答案，“输入任意的数字，都可以破解谜题。”

当魏志国问及原因，常鑫教授却并未解释，他只是告诉自己，他要破解的不是凶手布下的谜题，而是整个维金广场案背后的真相。然后，常鑫教授便挂掉了电话。

当赵洪军输入了他给出的数字之后，大屏幕上显示了“正确”两个字，魏志国并未放下心里的石头。他要等到于晔真的被营救出来之后，才能确认维金广场案暂时告一段落。

当大屏幕上显示着甜品屋内的状况，金属箱不断翻滚、变形、展开。魏志国已经做好了准备，也许凶手并不能遵守承诺，或许金属箱内的炸弹还是会炸死于晔。

可是当金属箱完全展开，魏志国仿佛被电击一般。没有炸弹，金属箱内根本就没有炸弹！金属箱内的于晔完全展现在所有人的面前，于晔的身体被分解了，他的下半身早已被切除掉，只留下上半个身体连接着脑袋。于晔的双臂与身体分离,用密密麻麻的细长管子连接着双臂的血管和神经。他的上半身被剖开了，主要器官裸露可见，全部被放置在身体前方的玻璃器皿中，心脏的跳动、肺部的收缩一目了然。

如此可怕血腥的场面让众人哗然，早在维金广场案之前，于晔的身体就已经被分解掉了。Z 先生只留下于晔的头部和双手在金属箱外，给人造成了他还安然无事的假象。于晔的昏沉，是受药物作用的影响，让他无法言明发生在他身上的可怕事实。

没有炸弹，从一开始就没有炸弹！魏志国几乎瘫软在了椅子上，没错，Z 先生从来也没有说于晔最终会被炸弹炸死。

就在这时，维金广场中央甜品屋，再度出现了 Z 先生那诡异的说话声……

倒计时结束了，安佑麟叹了口气，缓缓地闭上了眼睛。

脚步声，安佑麟以为自己因为吸入药物气体的缘故产生了幻觉，他伏在常鑫教授的身上，感受着老师均匀又无力的呼吸。

安佑麟缓缓地睁开了眼睛，他看到锈迹斑斑的设备上，周彤雨已经醒了过来，并挣脱了捆绑双手的绳子站起身来。

“姐……”

安佑麟欣慰地望着周彤雨，他微微地抬起头，然后又无力地垂下了。

周彤雨从设备上一跃而下，她并不急着去查看安佑麟和常鑫教授的情况。她眼神冰冷，缓慢地迈着步伐走向躺在地上的安佑麟和常鑫教授。

安佑麟感受到了周彤雨冰冷的目光，他微微摇头，闭上了眼睛，他认为那是受到了药物影响而产生的幻觉。当他再度睁开眼睛的时候，周彤雨已经来到他的面前。

周彤雨蹲下身轻轻抚摸着安佑麟的面颊，可是安佑麟却感受不到丝毫的温暖，他的手非常冰冷。

“姐……快报警……”

周彤雨继续轻轻抚摸着安佑麟的面颊，“弟弟，你在这里太碍事了，还是让开吧。”

还没等安佑麟回过神来，周彤雨便拉住他的衣领，将浑身瘫软的他拉扯到了几米开外。安佑麟的手臂被粗糙的地面磨破了皮，疼得他忍不住低吟了两声。

周彤雨并未查看常鑫教授的状况，她捡起了地上的刀子回到了安佑麟的身旁。安佑麟惊讶地望着周彤雨，可是还没等他询问，周彤雨便走上前来，一刀刺进了他的腹部。

白刀子进去，红刀子出来。周彤雨快速拔出刀来，安佑麟顺势捂住了喷涌血液的刀口。

“姐……你……”

安佑麟瞪圆了眼睛，他不相信周彤雨会伤害他，不相信周彤雨会用刀子刺进他的身体。

“你真是个蠢货！自以为是！为什么不听那个老东西的话呢？”周彤雨用手蘸着安佑麟流出的血，涂抹在他的面颊上，“乖乖看着你做蠢事之后要付出的代价吧。”

安佑麟捂住腹部的刀口，已经预感到周彤雨接下来的动作了，“姐……别……别伤害老师……”

周彤雨完全不理会安佑麟，她来到常鑫教授面前蹲了下来。常鑫教授并不正视周彤雨，而是转过脸来望着在地上爬行过来的安佑麟。

“老东西，你把我关的时间太久了，你也该去死了！”

周彤雨歪着脑袋，满脸冰冷而得意的笑容。她开始用刀在常鑫教授的身上猛刺，每一刀都非常用力，每一刀都充满了恨意。

“不……”安佑麟无力地叫喊着，泪水从他的面颊淌下，“姐……你别伤害老师……”

安佑麟的大脑一片空白，他不知道该如何理解眼前发生的一切，他面前的周彤雨太陌生了，与那个视他如弟弟，把常鑫教授当作父亲的周彤雨根本就不是一个人。

她不是周彤雨！安佑麟坚信眼前的女人虽然拥有着与周彤雨相同的面容，但她绝对不是周彤雨！

常鑫教授面无表情，他望着安佑麟，嘴角微微动了动，像是在低语。

周彤雨在疯狂举动之后，浑身上下溅满了鲜血，她站起身来嘲讽地望着常鑫教授，“没有人知道你们俩在这里，你们俩就在这里慢慢等死吧。”

说完，周彤雨拿着刀飞快地消失在广阔的车间后侧，她虽然步伐匆匆，却没有丝毫的慌张。随着一声大门关闭的巨响，安佑麟知道她已经离开了。

安佑麟捂着腹部刀口，艰难地爬向常鑫教授。

Z 先生的声音在维金广场上回荡着。

“非常感谢大家的观赏，本场游戏结束了。”

稍作停顿之后，Z 先生继续说：

“这真的是一场对于晔的审判吗？还是说，你们只是一厢情愿的希望他受到审判？我从来就不曾代表过你们标榜的公平和正义，难道你们就从未听说过 Z 先生的名号吗？我只是用了一个谎言，便勾起了你们内心深处最为阴暗的一面，到底谁才是被审判的罪人？”

Z 先生说话的同时，四块大屏幕上同时出现了新的画面。是那条巷子，两个月前强奸案的案发现场。屏幕之前播放的监控画面所有人都看过，于晔尾随受害者施暴。

可是这次画面并未在上次停止的时间停下来，画面继续播放，只见画面中的于晔和受害者突然蹿出了巷子，两个人的脸上都戴着苍白的面具，看不出容貌来。两个人在画面前左摇右摆，跳起了诡异的舞蹈。

那对戴着面具的男女穿着于晔和受害者当晚穿的衣服，并排站立张开手臂，翩翩起舞。这没有配乐的舞蹈，在维金广场上引起轩然大波。

一切都是骗局，所谓的铁证都是假的。

“一段模糊的视频，就可以让你们作为审判于晔的证据？这不过给了你们一个发泄的出口而已，视频的真假没有人关心。就像我并不需要审判于晔一样，从这场游戏开始，于晔就已经被判了死刑。你们宁愿放弃保护你们的法律，也要倒向身处你们对立面的我，既然这场游戏已经证明了你们只是虚伪的标榜公平正义，那么从今天开始，任何人惨死于我的手中，便不再无辜。”

“从你们心甘情愿地自毁长城开始，你们就已经注定要遭到审判。我，Z 先生，已经回来了。”

安佑麟终于艰难地爬到了血泊中的常鑫教授身旁，他想用手捂住老师身上的刀口，但是刀口数量太多了，他根本就做不到。

“老师……对不起，为什么会这样，姐为什么要这样做……”

安佑麟痛哭流涕，他快支撑不住了，眼前的视线开始模糊。

“佑麟……你要活下来……你要活下来……”常鑫教授用最后的力气说，“听我说……这不是Z先生做的……五年前，Z先生已经……被我抓住了……不是Z先生……”

安佑麟感到浑身冰冷，五年前？Z先生已经被捕了？可是他为什么不知道？他从未听老师提起过！如果不是Z先生，那么维金广场案又是谁犯下的？

“你要活下来……”

常鑫教授的手拿起一部手机，并缓慢地拨打了之前设定好的号码。安佑麟用力扬起脸来，他认出了那部手机，那是戴明里的手机，是他之前交给老师查看照片的手机！

电话是拨打给魏志国的，电话接通了，安佑麟用力大喊，可是声音只是从喉咙里挤了出去。

“我们……在丝绸二厂……我们在丝绸二厂……快来！救命！”

手机另一边的魏志国终于听清楚了，他大喊着要人立刻前往丝绸二厂旧址救人。

安佑麟彻底没有力气了，他一直手捂住腹部的刀口，另一只手扶住常鑫教授的脸，“老师，坚持住，求求你了……”

“佑麟，活下去……”

遭受冲击的西京市公安局大楼残破不堪，局长办公室内，魏志国坐在椅子上，手里拿着一张合影，看着照片上的四个人。他的脸上没有任何怀念，他皱着眉头表情凝重。

赵洪军敲过办公室的门走了进来，魏志国立刻问道：“情况怎么样？”

“安佑麟被送去抢救了，未伤及主要器官，只是失血过多。”赵洪军顿了顿，“常鑫教授……”

魏志国叹了口气，拿着照片的手垂在了大腿上，他另一只手拉开了桌子的抽屉，里面是一支手枪。

“洪军啊，这案子还有调查的余地，还要继续调查下去。但是我，已经输了。”

说完，魏志国在赵洪军的面前拿出抽屉中的手枪，对准了自己的太阳穴。

安佑麟坐在阳光照耀下的餐桌旁，看着忙碌着早饭的周彤雨，常鑫教授正坐在餐桌的另一旁端着平板电脑看新闻。

“佑麟，今天早上想吃几个荷包蛋？”

周彤雨背对着安佑麟温柔地询问。

“只要是你做的，几个我都能吃得下。”

安佑麟笑着回答，他不觉得眼前的场景有什么不对的地方。周末的清晨，与师姐周彤雨和老师常鑫教授共进早餐，而且是周彤雨亲自下厨做的美味早餐。

突然，安佑麟一阵眩晕，他猛地睁开眼睛。依然是一片光亮，只不过眼前不是厨房和餐厅，而是医院病床。潘静站在病床旁大叫医生。

安佑麟感到腹部疼痛，他眼前闪过了无数的画面，最终定格在老师常鑫教授临死前的场景，还有周彤雨那一刀又一刀……不不不！那不是周彤雨，老师不会死的，老师没有死！

安佑麟痛哭起来，“不，这不是真的，这是噩梦，这是噩梦，都是假的，我要老师，我要姐……”

潘静赶忙来到病床前拉着安佑麟的手，“我是静姐，我从欧洲回来了，我回来了，佑麟！”

安佑麟死命地把身体往病床里扎，回避着面前的潘静。

医生见情况不秒，立刻为安佑麟注射了镇静剂。安佑麟睡去。

安佑麟又回到了阳光普照的餐厅，周彤雨把盘子放在安佑麟的面前，“佑麟，愣着干吗？吃饭啊？”

安佑麟苦涩一笑。

接着，周彤雨走到常鑫教授身边，从他身后一把夺走了平板电脑。

“老师，吃饭的时候，不准玩电脑。”

“彤雨，我是看新闻，不是玩游戏……”

“都！不！行！”周彤雨一个字一个字地说，“好好吃饭。”

“姐，老师！”安佑麟拿起了筷子，“我好像做了一个噩梦，太可怕了。”

噢？噩梦？周彤雨笑眯眯地问，“你梦到什么了？要不要我帮你解梦啊？”

餐桌另一边的常鑫教授听闻后，微笑着摇摇头。

安佑麟真希望这一刻，永远地停留，他永远也不会再有噩梦。

某医院的ICU病房走廊，赵洪军看着玻璃里面的病人，对身后的人说：“没有人知道他还活着？”

一个女人的声音出现了，“没错，外界都以为他死了，我们必须要救活他。他对我们很重要。”

赵洪军凝重地望了一眼病床上的人，回过身来，“你为什么不直接向魏局长表明身份？也许魏局长就不会……”

“魏局长的事情，我很遗憾。但这是上面的意思，也是派遣调查组来西京的原因。只有我跟随调查组来到西京市，才能隐藏身份。”

女警官朝着玻璃前走了一步，“我们并没有输！”

两个月后。

山下是西京市的一隅。

安佑麟站在台阶旁，看着赵洪军。

“我不能去见Z先生吗？”

“申请没有通过，”赵洪军解释，“现在整个西京市的公安系统正在进行大排查，针对所有人的。”

“那我什么时候才能见Z先生？等公安局的内部调查结束？总得给我

个时间吧？”

赵洪军不想给安佑麟不切实际的期待，他用力呼出一口气，严肃道：“上面的意思是，无限期推延。”

“推延？”安佑麟沉着脸嘲讽地笑了笑，“根本就没有接受我的申请，哪里来的推延？”

赵洪军想岔开话题，“常教授的遗嘱说，把他所有的财产都留给了你？”

赵洪军不曾想，他的话题引起了更大的波浪。

“你不觉得很奇怪吗？只留给了我？为什么没有姐……周彤雨的份？难道老师他事先知道会……”

安佑麟的脑子又混乱了，那些谜团始终没有解开，太多的话他无法讲述清楚。

“那不是周彤雨！绝对不是！那是门徒假扮的！师姐她绝对不会……”

“佑麟！”赵洪军喝止住了安佑麟，“当时现场的种种迹象表明，刺伤你和杀死常鑫教授的人，就是周彤雨。”

在这个问题上，安佑麟曾经较真儿过很多次，他知道依然会是这个结局。安佑麟从未向任何人提及常鑫教授在临终前的那番话，那番话可能会让他面对自己不愿面对的事实，事关谜题背后的答案。安佑麟不愿想象周彤雨与Z先生有关系，不愿相信杀死老师常鑫教授的人就是周彤雨。

安佑麟不想听赵洪军的说教，他自顾自地走下台阶往山下走去。

“安佑麟，常教授留了一封遗书给你。”

安佑麟停住了脚步，背对着赵洪军。

“你们警方早就事先查看过了吧？”

赵洪军从口袋里掏出一个信封，走到安佑麟身旁递给了他。安佑麟接过单薄的信封，“你也看过遗书内容了？”

赵洪军默认了。

安佑麟攥着信封，苦笑道：“为什么会有遗书……难道老师断定他会……”

依然无法面对常鑫教授教授为他留下的话，老师的遗书仿佛是一把钥匙，他不敢面对开启大门后必然袭来的痛苦。

“常教授给你的遗书里，只有一句话。”赵洪军道，“‘与罪恶斗争的过程中，必然伴随着误解和牺牲。’”

安佑麟潸然泪下，那句话仿佛是常鑫教授站在他身旁亲口告诉他的。他不想让赵洪军看到自己的泪水，他拿着信封继续走了下去。

“你有什么打算？继续念书？”

“出国。”

“留学？”

“也许吧。”

“什么时候回来？”

“等允许我见Z先生的时候。”

后 记

黑暗的走廊，潮湿的墙砖。

走廊的深处传来抽泣的声音，随着那哭声继续往走廊深处走去。由铁栏杆围困的牢房出现在黑暗之中，在栏杆里侧跪着一个长发女孩，她正双手扶着栏杆绝望地哭泣。

“放我出去……放我出去……”

走廊里传来了轻微的脚步声，一个男人出现在了牢笼之外。他与女孩四目相对，女孩的眼泪滚落不止。男人蹲下身，将手伸进铁栏杆中，轻轻抚摸着女孩的头发，尽量将她隔着栏杆拥入怀中。

女孩闭着眼睛，泪水依旧不止，“我该怎么办？我该怎么办？老师……”

（完）